Ektase, Paradiesäpfel und viele Küsse

Erotische Erzählungen und Gedichte

Ingrid Baumgart-Fütterer, Ralf Becker,
Martin Guan Djien Chan u.v.a.

Dorante Edition

Ektase, Paradiesäpfel und viele Küsse

Erotische Erzählungen und Gedichte

Ingrid Baumgart-Fütterer, Ralf Becker,
Martin Guan Djien Chan u.v.a.

© 2022, Ingrid Baumgart-Fütterer, Ralf Becker, Martin Guan Djien Cha

Bibliografische Information durch die Deutsche Nationalbibliothek: Die Deutsche Nationalbibliothek verzeichnet diese Publikation in der Deutschen Nationalbibliografie; detaillierte bibliografische Daten sind im Internet über http://dnb.d-nb.de abrufbar.

herausgegeben durch das Literaturpodium, Dorante Edition
Berlin 2022, www.literaturpodium.de
ISBN 9783756220939

Vorderseite: Angela Schützler, Damenbesuch, 2009, Federzeichnung auf Papier, 22 x 28 cm
Fotomaterial Vorder- und Rückseite: Reinhard Lehmitz
Akt, Rückseite: Cleo Wiertz

Herstellung und Vertrieb: BoD – Books on Demand, Norderstedt

Erika Maaßen

Höllische Liebe

Es gibt Gesichter, die erfasst sie mit einem Blick. Ob jung, ob alt, mit dem ersten Blick ordnet sie charakteristische Merkmale fast buchhalterisch im Gedächtnis ein, bereit, sie bei Bedarf abzurufen. Aber dieses hier ist eines der seltenen, das ihrem Versuch widersteht. Sie verliert sich hilflos in den hypnotisch grün-gelben Augen, die aus einem bleichen Gesicht brennen. Sie kann nicht mehr denken, sich nicht bewegen. Ihr schwindelt. Sie tastet nach Halt. Schlanke Finger umschließen ihre Hände. Fest und kühl. „Kann ich ihnen helfen?" Sie nickt. Ihre Knie zittern. Er führt sie aus dem Aufzug und bringt sie zu ihrem Hotelzimmer.

In wildem Rausch verfliegt die Nacht. Wortlos. Seine in leidenschaftlich kaltem Feuer lodernden Augen saugen sich an ihr fest. Die vollen Lippen hinterlassen Brandmale auf der Haut. Virtuose Hände scheinen überall gleichzeitig zu sein. Nie zuvor hat sie Ähnliches erlebt. Sie meint, den Verstand zu verlieren.

„Habe ich gestöhnt oder geschrieen?"

Behutsam öffnet sie ihre Augen. Ist es Wirklichkeit, ihm gestern begegnet zu sein? Beide Betten sind zerwühlt und schwach durchzieht ein leichter Schwefelgeruch das Zimmer. Langsam ziehen Erinnerungsfetzen vorüber.

Oder war alles nur Illusion? „So etwas kann doch mir nicht passieren! Kühl, beherrscht und immer auf der Hut."

Beim Frühstück gleitet ihr Blick über die anderen Gäste. Er ist nicht dabei. Die Bedienung, die sie nach einem Gast mit grün-gelben Augen fragt, sieht sie bedauernd an und verneint. Besser kann sie ihn nicht beschreiben. Er hatte zwar einen Bart aus seidenweichen Löckchen, genau wie seine übrige Körperbehaarung, doch diese Gedanken behält sie für sich.

Sie irrt ziellos durch die Stadt. Erschöpft betritt sie später ein Gasthaus am Fluss. Doch innere Unruhe treibt sie weiter. Überall glaubt sie ihn zu sehen. Seine schlanke Gestalt, seinen leicht hinkenden Gang, sein graumeliertes volles Haar... hatte er so große Ohren? Nein, er ist es nicht.

Sie flüchtet zurück in ihr Hotelzimmer und drückt ihren Kopf in sein Kissen. So kann sie seinen Geruch zurückholen, aber nicht ihn selbst.

Sie versteht sich selbst nicht mehr. Tränen spülen endlich ihre heftige Sehnsucht fort.

Am nächsten Morgen entschließt sie sich, den restlichen Urlaub noch zu genießen, wenn sie auch diese Begegnung nie vergessen wird.

Vor der Zimmertüre liegt eine einzelne dunkelrote Rose.

Die Hoffnung, ihre Ruhe wieder zu finden, schwindet. Er ist also noch in der Stadt. Sie sagt sich zwar, wenn er sie sehen will, weiß er ja, wo sie zu erreichen ist. Also will er nicht. Der Gedanke schmerzt. Ist er vielleicht verheiratet? Einen Ring trug er nicht, was aber nichts bedeuten muss.

Sie hofft, sich wieder in der Gewalt zu haben, wenn sie ihn nur noch einmal sehen könnte. Sie eilt durch die Straßen, hält einen Mann, der vor ihr geht, am Arm fest, nur weil er melierte Haare hat. Im Park sitzt ein Paar auf einer Bank. Hand in Hand. Ab und zu küssen sie sich zärtlich. Wie eine Furie stürzt sie sich von hinten auf die beiden. Der Mann grinst aus bartlosem Gesicht, von seiner Begleiterin erntet sie eine Ohrfeige.

Ein Bettler erhält von ihr ein viel zu üppiges Almosen, nur weil er einen Bart hat wie ihr Phantom.

Genug der Peinlichkeiten. So geht es nicht weiter. Ihr Zimmer wird ihr ein sicherer Hafen sein.

Auf dem Bett liegt ein Strauss tiefroter Rosen.

Heute Abend findet im Hotel ein Sommerfest mit Tanz statt. Sie will sich unbedingt ein Mittel besorgen, um die Glut in ihrem Inneren einzudämmen. Den ersten halbwegs sympathischen Mann will sie auf sich aufmerksam machen, und vielleicht…

Schnell findet sie ein geeignetes Objekt. Figur stimmt, Haare leider braun, Augen wasserblau, doch ein Bart ziert sein Gesicht. Im Lauf des Abends wird sie ihn fragen, ob sie ihn mal zerwuseln darf. Um die Illusion perfekt zu machen, wird sie das Licht löschen.

Stunden später bittet sie ihn, sie auf ihr Zimmer zu begleiten.

Seltsam, man hat offenbar die Lampenschirmchen in ihrem Raum ausgewechselt. Statt der bambusfarbenen tauchen rote das Zimmer in ein aufreizendes Licht. Das Zimmer durchzieht ein betörender Rosenduft.

Ihr Experiment kann beginnen. Er ist willig und sie verzweifelt entschlossen. Bereit, Abweichungen großzügig zu übersehen, will sie selbst ihr Bestes geben. Hauptsache, sie kann für kurze Zeit vergessen.

Zärtlich greift sie in seine Haare. Enttäuschend. Leider hat sie das Empfinden, mit ihren Fingerspitzen einen kratzigen Topfreiniger zu berühren. Unterdessen nestelt er erregt an ihrer Kleidung. Sie hilft ihm, um schneller zum Wesentlichen zu kommen, weil sie ihr Begehren schwinden fühlt.

6

Schnell sieht sie ein, dass ihr Plan ein Irrweg ist. Ehe er kommt, lässt sie ihn gehen. Es war einfach keine gute Idee.

In den nächsten Tagen irrt sie weiterhin durch fremde Straßen. Sie hat die Ohrfeige noch gut in Erinnerung und ist vorsichtiger geworden. Sie umrundet alle im Entferntesten in Frage kommenden Männer und entschuldigt sich, wenn befremdete Blicke sie treffen.

Zu den Mahlzeiten im Hotel geht sie nicht mehr. Ein Kaffee oder ein Wasser genügen ihr. Nachts flieht sie der Schlaf. Obendrein grinst höhnisch ein voller Mond durch die Gardinen.

Der letzte Urlaubstag. Der Spiegel wirft das Bild einer ungepflegten, kranken Irren zurück. So kann sie nicht heimkehren.

Sie schleppt sich zum Hotelfriseur. Zum gepflegt aussehenden Haar empfiehlt ihr die Friseurin noch eine Gesichtsbehandlung.

So restauriert kann sie ihrem Spiegelbild wieder in die Augen sehen. Vielleicht kann sie heute Abend sogar eine Kleinigkeit essen. Die Koffer werden schnell gepackt sein. Und morgen früh wird sie die Heimreise antreten.

Als sich die Aufzugtür öffnet, schnuppert sie wie elektrisiert. Ein vertrauter Geruch weht ihr entgegen, ehe sie ihn an die Kabinenwand gelehnt erblickt. Seine milchig grün-gelben Blicke durchdringen sie. Das Blut stockt ihr in den Adern. Sie sinkt zu Boden. Erleichtert denkt sie nur noch, dass sie ihr Ziel erreicht hat, dann schwinden ihr die Sinne.

Ein Gast findet kurz darauf im Aufzug einen Strauß weißer Lilien.

Und in der Luft liegt ein flüchtiger Schwefelhauch.

Lisann Fuchs

Überwältigt

»Nicht bewegen!«
Partylicht durchflutete den Raum. Blendete.
Sie war umgeben von Musik und Stimmengewirr und doch verstand sie
die Wörter, mit denen sein Atem an ihr Ohr drang, ganz genau.
Seine linke Hand, die sich von hinten um ihre Kehle gelegt hatte, ließ
ihr keine Wahl.

Den Großteil des Abends hatte sie auf dem Anwesen der Gastgeber mit
Smalltalk verbracht. Nickte hierhin, lächelte dorthin. Nur noch ein paar
Hände schütteln, dann hätten die Wichtigsten unter ihnen sie gesehen.
Aude stellte sich abseits und formte hinter vorgehaltener Hand einige
Male abwechselnd ein O und einen Kussmund: Ihre Gesichtsmuskeln
waren dieses „Dauergegrinse" einfach nicht gewohnt.
Und dann fiel ihr der Lippenstift ein.
Mit der freien Hand, in der anderen hielt sie ein Glas Champagner,
fischte sie den Taschenspiegel aus der Clutch. Sie drehte ihn, veränderte
den Abstand, doch in dem dämmrigen Licht konnte sie kaum etwas in
ihm erkennen.
Aude sah sich um und entdeckte nicht weit von sich entfernt eine Reihe
Lampions, zu denen sie über das Gras hinüberstöckelte. Sie reckte den
Kopf Richtung Helligkeit, lächelte ihrem Spiegelbild zu und fuhr mit der
Spitze der Zunge über die immer noch perfekt geschminkten Lippen.
Eigentlich hatte es keinen Grund gegeben, in der Bewegung innezuhal-
ten. Zumindest nichts, was sie hätte benennen können. Nur ein Gefühl,
das sie aufsehen ließ.
Und doch hätte sie ihn beinahe übersehen, zwischen all den Gästen,
zwischen Stehtischen, Bäumen und Pavillons: den Fremden, der sie zu
beobachten schien.
Es war nicht so sehr sein Äußeres, das sie den Blick nicht abwenden
ließ. Sicher würde man ihn als attraktiv einstufen können, aber aus der
Menge gestylter Manager und Großindustrieller um sie herum stach er
nicht heraus.
Es war vielmehr das, was sie in seinen Augen zu sehen glaubte.
Sie starrte ihn an.
Raubtier.

Müsste sie sich die Augen eines Raubtiers vorstellen, dann würden sie vermutlich wie die seinen aussehen. Neben der Freude, „Beute" entdeckt zu haben, meinte sie, Neugierde in ihnen zu erkennen. Und da war noch etwas. Widerwillen? Bedauern?

Nein.

Es war Traurigkeit.

Aude spürte, wie sich ihr Bauch zusammenzog. Sie konnte das Gefühl kaum greifen, da begann es auch schon, sich im Unterleib auszubreiten. Ihre Aufmerksamkeit folgte dem Pochen hinab, zwischen ihre Schenkel. Sie presste die Beine zusammen. Schloss die Augen. Versuchte, ein Stöhnen zu unterdrücken.

Bis zu diesem Augenblick hatte sie nicht wirklich an die Märchen über gefährliche Männer geglaubt. An deren Anziehungskraft. Vor allem nicht auf sie. Sie hatte sich, allein aus berufspolitischen Gründen, immer nur mit Junggesellen aus gutem Hause getroffen, die für sie vorhersehbar waren. Die netten, belanglosen Sex bevorzugten. Bis ausgerechnet Tom, der Mann, den sie so sehr geliebt hatte, sie in Gefahr brachte.

Tom.

Er war in derselben Kanzlei angestellt gewesen wie sie. An ihrem Sechsmonatigem stand er mit einem Piccolo und zwei Gläsern in ihrem Büro. Unangemeldet. Vor der Tür saß der nächste Klient und wartete.

Da sich ihr Freund nicht auf den Abend vertrösten lassen wollte, hatte sie schließlich eingewilligt, mit ihm anzustoßen. Aus einem Schluck wurde ein Glas.

Irgendwann war Tom nähergekommen und hatte seinen Seidenschal abgenommen: Er habe eine Überraschung für sie. Nur Sekunden später stand sie mit verbundenen Augen da, spürte, wie er ihr ein Halskettchen umlegte. Ihre Finger tasteten nach dem Anhänger, und Aude konnte nur ahnen, wie wichtig sie ihm sein musste. Der Boden unter ihr hatte zu schwanken begonnen.

Das sei sicher der Alkohol, lachte Tom und führte sie, ihre Taille umgreifend, rückwärts, an die Kante des Bürotisches.

Der Schwindel legte sich. Aude nahm die Arme hoch und streckte sich Richtung Zimmerdecke.

‚Ja, entspann dich.'

Ein Flüstern an ihrem Ohr. Seine Hand auf dem Rücken. Er zwischen ihren Beinen.

Er küsste sie, auf den Mund, den Hals, das Dekolleté, bis sie auf dem Tisch lag. Und er auf ihr. Die Hand, die sie am Rücken gestützt hatte, begann, die Knöpfe ihrer Bluse zu öffnen.

,Tom! Bitte! Nein, nicht! Das geht jetzt wirklich nicht!'

Sie drückte gegen seinen Brustkorb. Ihre Beine strampelten in der Luft, auf und ab, hin und her. Tom stöhnte auf. Durch den Stoff ihres Pantys fühlte es sich dort, wo sie Gürtel und Reißverschluss vermutet hatte, fest und hart an, weich und warm.

Wann hatte er seine Hose geöffnet?

Der Champagner. Toms Stöhnen. Die Wärme und sein Zucken zwischen ihren Beinen. Das Drücken und Massieren.

Sie fixierte ihn mit den Fersen, presste den Unterleib gegen seinen. Es fühlte sich gut an, sein Verlangen zu spüren.

Aude bewegte das Becken, so, wie es ihr Lust bereitete. Tom keuchte.

,Mach langsam, Süße!'

Doch wie sollte sie? Er küsste ihre Brust. Die eine. Die andere. Wellen der Erregung in ihrem Schoß.

Aude griff mit einer Hand an ihren Slip und zerrte an dem Stoff, dort, wo sie ihn im Moment am wenigsten gebrauchen konnte. Ihre Finger berührten sie. Ihn. Streichelten.

,Zieh die Shorts aus!'

Tom packte stattdessen ihre Hände. Sie merkte, dass er sich von ihr fortbewegte. Spürte im nächsten Augenblick eine feuchte Wärme zwischen den Beinen. Sein Mund auf ihr. Seine Zunge an ihren empfindsamsten Stellen. Leckte. Drang in sie ein.

Aude stöhnte auf. Hob das Becken, damit er tiefer in ihr sein konnte. Entzog sich ihm: ,Nein! Noch nicht.'

Seine Hände in ihre Hüften gekrallt. Ihre Hände um seine. Seine Zunge, die sich rein und raus bewegte. Und dabei jedes Mal den Punkt bedachte, der so sehr geleckt werden wollte. Sie spreizte die Beine, noch mehr.

,Steck ihn mir in den Mund!'

Er knurrte irgendetwas.

,Tom, bitte, komm her! Steck ihn mir in den Mund.'

Sie wand sich, entkam aber nicht seiner Zunge.

,Hör auf! Nein, ich will noch nicht. Nein. Los, steck ihn mir rein.'

Und dann gab es kein Zurück mehr. Sie bewegte sich nicht länger. Drückte sich der immer und immer wieder in sie gleitenden Zunge entgegen. Das Pulsieren und Pochen in ihrem Unterleib erreichte seinen schmerzhaft-lustvollen Höhepunkt: Sie kam in seinem Mund.

Nur Augenblicke später fühlte sie, wie etwas Warmes, Hartes in sie eindrang und so ihren Orgasmus noch verlängerte. Nach wenigen Stößen spritzte er in ihr ab.

„Jüngste Anwärterin auf Richterposten erwischt bei Sexspielen an unsittlichen Orten"

Die bloße Erinnerung daran, dass solch eine Schlagzeile hätte Realität werden können, katapultierte sie zurück in ihr Abendkleid, zurück auf die Gala.

Aude ließ den Spiegel in die Handtasche gleiten, stellte das Glas auf den Tisch neben sich ab und zog das Bolero-Jäckchen enger um sich. Bis eben hatte sie sich noch überhitzt gefühlt, doch nun schien die Luft kühler geworden zu sein. Sie sah sich um, suchte die Umstehenden nach dem Fremden ab, konnte ihn nicht finden.

All die Zeit hatte sie nicht an Tom denken müssen. Oder wollen. Damals hatte es sich richtig angefühlt, kein Risiko einzugehen. Ihn zu verlassen. Und dafür zu sorgen, dass er nicht länger in derselben Kanzlei arbeitete. Überhaupt war es richtig gewesen, sich seitdem mit keinem Mann mehr einzulassen.

Und dann entdeckte sie ihn wieder, den Fremden. Beobachtete, wie er durch die Menge tänzelte. Nicht stehenblieb. Niemanden grüßte. Wie er mit einer Geste Strähnen aus dem Gesicht strich, als befände er sich auf einer Theaterbühne.

Wie es sich wohl anfühlte, ihn zu küssen? Ihn zu berühren? Und – wie würde sie reagieren, würde er genau jetzt in der Abenddämmerung zu ihr herüberkommen, vorbei an all den Menschen, ihre Beine spreizen und sie auf der Stelle nehmen?

In Gedanken legte sie gerade die Hände auf seinen Hintern, um ihn tiefer in sich zu spüren, als der Fremde stehenblieb und sie ansah. Mit einem Lächeln, das zu sagen schien: Ich weiß, was du denkst.

Aude fühlte Wärme in sich aufsteigen, die sich unter der Hochsteckfrisur nicht verbergen ließ. Sie biss sich auf die Unterlippe. Was war eigentlich los mit ihr? Wieso übte gerade dieser Mann solch eine Anziehungskraft auf sie aus?

Wie auf ein geheimes Zeichen hin setzten sich die Gäste um sie herum in Bewegung. Und jetzt bemerkte auch sie einzelne Regentropfen, auf Gesicht und Händen. Doch sie konnte sich nicht rühren. Nicht den Blick von ihm abwenden. Und auch er blieb regungslos stehen.

»Meine Liebe, so kommen Sie schon!«

Aude spürte einen Arm an ihrer Taille, der sie den Hügel hinunter in Richtung Herrenhaus schob.

»Ich kann doch nicht zulassen, dass sich die schönste Frau des Abends erkältet.«

Aude versuchte, zu lächeln.

»Alexander! Wie aufmerksam von Ihnen.«

Sie drehte sich um beim Gehen. Duckte sich. Sah unterhalb des Regenschirms, den der jüngste Bruder des Gastgebers über sie hielt, zurück. Doch der Fremde war verschwunden.

Ob auch er zum Anwesen hinüberging?

Sie wandte sich wieder nach vorne.

»Alexander, was genau tun Sie da?«

Der Griff des Mannes um ihre Taille war fester geworden. Sein Gesicht nah an ihren Brüsten, die beim Umdrehen an ihn gepresst gewesen sein mussten.

»Tut mir leid.«

Sein Blick, der auf ihrem Dekolleté verharrte, strafte seine Worte Lügen.

»Aber sie sehen so verfroren aus. So schutzlos. Man würde sie am liebsten in die Hände nehmen, wärmen, streicheln. Sie küssen und lecken. Mit dem Daumen die harten Nippel liebkosen.«

Aude hatte versucht, sich aus seinem Arm zu befreien. Doch der Mann, der einen Kopf kleiner war als sie, dafür aber bestimmt dreimal so schwer, hielt sie an sich gedrückt. Sie kamen zum Stehen.

»Alexander!«

Ihre Stimme überschlug sich.

»Wenn Sie nicht augenblicklich damit aufhören, dann werde ich so laut losschreien, dass jeder …«

Sie verstummte: Der Mann hatte den Arm von ihr genommen, sich ein oder zwei Schritte entfernt und sah sich nun nach allen Seiten um.

Regen tropfte auf den Schirm, den er noch immer über sie hielt.

Sie wusste, dass er es nicht leicht hatte. Ja, finanziell gesehen war er von Haus aus eine außerordentlich gute Partie. Doch sein Aussehen, das sie als „klein und knubbelig“ beschreiben würde, andere jedoch als „feist und schmierig“, ließ ihn schon seit Jahren ohne Partnerin durch das Leben gehen. Unabhängig davon hatte er großen Einfluss, auf Geschäftsleute, auf Politiker.

Wollte sie sich diesen „bemitleidenswerten Widerling“ wirklich zum Feind machen?

»Alexander, ich vergesse den kleinen Vorfall hier.«

Sie seufzte.

»Unter einer Bedingung: Sie werden mir nie, hören Sie, nie wieder zu nahe kommen.«

Sie hakte sich bei ihm unter und zog ihn mit sich.

»Und jetzt verraten Sie mir, wohin Sie mich bringen wollten.«

12

Die ersten Schritte verbrachten sie schweigend. Doch es dauerte nicht lange, bis er seinen Singsang wiedergefunden hatte.

»Meine Liebe, Sie dürfen sich freuen: Uns erwartet ein ganz außergewöhnlicher Abend, mit Musik und Tanz. Aber nicht mit irgendeiner Musik. Nein, mein Bruder hat keine Mühen gescheut und konnte den derzeit angesagtesten DJ buchen. Ich bin überzeugt, diese Gala wird auch dieses Jahr wieder enorme Spendensummen generieren. Kommen Sie, ich werde Ihnen ein gutes Plätzchen suchen, von dem aus Sie alles beobachten können!«

Aude musste schmunzeln. All das Theater. Natürlich wusste er, würde er mit ihr auf der Veranstaltung auftauchen, fühlten sich die „Häschen" sicher. Und genau deshalb würden sie ihm nachstellen. Vielleicht bekämen ein oder zwei der austauschbaren Dinger sogar Unterstützung von ihm, um sich eine Sprosse weiter nach oben zu kämpfen.

Doch er, und das wusste er wahrscheinlich nicht, er würde am Ende sicher wieder leer ausgehen.

Am Herrenhaus angekommen ließ sich Aude von ihm durch die Zimmer führen, in Richtung der lauter werdenden Bässe. Vorbei an den Gästen, die sich um das DJ-Pult drängten. Die lachten. Tranken. Tanzten.

Alexander schnappte sich ein Glas mit Champagner von einem der Tabletts, reichte es ihr und brachte sie in eine mit einem Geländer abgetrennte Zimmerecke, in der nur ab und an Partylicht aufflackerte. Er deutete eine Verbeugung an, drehte sich um, und Aude beobachtete, wie ihr Begleiter hineingezogen wurde in das Treiben. Damit hatte sie ihre Schuldigkeit für ihn getan. Doch sie wusste auch, sie hatte nun einiges gut bei ihm.

Aude atmete aus, entspannte die Bauchmuskeln. Sah sich um.

Ob der Fremde schon fort war? Verübeln könnte sie es ihm nicht, war sie selbst doch alles andere als eine Partygängerin.

Einige Schlucke Dom Pérignon später musste sie auflachen.

Was genau tat sie hier? Suchte nach einem Mann, den sie nicht kannte, über den sie nichts wusste. Und eigentlich nichts wissen wollte.

Sie trank das Glas aus.

Gerade jetzt, auf dem Weg ganz nach oben, brauchte sie alle Sinne bei sich. Sie durfte sich keinen Fehler erlauben, keinen Skandal, keine Schlagzeile: Ein Mann in ihrem Leben, der sie durcheinanderbrächte, wäre das Letzte, was sie im Augenblick gebrauchen könnte.

Sie wiegte sich im Takt der Musik.

Aber dieser Blick. Diese Augen. Seine Art, sich zu bewegen. Erneut sah sie ihn in Gedanken auf sich zukommen. Ihre Beine spreizen. Seine Hose öffnen.

Ihr Unterleib pochte.

Aude stellte das Glas auf das Geländer und strich über das Abendkleid. Fuhr mit der Hand über den Bauch bis zu der Stelle, an der ein Höschen zu ertasten gewesen wäre, hätte sie eines getragen. Doch dann hätte es sich unter dem Kleid abgezeichnet und vielleicht zu einer Notiz mit Foto in einem dieser „Klatschblätter" geführt.

Sie schloss die Augen und führte die Hand hoch zu ihrem Dekolleté. Durch den Stoff hindurch streichelte sie die linke Brust.

»Nicht bewegen!«

Aude spürte Lippen in ihrem Nacken, spürte, wie Fingerspitzen zu den Brüsten hinunterglitten. Sie versuchte, sich zu wehren, aber der Druck auf ihrem Hals wurde stärker. Sie deutete ein Nicken an und ließ die Arme sinken.

Mit dem Zeigefinger der Hand, die auf der Kehle lag, wurde ihr Kopf zur Seite gedreht. Ein Biss in die Halsbeuge.

Aude stöhnte auf. Sie lehnte sich nach hinten und presste den Körper gegen seinen.

Das konnte nicht Alexander sein. Seine Stimme klang anders, höher. Auch seinen Körper hätte sie erkannt, er war viel kleiner und dicker als der Mann hinter ihr.

Es konnte nur der Fremde sein. Er musste es einfach sein.

Sie stellte sich vor, wie sie sich umdrehte, vor ihm niederkniete, seine Hose öffnete. Ihn durch den Stoff des Slips küsste. Wie sie ihn herausholte und ihre Lippen um ihn schloss, seine Erregung in ihrem Mund spürte, seine Lust in sich aufsog. Er mit den Händen ihren Kopf hielt und sein Becken vor- und zurückbewegte.

Doch, statt ihre Fantasie Realität werden zu lassen, griff Aude nach hinten und umfasste seine Hüften, rieb den Po an seinen Lenden. Durch die Anzughose hindurch spürte sie sein Verlangen zwischen ihren Pobacken.

Seine rechte Hand wanderte von ihren Brüsten aus abwärts.

»Lass mich zwischen deine Schenkel!«

Ihre Gedanken wirbelten durcheinander. Nein. Niemals. Nicht in der Öffentlichkeit. Nicht mit einem Fremden. Und doch. Ja. Sie wollte, dass er ihre Feuchte spürte. Sie streichelte.

Aude öffnete die Beine.

Fingerspitzen strichen über den Stoff des Abendkleides, fanden auf Anhieb ihre empfindlichste Stelle. Sie keuchte.

Flüsterte: »Nein. Aufhören.«

Gleichzeitig raubte ihr der Gedanke, das Kleid anzuheben und sich einen seiner Finger reinzustecken, den Atem.

Sie spürte, wie er die Hand flach auf den Stoff zwischen ihren Beinen legte und den Druck erhöhte. Aude ging ein wenig in die Knie, kreiste mit dem Becken.

Mit der rechten Hand öffnete sie hinter dem Rücken seine Hose, langte in die Shorts und umfasste ihn. Bewegte die Hand auf und ab, verteilte den Liebestropfen über den Schaft. Sein Stöhnen an ihrem Ohr verstärkte noch das pulsierende Pochen in ihr.

Sie fühlte, wie er ihr Kleid Stück für Stück nach oben zog. Einen Finger in sie gleiten ließ. Ihn hinauszog, nur, um ihn sofort wieder in sie hinein zu stecken.

Aude stützte sich mit der linken Hand am Geländer vor sich ab und spreizte die Beine noch ein wenig mehr. Sah an sich hinunter, beobachtete das schemenhafte Vor und Zurück seiner Hand, spürte das Hinein und Hinaus des Fingers. Bewegte sich auf ihm hoch und runter. Wünschte sich, all das würde nie aufhören. Es sah so gut aus. Fühlte sich so gut an. Und auch sie selbst fühlte sich gut. Sexy. Sie versuchte, sich nicht mehr zu bewegen, wollte, dass er aufhörte. Nein, nicht! Doch es war zu spät: Sie stieß einen Schrei aus. Ihr Körper bebte. Zuckte. Sie drückte sich an seinen Finger, der weiter in sie hineinglitt und hinaus.

Hinter dem Rücken umklammerte sie ihn, presste, spielte. Dirigierte ihn vorbei am Stoff seiner Shorts und ihres Kleides, führte ihn zwischen ihre Schenkel. Spürte, wie seine Hand über den Venushügel hinauf strich und auf ihrer Hüfte liegen blieb.

Aude stellte sich auf Zehenspitzen und bewegte das Becken vor und zurück. Ließ seine Eichel über die Stellen gleiten, die seine Hand bis eben noch verwöhnt hatte.

Ließ zu, dass er in sie eindrang. Ihn immer wieder ein Stück herauszog und erneut in sie stieß. Ein Aufstöhnen. Und er ergoss sich in ihr.

Sekunden ohne Regung.

Hände ließen von ihr ab, gaben ihren Hals, gaben sie frei. Aude stützte sich mit beiden Armen am Geländer ab, schloss die Augen, ließ den Kopf nach vorne sinken. Musik drang zu ihr durch. Klatschen. Ein sich bedankender DJ. Sie sah auf, schaute in die Menge.

»Meinst du, es hat uns jemand gesehen?«

Aude strich das Abendkleid glatt und drehte sich um.

Sie war allein.

Allein mit einer Reihe Ahnenbildern an der Wand.

Sie wollte sich gerade von ihnen abwenden, um unter den Gästen nach dem Fremden zu suchen: Sie musste klarstellen, dass das hier ein einmaliges Ereignis gewesen sein würde, von dem niemand erfahren durfte.

Doch ein Paar Augen auf einem der Porträtbilder nahm sie gefangen.

Sie hatte das Gefühl, ihre Beine würden sie nicht länger tragen, und griff nach dem Geländer.

„Meine Liebe! Ist alles in Ordnung mit Ihnen? Da bin ich wohl gerade noch rechtzeitig gekommen, um nach Ihnen zu sehen."

Zum zweiten Mal an diesem Abend ließ sie zu, dass sich Alexanders Arm um ihre Taille legte.

„Ah! Jetzt verstehe ich. Ja, ich wünschte, ich hätte wenigstens ein bisschen von diesem Mann geerbt. Mein Ururonkel mütterlicherseits, heißt es, hatte eine außergewöhnliche Wirkung auf die Frauen. Manche von ihnen erzählten die frivolsten Geschichten über ihn. Dumm nur, dass er zu deren Zeiten nicht mehr gelebt hat. Kommen Sie, bringen wir Sie an die frische Luft."

Saphiramira Tachana

Ein Abend mit Kollegen

Wie schnell die Zeit doch vergehen konnte, wenn man Spaß hat. Ich hatte an diesem Abend seit Langem einmal wieder ein Treffen mit ein paar meiner liebsten Kollegen organisiert, lud ihn ganz beiläufig auch ein. Mit ihm meinte ich diesen bildhübschen Studenten, der es mir schon seit geraumer Zeit angetan hatte. Dessen Wangenknochen mich in jedem virtuellen Meeting erneut um den Verstand brachten, und von dem ich meinen Blick beim besten Willen nicht abwenden konnte. Mit dem ich täglich chattete, und Gründe erfand, ihn anzuschreiben. Ich bildete mir jedoch ein, dass er das gleiche tat. Mit der Zeit verstanden wir uns immer besser. Zudem waren wir intellektuell auf einer Wellenlänge. Lasen die Zeit, gingen gerne ins Theater, mochten die selben Bücher. Und doch frage ich mich berechtigterweise, ob mein Interesse an ihm genauso groß wäre, wenn er nicht so verdammt gutaussehend wäre. Vermutlich nicht. Immerhin war er nur ein Student.

Verstohlen riskierte ich einen Blick nach links auf sein Profil. Ich saß neben ihm im Auto, er fuhr mich nach unserem gelungenen gemeinsamen Abend wieder nach Hause. Vielleicht habe ich ihn bewusst zu diesem Treffen eingeladen, um ihm nahe zu sein. Und um an seine Handynummer zu kommen. Immerhin hatte der erste, zaghafte Versuch an diese zu kommen, um ihn zu unserer geschäftlichen WhatsApp Gruppe hinzuzufügen, schließlich keine Früchte getragen. Also musste ich geduldig sein, und auf die nächste Gelegenheit warten. Die ich dann aber auch postwendend am Schopf gepackt habe. Ein Glück, dass ich so kreativ war!

Ich glaube nicht, dass er hinter meinen Handlungen eine weitere Absicht vermutet hat. Falls ja, überspielte er es genauso gut wie ich. Als ich mich endlich dazu durchgerungen hatte ihn zu fragen, ob er zu unserem Treffen mitkommen möchte, schlug ich sogleich scherzhaft vor, dass er mich dann ja auch direkt abholen kann. Schließlich wohnt er nur ein paar Dörfer weiter, und wäre auf seinem Weg in die Stadt sowieso bei mir vorbeigefahren. Natürlich willigte er ein. Also tippte ich mit zitternden Händen und klopfendem Herzen meine private Handynummer in unseren Firmenchat und bat ihn, mir doch kurz Bescheid zu sagen, wenn er losfahren würde. Bevor ich die Nachricht absendete hielt ich einen kurzen Moment inne. Ich spürte, wie mein Puls raste, und meine Finger

17

zu schwitzen begannen. Schließlich fasste ich all meinen Mut zusammen und drückte auf Senden. Für eine schiere Ewigkeit wartete ich auf seine Antwort. Und als am frühen Abend die Nachricht von einer unbekannten Nummer auf meinem Display auftauchte, schoss mein Puls erneut in die Höhe.

Ich redete mir ein, nichts Unrechtes getan zu haben. Es war schließlich nur eine Frage. Eine unschuldige, gut gemeinte Frage. Es war doch wirklich nicht verwerflich, gerade in diesen von Corona geprägten Zeiten einen neuen Kollegen etwas ins Team integrieren zu wollen? Das war nur menschlich. Und was konnte ich schließlich dafür, dass meine Wohnung auf dem Weg lag? Das war reinster Zufall. Genauso wie diese Wangenknochen. Dass er mich mitnahm war also nicht etwa ein Vorwand, um Zeit mit ihm alleine zu verbringen und ihm nahe zu sein. Nein, das hatte einen rein ökologischen Hintergrund. Rühmte ich mich doch bei sämtlichen Gelegenheiten mit meinem Engagement für den Klimaschutz. Und immerhin fuhr er ein Elektroauto!

Unschlüssig lief ich zum Kleiderschrank und probierte verschiedene Outfits aus. Ich entschied mich letzten Endes ich für ein relativ kurzes, figurbetontes, blaues Kleid. Prüfend ging ich vor dem Spiegel auf und ab. Da ich im Büro doch meist eher schlicht und professionell gekleidet war, wollte ich ihm damit eine andere Seite von mir zeigen.

Und jetzt saß ich also hier, direkt neben ihm im Auto. Der Saum meines Kleides war mir bis zur Mitte des Oberschenkels hoch gerutscht, doch ich dachte vorerst nicht daran, das Malheur zu korrigieren. Er sollte sich ohnehin auf die Straße konzentrieren. Erneut wanderte mein Blick von meinen Schenkeln zu seinem Gesicht. Zweifellos machte er auch im Profil etwas her, er war einfach ein überaus attraktiver, junger Mann. Seit ich ihn das erste Mal in meinem Büro sitzen sah, bestand daran kein Zweifel mehr. Er hatte es mir vom ersten Moment an angetan.

Obwohl ich einige Cocktails getrunken hatte, versuchte ich mir nichts anmerken zu lassen. Als ich abermals etwas zu laut über einen meiner eigenen Witze lachte, verstummte ich plötzlich und sah ihn entschuldigend an. „Weißt du, mein Vater hat immer gesagt, ich soll aufpassen, bei der Arbeit. Soll nicht so sein, wie ich bin, so offenherzig weißt du." Ich studierte seine Mimik, und für einen kurzen Sekundenbruchteil trafen sich unsere Blicke. „Aber weißt du was – da pfeife ich drauf. Mal ehrlich, mit den Leuten bei der Arbeit verbringe ich mehr Zeit als mit meiner Familie oder meinem Partner. Wenn ich mich hier verstellen muss, dann kann ich mich auch gleich erschießen. Klar, ich kann mich natürlich schon benehmen, wenn ich zum Beispiel mal wieder zum Vorstand muss. Aber als wir noch im Büro waren, haben sich die Leute immer gewundert, warum aus unserem Büro ständig Gelächter zu hören war. Aber ich sag dir ehrlich, anders wäre das nicht zu ertragen."

Ich hatte mich etwas in Rage geredet und konnte meinen Blick noch immer nicht von ihm abwenden. Er pflichtete mir bei, stets bemüht mich an roten Ampeln oder bei langsam fließendem Verkehr ebenfalls anzusehen. Wenn sich unsere Blicke trafen, konnte ich trotz der Dunkelheit die charakteristischen Grübchen erkennen, die seinem ausdrucksstarken Gesicht diesen markanten, aber dennoch milden und freundlichen Ausdruck verliehen.

Ich fragte mich, ob er sich seines Aussehens bewusst war. Ob er sich seiner Wirkung auf mich bewusst war. Und ob er das alles nur mit nonchalanter Leichtigkeit überspielte. Ich konnte mir beim besten Willen nicht vorstellen, dass er von alledem nichts mitbekam. Sein vermeintlich unschuldiges Naturell brachte meine Fantasie auf Hochtouren. Ich wollte unbedingt wissen, was sich hinter dieser hübschen, braven Oberfläche verbirgt. Indessen machte ich kein Geheimnis daraus, dass ich ihn gut leiden konnte. Schmeichelte ihm, indem ich ihm versicherte, dass er einen guten Einfluss auf mich hätte. Hatte ich doch wegen ihm sämtliche zeit- und geldfressenden Handy-Apps gelöscht und die meisten meiner Social Media Accounts deaktiviert. Als ich ihn besser kennenlernte und bemerkte, dass wir uns generell auf der selben Wellenlänge befanden, bat ich ihn, mir Bücher zu empfehlen. Schließlich musste ich doch die freie Zeit, die ich nicht am Smartphone verbrachte, irgendwie sinnvoll nutzen. Bücher, und generell geschriebene Texte empfand ich als etwas sehr Persönliches. Seine erste Buchempfehlung hatte ich innerhalb weniger Tage verschlungen. Außerdem bat mir das einen willkommenen Anlass, ihn über meinen Lesefortschritt auf dem Laufenden zu halten, und mich mit ihm zu den Geschehnissen des Romans und der auftretenden Figuren auszutauschen. Als er mir schließlich privat ein Bild eines Frettchens auf seiner Terrasse schickte, musste ich schmunzeln. Ich hatte den Köder zwar ausgeworfen, aber er hatte angebissen. Nun durfte ich nur beim Einholen der Schnur keinen Fehler machen.

Nachdenklich betrachtete ich meine Hände, die ich in meinem Schoß verschränkt hatte. Schließlich zog ich den Rock doch ein kleines Stück hinunter. Er sollte ja nicht denken, ich wäre ordinär. Dabei bemerkte ich eine kaum zu leugnende Wärme, die sich in meinem Schoß breit machte. Wir unterhielten uns über einige belanglose Dinge, ehe wir schließlich das Ortsschild meines Heimatdorfs passierten, und sein Wagen nur wenige Augenblicke später vor meinem Haus zum Stehen kam. Er hatte den Blinker gesetzt und halb auf dem Gehweg geparkt, um so den Verkehr nicht zu behindern. Zuvorkommend und höflich wie immer. Das leise Summen des Elektromotors erstarb im Stand, und die plötzlich eintretende Stille wandelte sich zu einem Rauschen in meinen Ohren. Verursacht durch den Alkohol, aber doch vornehmlich durch die Gesellschaft. Im fahlen Schein der einige Meter entfernt stehenden Straßenlaterne betrachtete ich sein Gesicht. Der sauber gestutzte Dreitagebart, der seinem jungenhaften Antlitz etwas Erwachsenes, Männliches verlieh. Das perfekt sitzende, weiße Hemd, das leicht bläulich schimmerte. Die aufgeweckten Augen, die mich trotz der Dunkelheit hellwach anblitzten. Mein Blick fiel auf die Finger seiner rechten Hand, die beinahe krampfhaft das Lenkrad umklammerten. Ich bildete mir ein, die Knöchel heller hervortreten zu sehen. Während ich ihn ansah, machte ich keinerlei Anstalten, aussteigen zu wollen. Wohl wissend, dass, wenn ich jetzt gehen würde, meine Chance für immer vertan sein könnte. Schließlich hatte er uns beim Abendessen eröffnet, dass er nach dem Ende seiner Abschlussarbeit nicht bei uns bleiben würde, sondern sich bereits für eine andere Stelle entschieden hatte. Obwohl mich die Tatsache per se schon etwas schmerzte – schließlich hätte ich mein Büro gerne auch in Zukunft mit diesem gutaussehenden Mann geteilt – so wollte ich sie auf der anderen Seite auch als Chance begreifen. Als meine Chance, ihm näher zu kommen, ohne unser Arbeitsverhältnis dabei unnötig zu verkomplizieren.

Nachdenklich biss ich mir auf die Lippe. Ich konnte wohl kaum einfach meine Hand nach ihm ausstrecken, oder ihn fragen, ob er noch mit hochkommen wollte. Völlig ausgeschlossen, wartete doch in meiner Wohnung bereits mein Freund auf mich. Kurz überlegte ich, ihm einfach zu sagen, was ich für ihn empfand, wischte den Gedanken doch sogleich energisch wieder bei Seite, denn damit würde ich sämtliche Illusionen und Fantasien ein für allemal zerstören. Das kam nicht in Frage. Ich musste subtiler vorgehen. Strategisch klug. Ihm einen Vorgeschmack geben. Einen ganz kleinen. Ein winziges Signal, das ihm einerseits mein Interesse bestätigte, andererseits aber auch nicht zu viel offenbarte, und Lust auf mehr machte.

Mein Blick wanderte erneut zu seinen Händen, die das Lenkrad noch immer fest umklammerten. Ich bildete mir ein, ein leichtes Zucken in seinem Körper wahrzunehmen. Mein Brustkorb hob sich schließlich etwas an, als ich die Luft in meine Lungen sog, und einen Entschluss fasste. Mein Jagdinstinkt war geweckt, und er würde mir sicher nicht davonkommen! Mit einem einnehmenden Lächeln auf den Lippen legte ich den Kopf leicht schräg und sah ihm direkt in die Augen. Keiner von uns sprach ein Wort. Die Stille hatte sich wie eine schwere Decke über den Fahrzeuginnenraum gelegt, und schirmte uns gegen die Außenwelt ab. Trotz der Dunkelheit sah ich das erregte Funkeln in seinen Augen. So angespannt wie er dasaß, erweckte er jedoch nicht den Eindruck, als würde er den ersten Schritt machen. Auf perfide Art und Weise erregte es mich unglaublich, zu sehen, dass meine Anwesenheit ihn so nervös machte. Die Zeit schien still zu stehen, und ich genoss den Augenblick, in dem die Spannung zum Greifen nahe war. Schließlich streckte ich ganz langsam meine Hand nach ihm aus. Bewusst in Zeitlupe, um ihm die Gelegenheit zu geben, zu intervenieren, mir einen Dämpfer zu verpassen. Mich entsetzt anzusehen und mir zu sagen, dass ich das lassen soll. Doch nichts dergleichen geschah. Bemüht, mir meine Erleichterung und Erregung darüber nicht anmerken zu lassen, berührte ich schließlich sanft seine rechte Hand, die noch immer in unveränderter Position auf dem Lenkrad lag. Seine feingliedrigen, schlanken Finger umklammerten das Leder, und als ich die Wärme seiner Haut spürte, durchzuckte mich ein wohliger Schauer. Andächtig betrachtete ich seine helle Haut und streichelte sie zärtlich. Ein zufriedenes Lächeln legte sich um meine Mundwinkel, als ich zaghaft versuchte, seine Finger vom Lenkrad zu lösen, und dabei bemerkte, mit welcher Kraft sie sich an das dunkle Leder klammerten. Konzentriert, sanft aber bestimmt widmete ich mich der Reihe nach seinen Fingergliedern und löste sie vorsichtig aus der Umklammerung. Für einen weiteren Moment betrachtete ich die blasse Haut seiner Hände, die im bläulichen, fahlen Licht der Straßenlaterne noch heller wirkte als sonst. Seine langen, schmalen Finger, seinen von feinen Härchen und durchschimmernden Adern durchzogenen Handrücken. Wie alles an ihm waren auch seine Hände von einer atemberaubenden Eleganz. Instinktiv presste ich die Schenkel zusammen und spürte erneut, wie eine Woge der Erregung in mir aufkam. Er hingegen saß immer noch still auf seinem Sitz, regungslos im Augenblick gefangen. Ein leises Lächeln verließ meine Kehle, als ich mir unvermittelt vorstellte, was diese schönen Hände alles mit meinem Körper anstellen würden. Doch ich würde mich noch etwas in Geduld üben müssen. Mein Blick wanderte von seiner Hand über seinen Körper langsam zu seinem Kopf. Seine Gesichtszüge waren entspannt, doch da war es wieder, nur für den Bruchteil einer Sekunde, dieses schalkhafte Blitzen in seinen Augen. Am liebsten hätte ich mich auf der Stelle vergessen, ihn gepackt und ihm ins Ohr gestöhnt, dass er mich jetzt und hier nehmen soll. Dass ich es nicht mehr aushalte. Doch stattdessen besann ich mich, und konzentrierte mich darauf, meine scheinbare Überlegenheit nicht aufs Spiel zu setzen.

Ich schenkte ihm ein zaghaftes Lächeln, ehe ich mich wieder seiner Hand widmete, die noch immer auf meiner ruhte. Sanft umschloss ich seine Finger und zog seinen Arm zu mir herüber. Ich betrachtete, wie sein schlanker Arm sich langsam streckte, und mir sein unverschämt unaufdringliches Parfum entgegenschlug. Widerstandslos ließ er mich gewähren. Andächtig betrachtete ich seine schönen Hände, mit den hell schimmernden, kurz geschnittenen Nägeln. Unter Zuhilfenahme meiner zweiten Hand streichelte ich seine Handfläche und streckte seine Finger. Die sanften Berührungen seiner weichen Haut brachten mich beinahe um den Verstand. Die Zeit schien still zu stehen. Schließlich fasste ich mir ein Herz und führte seinen Zeigefinger an meine Lippen. Ich öffnete sie nur leicht, und legte seinen Finger sanft auf meine Unterlippe. Bevor ich meine Lippen um ihn schloss, bedachte ich ihn mit einem tiefen, eindringlichen Blick. Ein zartes Lächeln umspielte seine Mundwinkel, erneut wurde mir beinahe schwindelig beim Anblick seiner markanten Züge. Ich frage mich wieder, wer hier eigentlich mit wem spielt. Heftig blinzelnd verdrängte ich diesen Gedanken jedoch direkt, um mich wieder voll und ganz auf die Gegenwart zu konzentrieren. Ich wandte meinen Blick schließlich von ihm ab, und ließ seinen Zeigefinger quälend langsam zwischen meine Lippen gleiten. Bis zum ersten Fingergelenk saugte ich ihn genüsslich in meinen Mund, ehe ich zaghaft begann, mit meiner Zunge seine Fingerkuppe zu liebkosen. Zufrieden registrierte ich, wie er leise aufstöhnte, was mich ermutigte, mein Spiel fortzusetzen. Ich ließ mir Zeit. Mit der Spitze meiner Zunge erkundete ich jeden Zentimeter. Um das Ganze noch etwas weiter zu treiben, nahm ich seinen Finger nun weiter in den Mund, und begann etwas vehementer an ihm zu saugen. Für einen Moment öffnete ich die Augen und ließ von ihm ab, nur um mir direkt im Anschluss direkt zwei Finger einzuverleiben. Erwartungsvoll blickte ich zu ihm hinüber, sein Körper schien wie erstarrt, seine Augen halb geschlossen. Zärtlich saugte ich seine Finger tiefer in meinen Mund, und als sie schließlich fast vollständig verschwunden waren, schlug ich die Augen auf und sah ihn unvermittelt an. Ich registrierte, wie sein Brustkorb sich in schnelleren Abständen hob und senkte und fragte mich, ob das allein ausreichend sein würde, um ihn über die Schwelle zu bringen. Einen Moment lang spielte ich mit dem Gedanken, befand ihn dann jedoch für unbefriedigend. Was für eine Verschwendung! Unwillkürlich musste ich grinsen. Sanft knabberte ich mit meinen Zähnen an seinen Fingern, was dazu führte, dass seine Augen sich einen Spalt weit öffneten und er mich ansah. Durch die Nähe zu ihm konnte ich sehen, wie seine Nasenflügel bebten. Seine schmalen Lippen waren leicht geöffnet, und beim Gedanken daran, sie endlich zu küssen, strich meine Zunge unwillkürlich über seine Fingerkuppen. Er ließ mich gewähren, seine Passivität spornte mich nur noch zusätzlich an. Wie schaffte er es, in dieser Situation so ruhig zu bleiben? Hatte ich ihn derart kalt erwischt, oder war diese scheinbare Gelähmtheit in Wahrheit nichts als Berechnung? Wie dem auch sei, ich genoss diesen Moment in all seiner Herrlichkeit. Langsam ließ ich seine Finger aus meinem warmen Mund gleiten. Der feuchte Glanz auf seiner Haut schien das Mondlicht einzufangen. Ich seufzte und legte seine Hand in seinen Schoß. Nein, so einfach wollte ich ihn nicht davon kommen lassen. Ohne ihn eines weiteren Blickes zu würdigen, griff ich mit meiner rechten Hand unvermittelt zwischen seine Beine. Ich hatte es zwar bereits geahnt, aber eigenhändig zu fühlen, welche Spuren meine Behandlung bei ihm hinterlassen hatte, erregte mich ungemein. Er stöhnte erneut leise auf, als ich ihn mit leichtem Druck durch den dicken Stoff seiner Jeans hindurch massierte. Mit einem schnellen Handgriff schnallte ich mich los, nur um mich direkt wieder über ihn zu beugen. Meine Hände fanden den Weg zur silbernen Schnalle seines schwarzen Ledergürtels. Die lästige Barriere war schnell überwunden. Zufrieden lächelnd ließ ich meine rechte Hand langsam unter den Bund seiner Shorts gleiten. Ich spürte, wie sich sämtliche Muskeln seines gesamten Körpers anspannten, als ich meine Erkundung fortsetzte. Langsam schloss ich meine Finger um ihn und verharrte für einen Moment in dieser Position. Ich spürte das Blut pulsieren. Erneut fragte ich mich, wie lange er meinem Spiel noch standhalten würde. Mit einem kurzen Ruck befreite ich ihn und betrachtete für einen Moment lang andächtig, wie meine Hand im Schutz des Mondlichtes andächtig an seinem Schaft entlang fuhr. Die ganze Situation fühlte sich an wie ein Traum, im Nachhinein betrachtet konnte ich wirklich froh sein, dass keiner der Nachbarn mich bei meinem riskanten Treiben beobachtet hatte. Nicht, dass es sie im Geringsten etwas angegangen wäre. Um diese Zeit war, wenn überhaupt, nur John mit seinem Hund unterwegs, und er machte auf mich nicht den Eindruck, als würde er sich für derartigen Klatsch interessieren. Beeindruckt starrte ich also auf seine Erregung, die sich immer noch zwischen meinen Fingern befand. Geistesgegenwärtig bewegte ich meine Hand vorsichtig ein paar Mal auf und ab und registrierte zufrieden, dass sich sein hoch aufgerichteter Körper merklich in den Sitz presste. Mit seiner linken Hand stütze er sich am seitlichen Griff der Türe ab. Seine Augen waren beinahe geschlossen und sein Atem ging schwer. Für einen kurzen Moment sah ich völlig klar, und registrierte, dass ich zu weit gegangen war. Selbst wenn ich jetzt von ihm abließ, würde dieser Moment sich für immer in unser beider Gedächtnis brennen. Seine Finger zwischen meinen Lippen, die Konturen seines Gesichts im fahlen Mondlicht, meine Finger um seine pulsierende Erregung. Es war zu spät. Die Grenze war überschritten. Von hier an gab es kein Zurück mehr. Geistesgegenwärtig schob ich mir eine Haarsträhne hinters Ohr und senkte meinen Oberkörper in seinen Schoß. Kurz vor meinem Ziel betrachtete ich ihn für den Bruchteil einer Sekunde, ehe ich die Augen schloss, und meine Lippen über ihn senkte. Die Berührungen seiner weichen, heißen Haut an dieser empfindlichsten Stelle seines Körpers raubten mir den Verstand. Ich spürte, wie sich sein Körper erneut versteifte und er mir sein Becken leicht entgegen schob. Dieses untrügliche Zeichen seiner Erregung brachte mich um den Verstand. Ich konnte seinen Atem hören, der immer schneller ging. Davon angespornt ließ ich ihn Stück für Stück immer weiter in meinen Mund gleiten. Zunächst langsam, nur bis zur Hälfte. Meine Zunge umspielte die weiche Haut und tastete nach den prallen Äderchen, die seine Oberfläche durchzogen. Er fühlte sich gut an, schmeckte gut, ich detektierte den subtilen Geruch eines schwach parfümierten Duschgels, der sich mit dem unwiderstehlichen Pheromoncocktail seiner Haut vermischte. Gedankenverloren ließ ich meine Zunge kreisen, und genoss es, ihn auf diese Art und Weise zu verwöhnen. Nein, diese Nacht würden wir wahrlich niemals vergessen. Beinahe ruckartig ließ ich ihn komplett in meinem Mund verschwinden. Damit hatte er offenbar nicht gerechnet, denn ich konnte hören, wie er unvermittelt aufstöhnte. Wie zur Bestätigung legte ich ihm meine rechte Hand aufs Knie, um ihm zu signalisieren, sich zu entspannen. Ich glaube nicht, dass er noch dazu im Stande gewesen wäre, überhaupt einen klaren Gedanken zu fassen. Und der Punkt, an dem wir hätten umkehren können, war sowieso längst überschritten. Ich wollte ihn kosten, ihn probieren, wissen wie er schmeckt. Mit gezielten Bewegungen brachte ich ihn kurz vor die heiß ersehnte Erlösung. Ich wusste, dass er jeden Moment so weit sein würde. In mir loderte ein Feuer, das endlich gestillt werden wollte. Ich intensivierte meine Zungenschläge an seiner empfindlichen Unterseite und hielt beinahe den Atem an. Und plötzlich spürte ich, wie ein Zucken durch seinen gesamten Körper ging und er hörbar ausatmete. Wie zur Bestätigung drückte ich erneut meine Hand auf sein Knie und wartete darauf, dass er sich entspannte. Begleitet von einem leisen Stöhnen spürte ich, wie er sich plötzlich aufbäumte, und schließlich zu Zucken begann. Zufrieden schloss ich die Augen und genoss das pulsierende Gefühl seiner Erregung in meinem Mund. Während er kam zitterte er am gesamten Körper. Seine Erregung bebte zwischen meinen Lippen, und sein Körper hatte sich noch nicht wieder beruhigt, obwohl sein Höhepunkt bereits am Abklingen war. Ich behielt ihn noch einen Moment lang zwischen meinen Lippen und streichelte währenddessen geistesabwesend über seinen Oberschenkel. Sein süßlich-herber Geschmack breitete sich auf meiner Zunge aus. Schließlich entließ ich ihn vorsichtig aus meinem Mund, schloss meine Lippen, und hob andächtig den Blick. Sein Atem ging schwer, im spärlichen Licht konnte ich ein paar kleine Schweißperlen auf seiner Stirn erblicken. Die Scheiben des Wagens waren rundherum beschlagen, was zwar ein untrügliches Zeichen dafür war, was im Inneren vorging, uns jedoch wenigstens vor neugierigen Blicken schützte. Mein Blick blieb erneut an seinen Wangenknochen hängen. Seine Gesichtszüge waren gänzlich entspannt. Als er langsam die Augen öffnete, nahm ich die Hand von seinem Oberschenkel und blickte ihm herausfordernd in die Augen. Unsere Blicke trafen sich, und ich war mir sicher, einen Hauch von Dankbarkeit, und fast so etwas wie Stolz in seinem Blick zu erkennen. Zufriedenheit machte sich in meinem Körper breit, und bevor ich mich dazu hinreißen ließ, noch weiter zu gehen, schluckte ich schnell und fuhr mir mir zur Bestätigung noch mit der Zunge über die Lippen. Er schmeckte unwiderstehlich. Ich hatte Blut geleckt. Ich wollte mehr. Viel mehr. Doch ich wusste, dass ich mich fürs Erste damit zufrieden geben musste. Ich durfte mir nichts anmerken lassen. Also schenkte ich ihm ein zufriedenes Lächeln, ehe ich die zwischen meinen Beinen positionierte Handtasche ergriff und sie mir auf den Schoß stellte. Für einen Moment saßen wir uns schweigend gegenüber, und versuchten beide, das eben Geschehene zu verarbeiten. Schnell entriegelte ich die Tür, bemüht, mir meine Nervosität nicht anmerken zu lassen. Im Aufstehen drehte ich mich nochmals flüchtig zu ihm um. „Danke fürs Fahren! Und komm gut nach Hause!" Ich schaffte es nicht ganz, mir ein süffisantes Grinsen zu verkneifen. Mit einem Ruck katapultierte ich mich auf die Füße, schlug die Türe eine Spur zu kräftig hinter mir zu, und ließ ihn in der Dunkelheit zurück.

Martin Guan Djien Chan

Klosterliebe

Ich bin eine Art Lebemann. Beruflich wie in der Liebe habe ich meine Nischen gefunden, die mir ein recht angenehmes und durchaus erfolgreiches Leben bescheren. Ich inszeniere Events, Actionspektakel, Open-Air-Shows und dergleichen. Die Nachfrage an meinen Inszenierungen ist schwankend, in der Liebe dagegen kann ich mich als kontinuierlich erfolgreichen Casanova bezeichnen, der häufig mehrere Affären gleichzeitig hat, ohne daraus einen Hehl zu machen. Allerdings muss ich einschränkend erklären, dass ich es nicht auf die begehrtesten Damen abgesehen habe, sondern ausschließlich unter Mauerblümchen wildere, Mauerblümchen, deren Potential ich erkenne, und die mit wenig Nachhilfe in durchaus attraktive Liebhaberinnen umgewandelt werden können. Sie wären erstaunt, wie viele Mauerblümchen es in der heutigen Gesellschaft noch gibt. Manchmal glaube ich sogar, dass die heutige Freizügigkeit ihre Anzahl steigen lässt. Die Gründe sind unterschiedlicher Natur. Manche Frauen sind schlichtweg schüchtern, viele weisen die unsinnigsten Minderwertigkeitskomplexe auf, einige hatten schlechte oder gar traumatische Erlebnisse in der Vergangenheit, andere haben einen zu interessanten Beruf oder eine zu fordernde Karriere, um Zeit für Flirts zu opfern. Meistens erkenne ich die Gründe bereits auf den ersten oder zweiten Blick. Spätestens offenbart mir ein kurzer Wortwechsel die Art des Mauerblümchendaseins.

Einige Abenteuer haben über Jahre hinweg Bestand, eines davon hat mir sogar eine glückliche Vaterschaft auf im Voraus vertraglich geregelter Grundlage verschafft, andere kommen kaum über einen One-Night-Stand hinaus. Manche Mauerblümchen bringe ich zum Blühen und sie betreten durch mich das öffentliche Rampenlicht, andere bleiben bescheiden und sind mir dankbar, dass ich hin und wieder ihre sexuellen Bedürfnisse befriedige. Und einmal erkannte eine meiner Geliebten durch unser Abenteuer, dass sie eigentlich lesbisch veranlagt ist. Ich könnte ein Buch darüber schreiben, vielleicht wäre es sogar interessant. Aber in Wahrheit beruht mein Erfolg nur auf jahrelanger Erfahrung. Ich verführe Mauerblümchen mit ähnlichen Techniken, wie Staubsaugervertreter ihre Produkte an die einsame Hausfrau bringen.

Aber ich will eine Geschichte für die Nachwelt niederschreiben, die nur bedingt mit meinem normalen Leben zu tun hat, wenngleich Beruf und Liebesleben der Auslöser dieses Abenteuers waren:

Ein neues berufliches Projekt zeichnete sich ab. Es ging um Goethes Faust, genauer gesagt um die Beschwörung des Erdgeistes. Es sollte im Rahmen einer Messeeröffnung auf die dämonische Seite menschlicher Erkenntnis eingehen. Um für dieses Spektakel geeignete Anregungen zu finden, wollte ich in mittelalterlichen Werken nach Illustrationen suchen. Meine Nachforschungen ergaben, dass in einem ehemaligen Nonnenkloster zu Zeiten der Inquisition eine umfangreiche Bibliothek zu diesem Thema angelegt worden war, und diese nun als Außenstelle der zuständigen Landesbibliothek wissenschaftlich arbeitendem Publikum zugänglich war. Zwar war mein Vorhaben auch ansatzweise nicht wissenschaftlicher Natur, aber es bereitete keine weiteren Umstände, die entsprechende Genehmigung aus der Landeshauptstadt zu erhalten.

Das Kloster lag weitab der Zivilisation mitten auf dem flachen Land einer strukturschwachen Region und selbst das nächste Dorf war etliche Kilometer weit entfernt. Es war Sommer, das gerade beendete Projekt sehr nervenaufreibend gewesen und ich selber urlaubsreif. Ich beschloss daher, die Großstadt zu einem längeren Urlaub auf dem Lande in Richtung Kloster zu verlassen, welches praktischerweise für seine Gäste preisgünstige Zimmer bereithielt. Mein Plan, tagsüber ein wenig zu wandern und abends Dämonen zu studieren, klang vielversprechend.

Ich traf am frühen Nachmittag ein. Das Hauptportal war fest verschlossen und auch auf mehrfaches Klingeln rührte sich nichts im Haus. Vielleicht, war mein Gedanke, ist das Personal über Mittag ins nächste Dorf gefahren oder hält Siesta. Ich schlenderte einmal um die Anlage herum und konnte ein offenes Fenster im Hochparterre erblicken, welches durch Gardinen und Blumentöpfe eher den Eindruck erweckte, zu einer Wohnung, denn zu einem Büro zu gehören. Auf gut Glück rief ich mehrmals laut Hallo und tatsächlich zeigte sich daraufhin ein Kopf in der Fensteröffnung. Dieser gehörte zu einer jungen Frau, welche den Anschein erweckte, gerade aus dem Schlaf gerissen worden zu sein. Ich hatte wohl mit Siesta richtig gelegen.

„Entschuldigung, dass ich Sie beim Mittagsschlaf störe, mein Name ist Müller-Bölkow, ich hatte mich für heute angekündigt."

Die junge Frau bat mich, einen Moment zu warten, sie würde gleich das Hauptportal öffnen. So schlenderte ich langsam dorthin zurück. Kurze Zeit darauf öffnete sie tatsächlich die Tür und stellte sich vor. Ihr Name war mir geläufig, denn die Landesbibliothek hatte ihn mir als den der zuständigen Ansprechpartnerin genannt. Ich entschuldigte mich erneut für die Störung der Mittagsruhe, aber sie lachte kurz auf: „Das macht nichts, ich war gerade beim Frühstück." Hier musste ich dann doch etwas erstaunt aus der Wäsche geschaut haben. „Ich bin passionierte Langschläferin und da ich hier meine Zeit so einteilen kann, wie ich will, schlafe ich bis Mittag und beginne erst nachmittags mit der Arbeit. Oft arbeite ich auch nachts, so wie gestern. Für die Bücher ist das sowieso besser. Die vertragen Sonnenlicht nicht so gut wie elektrisches Licht. Ich hoffe, das stört Sie nicht. Oder wollen Sie morgens um sieben mit Ihrer Arbeit beginnen?"

Ich erklärte ihr, dass ich über ihren Tagesablauf sogar sehr glücklich sei, denn ich selber beabsichtigte ja, tagsüber zu wandern und mich erst abends der Dämonenlektüre hinzugeben. „Im Gegenteil, ich hatte eher die Befürchtung gehabt, dass die Bibliothek nur von acht bis zwölf Uhr morgens geöffnet ist."

Wir verstanden uns sofort sehr gut und bereits während sie mich durch die Klosteranlage führte, begann ich, sie als Frau abzuschätzen. Vom ersten Moment an wirkte sie wie ein Mauerblümchen, und da sie obendrein jung und hübsch war, malte ich mir sofort aus, dass auch die Nächte in diesem Kloster angenehm zu werden versprachen. Aber obwohl wir bereits sehr lange miteinander gesprochen hatten, konnte ich nicht feststellen, zu welcher Art von Mauerblümchen sie genau gehörte. Die Hausführung war beendet und wir standen wieder am Hauptportal. „Und nach der Mittagspause stellen Sie mich dann Ihren Kollegen vor?", fragte ich. „Kollegen? Da überschätzen Sie gewaltig die Haushaltslage der Landesregierung. Ich muss sogar darum kämpfen, dass meine eigene Dreiviertelstelle nicht auf eine Halbtagsstelle reduziert wird." Diese Antwort hatte ich nicht erwartet, denn die ganze Anlage erweckte nicht den Eindruck von Unterfinanzierung. „Aber es scheint so, als ob das ganze Kloster neu renoviert wurde. Da müssen doch auch Mittel für Personal vorhanden sein." – „Mein Lieber, Sie haben offensichtlich noch nie im öffentlichen Dienst gearbeitet. Die Geldtöpfe für Renovierungen sind nicht dieselben wie die für das wissenschaftliche Personal. Hinter dem ersten steht außerdem die Lobby der Bauindustrie. Also eine kurze Erklärung: Das Kloster, einschließlich Bibliothek, gehört einer völlig unterfinanzierten Privatstiftung, deren Kuratorin ich bin. Aus Kostengründen haben wir uns verwaltungstechnisch unter die Fittiche der Landesbibliothek begeben, die auf diese Weise für die Unterhaltskosten, also Strom, Wasser, Bürokosten und letztendlich meinen Lohn aufkommt. Die Renovierung wurde vom Landesdenkmalamt mit Förderung durch

Bund und EU getragen. Dabei wurden Panzerfenster und Alarmanlage eingebaut, sodass man jetzt auf die Kosten für den Wachschutz verzichten kann. Noch Fragen?"

Ich musterte die junge Frau erneut. Auf den ersten Blick war sie Mitte zwanzig, höchstens dreißig, ihre Gesten wirkten allerdings reifer. „Sie sind also alleinverantwortlich für das gesamte Kloster?", fragte ich etwas ungläubig. Offensichtlich war sie diese Reaktion von Besuchern gewöhnt. „Ich weiß, ich sehe jünger aus als ich bin, aber ich habe zwei Doktortitel, der eine steht für Geschichtswissenschaft, der andere für Bibliothekswesen. Holen Sie Ihre Sachen aus dem Auto und ich zeige Ihnen das Gästezimmer. Ich sehe übrigens mit Bangen dem Tag entgegen, an dem der Landesrechnungshof bemerkt, dass die Stiftung und nicht die Landesbibliothek die Übernachtungsgelder kassiert."

Frau Dr. Dr., wie ich sie scherzhaft anzusprechen mir zur Gewohnheit machte, war mir bei meiner Arbeit sehr behilflich. Ich erläuterte ihr mein Anliegen und sie suchte mir die entsprechenden Folianten heraus. „Mit den Katalogen hier werden Sie sowieso nicht klarkommen. Der neueste ist von 1962 auf vergilbten Karteikarten angelegt. Lassen Sie mich einfach wissen, was Sie benötigen."

Es waren sehr angenehme Tage in dem Kloster. Ich stand am späten Morgen auf, frühstückte, wanderte einige Stunden, nicht ohne in einem der zahlreichen kleinen Badeseen mehrere Runden zu schwimmen, und widmete mich vom späten Nachmittag an meiner Lektüre. Viele der Folianten enthielten phantasievolle und detaillierte Abbildungen, nicht selten üppig koloriert, die mich auf viele Ideen für das geplante Dämonenspektakel brachten. Nur bei der jungen oder zumindest jung wirkenden Frau ergaben sich keinerlei Fortschritte, im Gegenteil, es schien sich ein Gebirge aus Rätseln vor mir aufzubauen. Nun habe ich intensive Erfahrungen mit Frauen aller Altersklassen von sehr jung bis Mitte Vierzig hinter mir und möchte mich mit Fug und Recht in die Klasse der Experten einreihen, deshalb begann meine Erfolglosigkeit an meinem Ego zu nagen. Ihr Körper war definitiv nicht älter als dreißig Jahre. Sicher gibt es des Öfteren Frauen, die mit Vierzig auf den ersten, zweiten oder gar dritten Blick fünfzehn Jahre jünger wirken. Aber mein Blick war der eines geübten Experten, dem auch nicht das kleinste Detail, soweit nicht durch Kleidung bedeckt, entging. Die Beschaffenheit der Haut, das vollständige Fehlen jeglicher Altersfältchen, der leichte Flaum an manchen Stellen, all dies sprach eine zu deutliche Sprache. Aber gleichzeitig kam ich mit fortschreitendem Studium ihrer Gestik, Artikulation und Rhetorik zu dem Schluss, dass Frau Dr. Dr. die Vierzig überschritten haben musste. Auch Verhalten und Garderobe gaben mir desto mehr Rätsel auf, je länger ich diese studierte. Ihre Garderobe war nicht wirklich die eines Mauerblümchens, sondern die perfekte Nachahmung einer solchen. Die einzelnen Kleidungsstücke waren sämtlich neu und von guter Qualität, aber ihre Kombination war so, dass sich Farbtöne leicht bissen, Stile nicht korrespondierten, kurzum, das Gesamterscheinungsbild rief eine unterschwellige Dissonanz beim Betrachter hervor, die signalisieren sollte, dass diese Person nicht gewillt ist, erotisch attraktiv zu sein. Bei anderen Männern hätte dies vielleicht ausgereicht, schon nach kurzer Zeit weitere Vorstöße zu unterlassen, in einem eingefleischten Casanova wie mir dagegen weckte diese offensichtlich absichtlich gewählte Garderobe erst recht das Jagdfieber. Verstärkt wurde dies durch das sonderbare Verhalten der Frau. Sie versuchte zwar, auch von der Mimik her wie ein Mauerblümchen zu wirken, konnte sich aber, sobald wir ins Gespräch gekommen waren, nicht mehr kontrollieren und war schnell spöttisch und keck. Ihr Hüftschwung setzte ein und ihr gesamter Körper strahlte eine erotische Attraktivität aus, wie ich sie zuvor noch bei keiner Frau erlebt hatte. Im Gegensatz zu einem echten Mauerblümchen war sie körperlicher Nähe nicht abgeneigt und nach einigen Tagen begann ich versuchsweise, hin und wieder den Arm um ihre Schultern zu legen, was aber weder eine abwehrende, noch zustimmende Reaktion zur Folge hatte, sondern eine Art desinteressierte Neutralität. Nachdem ich auch ein paar Mal meine Hand auf ihr Knie gelegt und dieselbe neutrale Antwort erhalten hatte, beschloss ich, das Finale einzuläuten, obwohl ich mir auch ansatzweise über den amourösen Charakter meiner erwählten Dame nicht im Klaren war.

Ich lud sie für den kommenden Abend zu einem Dinner ein. Als Casanova lohnt es sich, ein guter Koch zu sein, und nicht wenige Herzen hatte ich in meiner Laufbahn endgültig durch ein perfektes romantisches Dinner erobert.

Auch diesmal war ich mit den Vorbereitungen zufrieden. Kerzenlicht, passende Musik und Dekoration und natürlich eine kulinarische Meisterleistung. Ich war leger-schick gekleidet und auf ihre Garderobe gespannt. Pünktlich wie ein preußisches Grenadierbataillon trat die Dame in mein Zimmer – in derselben grauenhaften Garderobe wie immer. Diese Abende stellen normalerweise die Stunde der Wahrheit dar. Entweder man liegt sich am Ende zumindest küssend in den Armen oder die Dame der Wahl verabschiedet sich recht früh mit der klaren Aussage, dass keine weiteren amourösen Avancen erwünscht sind. Aber diesmal brachte auch das Dinner keine Klarheit. Meine Dame trank bereitwillig recht viel

Wein. Nach dem Essen dauerte es nicht lange und wir tanzten zu den üblichen romantischen Schnulzen, und das sogar recht eng. In gewisser Weise flirtete sie durchaus, aber es war offensichtlich, dass sie keinerlei erotisches Interesse an mir hegte.

Wir hatten gerade einen engen und doch unamourösen Tanz beendet, als die Dame sich mit dem Argument von mir verabschiedete, lange nichts mehr getrunken zu haben und deshalb lieber schon zu Bette gehen möchte. Ich war perplex. Abgesehen davon, dass sie allem Anschein nach ziemlich gut den Alkohol vertragen hatte, war es gerade erst elf Uhr und sie selber behauptete, selten vor zwei ins Bett zu gehen.

Ich mag sehr von mir eingenommen wirken, wenn ich glaube, dass mir im Gegensatz zu anderen Männern so eine Fehleinschätzung nicht hätte passieren dürfen, da ich über lange Jahre sehr viel Erfahrung sammeln konnte. Mit Ende Vierzig besitze ich immer noch einen gut gebauten, durchtrainierten Körper, maskulin, aber nicht machohaft, und ich kann genau einschätzen, auf welche Weise ich die verschiedenen Frauentypen der Kategorie Mauerblümchen betören kann. Und Frau Dr. Dr. hatte mir von sich aus gestanden, seit Jahren keinen Freund mehr zu haben.

Allein in der romantisch dekorierten Essküche war ich mehr als nur frustriert, nicht nur, weil mein Hormonspiegel im Laufe des Abends erheblich angestiegen war. Solche Situationen muss man als Casanova häufig meistern und gerade Mauerblümchen benötigen nach dem ersten romantischen Dinner oft ein paar Tage Bedenkzeit. Nein, es war vor allem mein unbefriedigter Jagdinstinkt, der mich quälte. Ein klares Nein der Dame wäre in Ordnung gewesen, aber in dieser Situation wusste ich beim besten Willen nicht, woran ich war. Ich beendete die Flasche Wein und öffnete eine weitere, während ich den Abend rekapitulierte. Letztendlich kam ich zu dem logischen Schluss, welchen ich gefühlsmäßig aber nicht glauben wollte, dass die Dame entweder lesbischer Natur oder vollständig sexuell frigide sein müsse. Während ich an meinem Wein nippte, vernahm ich ein kaum wahrnehmbares, dumpfes, explosionsartiges Grollen. Ich hatte dieses Geräusch schon mehrmals bemerkt, immer zu mitternächtlicher Stunde und maß ihm keinerlei Bedeutung bei. Wahrscheinlich hing es mit dem Heizkessel zusammen. Aber es brachte mich auf eine Idee. Ich würde einen letzten Versuch wagen!

Es dauerte eine Weile, bis ich die Wohnung der Dame erreicht hatte, denn sie befand sich am Ende des anderen Gebäudeflügels. Mein Plan war, von dem Geräusch zu berichten und meine Besorgnis darüber zum Ausdruck zu bringen. Je nach ihrer Reaktion würde ich weitersehen und entweder wagemutig zum Husarenangriff oder endgültig zum Rückzug blasen. Ich klopfte. Zunächst leise, dann immer lauter. Keine Reaktion. Ich ergriff die Klinke und siehe da, die Tür ließ sich ohne Probleme öffnen. Direkt hinter der Wohnungstür befand sich das Schlafzimmer, genauer gesagt die Mischung aus Wohn- und Schlafraum, wie man sie aus studentischen Wohngemeinschaften kennt. Im Mondlicht konnte ich gut erkennen, dass das Bett leer war. Ich rief ihren Namen. Gab mich mit Absicht besorgt. Offensichtlich war sie nicht anwesend, wenn sie sich nicht im Nebenraum verbarg. „Ich mache mir wirklich Sorgen um Sie. Erst dieser Knall und jetzt sind Sie verschwunden. Ich werde jetzt in Ihre anderen Zimmer kommen. Haben Sie keine Angst vor mir." Wer wusste schon, ob die Dame nicht einfach paranoid mit gezücktem Küchenmesser im Nebenraum wartete. Ich machte Licht. Auch in den beiden anderen Zimmern, die übrigens nur Schränke enthielten, fand ich sie nicht. Offensichtlich war der Vogel ausgeflogen und verbarg ein geheimes Doppelleben.

Ich beschloss, einen kleinen nächtlichen Spaziergang zu machen, um Körper und Geist abzuregen. Eine feine Havanna in der einen, ein Glas irischen Single Malt in der anderen Hand, trat ich aus dem Hauptportal, aus Sicherheitsgründen der einzigen von außen zu öffnenden Tür. Ich dachte nach. Nicht mehr in der Eigenschaft eines Casanovas, denn es war mir klar geworden, dass die Dame mir deshalb keinerlei amouröses Interesse entgegenbrachte, weil sie bereits ein kleines Geheimnis in dieser Richtung hütete, sondern als kleiner Sherlock Holmes, wie er in jedem von uns steckt. Aus purer zügelloser Neugier wollte ich nun herausbekommen, wie das Geheimnis der Kuratorin im Detail aussah. „Gehen wir systematisch vor", dozierte ich vor mir selbst, „man kann das Haus zwar durch andere Türen verlassen, aber nur durch den Haupteingang betreten. Abgesehen davon aktiviert das Öffnen der Nebeneingänge automatisch die Alarmanlage und diese ist mit dem nächsten Polizeiposten verbunden. Im Umkreis von zehn Kilometern gibt es nichts außer Äckern und ein paar Waldstücken. Habe ich ein Auto gehört? Nein." Ich schlenderte zum Parkplatz und fand ihr Auto friedlich neben meinem vor. „Fahrrad!" Ich wusste, dass Frau Dr. Dr. bei gutem Wetter mit dem Fahrrad ins Dorf zum Einkaufen fuhr. „Fehlanzeige. Na ja, dann scheint ihr Freund sie wohl in einem der kleinen Waldstückchen zu empfangen."

Die nächsten Tage versuchte ich, die ganze Angelegenheit zu vergessen. Aber die Tatsache, ständig eine hübsche Frau vor Augen zu haben, deren versteckte Erotik sich mir nun immer klarer offenbarte, ließ meine Neugier bald wieder Oberhand gewinnen. Und so legte ich mich eines

Abends versteckt in meinem Wagen auf die Lauer. Ich konnte sowohl ihr Fenster als auch das Hauptportal beobachten. Um halb zwölf löschte sie erwartungsgemäß das Licht und – es passierte nichts. Ich wartete. „Sie wird doch nicht ausgerechnet heute früh ins Bett gegangen sein?" Diese Frage war eher rhetorischer Natur, denn gefühlsmäßig war ich vom Gegenteil überzeugt. Ich beschloss, ihr Fenster in Augenschein zu nehmen. Es war fest geschlossen, was in einer lauen Sommernacht nicht auf einen schlafenden Bewohner des Zimmers hinwies. Ich würde einen weiteren Versuch wagen.

Kaum war ich ins Gebäude zurückgekehrt, als ich erneut jenes seltsame mitternächtliche Geräusch vernahm.

Zielstrebig wandte ich mich ihrer Wohnung zu, begann denselben Dialog wie einige Tage zuvor und hatte mit meiner Vermutung recht: Der Vogel war wieder ausgeflogen. Ich fühlte mich wie einer der Akteure jener Kinderkrimis von Enid Blyton oder Astrid Lindgren. Der Detektiv in mir hatte nun endgültig Besitz von meiner Person ergriffen. Voller Nervosität begab ich mich auf mein Zimmer zurück, um einen detaillierten Plan für den nächsten Tag zu entwerfen, in welchen all das Wissen einfließen sollte, das der Durchschnittsbürger aus Kriminalroma¬nen anzusammeln pflegt.

Meine Vorbereitungen für die nächste Nacht waren für einen Amateurdetektiv perfekt. Aus beruflichen Gründen besitze ich eine recht anspruchsvolle digitale Videokamera. Ich programmierte sie so, dass sie ab 22 Uhr alle vier Sekunden ein Einzelbild schoss, und versteckte sie im Treppenhaus derart, dass sie den Gang, welcher zur Wohnung meiner Zielperson führte, im Blickfeld hatte. Auf diese Weise würde ich, mit exakter Zeitangabe versehen, Gehen und Kommen der Frau Dr. Dr. feststellen können. Alle Ausgänge und mir zugänglichen Türen präparierte ich mit Haaren oder kleinen Steinchen, um deren eventuelle Öffnung am nächsten Tag feststellen zu können. Zusätzlich verstreute ich an einigen strategischen Punkten ein wenig Mehl, welches bei einer Durchquerung Spuren erzeugen sollte.

Vor Aufregung konnte ich die ganze Nacht nicht schlafen und musste mich zwingen, nicht zu früh meine Fallen zu überprüfen, denn es musste ja damit gerechnet werden, dass die Kuratorin erst nach Tagesanbruch von ihrem Treiben zurückkehrte.

Um neun Uhr endlich begann ich mit meiner Arbeit. Als erstes ging ich die Aufnahmen der Kamera durch und erlebte eine wirklich unerwartete Überraschung: Um 23:24 Uhr verließ die Zielperson ihr Zimmer, angetan mit einem rauschenden Ballkleid, Taschenlampe in der einen, hochhackige Schuhe in der anderen Hand! Die Rückkehr erfolgte um 05:42 Uhr! Was zum Teufel treibt eine Kuratorin sechs Stunden lang in einem Ballkleid nachts in einem verlassenen Kloster? Offensichtlich kam der Liebhaber sie besuchen und beide trieben es auf dem Altar oder dergleichen. Also ließ sie ihn durch einen der Notausgänge hinein. Wahrscheinlich kannte sie einen wunden Punkt der Alarmanlage.

Als nächstes verfolgte ich die Spuren der Madame und es war nicht allzu schwer herauszufinden, dass diese in der Krypta endeten. In einer Krypta, in der es außer einigen Steinsarkophagen und Renovierungsgerümpel überhaupt nichts gab! Ich überprüfte die Notausgänge – kein einziger war geöffnet worden. Himmel aber auch! Ich versuchte es mit reiner Ratio. Wenn sich nicht irgendwo im Kloster eine unbekannte Person verbarg, verbrachte diese Frau ihre Nächte alleine in einem Ballkleid in einer leeren Krypta. Das Rätsel wurde immer rätselhafter. Aber ich besaß ja meine Kamera und platzierte diese, noch lange bevor die Zielperson aus den Federn gekrochen war, zwischen dem Gerümpel der Krypta. Danach zwang ich mich zu einer langen Wanderung, auf welcher ich in einer Dorfapotheke Schlaftabletten erstand. Diese zeigten Wirkung und am nächsten Morgen wachte ich erst durch den Wecker auf. Schnell zog ich mich an, um die Kamera zu holen, damit ich die Bilder während des Frühstücks auswerten konnte. Diesmal hatte ich die Kamera so programmiert, dass sie den ganzen Tag über Einzelbilder schoss.

Am frühen Nachmittag, also direkt nach dem Frühstück von Frau Dr. Dr., erschien diese in der Krypta, beugte sich über einen der Steinsarkophage, drückte mit ihren Händen auf diesen, trat zurück und schob den Sarkophag ohne allzu große Anstrengung beiseite. Danach stieg sie die Treppe hinunter, die der zurückgeschobene Sarkophag freigelegt hatte. Etwa nach einer Dreiviertelstunde trug sie einen blauen Müllsack und ein Tablett mit schmutzigem Geschirr nach oben. Sie schloss die Treppe und schaffte Tablett und Müllsack aus der Krypta. Einige Stunden später erschien sie wieder mit dem Tablett, stellte dieses auf den Boden und öffnete erneut den Geheimgang. Nach dem Tablett wurden noch ein ganzer ausgenommener Hammel und ein Karton, welcher weitere Lebensmittel zu enthalten schien, die Treppe hinunter getragen. „Aha, nächtliche Fressorgien!" Mein Ausruf war eher Ausdruck detektivischer Frustration denn Erkenntnis, konnte ich mir doch keinen Reim auf diese Angelegenheit machen.

Die Dame verließ die Krypta und erschien am späten Nachmittag wieder, kurz nachdem sie mich mit Folianten versorgt hatte. Diesmal blieb sie länger, über zwei Stunden. Der Koch kam dem Detektiv zu Hilfe: Ein ganzes Schaf am Spieß zu braten dauert mindestens fünf Stunden. Für die Vorbereitung und Zubereitung der Beilagen sind zwei Stunden eine realistische Zeit.

Erst um halb zwölf wurde in der Krypta wieder Licht angeschaltet und ich konnte nun in richtiger Beleuchtung die festlich gekleidete Dame sehen, nicht nur schemenhaft ihre Umrisse. Ihr Anblick war berauschend. Ihr Kleid bestand aus dunkelblauem Samt mit goldenen Stickereien, ihr Haar, eine Hochfrisur, geschmückt mit einem Geschmeide aus Gold und blauen Edelsteinen, bildete den krönenden Abschluss.

Geheime Liebhaber, geheime Fressorgien, warum nicht! Aber so etwas? Die Dame schloss den Sarkophag und löschte das Licht von innen. Und wie erwartet erschien sie sechs Stunden später wieder an der Oberfläche. Aber wo waren die anderen Teilnehmer dieser – mir fiel sofort dieser Begriff ein – Orgie? Ein Mensch kann doch wohl unmöglich alleine ein ganzes Schaf verdrücken, ergänzte der Koch in mir.

„Gut, Herr Müller-Bölkow, gehen wir das ganze wieder logisch an. Die Frau Kuratorin schläft tief und fest. Untersuchen wir den Sarkophag."

Die Kameraaufnahmen hatten mir ungefähr gezeigt, wo nach dem Öffnungsmechanismus zu suchen war und nach zwei Stunden hatte ich es tatsächlich geschafft. So viel zu „Indiana Jones". Zumindest gab es keinen verborgenen Tötungsmechanismus. Die Treppe war alt, der Lichtschalter modern. Es ging bis tief unter Tage. Endlich erreichte ich ein beeindruckend großes Kreuzgewölbe. Der quadratische Raum musste eine Kantenlänge von mindestens zwanzig Metern haben. Die Mitte bildete ein großer Kreis aus dicken Altarkerzen, manche fast abgebrannt, manche fast neu. Der Kreis mochte gut drei Meter Durchmesser haben. Dem Eingang gegenüber stand hinter dem Kreis eine enorme eichene Banketttafel. Sie trug noch die Überreste des nächtlichen Mahls. Das abgenagte Gerippe des Hammels ragte makaber in die Höhe. An der Wand dahinter waren Weinfässer gestapelt, manche mit Zapfhahn versehen. Rechts vom Eingang befand sich ein Kamin, in welchem offensichtlich der Hammel gebraten worden war, daneben ein großer Arbeitstisch mit Schüsseln und anderem Gerät, Regale für Gewürze und Ingredienzien. An der Wand hingen Pfannen und Töpfe aus Zinn und Kupfer, Säcke und Kisten standen auf dem Boden. Hier wurde offenbar gearbeitet.

Zur Linken dagegen dominierte ein riesiges Bett mit Baldachin, dessen Stoffe und Bettwäsche, reich bestickt, ebenfalls altertümlich anmuteten. Im Raum lagen auf den dicken, abgetretenen Teppichen Gegenstände herum. Ich hob einige auf, offensichtlich aus massivem Gold, mit echten Edelsteinen besetzt. Sie waren sehr alt. Man konnte die Patina förmlich spüren.

Das Bett war zerwühlt, es sah ganz nach einem Liebesnest aus. Sein Eichenholz hatte eine fast schwarze Farbe angenommen, die schweren Brokatstoffe waren an einigen Stellen abgewetzt, kurz, alles machte einen jahrhundertealten Eindruck. Ich ging weiter zur Speisetafel. Es bot sich ein ähnlich chaotisches Bild. Auf dem Tisch stand eine große Karaffe aus Kristallglas, noch zu einem Drittel mit einem tiefrot funkelnden Wein gefüllt. Ich, ein Weinkenner, ergriff einen der Pokale, um den Wein zu kosten. Ich kann mir teure Weine leisten und habe schon viele probiert. Aber dieser Wein! So etwas sprengte vollkommen meinen kulinarischen Horizont. Er war einerseits süß, andererseits schien es sich nicht um einen Dessertwein zu handeln. Ich versuchte, mir den Wein zu Hammelbraten vorzustellen, und kam zu einem positiven Ergebnis. Offensichtlich waren ihm Gewürze beigegeben worden. Und er war schwer, ungeheuer schwer. Das Bouquet war für meinen Geruchssinn zu viel.

„Und Frau Dr. Dr. behauptet, sie wäre keinen Alkohol mehr gewöhnt!" Wer einen solchen Wein verträgt, für den muss mein Medoc geradezu ein Softdrink gewesen sein. Dieser Wein hier musste 16 Prozent Alkohol oder mehr haben und Süße und Gewürze steigerten die Wirkung noch. Ich setzte mich auf einen der massiv gearbeiteten Stühle, blickte zum Kamin hinüber und begutachtete die Gerätschaften. Schwer vorzustellen, dass eine doch eher zierliche Frau wie die Kuratorin hier ganz alleine einen Hammel briet und verdrückte. Ich überlegte noch eine Weile, inspizierte den Raum eingehender und kam zu dem Schluss, dass es einen Geheimgang geben müsse, durch den Gäste, offensichtlich eine Geheimgesellschaft, Zugang zum Kloster hatten. Rosenkreuzer, Satanisten oder weiß der Teufel was. Meine Neugier war nun vollends entbrannt. Gleichzeitig bekam ich es auch etwas mit der Angst zu tun, denn Geheimgesellschaften stehen eventuellen Eindringlingen nicht sehr aufgeschlossen gegenüber. Aber wozu gab es moderne Technik? Ich würde später bei einem Bekannten einige Instruktionen hinterlassen, sollte ich verschwinden. Abgesehen davon, wie sollte ich entdeckt werden?

Letztendlich platzierte ich meine Kamera in einem Zinnkessel, der hoch an der Wand neben dem Kamin hing, und, den Spinngeweben nach zu urteilen, schon seit Jahren nicht mehr benutzt worden war. So würde die Kamera ab 23:25 Uhr vier Stunden lang aufzeichnen können. Ich war zufrieden und beeilte mich, meinen täglichen Spaziergang zu unternehmen.

Ich hatte das Licht gelöscht, die Tür zu meinem Zimmer geöffnet und lauschte angestrengt in die Nacht. Im Haus war es totenstill und so vernahm ich zur vermuteten Zeit tatsächlich einige Geräusche, die wie das

Schließen und Öffnen von Türen klangen. Mag sein, dass ich mir dies auch nur einbildete, aber das mitternächtliche Grollen war deutlich zu hören. „Wahrscheinlich hängt es mit dem Geheimgang zusammen."

Leise schlich ich mich zur Wohnung der Kuratorin. Zur Sicherheit begann ich zum dritten Mal meinen Monolog. Aber ich brauchte mir keine Sorgen zu machen, sie war, wie erwartet, nicht da. Irgendwo musste der Geheimgang ja enden, warum nicht hier? Ich ließ die Rollos herunter, ich wollte keine Aufmerksamkeit erregen. Nun erst knipste ich das Licht an und begann, die Wohnung unter die Lupe zu nehmen. Im Wohn- und Schlafraum konnte ich nichts entdecken, was dem Lebenswandel der Kuratorin widersprach, sah man einmal von ihrem seidenen Nachthemd ab, welches sehr verführerisch wirkte. Das Badezimmer verriet dagegen bereits einiges über den intimen Charakter der Bewohnerin. Eine recht umfangreiche Sammlung von Parfums und Kosmetika, welche deutliche Gebrauchsspuren aufwies, stand im krassen Gegensatz zu ihrer Tagesgarderobe. Ich konnte genau riechen, dass sich die Dame parfümiert hatte, und musste dabei an die penetrante Geruchsmischung aus Wein, Hammel und Rauch des Gewölbes denken. Blieben noch die beiden Zimmer mit Schränken. Die großen Einbauschränke waren aus Stahl gefertigt und durch Kombinationsschlösser gesichert. Durch ein leises Klopfen konnte ich feststellen, dass die Wände recht dick waren, nicht aus leicht aufzuschneidendem Blech. Dieses Abendkleid war bestickt gewesen. Wahrscheinlich Handarbeit. Frau Dr. Dr. schien ihr ganzes Geld für ihre Abendgarderobe auszugeben. Offensichtlich ent-hielten diese Schränke mehr als nur eine einfache Alltagsgarderobe. Einige Kommoden und Schuhschränke dagegen waren konventioneller Art und nicht verschlossen. Ihr Inhalt war ebenfalls nicht billig, für mich aber vor allem inhaltlich äußerst interessant. Sie besaß mehrere Dutzend Korsetts, jeweils aus besticktem Samt, Brokat oder anderen wertvollen Stoffen gearbeitet, und einem dazugehörigen Paar hochhackiger Schuhe, mit demselben Material bezogen und zum Teil entsprechend bestickt, darunter eine Kollektion, die zum gestrigen Ballkleid passte. Ich zählte die Korsetts und Schuhpaare, jeweils siebenundzwanzig, also mit der Kombination, die sie heute trug, genau achtundzwanzig Stück. Das musste ein Vermögen gekostet haben. Ich ging weiter ihre Sachen durch. Zwei Schubladen bargen ausschließlich Strümpfe in den verschiedensten Farben und jeweils passenden Strumpfbändern dazu. Ich begann, auf ihren Liebhaber neidisch zu werden. Und alle diese Strümpfe waren mitnichten aus Nylon, sondern aus echter Seide gearbeitet. Ich habe einmal ein solches Paar einer meiner Geliebten geschenkt und kenne daher den ungefähren Preis.

Auch diese Kollektion musste mehrere Monatsgehälter der Kuratorin Wert sein. In einer weiteren Schublade konnte ich Handschuhe in den bereits erwähnten Materialien entdecken.

In meiner Eigenschaft als Casanova fiel mir sofort etwas auf: Die Dame schien keinen Slip zu tragen, wenn sie nächtens ihre Wohnung verließ. Die letzte Überraschung konnte ich hinter dem großen, mannshohen Ankleidespiegel entdecken: Ein in die Wand eingelassener Tresor, über einen Meter hoch. Also war wohl davon auszugehen, dass auch der Schmuck, den sie trug, echt war.

Wieder auf meinem Zimmer musste ich mich erst einmal fassen. Ich nahm ein Bier aus dem Kühlschrank und steckte mir eine Zigarette an. Ich glaube, ich habe in dieser Nacht die ganze Packung in kürzester Zeit aufgeraucht. Offensichtlich war dieses Kloster nur Tarnung für etwas anderes. Aber für was? Soviel ich auch grübelte, mir wollte partout keine sinnvolle Antwort einfallen. Also warf ich eine der Schlaftabletten ein und stellte den Wecker auf zehn Uhr morgens.

Der Wecker klingelte. Ich war etwas verkatert und müde. Provisorisch angezogen, Kaffee aufgesetzt und ab ins Gewölbe, die Kamera geholt. Nach einem hastigen Frühstück und einer schnellen Dusche zog ich zu meiner täglichen Wanderung los, denn ich wollte das Video ungestört anschauen. Im Rucksack ein Reserveakku, Kopfhörer und ein gutes Vesper. Die frische Luft tat mir gut und die halbe Stunde Wanderzeit zu einem lauschigen Plätzchen brachten meinen Körper wieder auf Trab. Im Schatten an einen Baum gelehnt, schaltete ich die Kamera ein.

Von unten rechts flackert ein Feuerschein, ein leichtes Surren und Quietschen verrät den Mechanismus, der den Spieß mit dem Braten, diesmal war es ein Reh, automatisch dreht. Das Feuer erhellt zwar den Raum, trotzdem kann ich kaum etwas erkennen. Ich spule vor, bis das Licht angeschaltet wird: 23:37:17 Uhr. Ein paar Sekunden später tritt von rechts unsere Frau Dr. Dr. ins Bild, Schuhe in der einen, Taschenlampe in der anderen Hand. Heute trägt sie ein grünes Samtkleid mit Perlenbesatz und Perlenschmuck. Sie legt die Taschenlampe auf den Boden, zieht die Schuhe an und nimmt einen Gegenstand auf. Zielstrebig geht sie auf den Kerzenkreis zu, eine Flamme wird sichtbar. Der Gegenstand war also ein Gasanzünder. Sie beginnt, eine Kerze nach der anderen anzuzünden, was seine Zeit braucht. Danach wendet sie sich den überall im Raum verteilten Kerzenständern zu, bis auch deren Kerzen brennen. Sie geht zu ihrem Ausgangspunkt zurück, legt den Anzünder ab und geht zur Speisetafel. Der ganze Raum ist aufgeräumt und die Tafel gedeckt, aber anscheinend nur für zwei Personen. Sie nimmt die Kristallkaraffe und füllt sie aus einem der Fässer, schenkt damit zwei goldene Pokale ein, von denen jeder etwa einen Liter fasst, und füllt die Karaffe erneut. Wahrscheinlich wird reihum getrunken, denke ich, einer für die Männer, einer für die Frauen. Ich muss nicht lange auf des Rätsels Lösung warten. Die Anzeige zeigt, dass es fast Mitternacht ist. Unsere Dame geht zur Treppe zurück und löscht das elektrische Licht. Die Kerzen erhellen den Raum sehr gut, aber für eine automatisch arbeitende Digitalkamera bedeutet dies doch einen ziemlichen Qualitätsverlust im Bildmaterial. Unsere Dame tritt an den Kerzenkreis heran und blickt in Richtung Himmelbett, neben dem eine Wanduhr steht. Von dieser kann ich zwar nur die Umrisse erkennen, aber sobald meine Anzeige Mitternacht anzeigt, beginnt die Uhr zu schlagen. Frau Dr. Dr. hebt ihre Hände und beginnt laut und deutlich unverständliche Worte zu rufen. Es ist kein Deutsch. Keine mir bekannte moderne Fremdsprache. Auch kein Latein. Sie steht da wie eine Priesterin, die ihren Gott beschwört. „Gleich wird sich der Geheimgang öffnen und ihre Kumpane betreten den Plan", sage ich laut in gespannter Erwartung. Aber nichts tut sich. Minutenlang geht die Beschwörung weiter, bis auf einmal – ich habe Schwierigkeiten den nun folgenden Fortgang der Geschichte in Worte zu kleiden. Versuchen wir es chronologisch: Während ich den Film abspielte, musste ich mir die Kopfhörer vom Kopf reißen, so unerwartet laut war der Knall, der den Lichtblitz begleitete. Ich spulte kurz zurück, um die Sequenz ohne Kopfhörer weiterzuverfolgen. Lichtblitz, aus dem abgelegten Kopfhörer konnte ich das mir bekannte mitternächtliche Grollen wiedererkennen. Flammen züngeln aus dem Kreis an die Decke empor. Ein paar Sekunden später erscheint ein seltsamer Schatten innerhalb des Kreises. Sieht aus wie eine Person, im Vergleich zur Kuratorin vielleicht um ein Viertel größer als diese.

„Netter pyrotechnischer Effekt!" Ich nahm den Kopfhörer, um ihn vorsichtig an ein Ohr zu halten.

Unsere Dame stößt nun mit ihren Füßen einige der Kerzen um, dreht sich zur Seite, beugt sich leicht nach vorn und macht mit einer Hand eine einladende Bewegung, so als ob sie die Person im Kerzenkreis auffordert, diesen zu verlassen. Dazu spricht sie weiter in der unverständlichen Sprache.

Vorsichtig schickt sich die Person tatsächlich an, den Kreis zu verlassen. Mir verschlägt es die Sprache: „Verdammt guter Maskenbildner!" Das Feuer im Kreisinnern erlischt und der Gast ist nun gut zu erkennen. Er ist etwas über zwei Meter groß, fasst unsere eher zierliche Kuratorin sanft um die Hüfte, zieht sie nach oben, wobei sie ihre Arme um seinen Nacken legt und – beide beginnen sich aufs herzlichste zu Küssen. „Nein", ich bin perplex, „so eine Maske habe ich noch nie gesehen, so etwas geht doch nur digital." Der Gast stellt einen Dämon dar. Dunkelrote Schuppenhaut, zwei Hörner auf dem Kopf, etc. pp. Was mich aber am meisten fasziniert, ist sein Schwanz. Dieser bewegt sich nämlich. Maskentechnisch kann man natürlich das Rückgrat auf Steißbeinhöhe in einem Schwanz auslaufen lassen, aber dass dieser dann wie wild umherwedelt, so etwas habe ich noch nie auf der Bühne gesehen. „Der Typ muss einen Elektromotor in sein Kostüm eingebaut haben, welcher den Schwanz antreibt. Wahnsinn!"

Aber der Wahnsinn sollte erst noch kommen. Ich jedenfalls legte eine Pause ein, um mir ein belegtes Brot auszupacken und ein Bier zu öffnen. Dieses Video war besser als Kino. Ich nahm die Vorstellung wieder auf.

Nach zwei oder drei Minuten trennt sich das Paar, um sich zur Speisetafel zu begeben, ohne sich jedoch zu setzen. Unsere Dame ergreift einen der Pokale und reicht ihn dem Gast, nimmt danach den ihren und beide prosten sich zu, trinken und küssen sich erneut. Ohne weiter Worte zu wechseln gehen sie in Richtung Kamin, also auf die Kamera zu, sodass ich Gelegenheit habe, den Gast zu studieren. Die Maske und das Kostüm sind perfekt. Es muss sich um einen eng anliegenden Anzug aus Silikon handeln, so lebensecht wirkt es. Als Bekleidung trägt er eine Art Robe oder eher Kaftan aus einem bestickten, schimmernden Stoff, wahrscheinlich Brokat. Beide verschwinden im toten Winkel und ich kann nur Klappergeräusche hören. Als erstes taucht der Gast auf, den Rücken zur Kamera läuft er zur Tafel zurück. Gut, er ist groß und kräftig gebaut, keine Frage, aber hat man schon einmal jemanden gesehen, der eine massivgoldene Platte mit einem ganzen am Spieß gebratenen Reh trägt und sie, wie es ein Kellner mit einem Teller machen würde, über seinem Kopf mit einer rückwärtig gebogenen Hand serviert? Hier kommen mir die ersten Bedenken und es fällt mir ein, dass auch unsere Kuratorin den gefüllten Pokal, der einige Kilo wiegen muss, nur mit einer Hand ohne große Schwierigkeiten ihrem Gast gereicht hat.

Auch die Dame des Hauses erscheint nun, mit zwei Platten Beilagen in Händen. Sie setzen sich und beginnen mit dem Festessen, auch weiterhin in jener unverständlichen Sprache parlierend. Beide betreiben etwas Ähnliches wie in dem Film „Das große Fressen". Er reißt zunächst eine ganze Keule ab und nagt sie ab, als ob es eine Hühnerkeule wäre. Einen ganzen Rehschinken! Sie schneidet sich dagegen zuerst einige Rippen herunter, bevor sie zur zweiten Keule greift. Dazu fließen unendliche Ströme Wein, und regelmäßig wird die Karaffe am Fass neu gefüllt. Ich hatte ja diesen Wein probiert und wusste, wie stark er war. Die beiden hätten bereits unter dem Tisch liegen müssen! Es dauert kaum eine halbe Stunde, bis vom Reh nur noch abgenagte Knochen übrig geblieben sind.

Mir schwirrte der Kopf. Das musste ein Scherz sein. Sie hatten die Kamera entdeckt und etwas auf das Band überspielt. Das konnte nur ein Scherz sein! Aber was für einer! Es ging weiter. Kaum haben sie den Festschmaus beendet, stehen beide auf, um sich erneut zu küssen. Plötzlich hebt er sie hoch, setzt sie auf den Tisch und – nun ja, was jetzt folgt ist im Grunde genommen reiner Porno. Zuerst nimmt er sie auf der Speisetafel, dann wechseln sie zum Bett hinüber und reißen sich die Kleider vom Leib. Ich habe nicht vor, auf die Einzelheiten einzugehen, ich selber sehe mir auch nie Pornos an. Ich bevorzuge das Original.

Der Film lief weiter, aber ich schaute nur noch beiläufig zu, mich beschäftigten andere Gedanken. Es war offensichtlich eine Botschaft, eine Botschaft makabren Humors, die mir mitteilte, dass ich nun das Kloster verlassen sollte. Man hatte mich entlarvt und mir einen gehörigen Streich gespielt. Aber warum mit solchem Aufwand? Ich komme aus der Branche, ich weiß, was Silikonmasken kosten. Nach vier Stunden schaltete sich die Kamera wie programmiert aus, sodass ich nicht das Ende der Orgie verfolgen konnte, beziehungsweise, die Kuratorin hatte peinlichst darauf geachtet, dass der überspielte Film sich exakt mit meiner Zeitprogrammierung deckte.

Ich machte mich auf den Rückweg. Ursprünglich wollte ich erst in einem der Dörfer essen, aber nun wollte ich so schnell wie möglich verschwinden. Ich traf die Kuratorin in der Bibliothek an. „Heute sind Sie aber spät zurück. Haben Sie eine lange Wanderung gemacht?" Sie war eine glänzende Schauspielerin, und als ich ihr mitteilte, sofort abreisen zu wollen, hätte ich ihr ihre gespielte Unschuld und Unwissenheit beinahe abgenommen.

Ungeduldig schaufelte ich das meiste meiner Klamotten einfach in den Kofferraum. Zum Abschied wirkte Frau Dr. Dr. ob meiner überstürzten Abreise ziemlich beleidigt, erneut eine meisterhafte schauspielerische Leistung.

Am nächsten Tag schlief ich in Berlin erst einmal lange aus und rekapitulierte während des Frühstücks meinen Klosteraufenthalt. Es war nicht meine Absicht gewesen, einem Geheimbund auf die Schliche zu kommen, sondern Anregungen über ein Dämonenspektakel zu finden. In dieser Hinsicht war ich erfolgreich gewesen. Im Prinzip hätte ich bereits einige Tage früher abreisen können, geblieben war ich mehr aus meinem detektivischen Interesse heraus. Und dieser seltsame Videofilm

– eigentlich eine sehr schöne Dämonenbeschreibung. Je mehr ich darüber nachdachte, desto naheliegender erschien es mir, das Videoband als Vorlage für die Beschwörung zu nehmen, und die Maske des Dämons einfach abzukupfern. Auch eine Art von Rache über den Streich, den man mir gespielt hatte.

Ich legte das Band in den Recorder und spielte die Beschwörungsszene erneut ab. Mehrmals. Ich kopierte Standbilder des Dämons und skizzierte die Maske und das Kostüm. Toll, aber letztendlich zu kompliziert, weit über meinem Etat. Eher etwas für eine Hollywoodproduktion. Ich hörte mir mit geschlossenen Augen die Beschwörung an. Ja, das war's! Ich würde den Faust die Beschwörung nachsprechen lassen und in den Kerzenkreis Videoausschnitte des Dämon hineinprojizieren! Äußerst kostengünstig und jeder würde mich für die Maske und Tricktechnik loben! Heureka!

Ein Tontechniker bereitete für mich das Beschwörungsritual so auf, dass ich es einer im Diktat geübten Stenographin zum Aufschreiben geben konnte. Zusammen mit dem Band hatte mein Faustdarsteller bald den Ritus verinnerlicht und legte mit mystisch verbrämter Stimme eine erstklassige Beschwörung hin. Aus dem pornographischen Teil des Videos schnitt ich eine herrliche Animation des Erdgeistes zusammen. Mein Erdgeist war nackt mit erigiertem Penis und wild herum schwingendem Teufelsschwanz. Mit verschiedenen digitalen Tricks war der Penis immer nur kurz zu sehen. Genau die Provokationsstufe, die ich beabsichtigte. Jeder würde denken, dass diese Animation teures Geld gekostet hätte, dabei sparte ich auf diese Weise sogar noch das Gehalt für einen Darsteller.

Thematisch hatte ich den Erdgeistdialog umgestaltet. Faust würde den Erdgeist wie auf dem Video aus dem Kreis bitten und im selben Moment würden auf dem gesamten Veranstaltungsgelände verteilt Projektionen des Erdgeistes zu sehen sein. Faust würde überwältigt zusammenbrechen und einfach auf der Bühne liegenbleiben. Dies sollte symbolisieren, dass der literarische Faust durchaus richtig gehandelt hatte, sich nicht weiter auf den Erdgeist einzulassen, also eine Parabel auf die heutige Gentechnik oder Atomkraft.

Der Tag der Veranstaltung kam. Die Technik hatte alles aufgebaut und wir hatten Generalprobe. Natürlich zündeten wir nicht alle Kerzen an – ich hatte sie auf dem Video genau gezählt – sondern nur einige. Nach den üblichen Pannen mit der Tonanlage lief alles wie am Schnürchen und wir konnten die Vorstellung kaum erwarten. Die ganze Veranstaltung begann um zehn Uhr abends und unser Auftritt war exakt zu Mitternacht geplant, quasi als Höhepunkt vor dem Feuerwerk.

Endlich war es soweit. Die Tonanlage funktionierte und die bedeutungsschwangere Stimme des Faustdarstellers verbreitete über das Messegelände, auf dem der Event stattfand, die Beschwörung in jener seltsamen Sprache. Die Kerzen verbreiteten ein magisches Licht. Mir selbst kroch ein Schauer über den Rücken. Der letzte Satz der Beschwörung war gesprochen. Das pyromanische Spektakel innerhalb des Kreises war großartiger, als ich es erwartet hatte. Viel realistischer. Faust öffnete den Kerzenkreis und brach ohnmächtig zusammen. Ebenfalls realistischer gespielt als auf der Probe. Ein guter Mann, dieser Schauspieler! Die Projektionen setzten ein, erschrecktes Ah und Oh des Publikums, vereinzelt Applaus. Ich wollte mich zurücklehnen, als ich zu meinem Entsetzen sah, wie ein Dämondarsteller in Brokatrobe aus dem Kerzenkreis heraussprang und den Faust unsanft nach oben zerrte. „Wer zum Donnerwetter ..." Ich konnte meinen Satz nicht beenden, da sich nun alles überstürzte. Der Dämondarsteller lud sich den bewusstlosen Faust über eine Schulter und stürmte davon. Das Publikum kreischte vor Begeisterung, ich war fassungslos. Aber ich hatte keine Möglichkeit, irgendetwas zu tun, denn das Feuerwerk begann und die ersten Kollegen ließen die Sektkorken knallen.

„Das war phantastisch, das Beste, was Sie je produziert haben, Herr Müller–Bölkow!"

„Einfach genial, einfach genial!"

„Ich wusste gar nicht, dass Sie so gut in Tricktechnik sind!"

„Sie sollten zum Film. Mann, das war einfach gigantisch. Gehen Sie zum Film!"

Mir dröhnten die Ohren. Ich war der heimliche Star des Abends und nur hin und wieder wunderte man sich, dass die beiden Darsteller nicht zur Feier gekommen waren.

Ich konnte mich nicht loseisen, schließlich ging es hier auch um Folgeverträge. Einen solchen Erfolg muss man ausnützen und ich bin ein Egoist. Aber trotzdem machte ich mir um meinen Faustdarsteller Sorgen.

Am nächsten Morgen fuhr ich erschrocken aus dem Schlaf, als meine Wohnungstür eingetreten wurde und zwar von der zierlichen Frau Dr. Dr., diesmal eindeutig nicht als Mauerblümchen gekleidet, sondern in Jeans, Lederjacke und Springerstiefeln. Sie riss mich wutentbrannt aus dem Bett und schleuderte mich mit der Wucht, die man von einem Max Schmeling erwartet hätte, gegen die Wand. Bevor ich überhaupt begriff, was mit mir geschah, saß sie auf mir und drückte mir mit einer Hand die Gurgel zu, so dass ich kaum noch Luft bekam. „Was in aller Welt haben Sie sich eigentlich dabei gedacht?" Ich sah sie verständnislos an. „Woher haben Sie die Beschwörungsformel?" Ich antwortete nicht gleich und sie drückte fester zu. In der anderen Hand manifestierte sich ein Stilett. Offensichtlich hatte es keinen Sinn, mit der wild gewordenen Kuratorin zu diskutieren. „Ich, ich habe einfach Ihr Video abgekupfert", brachte ich krächzend hervor. Diesmal schaute sie unverständlich. „Welches Video?" Sie lockerte etwas den Griff, sodass ich wieder halbwegs atmen konnte. „Na das Video, das Sie mir auf meine Kamera gespielt haben." Sie drückte erneut fester zu, um auszudrücken, dass sie die Antwort nicht befriedigte. Als sie mir wieder mehr Luft zum Atmen ließ, erklärte ich genauer, was ich mit Kamera und Video meinte. Sie zwang mich, ihr das Video zu zeigen. Es genügten ihr nur wenige Sekunden, um erneut in Rage zu geraten und mich mit einer heftigen Ohrfeige abermals gegen die Wand zu schleudern. „Sie Schwein, Sie perverser Spanner! Haben Sie den ganzen Abend aufgezeichnet?" Langsam dämmerte mir eine unangenehme Wahrheit. „Das war alles echt? Kein Scherz? Sie haben die Kamera nicht entdeckt und einen Film überspielt?" Jetzt schien auch sie zu begreifen, was meine Annahme gewesen war.

Sie setzte sich in einen Sessel und beobachtete mich, während sie mit ihrem Messer spielte. „Dass Sie ein hemmungsloses Arsch sind, spielt jetzt keine Rolle. Auf alle Fälle muss er vor Mitternacht zurück. Verstehen Sie?" Ich hatte das unangenehme Gefühl, es zu verstehen. „Wahrscheinlich haben Sie keinen blassen Dunst, was Sie angerichtet haben." Ich konnte dies nur bejahen und kam mir wie der größte Depp aller Zeiten vor. „Ein Dämon kann nur von demjenigen zurückgeschickt werden, der ihn beschworen und aus dem Kreis gelassen hat. Und nur von dem Ort aus, wo die Beschwörung stattgefunden hat. Kapiert?" Ich nickte stumm, fragte dann aber doch nach: „Und warum bis Mitternacht?" Sie sah mich mitleidig an: „Weil er sonst auf ewig hier bleiben muss und sterblich wird. Und in diesem Fall wird er Sie persönlich Stück für Stück verspeisen. Sie können sich nicht vorstellen, wie wütend er ist." Ich wollte es mir auch lieber nicht vorstellen. „Die beiden sind im Auto, fahren wir los."

Nun, er brachte mich nicht um, er musterte mich nur mit seinen gelben, leuchtenden Augen. Auf dem Beifahrersitz saß der völlig verstörte Faustdarsteller und wiederholte seinen Text. Frau Dr. Dr. fuhr und korrigierte hin und wieder seine Aussprache. Wir hatten Glück, nachdem ich die nötige Anzahl Kerzen erstanden hatte, es genügten einfache Friedhofslichter, die Größe galt nur der Romantik, gelangten wir ohne Probleme auf das Messegelände. Der Auftritt des Dämons hatte sich herumgesprochen und ich erzählte dem Pförtner, dass wir noch einen wichtigen Fototermin hätten.

Schnell war der offene Kerzenkreis aufgebaut. Unser Faust bat den Dämon in der seltsamen Sprache, es handelte sich dabei um Akkadisch, in den Kreis zu treten, und dieser kam der Aufforderung unverzüglich nach. Faust schloss den Kreis und leierte die Entschwörungsformel herunter, worauf mit einem eher unscheinbaren Puff und kleiner Stichflamme der Liebhaber der Kuratorin in eine andere Dimension entschwand.

„Ihnen wird man zwar sowieso nichts glauben", wandte sich Frau Dr. Dr. an den Faustdarsteller", aber sollten Sie je ein Sterbenswort über diese Angelegenheit verlieren, werden Sie nicht länger leben." Mit diesen Worten scheuchte sie den jungen Mann fort und wandte sich mir zu. „Aber Sie, ich weiß noch nicht, ob ich Sie wirklich nicht umbringen soll. Jetzt müssen wir erst einmal alle Spuren beseitigen. Nicht ein Foto darf erhalten bleiben. Ich warne Sie, wenn Sie mich zu hintergehen versuchen, ist es aus mit Ihnen."

Ich habe sie natürlich nicht hintergangen. Dazu war ich viel zu eingeschüchtert und sie viel zu professionell beim Durchsuchen meiner Wohnung. Meine Computerfestplatte steckte sie kurzerhand zusammen mit der Kamera in die Mikrowelle. Sie zwang mich, in den nächsten Tagen mit ihr zusammen ins Tonstudio, in das Büro der Diktatsekretärin und ins Schneidestudio einzubrechen. Ich musste die Mikrowelle schleppen.

Nach drei Tagen ließ sie mich nicht nur leben, sondern verabschiedete sich sogar ruhig und durchaus höflich. „Ich habe das Kloster gegründet. Ich habe es durch die Zeiten der Inquisition gebracht, die Religionskriege überlebt und die Säkularisation gemeistert. Und ich gedenke, dieses Leben noch sehr lange fortzusetzen. Sollte ich auch nur den leisesten Verdacht haben, dass du etwas durchsickern lässt, bist du tot." Sprach' s und brauste davon. Immerhin hatte sie mich wieder geduzt.

Seit ich diese Vorkommnisse aufgeschrieben habe, sind einige Jahre vergangen. Irgendwann beschloss ich, mein Metier zu wechseln, und auch an der Schürzenjägerei war mir die Lust vergangen. Ich wollte etwas neues, anderes beginnen und zog von Berlin ans Mittelmeer, wo ich mir auf einer griechischen Insel ein kleines Häuschen zulegte. Als ich meine Wohnung auflöste, wobei ich beabsichtigte, nur weniges mit in den Süden zu nehmen und das meiste entweder abzustoßen oder ein zulagern, entdeckte ich eine Kopie besagten Videos, die unter meinem Kleiderschrank gerutscht war, wo sie selbst Frau Dr. Dr. verborgen geblieben war. Erst wollte ich sie vernichten, überlegte es mir aber anders und packte sie ein.

Die ersten Jahre hatte ich in der Tat Gefallen daran, in ländlicher Idylle zu leben und in der Touristensaison eine kleine Taverne zu betreiben. Aber diese Midlifecrisis währte nicht lange. Ich wollte wieder flirten, aber konnte es nicht mehr, hatte es verlernt oder – welch grausige Vorstellung – war gealtert. Vor dem Spiegel musterte ich meinen Körper peinlich genau. Für einen Mann Mitte fünfzig sehe ich immer noch sehr gut aus, aber die erotische Ausstrahlung ist dahin. Das Leben als Casanova ist endgültig vorbei.

Nun sitze ich auf meiner Veranda, von der Vorstellung gepeinigt, in einem Jahrzehnt als rüstiger Rentner angesehen zu werden. Nein, ich darf nicht weiter altern, ich muss meine Jugendlichkeit zurück gewinnen. Ich denke an die letzte verbliebene Kopie des Videos und ein Gedanke reift in mir: Die Kuratorin hat das Altersproblem gemeistert. Wie auch immer sie es angestellt hat, Frau Dr. Dr. ist meine letzte Hoffnung. Sollte ich jedoch von meinem Besuch in der Stiftung bis zu einem bestimmten Zeitpunkt nicht zurückkehren, werden etliche Kopien dieser Geschichte und des Videoclips automatisch weltweit versandt werden, an die Medien, an Behörden und an kirchliche Einrichtungen. Nur mein persönliches Eingreifen kann diesen Versand aufhalten.

Frau Dr. Dr. wird in den nächsten Tagen ein Exemplar dieser Geschichte zugehen. Sie wird also wissen, dass ich heute noch diese Insel Richtung Deutschland verlasse. Sie hat die Wahl, mich zu liquidieren und damit ihr Geheimnis zu lüften, oder aber mich an diesem teilhaben zu lassen.

Ich hoffe innigst, dass diese Geschichte nie publiziert wird!

Martin Guan Djien Chan

Pretty Woman

Laureen schaute erneut auf ihre Armbanduhr. Es ging bereits auf elf Uhr zu, und sie hatte bisher nur einen Freier gehabt. Mistwetter, dachte sie. Mittwochs war sowieso wenig los, und dann noch dieser Regen! Die wenigen Freier, die unterwegs waren, wussten das in aller Regel auszunutzen und suchten solange, bis sie ein Mädchen fanden, dass einen Blowjob für dreißig oder sogar nur zwanzig Dollar erledigte. Laureen war verzweifelt. Nächste Woche war wieder die Miete fällig, und eine neue Perücke würde sie auch bald benötigen.

Immer wenn es aufwärts zu gehen schien, kam etwas dazwischen. Mal versuchte eine der Gangs die freischaffenden Nutten in ihre Gewalt zu bringen, mal veranstaltete die Polizei Razzien und mal war eben für eine Weile kaum etwas los auf dem Strich, oder es kam ein ganzer Schub Neuankömmlinge an, der die Preise verdarb.

Laureen konnte sehen, wie Kathy zielstrebig auf sie zukam: „Hi Laureen. Da ist so ein reicher Typ, will unbedingt eine Rothaarige. Hat mir zwanzig Mäuse gegeben und nochmal zwanzig versprochen, wenn ich ihm drei zur Auswahl ins Diner bringe."

„Bist du jetzt unter die Pimp gegangen?"

Kathy schaute Laureen schräg an: „Wenn du nicht willst, frag ich eben noch Abby."

„Was will er denn genau? Irgend so ein Fetischding?"

„Keine Ahnung. Wahrscheinlich eine, die aussieht wie seine Ex. Hat mir ein Foto gezeigt. Also, willst du?"

Natürlich folgte Laureen Kathy ins Diner. Reiche Typen mit irgendeinem Fetisch waren besonders lukrativ, allerdings oft auch besonders ekelhaft. Die normalen Freier wollten meistens einfach nur ficken. Man legte sich hin, machte die Beine breit und ließ es über sich ergehen. Aber bei diesen Fetischtypen ging es oft um irgendwelche Machtspiele. Psychozeug. Wahrscheinlich will er sich an seiner Ex rächen, und ich muss vor ihm auf den Knien um Vergebung winseln, dachte Laureen und überlegte, wieviel sie für eine Stunde Demütigung verlangen sollte.

Im Diner saßen bereits Cindy und ein Laureen nicht bekanntes Mädchen zusammen mit einem Anzugträger Mitte Vierzig, der offensichtlich einen guten und deshalb teuren Schneider besaß.

„Das ist Laureen." Kathy hielt ihre Hand seine Richtung, der ihr einen Zwanzigdollarschein in diese drückte: „Danke, du kannst jetzt gehen. Und", an Laureen gewandt, „du nimmst bitte deine Perücke ab." Nach einer kleinen Pause richtete er sein Wort an alle drei Rothaarigen: „Ich brauche für morgen eine rothaarige Begleitung. Allerdings sollte diese sich auch halbwegs elegant benehmen können. Verstehen Sie, was ich meine?"

„Keine Lackstiefel?"

„Auch. Ich meine in erster Linie die Bewegung und die Sprache. Gut, Sie werden nicht viel sprechen müssen, aber das wenige sollte einen gewissen Stil haben."

„Spießig?"

„Spießig muss es nicht sein. Ich will es so ausdrücken. Ich möchte mit einer schönen, rothaarigen jungen Dame in ein elegantes Restaurant gehen, und diese Dame sollte nicht wie eine Prostituierte wirken. Habe ich mich deutlich genug ausgedrückt?"

Die drei konnten es sich zwar nicht wirklich vorstellen, bejahten aber unisono, worauf der Herr sie einige Tests durchführen ließ. Sie mussten einige Sätze sprechen, einfache Konversation, und auf dem Gang zwischen den Tischen hin und her laufen.

„Gut, ihr beide könnt gehen. Hier habt ihr jeweils fünfzig Dollar für eure Bemühungen."

Nachdem ihre beiden Kolleginnen gegangen waren, wandte sich der Herr an Laureen: „Was verlangst du für einen ganzen Tag, für vierundzwanzig Stunden?"

Eine ganze Nacht hatte Laureen schon hin und wieder einen Kunden gehabt, aber noch nie einen ganzen Tag. Wie hoch sollte sie pokern? Offensichtlich hatte der Mann Geld und war in Eile.

„Tausend Dollar. Aber nur normal und oral, anal und Gruppensex nur mit Aufpreis."

„Gut. Du wirst nicht den ganzen Tag arbeiten müssen, du musst nur einen ganzen Tag zur Verfügung sein." Der Herr zog einen Hunderter aus seiner Brieftasche. „Das sind zehn Prozent Anzahlung. Den Rest bekommst du nach Vertragsende. Wenn du die Sache verpatzt, bekommst du nur fünfhundert, wenn du es besonders gut machst, lege ich noch einmal fünfhundert drauf. Außerdem kannst du das Kleid behalten."

Laureen machte ein fragendes Gesicht.

„Ich möchte, dass du morgen meine Freundin spielst."

„Ich küsse nicht."

„Das wird nicht notwendig sein, eventuell nur ein Küsschen auf die Wange. Hast du einen Schulabschluss?"

Laureen schluckte. Natürlich hatte sie keinen Schulabschluss. Mit einem solchen würde sie wohl kaum seit Jahren als Straßendirne arbeiten. „Ich habe in der zehnten Klasse abgebrochen." Noch nie hatte sie ein Freier darauf angesprochen. Auf einmal kam Laureen ihre Lage noch unangenehmer vor, als sie es sowieso schon war.

„Hast du bis zur zehnten Klasse irgendein Hobby gehabt, das, wie soll ich sagen, über das man in besserer Gesellschaft reden könnte?"

Nicht auch noch das! Die Frage brannte wie Salz in einer klaffenden Wunde. Laureen war auf einmal den Tränen nahe. „Ich habe zehn Jahre lang Ballettunterricht gehabt." Der Herr blickte sie erstaunt an: „Da scheine ich ja einen Glückstreffer gelandet zu haben. Kennst du dich zufälligerweise auch mit Jazzdance oder Modern Dance aus?" Ein erneuter Stich in die Wunde, denn Laureen träumte davon, genügend Geld für eine professionelle Modern-Dance-Ausbildung zu sparen, aber es gelang ihr einfach nicht. „Gut, mach dich etwas schlau. Ich werde dich morgen so vorstellen, dass du in New York deine Ballettausbildung abgeschlossen hast, dich jedoch auf Modern Dance umorientieren willst. Such dir eine Schule aus, auf der du angeblich Ballett gelernt hast, und zwei oder drei, auf der du gerne Modern Dance studieren würdest."

Der Mann blickte auf seine Uhr.

„Ich bin schon spät dran. Kennst du die Carolina Herrera Boutique auf dem Rodeo Drive? Wir treffen uns dort um zwei Uhr, um dich einzukleiden. Aber bitte komm – unauffällig. Möglichst unauffällig."

Sag doch gleich, dass ich nicht als Nutte aufkreuzen soll, dachte Laureen, machte jedoch gute Miene zum bösen Spiel.

*

Es war tatsächlich für Laureen nicht so einfach gewesen, sich passend zu kleiden. Das meiste von ihrem Outfit war nuttig. Sie entschied sich für eine einfache Jeans, T-Shirt und Turnschuhe. Der Mann hatte ja gesagt, sie solle unauffällig kommen.

In der Boutique erwartete man sie bereits. Ihr Freier war noch nicht vor Ort, hatte aber der Verkäuferin genau erklärt, was sie für Laureen aussuchen sollte. Ein dunkelgrünes Abendkleid und ein helles Sommerkostüm. Als er nach etwas über einer Stunde erschien, hatte die Verkäuferin bereits einige Vorschläge vorbereitet, und ihr Freier wählte schnell aus.

„Lass uns einen Kaffee trinken gehen, bis die Änderungen fertig sind."

Nachdem sie sich in ein Café gesetzt hatten, begann der Mann erneut: „Du bist sicherlich neugierig, was das Ganze soll." Laureen nickte nur.

„Ich will mich rächen. An einem guten, alten ehemaligen Freund, der mich ungeheuer betrogen hat."

„Hat er dir deine Frau ausgespannt?"

Der Mann lachte kurz auf. „Nein, er hat mich um Geld betrogen."

„Viel Geld?"

„Laut Einstein ist Zeit relativ. Geld ist auch relativ. Heute wäre das für mich nur eine Kleinigkeit, eine Lappalie, aber damals hat es richtig geschmerzt. Ich will dir die Geschichte kurz erzählen, damit du genau weißt, was ich von dir heute Abend erwarte."

Der Mann nahm einen Schluck Kaffee und lehnte sich entspannt zurück.

„Die Geschichte hat sich vor zwanzig Jahren ereignet. Du kennst doch Laserdrucker? Das Geschäft wird mit den Tonerpatronen gemacht, nicht mit den Druckern. Und vor zwanzig Jahren war das noch extremer. Mein Freund hat damals einen Taiwanesen gekannt, der eine Fabrik in Taiwan kannte, die solche Tonerpatronen herstellte für einen sehr viel günstigeren Preis als die Originalpatronen. Ein Container mit Transport und Zoll hätte ungefähr hundertfünfzigtausend Dollar gekostet, hier hätte er ihn für dreihunderttausend verkaufen können, also mit enormen Gewinn. Dummerweise hat er kein Kapital gehabt. Ich auch nicht, aber ich wusste, dass meine Vermieterin solche Handelsgeschäfte betrieb. Ich hatte mit ihm ausgemacht, dass, wenn ich meine Vermieterin zur Investition überrede, wir, also er und ich, uns unseren Anteil teilen.

Ich bin immer etwas schüchtern mit Frauen, aber mein Freund war ein richtiger Casanova, und er hat gleich mit der Vermieterin, die zehn Jahre älter und etwas füllig war, geflirtet, um sie zur Investition zu bewegen. Aber dann ging er noch weiter und hat sie dazu überredet, gleich zehn Container zu finanzieren und das Geschäft ohne mich zu machen."

„Und was hat die rothaarige Freundin damit zu tun?"

„Mein Freund war mit dem Flirten etwas zu heftig, denn die Dame hat sich in ihn vernarrt und wollte ihn für sich. Und im Betrügen war sie noch besser als er, denn alles lief über ihre Firma, und die anderthalb Millionen Gewinn landeten auf ihrem Konto. Er war also genauso pleite wie ich. Sie hat ihm gesagt, wenn er seinen Anteil haben will, muss er sie heiraten. Er ist sozusagen zu einem Kollegen von dir geworden und prostituierte sich. Und für Molly, so heißt die Vermieterin, musste er seine Freundin aufgeben."

„Und die war rothaarig?"

„Exakt. Er hat schon immer auf Rothaarige gestanden, und Alexa war seine Traumfrau gewesen. Eine Jazzmusikerin. Du siehst ihr ziemlich ähnlich. Bildhübsch, schlank und phantastisch in einem dunkelgrünen Abendkleid."

Laureen begann langsam zu verstehen, was der ganze Rummel sollte.

„Ich bin den beiden, also meinem Exfreund und Molly, vor etlichen Jahren durch Zufall wieder begegnet. Damals war ich zwar schon reicher als die beiden, aber noch lange nicht so reich wie heute. Das hat ihn damals schon gewurmt, denn Molly hält ihn an der kurzen Leine. Er muss praktisch um alles betteln, und eifersüchtig ist sie natürlich auch. Ich glaube, sie setzt sogar Detektive auf ihn an. Und gestern habe ich sie durch Zufall in meinem Hotel einchecken sehen. Ich denke, morgen Abend mache ich meine Rache komplett."

„Du willst ihn eifersüchtig machen?"

„Neidisch. Ich will ihn vor Neid zum Platzen bringen. Ihm zeigen, dass ich alles das habe, von dem er immer nur geträumt hat. Ich bin stinkreich und habe eine bildhübsche, rothaarige Freundin in einem grünen Abendkleid, während er bei seiner tyrannischen, fetten, alten Wachtel um sein Taschengeld betteln muss."

Der Mann grinste Laureen an wie ein Schuljunge, der gerade einen besonders bösen Streich ausheckte.

„Jetzt denkst du sicher, dass ich ein abgrundtief schlechter Mensch bin."

„Überhaupt nicht. Ich ..., ich kann dich sogar gut verstehen. Meine Familie wurde auch betrogen."

Auf einmal konnte sich Laureen nicht mehr beherrschen und fing zu heulen an. Das noble Café, die teure Designerkleidung, das alles hätte eigentlich ihr Leben sein sollen. Wenn nicht ..., ja wenn nicht ihr Vater das Vermögen in Derivaten angelegt hätte. Die Bilder, wie sie von einem Tag auf den anderen aus ihrer Villa vertrieben wurden, zogen an ihrem geistigen Auge vorbei. Die Bilder vom Trailerpark, vom Vater, der dem Alkohol verfiel, anfing sie und ihre Mutter zu schlagen, und letztendlich das Bild von der blutüberströmten Leiche ihrer Mutter.

„Das tut mir leid. Und deswegen bist du jetzt ..."

„Bin ich jetzt eine Nutte. Ja."

„Beruhige dich. Irgendwann wird es auch bei dir wieder aufwärts gehen. Ich war auch einmal ein paar Monate mehr oder weniger obdachlos. Du musst nur fest an dich glauben."

*

„Das hast du wirklich perfekt gemacht."

Der Mann legte seinen Arm um Laureens Taille, als sie den Boulevard hinunterschlenderten. Normalerweise mochte sie dies bei Freiern nicht.

Sex war Sex und freundschaftliche Umarmungen waren eben freundschaftlich und nicht geschäftlich. Und Laureen achtete immer streng darauf, Freundschaftliches und Geschäftliches auseinanderzuhalten. Aber dieser Abend war so völlig anders gewesen als sonst. Nun gut, bis jetzt. Später, im Hotel würde sie wieder auf reinen Geschäftsmodus umstellen, wenn es zum Sex kommen würde. Noch genoss sie den Abendspaziergang und erinnerte sich mit Freuden an den giftigen Blick dieser Molly, als ihr Auftraggeber auf sie gezeigt und zu seinem ehemaligen Kumpel gesagt hatte: „Und das ist deine Frau?", wobei er das Wort deine besonders betont hatte. Nach dem Dinner, als sie aufgestanden waren, um beim Verlassen des Restaurants zufällig am Tisch von Molly und ihrem Eheprostituierten vorbeizugehen, da hatte sich Laureen so gefühlt, als ob sie einfach nur eine gute Freundin wäre, die einem Freund bei seiner Rache half.

Sie schlenderten weiter, und Laureen traute sich nicht, diese freundschaftliche Umarmung aufzulösen.

„Weißt du, ich habe dir ja versprochen, wenn du deine Sache sehr gut machst, dass ich dann noch fünfhundert drauflege. Du warst nicht nur sehr gut, du warst perfekt. Ich lege noch einmal fünfhundert drauf."

Da war sie wieder, die Realität! Sie war wieder nur eine Nutte! Während des Dinners in dem noblen französischen Restaurant hatte sie ihre Stellung regelrecht vergessen gehabt, hatte mit einem charmanten älteren, aber nicht zu alten Mann diniert, hatte sich mit ihm nett unterhalten und das Gefühl gehabt, dass er sich tatsächlich für ihr Schicksal interessierte, und der sie darin bestärkt hatte, tatsächlich auf eine Tanzausbildung zu sparen. Er hatte ihr ein paar Tipps gegeben, wie sie ihre kleinen Ersparnisse am besten anlegen könne und, was noch wichtiger war, was sie unter keinen Umständen machen sollte.

Laureen wusste, dass sie wieder einen klaren Kopf kriegen musste. Sie würden jetzt auf sein Hotelzimmer gehen, wo sie ihn professionell befriedigen würde.

„Nein, ich verdopple das ganze Paket. Ich werde dir für heute drei Riesen geben. Du hast das wirklich verdient."

Laureen wollte fast widersprechen, konnte sich so eine Dummheit aber gerade noch verkneifen.

*

Laureen stand berufsbedingt selten vor Mittag auf und war nur kurz aufgewacht, als das Telefon geklingelt hatte, danach aber sofort wieder eingeschlafen. Als sie aufwachte, war es bereits heller Tag und ihr Freier hatte das Bett bereits verlassen. Sie stand auf, zog sich einen Morgenmantel über und wollte ins Wohnzimmer der Hotelsuite gehen. Ja, eine Suite! In einem der teuersten Hotels von Los Angeles, die wahrscheinlich am Tag mehr kostete, als sie in einem Monat verdiente. Oder in einem halben Jahr. Sie zögerte einen Moment, um nachzudenken.

O.K., du hast ausnahmsweise mal einen Glückstreffer gelandet. In einer Nacht dreitausend Dollar und ein Abendkleid, was noch teurer ist, du aber nie wieder tragen wirst, aber vielleicht ja verkaufen kannst. Und wenn du Glück hast, kommt er öfter mal in L.A. vorbei, und du bekommst einen Stammkunden.

Als sie endlich das Wohnzimmer betrat, saß ihr Freier am Esstisch und las Zeitung. Laureen war etwas verwirrt, weil der Tisch mit Frühstück gedeckt war: „Müssen wir nicht zum Frühstück hinunter, um deinen Exfreund noch einmal neidisch zu machen?"

„Die sind schon um acht erschienen. Abgesehen davon brauche ich das nicht mehr. Nein, gestern im Restaurant war gerade richtig. Ich bin jetzt geheilt. Das hätte kein Therapeut besser hinbekommen als du. Aber setz dich doch."

Das Frühstück war Laureen unangenehm. Unangenehm, weil es nicht unangenehm war. Es war ihr unangenehm, dass ihr Freier sie nicht als Nutte behandelte, sondern als ganz normale Person. Als respektable Person.

Seit sie aus dem Heim ausgerissen war, in das man sie eingewiesen hatte, nachdem ihr Vater wegen des Totschlags an ihrer Mutter verhaftet worden war, war sie immer nur Dreck gewesen. Eine Nutte, eine Straßendirne eben. Ihre Kindheit und erste Jugendhälfte als wohlbehütete höhere Tochter mit Ballett- und Reitunterricht hatte sie völlig aus ihrer Erinnerung gestrichen. Hatte sie streichen müssen, denn sonst wäre sie völlig zugrunde gegangen. Doch nun, in dieser luxuriösen Umgebung, kam alles wieder hoch.

Schon alleine die Sprache, die völlig ohne fuck und shit auskam. Höflichkeit! Respekt!

Jetzt stand sie in Jeans und T-Shirt vor ihrem Freier, in der Hand einen kleinen Koffer mit dem Abendkleid und dem Sommerkostüm, während ihr Freier die noch ausstehenden 2900 Dollar abzählte.

„Ich habe nicht genügend Bargeld. Hier sind 2200. Ich komme mit runter in die Lobby zum Geldautomaten für den Rest."

Nun standen sie also in der Lobby, und zum ersten Mal in ihrer Karriere war es Laureen peinlich, sich von einem Freier zu verabschieden.

„Ähm, Laureen, also, ich bin noch einen Tag in L.A. und fliege erst morgen Nachmittag." Auch ihrem Freier schien die Situation etwas peinlich zu sein. „Also, wenn du Lust hast, dann würde ich dich gerne für heute Nacht noch einmal buchen."

Wieder diese Sprache. Der gut gesittete Herr sprach nicht davon, dass er sie gerne noch einmal ficken möchte, nein, er wollte sie buchen. So wie man ein Hotelzimmer bucht. Ja, er war nett, höflich, viel angenehmer als die meisten ihrer Freier, aber das änderte nichts daran, dass er der Freier und sie die Hure war, die man buchen konnte. Natürlich sagte sie zu.

*

Die Wochen verstrichen, und langsam musste sich Laureen eingestehen, dass sie wohl doch keinen Stammkunden gewonnen hatte, der regelmäßig aus New York zu ihr kam.

Die ersten Tage wieder auf dem Straßenstrich waren besonders hart, und Laureen wünschte sich, nicht die Bekanntschaft mit dem Millionär gemacht, nicht zwei Tage Luxus erlebt zu haben. Aber andererseits konnte sie das so schnell verdiente Geld auch gut gebrauchen. Als dann doch der Anruf aus New York kam, hätte sie beinahe aufgelegt, weil sie dachte, dass die Person sich verwählt hatte.

Nun lag sie also neben ihrem Freier, der seinen Arm um sie gelegt hatte. Kuscheln nach dem Akt, wie bei einem echten Liebespaar.

„Ich hatte mir das ganz anders vorgestellt."

Laureen hatte keinen blassen Schimmer, was ihr Freier meinen mochte.

„Ich hatte noch nie mit einer Prostituierten geschlafen."

Wieder die Realität. Ja, sie war eine Nutte, und das Kuscheln gehörte mit zum Service, wenn der Kunde fünfhundert für eine Nacht zahlte. Sie sagte nichts.

„Ich brauchte ja nur ganz dringend eine sehr hübsche attraktive junge rothaarige Frau, die für Geld alles macht und bereit ist, mit mir eine Nacht im Hotelzimmer zu übernachten."

Laureen verkniff sich die Bemerkung, dass sie beileibe nicht alles machte, dass es auch bei einer Straßendirne wie ihr gewisse Grenzen gab.

„Ich hatte ursprünglich sogar vor, dass wir auf dem Zimmer einfach ins Bett schlafen gehen, um beim Frühstück fit zu sein. Aber dann ..." Er schwieg eine Weile. „Es war überhaupt nicht so, wie ich es mir vorgestellt hatte."

Nun musste Laureen doch nachfragen, was er damit genau meinte. Sie fürchtete natürlich, dass ihm der Sex mit ihr nicht gefallen hatte, dass er bemerkt hatte, wie sie eher mechanisch ihrer Aufgabe nachgekommen war, so wie sie eben immer ihren Geist vom Körper ablöste, wenn sie einen Kunden bediente.

„Es war ehrlicher."

Diesmal verstand Laureen noch weniger, was ihr Freier meinte.

„Ich habe dir, glaube ich, erzählt, dass ich ziemlich schüchtern mit Frauen bin. Oder war. Oder immer noch bin, was aber keine Rolle mehr spielt. Auf der Highschool habe ich nie eine Freundin abbekommen und auf dem College hatte ich eine für ein halbes Jahr. Dann war ich pleite, hab' geschuftet bis zum Umfallen, bis ich auf einmal reich war. Naja, und da hatte ich natürlich auf einmal so viele Frauen wie ich haben wollte. Aber der einzige Unterschied zwischen denen und dir besteht darin, dass du ehrlich bist."

„Wie meinst du das?"

„Du sagst klipp und klar, dass du nur des Geldes wegen mit mir schläfst. Wir machen einen Preis aus und haben Sex miteinander. Bei denen ist die Liebe zu einem Millionär nur Heuchelei. Sie tun so, als wären sie an einem interessiert, weil man eine so tolle herausragende Persönlichkeit ist, aber im Prinzip wollen sie auch nur ans Geld. Sie wollen teure Geschenke oder noch besser, einen heiraten, aber natürlich nur wenn es keine Gütertrennung gibt."

Laureens Freier drehte sich abrupt zu ihr um: „Ich weiß nicht einmal, ob ich eine Frau interessieren würde, wenn ich nicht reich wäre. Bin ich irgendwie interessant? Ich mache gute Geschäfte, Finanztransaktionen. Das kann ich, da bin ich erfolgreich, aber ist das sexy? Zu kulturellen Veranstaltungen gehe ich nur, wenn es gesellschaftliche Anlässe sind, wo man gesehen werden sollte, der einzige Sport, den ich mache, ist Golf, auch nur der Geschäftspartner wegen. Und ist Golf etwa sexy? Was könnte eine Frau schon an mir interessieren, außer meinem Geld?"

Irgendetwas musste Laureen antworten: „Du bist nett. Und du siehst gut aus."

„Würde das für eine Frau ausreichen, sich in einen Mann zu verlieben, nur weil er nett ist und weder Bauch noch Glatze hat?"

„Warum nicht? Immerhin besser, als sich in ein totales Arschloch zu verlieben, das sich später als Zuhälter herausstellt."

„Bist du deshalb aus dem Heim ausgerissen?"

„Ich möchte nicht darüber sprechen."

*

Laureen konnte es genau spüren, das es aus war. Das Märchen vom reichen Prinzen, der die arme Straßendirne aus dem Elend erlöst, trifft eben doch nie ein. So wie er sie begrüßte, wie er sie hat sich zu setzen, weil er mit ihr etwas Ernsthaftes zu besprechen habe, ja, er würde ihr jetzt sagen, dass er sie nicht mehr sehen würde.

Nun ja, er hatte ihr trotzdem einen Weg aus ihrer Sackgasse als Straßendirne geebnet. Sie hatte einen Teil seines Freierlohns investiert, in Kleidung und Kosmetik, und arbeitete jetzt nicht mehr auf der Straße, sondern in einem Klub. Und sie hatte von seinen mittlerweile regelmäßigen
Besuchen in L.A. ein kleines Finanzpolster aufgebaut. Ja, sie musste fair
sein. Auch wenn er sie jetzt gleich wie eine heiße Kartoffel fallenlassen
würde, so hatte er ihr doch den Weg gezeigt, der zum Licht am Ende des
Tunnels führte. Und er hatte sie immer höflich behandelt, nicht herab-
lassend, wie eine Prostituierte, sondern so, wie man einen Rechtsanwalt
behandelt, der einem gegen Geld eine Dienstleistung erbringt. Nein, sie
sollte nicht wütend auf ihn sein, war es aber dennoch.

„Laureen, ich will mich noch einmal dafür entschuldigen, dass ich dich
das letzte Mal auf den Mund geküsst habe."

Laureen versuchte das herunterzuspielen.

„Ich habe die letzte Woche lange darüber nachgedacht. Über unsere
Beziehung. Und ich muss sie leider beenden."

Gut, jetzt ist es heraus. Wenn ich geschickt bin, kriege ich vielleicht noch
ein Abschiedsgeschenk.

„Ich habe mich in dich verliebt und ich weiß, dass das falsch ist. Unsere
Beziehung ist – war immer rein geschäftlicher Natur. Ich kann das so
nicht mehr – ertragen."

Laureen versuchte krampfhaft, eine möglichst gute Antwort zu finden,
was ihr aber nicht gelang, weshalb sie schwieg.

„Ich habe mir alles Mögliche überlegt. Ob ich dir eine Wohnung in New
York mieten soll oder was weiß ich, aber ich weiß ganz genau, dass es
trotzdem dasselbe wäre. Du würdest auch weiterhin als Prostituierte für
mich da sein, auch wenn man das offiziell dann Freundin nennt. Aber ich
will das nicht, weil ich dich liebe. Ich will, dass du glücklich bist, dass du
das machst, wovon du träumst."

Offizielle Freundin wäre doch nicht schlecht, dachte Laureen.

„Laureen, ich habe die Miete für deine Wohnung hier für die nächsten
drei Jahre im Voraus bezahlt und einen dreijährigen Kurs am Debbie
Reynolds Dance Studio. Und", er zog einen Scheck aus der Jackettasche,
„das sind noch einmal dreißigtausend. Damit solltest du ohne Probleme
deine Tanzausbildung beenden können."

Damit hatte Laureen nun überhaupt nicht gerechnet. Sie nahm wortlos
den Scheck entgegen. Sie wusste überhaupt nicht, was sie sagen sollte.
Nach einer Weile setzte ihr Verstand wieder ein: „Und was wird aus uns?
Werden wir uns nicht mehr sehen? Was soll das bedeuten?"

„Das bedeutet ganz einfach, dass du von jetzt an keinen einzigen Cent mehr von mir bekommst. Wenn du mit mir ausgehen willst, dann lade ich dich natürlich ein, aber wenn du danach noch mit mir ins Hotel kommst, werde ich dich nicht mehr bezahlen. Ganz einfach."

Laureen schluckte. Sie wusste nicht, was sie antworten sollte.

„Ich habe für heute Abend einen Tisch im „Le Petit Paris" bestellt, dem französischen Restaurant von unserem ersten Abend. Ich werde ab acht Uhr dort sein." Ihr Freier – ihr Verehrer küsste sie auf die Wange: „Wir können auch einfach nur zu Abend essen."

*

Diese Nacht hatten sie sich geküsst. Sehr intensiv. Genauer gesagt, sie hatte ihn geküsst. Sie wusste, dass er es erwartete. Aber warum hatte sie es getan? Gut, sie hatte schon vor dem Dinner beschlossen, noch einmal mit ihm ins Hotel zu gehen. Aber es sollte eine Art Break-up-Sex werden. Ein letztes Mal, quasi ein Dankeschön. Eine Art Trinkgeld.

Ja, sie mochte ihn. Ja, sie hatte immer darauf gefiebert, dass er seinen nächsten Besuch in L.A. ankündigte. Nicht nur wegen des Geldes, und weil er ein angenehmer Kunde in einer luxuriösen Umgebung war. Es war schön mit ihm, und nach einigen Besuchen ließ sie sich beim Sex sogar gehen, hatte den zärtlichen Liebhaber sogar genossen. Aber Liebe? Blödsinn. Er war nett, angenehm und in sie verliebt. Sie mochte ihn, aber sie war nicht verliebt. Oder etwa doch?

*

Laureen schmerzte es tief, als sie die Schuhe der Verkäuferin mit der erlogenen Begründung zurückgab, dass sie doch nicht ihr Stil waren. Sie liebte diese Schuhe. Aber sie konnte sie sich schlichtweg nicht leisten. Außerdem wäre John sicher nicht begeistert, wenn sie ihr Geld dafür ausgeben würde. Natürlich zahlte John alles in Paris. Alles, was sie gemeinsam unternahmen. Das Hotel, den Flug, die gemeinsamen Essen. Aber er war strikt. Er hatte ihr tatsächlich, seit er kein Freier mehr war, kein einziges Geschenk mehr gemacht, sieht man von Blumen und dergleichen Aufmerksamkeiten einmal ab. Heute hatte er geschäftlich zu tun, was auch der Grund für den Kurzurlaub war. Er musste nach Paris und hatte sie aus New York angerufen, ob sie Lust hätte, mitzukommen.

Heute war sie also alleine in Paris unterwegs und musste auf ihren Geldbeutel achten. Bisher hatte immer John gezahlt und sie nie auf die Rechnung geachtet. Nach dem Kaffee in einem Bistro auf den Champs-Elysées achtete sie darauf, erst die Preise zu studieren. Paris war eindeutig zu teuer für sie.

Eigentlich hätte sie John böse sein können, dass er ihr nichts, aber auch rein gar nichts schenkte, aber er hatte ja auch Recht. Er hatte sie aus der Gosse geholt und liebte sie. Und als Gegenleistung wollte er ebenfalls echte Liebe oder keine. Sie konnte ihn gut verstehen.

Aber liebte sie ihn? Irgendwie schon. Ja, sie war schon irgendwie in ihn verliebt. Er gab ihr Halt. Er war ein Anker in ihrem stürmischen Leben. Aber trotzdem, was für eine Art Beziehung war das? Was sollte daraus werden?

*

„Bist du schon wach?"

Das frühe Aufstehen hatte Laureen in der Tat anfangs große Schwierigkeiten bereitet. Das Tanzstudium forderte eiserne Disziplin, und Laureen hatte zudem viel nachzuholen, da sie viele Jahre nicht praktiziert hatte. Aber mittlerweile hatte sie sich daran gewöhnt und stand bereits früh morgens auf, um vor dem Unterricht zum Aufwärmen einige Runden zu joggen. Sie wusste nur zu genau, dass dies ihre letzte Chance war, aus ihrem Leben doch noch etwas zu machen. Und sie wollte John nicht enttäuschen.

„Ja, wieso sollte ich nicht wach sein?", antwortete sie. Das Klingeln des Telefons hatte sie nicht geweckt.

„Vielleicht hast du ja gestern etwas länger gefeiert."

„Gefeiert?"

„Ihr habt doch die Semesternoten bekommen, oder?"

„Ach so. Nein, wir haben nicht gefeiert. Und meine sind sowieso nicht so toll. Ich war zu lange außer Übung. Ich habe für die Ferien sogar zwei Zusatzkurse gebucht, damit ich den Rückstand aufhole." Gebucht. Laureen erinnerte sich daran, wie sie John damals für die zweite Nacht gebucht hatte. Damals. Und jetzt hatte sie seine Sprache übernommen.

„Dann hast du nächste Woche keine Zeit?"

John klang etwas enttäuscht.

„Wieso? Abends habe ich doch immer Zeit."

„Nein, ich wollte dich fragen, ob du Lust hast, mich nach London zu begleiten. Aber dein Training hat natürlich Vorrang. London läuft ja nicht weg."

Sie plauderten noch ein wenig, und als sie schon fast aufgelegt hatten, fiel John noch etwas ein: „Die Zusatzkurse, die zahle natürlich ich. Die Tanzausbildung ist mein Geschenk. Auch wenn andere Sachen anfallen, ich weiß nicht, Schuhe, Kostüme oder so, das übernehme ich."

*

Laureen war noch nie in New York gewesen und es waren keine Semesterferien an ihrer Tanzschule. Aber das Bolschoi-Theater war mit Schwanensee zu Gast, und John hatte Karten besorgt. Laureens Lehrer waren nicht nur verständig, dass sie sich einige Tage frei nahm, sondern in erster Linie neidisch.

John zeigte ihr New York. So völlig anders als L.A.

„Deine ganz ehrliche Meinung, Laureen, was gefällt dir besser? L.A. oder New York? Wo würdest du lieber wohnen? In einer Villa in Beverly Hills oder in einem Penthouse an der Fifth Avenue?"

„Ganz ehrlich?"

„Ganz ehrlich."

„Beverly Hills."

„Schade. Ich würde New York vorziehen, aber egal." John zog aus seinem Jackett eine kleine Schachtel hervor, von der jede Frau auf den ersten Blick weiß, was sie enthält: „Laureen, könntest du dir vorstellen, meine Frau zu werden, auch wenn das bedeuten würde, dass wir nach Beverly Hills umziehen müssen?"

Laureen war sprachlos. Sie blickte auf den Ring. John hatte ihr, seit er nicht mehr ihr Freier war, nie mehr ein Geschenk gemacht, das über fünfzig Dollar hinausging. Und nun dieser Diamantring.

„Ich weiß, ich bin fast zwanzig Jahre älter als du und ein schrecklich langweiliger komischer Kauz. Ich versuche es trotzdem. Könntest du dir vorstellen, mich komischen Kauz zu heiraten?"

„Warum willst du mich auf einmal heiraten?"

„Weil ich dich liebe."

„Wow, das ist jetzt etwas überraschend."

John steckte Laureen den Ring an. „Du musst dich ja nicht sofort entscheiden."

„Nein, ja, oh Gott! Warum ausgerechnet mich?"

„Das habe ich dir schon vor langer Zeit einmal gesagt. Du bist die erste Frau, die ehrlich zu mir ist. Du hast ein reines Herz, eine reine Seele."

„Eine Straßendirne mit einer reinen Seele."

„Wie Maria Magdalena. Laureen, ich liebe dich und", John machte eine kurze Pause, „ich vertraue dir. Ich weiß, dass du nicht nur hinter meinem Geld her bist. Als du es noch warst, hast du es offen gesagt, aber in den letzten Monaten ..."

„Das war ein Test?"

„Bist du jetzt sauer auf mich?"

Laureen beugte sich über den Restauranttisch und küsste ihren John von ganzem Herzen. Nein, sie war nicht sauer. Im Gegenteil, sie war stolz auf ihn.

*

Realität. Doch wieder Realität. Sie war also doch immer noch eine Nutte, nur auf einem höheren Niveau. Der Rechtsanwalt bat Laureen, sich zu setzen. Natürlich würde es einen Ehevertrag geben. Soweit ging das Vertrauen Johns in sie dann eben doch nicht.

„Mr. Finch geht natürlich nicht davon aus, dass diese Ehe scheitern wird, aber für den Fall, dass es unglücklicherweise doch so kommen sollte, möchte er keine unnötigen Gerichtsverfahren über Unterhalt oder das gemeinsame Vermögen."

Klar. Sollte die Ehe geschieden werden, wäre Laureen wieder genau da, wo sie John einst aufgesammelt hatte, nämlich in der Gosse.

„Es ist im Prinzip ganz einfach. Das Vermögen beider Ehepartner wird mit der Heirat zusammengelegt und im Falle einer Scheidung in exakt zwei Hälften getrennt. Das gilt auch für negatives Vermögen."

„Negatives Vermögen?"

„Schulden. Sollten Sie gemeinsam Schulden anhäufen. Nach der Vermögensteilung würden von beiden Seiten keine weiteren Unterhaltsansprüche mehr bestehen."

„Also im Falle einer Scheidung habe ich keinen Anspruch auf Unterhalt?"

„Genau. Und Ihr künftiger Gatte hätte keinen Anspruch auf Unterhalt von ihnen. Aber dafür haben Sie beide dann ja den Anteil des gemeinsamen Vermögens."

Laureen konnte nicht glauben, dass sie richtig verstanden hatte: „Wie jetzt, heißt das etwa, dass ich dann die Hälfte von Johns Vermögen bekommen würde?"

„Nein. Die Hälfte Ihres gemeinsamen Vermögens. Also das was Mr. Finch und Sie gemeinsam mit in die Ehe einbringen und nach der Eheschließung erwirtschaften."

„Aber ich habe doch überhaupt kein Vermögen."

„Das ist ohne Belang. Ich weiß nicht, warum Mr. Finch diesen Vertrag so aufgesetzt haben möchte. Ich habe ihm sicher nicht dazu geraten. Es bedeutet, dass, falls Sie sich direkt nach der Heirat von ihm scheiden lassen, Sie die Hälfte seines derzeitigen Vermögens bekommen würden."

O.K., ich habe John Unrecht getan, dachte Laureen, er vertraut mir wirklich, er liebt mich wirklich.

Es dauerte über eine Stunde, bis sie mit dem Anwalt den gesamten Ehevertrag durchgegangen war. Dabei ging es um den Schätzwert von Antiquitäten und Kunstgegenständen des gemeinsamen Besitzes, Immobilienansprüche, gegenseitige Vollmachten und dergleichen. Laureen verstand zwar nur einen Teil davon, aber offensichtlich wurde sie dabei nicht übervorteilt, sondern es handelte sich um einen Vertrauensbeweis von John. Er wollte ihr seine aufrichtige Liebe beweisen, mit dem Risiko, dass sie sich am Tag nach der Heirat mit der Hälfte seines Vermögens davon machen könnte. Aber das würde sie nicht machen. Selbst wenn er nicht so reich wäre, so wäre er doch immer noch ein aufrichtiger, ehrlicher Ehemann, ein Mann, wie sich ihn viele Frauen nur erträumen konnten.

*

Die Trauung fand im kleinen Kreis statt. In einem sehr kleinen Kreis. Die Brautleute und zwei Trauzeugen. John hatte keine Probleme damit, dass Laureen eine Straßendirne gewesen war, aber es war offensichtlich, dass er vermeiden wollte, dass seine Heirat ein gesellschaftliches Ereignis würde. Er hatte sie gefragt, wen sie denn zur Hochzeit einladen würde.

Tja, wen würde sie wohl einladen können. Außer Nutten und Kleinkriminellen hatte sie keine Freunde oder Bekannten. Ihr Vater saß wegen Todschlags ihrer Mutter im Gefängnis, und abgesehen davon hatte sie ihn seit seiner Verhaftung nie mehr zu Gesicht bekommen. Gut, die Schülerinnen der Dance Academy wären gesellschaftsfähig, aber dann würden die sicher unangenehme Fragen stellen, wie sie John kennengelernt hätte.

Die Trauzeugen hatte John besorgt. Zwei Rechtsanwälte aus einer Kanzlei, die für ihn arbeitete.

Die Flitterwochen dagegen waren klassisch: Venedig!

Laureen betrachtete das Kleid im Schaufenster. Es war die Boutique am Rodeo Drive, wo ihr John das grüne Abendkleid gekauft hatte. Nein, sie würde dieses Kleid nicht kaufen. Jedenfalls jetzt nicht. Sie hatte ihre eigene Kreditkarte mit einem Kreditrahmen von wahrscheinlich Millionen, aber sie wollte es nicht, weil sie John nicht enttäuschen wollte. Sie wollte nicht in einen sinnlosen Kaufrausch verfallen, sein hart erarbeitetes Geld, das jetzt auch ihres war, einfach so zum Fenster hinauswerfen.

Sie riss sich los und ging weiter. John hatte sie gebeten, sich mit einigen Maklern zu treffen, um Büroräume in repräsentativer Lage für fünfzig Mitarbeiter zu besichtigen. Warum fragte er sie? Was wusste sie schon von Büroräumen? Weil er ihr vertraute? Weil sie jetzt verheiratet waren? Weil er ihr vertraute und sie jetzt verheiratet waren!

Es würde noch einige Monate dauern, bevor John endgültig nach L.A. ziehen konnte. Unter anderem deshalb, weil John seinen Firmensitz teilweise nach L.A. umsiedeln wollte, und nicht alle betroffenen Mitarbeiter davon begeistert waren.

Sie hatten auch noch keine Villa in Beverly Hills, sondern nur eine geräumige gemietete Luxuswohnung, die auch Laureen ausgesucht hatte. Erst wenn John endgültig nach L.A. gezogen wäre, würden sie sich in aller Ruhe darum kümmern. Abgesehen davon hatte nie zur Debatte gestanden, ob sie ihre Ausbildung zur Modern Art Tänzerin beenden würde oder nicht.

*

Endlich war John wieder in L.A. Nicht nur für ein oder zwei Tage, sondern für mindestens eine Woche. Sie lagen ziemlich erschöpft nach dem Liebesakt auf dem Bett, John hatte seinen Arm um Laureen gelegt.

„Manchmal entwickeln sich die Dinge völlig anders, als man es erwartet. Laureen, ich habe mich in dich verliebt."

„Ich weiß."

„Nein, weißt du nicht. Ich habe mich in dich verliebt, über beide Ohren bis zum Wahnsinn und möchte mit dir eine Familie mit Kindern haben."

„Und?"

John drehte sich ruckartig zu ihr um, sah ihr tief in die Augen: „Du wirst mich wahrscheinlich in ein paar Sekunden aus der Wohnung prügeln, mich einen elenden Lump und Verräter nennen und nie wieder etwas mit mir zu tun haben wollen, aber ich muss dir ein Geständnis machen. Ich möchte nicht damit weiterleben. Nur eins möchte ich, dass du mir glaubst, dass ich mich wirklich in dich verliebt habe, dass ich dich wirklich von ganzem Herzen liebe."

„Was redest du da für einen Blödsinn?"

„Ich habe dich betrogen."

O.K., dachte Laureen, das ist jetzt schon etwas hart, direkt nach unseren romantischen Flitterwochen fängt er ein Verhältnis in New York an.

„Lass mich raten, mit der Sekretärin?"

John lachte laut auf: „Warum sollte ich dich mit einer Frau betrügen? Als Frau bist du perfekt. Schön, intelligent und, ich meine deine Erfahrung ist auch nicht zu unterschätzen."

„Mit einem Mann?"

„Nein", John lachte erneut, „ich habe dich um Geld betrogen."

„Hä?"

„Ich habe dich um ungefähr 75 Millionen Dollar betrogen."

„Hä?"

„Wie gesagt, ich bin wirklich in dich verliebt, und deshalb fällt es mir auch so schwer. Ich bin ein Heiratsschwindler."

„Hä?"

„Wie wir uns begegnet sind, das war alles arrangiert. Molly und mein angeblicher ehemaliger Freund, das waren Schauspieler. Ich habe dich zwei Monate lang ausspioniert. Alles nur, damit du den Ehevertrag unterzeichnest und wir heiraten. Nur damit ich an dein Geld herankomme."

„Mein Geld?"

„In dem Ehevertrag steht auch eine Klausel, dass der Ehepartner bevollmächtigt ist, ein Erbe seines Ehepartners anzunehmen. Und das habe ich vorgestern in Chicago gemacht. Und da wir im Falle einer Scheidung fifty-fifty teilen, gehört mir jetzt die Hälfte deines Erbes."

„Was für ein Erbe?"

„Dein Onkel Richie."

„Ich habe keinen Onkel Richie."

„Halbonkel. Der ältere Halbbruder deiner Mutter, von dessen Existens vermutlich sogar deine Mutter nichts gewusst hat. Dein Großvater hat das uneheliche Kind dezent mit Unterhaltszahlungen überdeckt."

„Das ist nicht dein Ernst."

„Doch. Leider. Obwohl, sonst hätte ich dich nie kennengelernt. Richie Williams ist mit Immobilien in Chicago reich geworden und vor ein paar Jahren kinderlos und unverheiratet gestorben. Deine Mutter ist tot, und da dein Vater sie getötet hat, ist er nicht erbberechtigt. Die Erbin bist also du. Die Erbverwalterin hat naturgemäß kein großes Interesse daran, den Erben zu finden."

„Und wie hast du mich gefunden?"

„Ich bin Heiratsschwindler und war dabei, die Rechtsanwältin, die die Erbverwalterin war, auszunehmen. Ältere, verbitterte Frau. Die wusste ungefähr, wo du sein könntest und hat alles unternommen, damit du nicht gefunden wirst."

„Du bist ein Schwein."

„Ja."

„Und du bist überhaupt kein Millionär."

„Ja."

„Und wie kannst du dir dann Luxussuiten, Penthouse an der Fifth Avenue und so leisten?"

„Kredit."

„Kredit? Banken verleihen Kredite für Heiratsschwindel?"

„Nein, aber die Mafia. Die haben alles finanziert und kriegen dafür drei Millionen. Habe ich gestern bezahlt, bin also clean. Das Penthouse war übrigens ein Fake. Wird möbliert an VIPs vermietet."

Beide schwiegen eine Weile.

„Und wieviel war ich dir wert?"

„Wie meinst du?"

„Wieviel hast du in mich investiert?"

„Ungefähr hundertfünfzigtausend. Der Privatjet für den Flug in die Oper nach San Francisco und das Penthouse hat die Mafia direkt organisiert. Keine Ahnung, was das gekostet hat."

John konnte hören, wie Laureen leise weinte.

„Immerhin bin ich damit kein billiges Flittchen mehr, sondern eine Edelnutte."

„Jetzt hasst du mich wahrscheinlich."

Laureen weinte nicht mehr, lag nur noch still auf dem Bett.

„Ich gehe jetzt besser. Es tut mir wirklich leid."

Als er den Raum schon fast verlassen hatte, stellte ihm Laureen eine letzte Frage.

„Was meinst du, könnte ein Kind, dessen Vater ein elender Lügner ist und seine Mutter eine heruntergekommene Straßendirne, trotzdem ein schönes Leben haben?"

Jo Po

Luft holen

Eins, zwei, drei … Luft holen … ein, zwei, drei … Luft holen … eins, zwei, drei … Wende … eins, zwei, drei … Luft strömt in meine Lungen, mein Herz hämmert in der Brust, Wasser klebt an meinem Körper, streichelt, umschmeichelt, kühlt und es fühlt sich an wie ein Rausch, in dem ich schwebe und abhebe, getragen von Wasser und Luft in mir und „Autsch!" Ich dreh mich um, grüne Augen blicken mich entschuldigend an. Grüne Augen stechen das blaue Wasser aus. Ich nicke wohlwollend und ziehe weiter.

Die grünen Augen tanzen als Fische vor mir her, schlängeln, weisen den Weg zur nächsten Wende – und zur nächsten. Dort warten sie, die grünen Punkte und sehen mich, noch immer entschuldigend, an. „Sorry nochmal", hüpfen ihre Worte wie Wasserläufer übers Wasser und setzen sich mir auf die Brust. Mir fällt nichts ein, was ich sagen könnte, außer „schon gut." Irgendwie lähmt sie meinen Körper. Ich bleibe und blicke verstohlen auf ihre gebräunte Haut, auf seichte Bizepswölbungen, auf ihre Adern, die an Händen und Armen hervortreten und … auf volle, schöne Brüste, die ihren Schwimmanzug auswölben. Ich erröte leicht und schaue verstohlen weg, denn ich merke, wie die grünen Punkte mich ebenso ertasten und ziehe schnell meinen Bauch ein, pumpe Blut in meine Muskeln und schicke ein abgeknicktes Lächeln in ihre Richtung. Weiße Zähne umrandet von roten Lippen blitzen zurück und schaukeln die seltsame Stimmung zwischen uns auf den Wellen hin und her.

So stehen wir, nebeneinander. Das Wasser zwischen uns erhitzt sich, beginnt zu köcheln und ich spüre etwas zwischen meinen Beiden. Heiß und feucht pulsiert meine Vagina. Etwas berührt, ertastet, sucht die pochende Sehnsucht zu stillen. Ich blicke zur Seite, will entrüstet sein, doch meine Aufregung verpufft auf dem Weg in grüne Augen, die mich ansehen. Scharf und bedeutsam. Tief und innig. Unachtsam gebe ich ein Stöhnen von mir und bin sogleich erschrocken. Sehe den roten Mund lächeln und dann ist sie weg, die Hand. Und Sie. Fast bestürzt, verstört schaue ich ihr hinterher. Bittend, flehend. Sie schwimmt davon. Langsam, bedacht, ihr Rücken spielt mit dem Wasser. Es hüpft und fließt feucht über ihre Muskeln. Haare legen sich weich und klamm auf ihre Schultern. Ich schwimme los, wie ein Blitz ras ich ihr hinterher. Ich bin schneller. Auf der anderen Seite halte ich sie fest. Am Arm, an der Hüfte, dann an der Brust. „Ich gehe duschen", sagt sie. Mehr nicht. Mein Kopf zerspringt, Gedanken rasen, Erregung hämmert zwischen meinen Beinen und aus einem Impuls heraus folge ich ihr, bis wir in der abgetrennten Duschkabine stehen. Zu zweit und Lust und Leidenschaft die Luft zwischen uns aufsaugt, so dass ich kaum atmen kann und doch rast mein Puls und ich schaffe es kaum, leise zu atmen. Weiche Hände streifen meinen Badeanzug ab. Warme Hände gleiten meinen Körper rauf und runter. Nackt drücken wir uns aneinander. Ihre Brust an meiner, meine Hand an ihrer. Zungenspiel, vorsichtig, warm, fordernd, wild, zärtlich, verführerisch. Ich spiele mit ihren Brustwarzen, streichel, knete, drücke sie und achte auf ihren lauter werdenden Atem an meinem Ohr.

Andere Gäste duschen, reden hinter der Trennwand. Kurz denke ich an sie, dann holt mich ihr Finger zurück. Er gleitet zwischen meine Beine, berührt die verlangende Feuchtigkeit am Eingang meiner Vagina, ich stöhne leicht, dann rutscht er höher, zieht seine Bahn und stoppt an meiner Klitoris. Seicht kreist ihre Hand um die angeschwollene Perle. Ihre großen Lippen saugen an meinen Brüsten, ihre Hand umfasst meine Pobacke und wieder drücke ich meinen feucht-nackten Körper an ihren. Lust fließt aus uns heraus. Ich gleite, gleite herab an ihrem glatten Busen vorbei, trinke fallendes Wasser aus ihrem zuckenden Bauchnabel und dunkle Haare berühren mein Kinn, meinen Mund. Ich sauge zwischen ihnen, strecke meine Zunge, um von der Feuchte zu kosten. Male, zeichne Lust auf ihr Gesicht. Ihr Becken schiebt sich mir entgegen und ich versinke zwischen ihren Beinen. Ich lausche ihr, wenn ihr Mund sich öffnet und laut Stöhnen mag. Ihre Hände ziehen mich hoch zu ihrem Mund und wieder verschlingen sich rosige Lippen, tanzen Zungen fordernd, gierig, dann wieder verhaltend, abwartend, spielerisch. Ein Ruck zieht meinen Körper, sie hat mich umgedreht, meine Hände stützen an der Duschkabine, ihre Vagina drückt sich an meinen Po und schwimmende Küsse bedecken meinen Nacken, Rücken, Hintern. Ihr Finger schiebt sich vor und spielt mit meinen Schamlippen, gleitet in meine vibrierende Vagina. Vor und zurück, schnell, langsam, bedacht, hart, führend, innehaltend. Ich drehe mich zurück. Liebkose ihr Ohr, ihren Hals, ihre Brüste, ihre steifen Brustwarzen. Die Welt verschwimmt, ich bin nur noch Rauschen, fühle ihre Schamhaare, ihre Feuchte an mir und werfe meinen Kopf zurück, als sie erneut erst mit einem, dann mit zwei Fingern in mich eindringt und wir beide uns im Rhythmus bewegen. Ihr Daumen reibt an meiner Klitoris und mein Körper umschlingt ihren mit Zunge und Händen und voller Gier. Ich suche ihre Vagina, meine Finger gleiten rein und raus, kreisen, stoppen, drücken und ich spüre ihren bebenden Körper in meinem Arm, ersticke lustvolle Laute mit Küssen, bis sie vibrierend, leidenschaftlich zuckt und warme Flüssigkeit aus ihr über meine Finger läuft und auch sie mich schließlich lustvoll zum Höhepunkt bringt, so dass ein erschauerndes Stöhnen aus mir dringt, ungeachtet der Mitduschenden um uns herum.

Plötzlich bin ich wieder im Schwimmbad, duschende Frauen nebenan. Wir halten uns. Nackt und fest. Atem noch immer schnell. Ich löse mich und blicke sie an. Grüne Augen blitzen, fallen in meine. „Tschüss!", flüstert sie einen Kuss auf meine Wange, nimmt ihren Schwimmanzug und verlässt die Duschkabine. Ich bleibe zurück. Unschlüssig, was oder wohin. Warmes Wasser strömt über heiße Haut, klebt an meinem Körper, streichelt, umschmeichelt. „Was war das?", springen Gedanken wie Atome wild durch meinen Kopf. „Eins, zwei, drei … Luft holen … eins, zwei, drei … Luft holen", versuche ich meinen Atem zu beruhigen und die Wassertropfen zaubern … mein Körper beginnt zu lächeln. Ein außergewöhnlich bahnbrechendes Ganzkörperlächeln.

Helga Fricker

Rumba am Donnerstag

Donnerstags kam sie zum Kaffee zu ihm. Die Begrüßung verlief unterschiedlich. Wenn er sie wieder einmal zutiefst verletzt hatte, streckte sie ihm ostentativ die Hand entgegen, was eher einer Zurückweisung als einer Begrüßung entsprach. In der Regel jedoch bot sie ihm strahlend ihre frisch geschminkten Lippen zum Kuss an; jedes Mal spürte sie den Zwiespalt, in dem er war. Einerseits konnte er ihr kaum widerstehen, andererseits missfiel es ihm, dass der leuchtend rote Lippenstift von ihren auf seine Lippen abfärben würde. Er vergaß es nicht selten, wenn er später ins Büro ging und den Angestellten Anweisungen gab, auf die sie drei Stunden gewartet hatten. Man hielt sich mit ironischen Bemerkungen zurück, lachte aber hinter seinem Rücken.

Sie betrat das Wohnzimmer seines Single Haushaltes bedächtig und sittsam, damit er nicht merken sollte, wie verliebt sie war. Er ging jedes Mal gleich in die Küche, um für sich einen Kaffee und für sie einen Cappuccino zu überbrühen. Die drei Minuten, die er dazu brauchte, benützte sie, um herumliegende Notizzettel zu überfliegen. Sie – die Tanzpartnerin – suchte nach Informationen über Unternehmungen mit seiner „Lebenspartnerin"; sie wollte wenigstens einigermaßen Bescheid über etwas wissen, was sie nicht ändern konnte und worunter sie schmerzlich litt. Er war seit mehr als einem Jahr fest liiert mit der anderen Frau.

Langsam begannen sich ihrer beiden Hände aufeinander zu zu bewegen. Damit sich wenigstens ihre Fingerspitzen berühren konnten. Ein kleines Kribbeln musste doch erlaubt sein sein. Ein bisschen Freiraum. „Darf ich mich neben dich setzen", fragte sie dann und er rückte den Stuhl einladend für sie zurecht.

Dann entwickelte die neue Sitzordnung eine Eigendynamik; jetzt wurden Küsse ausgetauscht. Jetzt wird es gefährlich, sagte er regelmäßig. Sie dachte, was soll denn gefährlich werden, du bist doch fest liiert und treu, zugleich wusste sie, dass sie wieder gewonnen hatte. Glück für sie.

Später rückte er seine Kleidung zurecht, man tanzte noch ein paar Schritte Rumba. Rumba üben war der Grund für den Besuch. Wie hatte man was anderes tun oder denken können.

Dann stand sie zögernd auf, um sich zu verabschieden, begann schon wieder auf die Rumba Übungsstunde am nächsten Donnerstag zu hoffen.

Eine ganze Woche warten müssen war schmerzlich. Noch schmerzlicher war, dass es von Woche zu Woche nicht sicher war, ob er sie überhaupt zum Kaffee am Donnerstag einladen würde. Und zum Rumba üben.

Nun, immerhin, würde diese Woche schneller vergehen als andere Wochen. Sie hatte eine Reihe Arzttermine. Unklare Beschwerden plagten sie. Vor allem Bauchschmerzen. Kein Wunder, dass sie nicht mehr schlafen konnte.

Täglich legte sie sich am Nachmittag mit einer Wärmflasche aufs Sofa. Untersuchungen verschiedener Art wurden angeordnet und gemacht. Zum Glück konnte sie deshalb zum – leider nur – Tanzpartner sagen „diesen Donnerstag habe ich keine Zeit". Das hätte sie ohne die Arzttermine nicht geschafft. Auch am darauf folgenden Donnerstag hielt sie die Arzttermine noch für ein Glück. Vielleicht würde der Tanzpartner sie dringender sehen wollen, wenn sie keine Zeit hatte. So etwas soll vorkommen. Jedenfalls schickte er ihr am zweiten Donnerstag einen Film, der in der Tanzgruppe gemacht worden war. Alle hatten sehen können, was für ein tolles Paar sie waren. Keine im Kurs war so eine gute Tanzpartnerin für ihn. Die Lebenspartnerin schon gar nicht.

Es wurden verschiedene Blutuntersuchungen gemacht. Der Arzt sagte: Sie sind diesen Ergebnissen nach gesund. Sie haben nichts. War das „diesen Ergebnissen nach" eine Einschränkung?

Ihr desolater Zustand besserte sich nicht. Sie ahnte noch nicht, dass sie nie mehr zum Rumba üben zu ihm gehen würde, nicht einmal in die Tanzgruppe mit ihm. Dass ihr „nichts" eine tödliche Krankheit war, die schon fortgeschritten war. Ein CT zeigte es schließlich. Schnell wurde die Tänzerin operiert; die Operation war erfolgreich, aber zu spät. Ein Tumor wurde entfernt, er hatte freilich längst andere Organe befallen.

Nach einem Jahr stand der Angebetete zusammen mit den anderen aus der Tanzgruppe an ihrem Grab Das hätte sie gefreut, denn seine „Lebenspartnerin" war nicht dabei.

Erich Pfefferlen

komm

komm
zieh dich aus
einen vers lang
blick mich an
ruhig ungereimt und
lass uns lieben
in hebungen und senkungen
taktvoll taktlos
gönnen uns
die eine die andere
zäsur
bis zum ende
unseres gedichts aus liebe
ohne ende

Ulrich Straeter

Strandhafer

Im Sonnendunst
der Strandhafer um uns
fallen wie die Tiere
ungeduldig
reißen den Stoff
nackte Haut
an feuchten Lippen
gleiten in den Sumpf
bis zur Neige

Ulrich Straeter

An Fiammetta

Der Nachtwind umspielt meine Haut

Ich umarme dich
mein Kopf auf deinem Bauch
ich zerbeiße deine Brüste
wo Milch und Honig fließen

Ich spüre deine Lippen
verrückt macht mich der Aufruhr
verrückt bin ich vom Rausch
das Herz klopft unseren Rhythmus

Der Nachtwind umspielt meine Haut

Ulrich Straeter

Pans Pad

Kiek mol wedder rin sagt Pan
räkelt sich im warmen Sand
wie der Hund des Dünenwärters

Schon beginnt.der Sand
die Flöte zu begraben
wo sind sie die weichen Wülste wohliger Lust

Wenn der Wind den Laut des Liebesvogels
herüberträgt
springt Pan bis zum Ende der Welt

René Oberholzer

Die Vollendung

In den Rauhnächten
Die Unterwäsche
An den Nagel gehängt
Mit den Zungen gespielt
Und an Erdbeeren gedacht

In den Rauhnächten
Sich in die Seele geschaut
Mit dem Feuer getanzt
Sich an Haut gewärmt
Den Winter vergessen

In den Rauhnächten
Nackt geborgen
Und tief vereint
Von Liebe erleuchtet
Die Erinnerung vollendet

René Oberholzer

Naturwissenschaftlich

Ich hatte keine Ahnung von Chemie
Und keine Ahnung von Physik

Ich wusste nur dass die Chemie stimmte
Und dass ich elektrisiert war

Wie die Erde zog ich sie an
Wie eine Frau zog sie mich aus

Ich merkte dass unsere Zungen rannten
Und unsere Lippen brannten

Wie die Erde zog sie mich an
Wie ein Mann zog ich sie aus

Ich wusste dass es nach Frühling roch
Und dass der Vollmond schien

Wie Hungrige assen wir uns
Wie Durstige tranken wir uns

Bis unsere Gehirne überschwappten
Und die Hormone überschnappten

Ich hatte keine Ahnung von Chemie
Und keine Ahnung von Physik

René Oberholzer

Glanzlos

Da war dieser Tisch
Der beim Schreiben
Ständig knarrte

Da war diese Vorstellung
Dass der Tisch mit ihr
Ständig knarren würde

Da waren die Nachbarn
Die jedes Knarren
Mitbekommen könnten

Da war dieser Nachmittag
Der so glanzlos
Über die Bühne ging

René Oberholzer

Nachtflug

Die Hoden beben am Anschlag der Vernunft
Die Eierstöcke tanzen im 3/4-Takt
Neugier war der Anfang der Zeit

A ist sie und B bin ich
Wir fliegen in die Unordnung
Und pfeifen auf die anderen Buchstaben

René Oberholzer

Wilde Schönheit

Du wilde Schönheit du

Führe mich in die Düne
Und male das Kreuz des Südens
In den feinen Sand
Und lass mich eintauchen
In deine warme Haut

In der Weite der Dämmerung
Lehr mich die Sprache des Windes
Und bekehre mich
Zur Hemmungslosigkeit
Verlorener Tage

Du wilde Schönheit du

René Oberholzer

Intuitiv

In der Nacht streckte ich
Meine Hände nach dir aus

Du an Ketten nahmst sie
Und legtest sie auf deine Brüste

Nach dem Ende des Traums
Zog ich mich an und beeilte mich

René Oberholzer

Die Ferienzeit

Seit der Fernseher
Beim Sex läuft
Ist die Leidenschaft
Zurückgekehrt

Seit er beim Sex
Den Match kommentiert
Spricht er wieder
Mit ihr

Wenn der Fernseher
Beim Sex läuft
Dauert das Vorspiel
Etwas länger

Wenn die eigene Mannschaft
Gewinnt
Ruft er beim Höhepunkt
Goal goal goal

Doch sie weiss auch
Dass während der Ferien
Keine Fussballspiele
Stattfinden werden

Helga Loddeke

La Mar

sammle
flache
Muscheln

der
Atlantik
ist so warm

umschmeichelt
zart
meine
Schenkel
überall

wie ein
Geliebter
mein
Octopus

tauche
ein
aber
wohin

mit der
Hotelkarte?

El neptuno
in mir

Helga Loddeke

Stormy

wehende
weisse
Batist
Vorhänge
bauschen
auf

durchsichtiges
Meer
gedämpftes
Sonnenlicht

zwischen uns

weißes Leinen
zerquetscht
im weißen Licht
weiße Gischt

draußen
stürmt es
wogende
Atlantik-Wellen
brummen
knallen
hart

gegen das
kleine
weiße
im
maurischen
Stil gehaltene
Hotel

hoffentlich
kommt keine
Springflut!

dann ist es *aus*
auch
zwischen
uns

Helga Loddeke

Herbst König

#dedreekoningen
perfekte Figur
erst wirsch,
fast arrogant

#kinghenry
ein vom Krieg
gezeichnetes
Gesicht
welcher Krieg?

feste
männliche
Hände
#ifyouweremine

Füße
groß

ein
schwarzes
dünnes
Lederband
schmückt

seinen
straffen
Hals,
welches
Amulett?

grau
melierte
Haare
kurz

er bemerkt
lange
Frauenblicke
Oh, everywhere

#SchönenAbendnoch
ruft er laut fröhlich
hinterher

ihr

#sheisarainbow

Thomas Steiner

die luft wird plötzlich klar

& der blick über den see
wie nie im letzten halben jahr
an unserem uferstreifen liegen jetzt
blätter um meine füße
(statt ich um die deinen)
& mir tut gut
dass es kühl über das wasser weht.

Thomas Steiner

in gassen das weite meer

zu viel herum gelaufen in der stadt
leute & leute, schwarze weiße rote hunde häuser
häuser häuser große kleine ziegel holz beton
steine & steine & steine & glas & glas & tauben
fliegen fliegen fliegen, hitze auch, leute & leute
davon gefrierbrand in den augen, bläschen-
wiese hinter glas, oder weiter innen, es zieht
als ob es blasige lippen wären, lippen wären
zungen spitze streichen hören hährchen haare tasten
fühlen lippen lesen
hilft nicht, hilft nicht
hilft nicht, höchstens roter
immer roter, wein, weiße wand & zimmerdecke
im blick rillen & knötchenmuster
die spinne oben links
lebt sie noch?

Thomas Steiner

kunst = 1 toter käfer auf dem gartentisch

1 dicker, grüner, im morgenlicht
feucht schimmernd
wie er anfangs war & anders hingeschoben
so dass er malerisch
im muster liegt, & ein blatt daneben
wie hingewcht gelegt, & 2 & 3 & 4
davon, & ins gedächtnis eingeprägt
für 1 gedicht, 1 bild, 1 brief, 1 kuss.

Marko Ferst

Erotische Streifzüge

Uns berühren
bald zu Küssen
Armen und Händen
verschlungen
Fingerspitzen
entlang der Körperkonturen
Haut aus
Kerzenlicht
verstreut die Sachen
Lust und Gier
entfacht im Spiel
aus Bewegung
Haare und Gesicht
zwischen Schenkel
Bauch und Schoß
alles vernaschen
Vorrat an Blicken
und Flüstern
für Dauer

Marko Ferst

Mädchen in Blau

Hände gleiten
Körper winden
federleicht berührt Atem
Küsse tauschen
er schmiegt
sich an ihre Brüste
umstreicht
ihre Schenkel
was sie verzückt
weiß er genau
alles Hände
nur noch

Im Spiegel
bewundert sie
das neue blaue Kleid
sonst nichts

Marko Ferst

Ich darf nicht denken

Weites Land
das nach Weizen duftet
ich ahnte nicht
nie wieder werde ich
in deine Arme gleiten
deine Haut spüren
hast einfach so aufgegeben
mich und dich treiben lassen
Weizenwind
wohin soll ich loslassen?
gefangen von alten Träumen
heißer, langer Sommer
eine Kette aus Küssen
wollte ich dir
noch schenken
mein Atem hält an
knappe Luft
Feldrand

Marko Ferst

Sommernacht

Über dem Flußtal
der hohe Gelbe
nach seiner Fahrt
als Schattenriß
Umarmungen
Wiesenstille

Ins Maisfeld
wo gewöhnlich
nur schwarze Rüsselnasen
dem Paradies nahe
dorthin hat
es uns verschlagen
in eine Schneise
breit genug
Zelt des Himmels
und Tücher der Lust

Immer noch
wärmt der Tag
die Nachtseite
Blicke, Tasten und Küsse
an den Uferbaum
lehnen wir uns
nackt

Erika Maaßen

Der Wünschelrutengänger

Mit des Tigers gleitendem Schritt,
zieht er beharrlich seine Kreise.
Der Rute Zittern teilt ihm mit,
gefundne Quellen auf die Weise.

Er geht dem Beben auf den Grund,
zu finden diesen Born der Gier.
Witternd mit Augen, Nase, Mund
taucht tief er ein ins Elixier.

Sein Werkzeug ist perfekt in Schuss,
fast wie poliert des Werkzeugs Schaft.
Sein Mund gespitzt zu einem Kuss,
schlürft er aus jedem Brunnen Saft.

So findet er auf diese Art
gar manches lockend feuchte Loch.
Gehobener wird sein Standard,
sucht wählerisch nach bessrem noch.

Wird einmal er das Suchen müd,
still seine Wünschelrute steht,
sein Tigerblick noch stets nach Süd,
wie träumend hin zum Brunnen geht.

Torsten Krippner

Wenn du da bist

Wenn du dann da bist
Dann fließt in Erwartung der Nacht
Der Indigo-Himmel unbewacht
Das Fenster weit geöffnet ist.

Wenn du dann da bist
Dann strecken sanft die Sekunden
Im Widerhall des Flüsterns verbunden
Die ungestillten Körper, lang vermisst.

Wenn du dann da bist
Seh´ ich in deinen grünen Augen
Trotz Dunkelheit die Welt auftauchen
Schlagen Herzen analog gewiss.

Dein Salz schmeckend, will dich verschlingen
Kannibalisch diesen Augenblick verbringen
Doch du machst mir scherzend klar:
„Dann wär´ ich nicht mehr da."

Wenn wir uns dann lauthals *necken*
Und den gefleckten Abendsänger *wecken*
Verborgen in breitästrigen *Bäumen*
Flötend, vielfach- silbig sein *Gesang*
Selbst der stille Nachbar lächelt *dann*
In seinen zerbrochenen *Träumen*

Jessica Wapenhensch

Polyphonie der Liebe

Mein Herz singt eine Melodie,
Hör gut hin! Erkennst du sie?
Ich wiege sanft in ihrem Takt,
auf deinem Körper, frei und nackt.

Ich höre deine Melodie.
Geb mich ihr hin! Umarme sie!
Wir lieben uns im Mondenschein,
verschmelzen ganz zu einem Sein.

Wir singen unser schönstes Lied,
ein Lied der Liebe. Drängend, wild,
die Fuge kommt zum Höhepunkt,
wir fallen, bis zum Ruhepunkt.

Ich liege ruhig in deinem Arm,
spür deinen Körper, hitzig, warm.
Unser Lied nun leis verklingt,
bis jeder tief im Schlaf versinkt.

Reinhard Lehmitz

An einem Strande

An einem Strande ganz weit oben
da lebte eine Stunde stundenlang
Schäfchenwolken kaum verschoben
vor´m Weiterzieh´n war ihnen bang

Die Haut empfing die Sonnenwärme
auch dort wo sie sonst verborgen ist
Auf ihr Gefühle ganze Schwärme
da blieb kein Stück was ungeküsst

Das Herz so spürbar da und offen
und jede Tür ließ den Eintritt zu
Der Augen Glanz vom Glück getroffen
nach innen sehen gehört auch dazu

Als Schatten sich vertraut vereinten
streichelte der Himmel Zärtlichkeit
und alle Lebenssinne meinten
dass Liebe verzaubert Lebenszeit

An einem Strande ganz weit oben
da lebte eine Stunde stundenlang
Schäfchenwolken kaum verschoben
vor´m Weiterzieh´n war ihnen bang

Reinhard Lehmitz

Haikus über Liebe

Im Wintergarten
sind Blumentöpfe bepflanzt
mit Liebesbriefen

Wir sind zwei Bäume
Noch berühren wir uns nicht
Vielleicht die Wurzeln?

Hibiskusblüten
Ein erotisches Abbild
des Liebesaktes

Abendlicht wie Samt
Der Strand in warmen Farben
Hände finden sich

Die Liebe erblüht
Der Duft der Blütenstände
wird zu einer Sucht

In Casablanca
„Ich seh' dir in die Augen"
Für alle Zeiten

Du meine Rose
Ich halte dich windgeschützt
solltest du frieren

Reinhard Lehmitz

Zeitlose Liebe

Die wahre
zeitlos nahe
tiefe Liebe
offenbart sich erst
nach den Momenten
der süchtig nahen
hautnahen Liebe

Die wahre
zeitlos nahe
tiefe Liebe
lebt nicht nur von
Berührungen der Haut
denn sie hat
die Seele berührt

So lebt sie
die wahre
zeitlos nahe
tiefe Liebe
ohne Bedingungen
und überlebt
zeitlos ...

Reinhard Lehmitz

Liebeslied

gesungen mit Helga

Es singt von der Dämmerung
die das seidige Tuch der Stille
legt über das Land
Vom Fluss der flüsternd
die Dinge des Tages
mit sich genommen hat

Von zartgrünen Trieben des Ginkgo
die dem schlafenden Wind
streicheln ihre Botschaft
Von Händen die sich gefunden
von Lippen die sich runden
und formen zum Kuss

Von zwei Seelen die sich berühren
im taumelnden Tanz sich spüren
beim Entfalten ihrer Flügel
Vom vereint in den Himmel gleiten
bis in die Zweige des Baumes
wo als „Eines" sie fest sich halten

Vereint zum „Doppelt" singen sie
ihr Lied von der großen Liebe

Reinhard Lehmitz

Dein Sternbild

Das Blau
deiner Augen
hat etwas
Einzigartiges

Es wirkt himmelblau
wenn du
vom erfüllten Leben
schwärmst

Strahlt türkis
wenn du
von neuem Leben
flüsterst

Leuchtet kornblumenblau
wenn du
dich öffnest
für neues Leben

Und wenn
das neue Leben entsteht
funkelt im Schwarzblau
deiner Augen

dein Sternbild

Hannelore Thürstein

Erdbeerküsse

Es ist viele Jahre her, als ich Valentina das erste Mal begegnete. Eines Morgens stand sie im Fahrstuhl neben mir und ihre Aura umarmte mich, wie warmes Wasser in einer Badewanne. Irgendwie musste ich sie angestarrt haben, denn plötzlich drehte sie ihren Kopf zu mir und lächelte mich an. Jedes Härchen an meinem Körper stellte sich auf und ich fühlte, wie ich rot wurde. Schnell sah ich in eine andere Ecke und hoffte, dass sich die Tür des Aufzugs bald öffnete.

Nach ihrer Telefonnummer zu fragen, hätte ich nie gewagt, aber das musste ich nicht, denn es dauerte nicht lange, bis Valentina in Begleitung meines Vorgesetzten vor mir stand. Mein Chef bat mich, Valentina unter meine Fittiche zu nehmen und sie einzuarbeiten. Von dem Moment an wusste ich, dass ich verloren war.

Die Gefühle, die sie in den nächsten Monaten in mir hervorrief, hatte ich bis dahin noch nie kennengelernt. Sie verzauberte mich so sehr, dass es mir schwer fiel mich auf meine Arbeit zu konzentrieren. Ständig versuchte ich einen Hauch ihres Parfüms, eine Mischung aus Vanille und Zimt, zu erhaschen. Nach einigen Tagen schien sich dieser Duft so tief in meinem Gehirn eingebrannt zu haben, dass ich ihn überall wahrzunehmen schien.

Eines Morgens, ich war gerade dabei ihr etwas zu erklären, legte sie ihre Hand auf meinen nackten Arm und bedankte sich bei mir für die gute Einarbeitung. Ich war derart verwirrt, dass ich nichts darauf antworten konnte. Als sie ihre Hand wieder wegnahm, sprang ich auf, entschuldigte mich und lief zur Toilette. Alles in mir bebte. Wie eine Flutwelle schoss das Blut durch meine Adern und bis hinein in meine Lenden. Zehn Minuten später spürte ich immer noch ihre Hand auf meinem Arm. Was hatte sie sich nur dabei gedacht, mich so aus der Fassung zu bringen. Als ich zu meinem Arbeitsplatz zurückkehrte, war Valentina glücklicherweise nicht an ihrem Schreibtisch. Sie hätte mir meine aufgewühlte Verfassung sicherlich angesehen.

Am nächsten Morgen meldete ich mich krank, denn ich war nicht fähig zur Arbeit zu gehen. Den ganzen Tag über verkroch ich mich in meinem Bett und dachte an Valentina. Am späten Nachmittag rief sie mich an, um sich nach mir zu erkundigen. Sie schien ernsthaft besorgt zu sein. Das verwirrte mich noch mehr. Sie konnte doch unmöglich Interesse an mir haben.

Am nächsten Tag saßen wir uns wieder gegenüber. Sie in einer enganliegenden Bluse und hochgesteckten Haaren. Vor Angst, dass meine Gefühlswelt erneut außer Kontrolle geriet, wagte ich sie kaum anzusehen. Valentina spürte, dass irgendetwas zwischen uns nicht mehr in Ordnung war und fragte mich nach dem Grund. Ich bestritt es, denn ich konnte ihr doch unmöglich erklären, dass ich sie begehrte, sie täglich in meiner Phantasie auszog, sanft ihre Brüste streichelte und ihr das hochgesteckte Haar löste. Besonders erregte es mich, wenn ich mir vorstellte, wie ich mein Gesicht in ihrem Nacken vergrub. In meiner Phantasie ließ ich meiner Zunge freien Lauf und fragte mich immer wieder, wie sie wohl schmeckte. Nach Schokolade und Pfefferminze, oder nach Orange und Koriander? Selbst in jede Erdbeere, in die ich genussvoll biss, stellte ich mir ihren wunderschönen, sinnlichen Mund vor, der meine Küsse erwiderte.

Irgendwann habe ich ihre Nähe nicht mehr ausgehalten und mir eine neue Stelle gesucht. Am Abend meines letzten Arbeitstages stand Valentina plötzlich mit einer Flasche Rotwein vor der Tür und beharrte auf ein klärendes Gespräch. Sie wollte wissen, was mein Verhalten ihr gegenüber so abrupt verändert hatte.

„Nichts", beteuerte ich vehement, ohne zu ahnen, dass ein schwerer Rotwein meine Zunge lockern würde. Nach dem zweiten Glas offenbarte ich ihr meine Gefühle.

Valentina sah mich nur an, dann stand sie auf beugte sich zu mir herunter und küsste mich zärtlich auf den Mund. Seit diesem Abend weiß ich, dass Phantasien Wirklichkeit werden können und was soll ich sonst noch sagen. Valentinas Küsse schmeckten tatsächlich nach Erdbeere.

Hans-Peter Seeling

Venusfalle

Frank stieg die wenigen Stufen empor und durchschritt den Eingangs-bereich, um ins Innere zu gelangen. Er schaute sich im Raum um, stellte fest, dass es noch genügend freie Plätze gab und suchte sich einen Bereich aus, der ihn nicht zu sehr einengte. Die Luft erschien ihm sehr stickig, was an den hohen Außentemperaturen lag. Er streifte seine leichte Sommerjacke ab und legte sie auf seinen freien Nebensitz.

Plötzlich hielt er inne. Ein metallisches Geräusch erregte seine Aufmerksamkeit und ließ ihn erstaunt dreinblicken. Der griechische Vorhang öffnete sich in seichter, seitlicher Schleichfahrt und arretierte mit einem mechanischen Klick-Ton in seiner Endstellung. Gebannt von dem Anblick, der sich ihm bot, saß er mit weit geöffnetem Mund da und spürte, wie sich in seinem Hals ein Kloß bildete, und vergaß zu schlucken. Sekundenschnell stieg sein Blutdruck auf Höchststand, schoss bis in die Haarspitzen. In Unbeweglichkeit erstarrt, bekamen seine Augen einen fast basedowschen Ausdruck und fixierten das Objekt der Begierde.

Ein wahrhaft göttliches Wesen, jung, bildschön, wie von Zauberhand geschaffen, entstieg ihrer „Botticelli'schen Muschel". Mit sanftem Lächeln verharrte sie einige Sekunden, um das Publikum in ihren Bann zu ziehen. Sie schien den Auftritt sehr zu genießen. Für Frank war es vollkommen klar, und da hegte er nicht den geringsten Zweifel, dass es sich hier ausschließlich um eine göttliche Venus handeln konnte. Blond, langbeinig, wohlproportioniert, wie man es sich nur erträumen kann. Die tief ausgeschnittene, transparent-weiße Bluse ließ ihre Brustwarzen, die sich von den ebenfalls wahrnehmbaren, weichgezeichneten Konturen ihres Busens abhoben, zart bräunlich durchschimmern. Ihre langen schlanken Beine wanden sich aus einem kurzen schwarzen Rock hinab, in Schlangen lederartige Stöckelschuhe, während sie in höheren Regionen scheinbar kein Ende fanden. Frank ertappte sich dabei, wie sich auf die Innenseite seiner Stirn, erotische Bilder einer Dia-Show projizierten, auf denen er sich und Venus in äußerst pikanten Situationen wiederfand. Abrupt wurde er seiner Phantasie entrissen, da das Traumgeschöpf sich in wiegenden Schritten, als wolle sie die Erdkugel abschreiten, auf ihn zu steuerte.

Ihm direkt gegenüber blieb sie stehen. Konsterniert dreinblickend saß er da. Zuerst sah er nur Beine vor sich, dann ließ er seinen Blick weiter nach oben wandern und erntete einen lächelnden Perlenregen, der sich sommerlich warm über ihn ergoss. In diesem Moment schlossen sich pneumatisch zischend, die Doppelflügel der Straßenbahnlinie 23, um anschließend die Fahrt in Richtung Heidelberger Innenstadt wieder aufzunehmen. Kaum gestartet, doch bereits in Fahrt, ertönte ein Höllenlärm. Ohrenbetäubendes Geklingel, Räder Gequietsche, ruckartige Bremsversuche, dann die Vollbremsung.

Venus, die gerade im Begriff war, sich auf den noch freien Sitzplatz Frank gegenüber hinzusetzen, geriet ins Wanken, verlor das Gleichgewicht und flog Frank mit der Schubkraft eines Kanonengeschosses entgegen. Er spürte, wie eine ihrer langfingrigen Hände offensichtlich versuchte, in seiner Genitalgegend Halt zu finden, während die andere auf seiner Schulter landete, und sich dort wie eine Raubvogelkralle eingrub. Im nächsten Moment fühlte er, wie sich ihre wundervollen, festen Brüste in sein Gesicht drückten. Seine Nase lag in der mittigen Teilung der betörenden Früchte, deren Parfüm er voller Gier einsog, ihn aber beinahe an den Rand der Bewusstlosigkeit brachte. Seine Lippen schmeckten die süßlich-weiche Haut ihres Busens durch die dünne Bluse hindurch. Nur ein einziger Gedanke beseelte jetzt sein Gehirn. „Gott, halt die Zeit an, auf das dieser Moment niemals vergehe, auf immer und ewig." Seine Beine hatten sich derweil zwischen ihre geschoben, wobei sich ihr ohnehin kurzer Rock bis zum Ansatz ihrer Vagina hochgeschoben hatte. Ihre langen blonden Haare, umklammerten seinen Oberkörper, wie ein Fangnetz aus Schlingpflanzen. Gleichzeitig landete Frank mit seiner linken Hand auf ihrem rechten nackten Oberschenkel, unmittelbar am Venushügel, dessen feuchte Wärme er spürte, während seine rechte unbewusst nach den wohlgeformten, proportionierten Rundungen ihres verlängerten Rückgrats griff, einmal um den Druck aufzufangen, doch ebenso damit ihm dieses reizende Wesen nicht entglitt und auf dem staubigen Boden der Straßenbahn landete. Bedingt durch diese prekäre Situation, fing sein Herz an, ein Trommelfeuerkonzert auf Bongos zu veranstalten. In Frank stieg eine sehnsüchtige und grenzenlose Begierde hoch, diesen momentanen, für ihn außerirdischen Zustand, für alle Zeiten festzuhalten. In seinem Genitalbereich, regte sich blitzartig Leben.

Ein flüchtiger Blick zur Seite verriet Frank, dass sich einige andere Passagiere neben ihnen, an dem Anblick ihrer Umklammerung der etwas anderen Art, ergötzten. Was für ein Bild mussten sie wohl für die anderen Betrachter abgeben? Grinsende, verständnisvolle Blicke und Gesten, flogen ihnen zustimmend entgegen. Andere Leute hörte er schimpfen. Wahrscheinlich hatte die Bremsung sie ebenfalls hin- und hergeschleudert und an einigen von ihnen leichte Blessuren verursacht.

Mittlerweile stand die Straßenbahn. Der Fahrer trat aus seiner Kabine und schritt durch die vordere, inzwischen geöffnete Tür auf die Straße. Der Druck der Bildhübschen auf Frank hatte sich inzwischen gelöst. Erst jetzt zog er seine Hände zurück. Sie entzog sich ihm langsam, nestelte an ihren Haaren herum und zupfte ein wenig ihre Kleidung zurecht. Dann setzte sie sich in all ihrer Schönheit ihm gegenüber auf den Sitz. Sie blickte Frank mit einem Sommerlächeln aus strahlend blauen Augen an, das ihn fast gänzlich an den Schmelzpunkt seiner Gefühlswelt brachte. Ihre vollen, fleischigen, mit Lipgloss „Couleur Chair" geschminkten Lippen öffneten sich in Zeitlupe, und zwischen ihren ebenfalls leicht geöffneten, wie aus arktisch weißen Gletschern gemeißelten blinkenden Zahnreihen, stieß ein gehauchtes, perlendes „Oh, Pardon" hervor.

„Kein Problem", stieß es als Antwort aus seinen Stimmbändersträngen. Er hatte wirklich geantwortet, spürte er instinktiv. Das Blut war im Begriff, das Venendelta seines Herzens zu überfluten, bis hinunter in sein inzwischen steif gewordenes Glied.

Alles hatte sich wie ein viel zu schnell gelaufener Traum abgespult. Er überlegte, ob er sie in eine Unterhaltung verwickeln sollte, das erschien ihm aber dann doch zu aufdringlich. Außerdem schwebte zwischen ihnen momentan eine dicke, teigige Verlegenheitswolke. Was konnte sie schließlich dafür? Die Situation hatte sich rein zufällig, durch äußere Umstände ausgelöst, so ergeben. Auf irgendeine Weise, hatte ihn dieses außerirdische Wesen, bedingt durch ihre erotische Ausstrahlung, aber auch durch das eben so unglaublich Geschehene, seiner Sprache beraubt.

Nach einer Weile, erschien der Fahrer wieder in der Bahn und brachte Klärung in die vorausgegangenen Geschehnisse und informierte die Fahrinsassen in kurzen Sätzen darüber. Ein älterer Mann, der sich auf einem Spaziergang befand, hatte die Bahn an der Haltestation stehen sehen und wollte die Fahrbahn noch vor ihrer Weiterfahrt überqueren. Er setzte seine Glieder in Bewegung, und lief über die Straße, allerdings übersah er, dass sich die Bahn bereits wieder in Fahrt befand. Er unterschätzte die Lage und verklemmte sich mit dem rechten Schuh in eine der Bahnschienen, und kam zu Fall. So lag er zwischen den Schienen, mitten auf dem Basaltpflaster und wäre wohl kaum rechtzeitig wieder auf die Beine gekommen, hätte der Straßenbahnfahrer nicht so geistesgegenwärtig mit der Vollbremsung reagiert. Nur noch ungefähr zwei Meter trennten den tonnenschweren Wagen von dem liegenden Herrn, bevor die Bahn zum Stehen kam. Herbeieilende Fußgänger befreiten den älteren Mann aus seiner misslichen Lage und halfen ihm wieder auf die Beine. Außer einigen leichten Schürfwunden und einem ersten Schrecken, von dem er sich inzwischen wieder erholt hatte, war glücklicherweise kein weiterer Schaden eingetreten. Nach einem Unfallwagen zu telefonieren, lehnte der Mann kategorisch ab. Passanten boten an, ihn in das nahe gelegene Bethanien-Krankenhaus zu bringen, auch das wehrte er verbal und mit gestikulierenden Händen ab. Die Lust auf eine Weiterfahrt mit der Straßenbahn, schien ihm vergangen zu sein. So war er bereits aufgebrochen, um seinen Weg von der Unfallstelle weg, fortzusetzen.

Nach diesem Kurzbericht nahm der Fahrer wieder seinen Platz in der Kabine ein, löste die Bremsen und begann mit der summenden Weiterfahrt der Bahn.

Immer wieder starrte Frank mit Eulenaugen auf Venus, wobei seine Blicke wie Uhu-Kleber an ihr haften blieben. Er konnte sich an dieser äußerst femininen Erscheinung einfach nicht satt sehen. Ihre strahlenden, glänzenden Augen, die formvollendeten Lippen, die langen Beine, die sich ihm unvermeidlich in dieser Position entgegenstreckten, und ihn fast berührten, aber last but not least, die Wölbung ihrer Brüste, die sich, im oberen Blusen-Ausschnitt sichtbar, bei jedem Atemzug auf und ab bewegten. Wenn sich ihre Blicke kreuzten, fächerte sie Frank mit einem entzückendem Himmelslächeln entgegen. „Mon dieu", er spürte ihre aphrodisische Wirkung nur zu deutlich.

Die Linie 23 hatte inzwischen einige Stationen in Richtung Heidelberg-City hinter sich gebracht. Er blickte verträumt hinaus durch die Fensterscheiben. Vorbeifliegende Bäume und Häuserfronten registrierte Frank allerdings nur undeutlich, aus der weiten Entfernung seiner Gedankenwelt. War er doch innerlich viel zu aufgewühlt. Um Venus nicht zu häufig anzustieren, schloss er einfach ab und zu die Augen. Wie in einem Kino, ließ er den soeben erlebten Kurzfilm noch einmal Revue passieren.

Am Römerkreis hielt die Bahn. Er öffnete die Augen und geriet beinahe in Panik, da er sofort bemerkte, dass seine Traum-Schöne von gegenüber nicht mehr anwesend war. Seine hilflosen Blicke suchten das innere des Abteils ab, doch nirgends war sie zu erspähen. Auch nach draußen, durch die Fensterscheibe blickend, konnte er sie nirgendwo entdecken. Sie blieb einfach verschwunden.

Die Straßenbahn setzte sich wieder in Bewegung. Erst jetzt wurde ihm klar, dass er an dieser Haltestelle in die Linie 24 hätte umsteigen müssen, da er zum Heidelberger Hauptbahnhof wollte. Das hatte er nun gehörig verpennt. Ein Blick auf seine Armbanduhr zeigte indessen, dass es durch den Zeitverlust eng für ihn werden würde, seinen Zug nach Frankfurt rechtzeitig zu bekommen. Auch das noch. Viel bedauerlicher fand er jedoch, und es stimmte ihn sogar traurig, dass seine Schaumgeborene sich so lautlos und ohne Abschied davongemacht hatte. Vielleicht hätte er doch noch etwas anbahnen können, möglicherweise eine Einladung zu einem Drink, oder aber eine Verabredung zu einem Rendezvous, gar mit anschließendem erotischem Abenteuer? Kaum auszudenken! Wilde sexuelle Gedanken beflügelten seine Fantasie. Es machte ihn fast kirre.

Aus den Lautsprechern der Bahn verkündete eine laszive Frauenstimme die nächste Haltestelle. Er stand auf, und langte nach seiner auf dem Nebensitz liegenden Jacke, verspürte dabei etwas Fremdartiges in seiner Hand und richtete seinen Blick darauf. Es handelte sich um eine Visitenkarte. Schleunigst eilte er damit zum Ausgang. Draußen auf dem Bahnsteig angekommen, führte er die Visitenkarte vor seine Augen, und las folgenden Text: Ruf mich an - VANESSA - Mache Haus & Hotelbesuche - Absolute Diskretion - Telefon-Nummer.

… Nun, das haute ihn fast um, und warf ihn in die Realität des wahren Lebens zurück. Damit hatte Frank nicht gerechnet. Was war er doch für ein Träumer. Illusionen verpufften schlagartig. Auf jeden Fall, das wurde ihm bewusst, wäre er eben noch bereit gewesen in die Venus Falle zu tappen. Er wechselte den Bahnsteig, um mit der nächsten Bahn in Richtung Hauptbahnhof zu fahren. Obwohl er vorhatte, die Visitenkarte in einen Papierkorb zu werfen, überlegte er es sich anders und steckte sie nach kurzer Überlegung in seine Jackentasche. Wer weiß? Venus hatte sich vermutlich längst auf den Weg gemacht, um ins sinnliche Reich ihrer Venus-Muschel zurückzukehren.

Hans-Peter Seeling

Wann mähen Sie meinen Rasen?

Vor drei Tagen hatte es aufgehört zu regnen. Endlich. Nur spärlich hatte die Sonne in den letzten zwei Wochen hinter den Wolken hervorgelugt, um nach kurzem Aufblitzen sofort wieder zu verschwinden. Die Wolken schütteten ihre Nässe auf die Stadt, was das Zeug hielt, und das mitten im August. Mit dem ersten Septemberwochenende jedoch blaute und gilbte es nun endlich wieder vom Himmel herab, als wäre der Sommer in voller Fahrt zurückgekehrt.

Den Rasenflächen im Garten hatten die Witterungsverhältnisse der vergangenen Wochen offensichtlich gut getan. Er stand voll im Saft und hatte bereits eine beträchtliche Höhe erreicht. Rasenmähen war also nötig, auch wenn sich Tristans Enthusiasmus diesbezüglich in Grenzen hielt. Es musste sein. An einem Montagnachmittag, als die Sonne bereits ihren Zenit überschritten hatte, machte Tristan sich daran, den elektrischen Rasenmäher aus dem Gartenhäuschen zu zerren. Schloss das Verlängerungskabel an und setzte das Gerät unter Strom. Mit surrendem Motor legte er los, und fing an, seine Bahnen zu ziehen.

Eine Nachbarin mittleren Alters, die im Bikini hinter dem trennenden Maschendrahtzaun zum Nachbargrundstück auf einer Liege beim Lesen eines Buches verweilte, schaute auf und grüßte. „Hallo, lange nicht gesehen. Wie geht es Ihnen?"

„Nun so langsam geht es wieder, nach den nicht gerade sommerlichen Verhältnissen der vergangenen Wochen. Man lechzt geradezu nach Sonne und Wärme. Hoffen wir, dass dieses Wetter längere Zeit anhält, ab Ende September geht es dann ab in den Süden, nach Kreta."

„Na, dann läuft ja alles bestens", meinte sie relativ kurz angebunden und tauchte ihr Augenpaar sogleich wieder in ihre Lektüre. Der Roman schien sie doch mehr zu interessieren, als Tristans Anwesenheit. Die Geräusche des Rasenmähers, schienen bei ihr nicht gerade Begeisterungstürme auszulösen. Ihre Relax-Ecke, hatte sie sich allerdings mit etlichen großen Töpfen blühender Oleander in unterschiedlichen Blütenfarben zu einer kleinen hübschen Heim-Oase eingerichtet.

Tristan zog weiterhin seine monotonen Bahnen über die Grasnarbe. Inzwischen hatte er Gesellschaft einer Amsel bekommen, die ihren Gelbschnabel mit Vehemenz in die abgemähte Rasenfläche bohrte und erfolgreich Regenwürmer aus dem Erdboden zog. Aus dem gefüllten Schnabel verlor sie dann und wann vor Übergier einzelne Exemplare ihrer Beute. Auf jeden Fall ließ sie sich von Tristans Nähe keinesfalls abschrecken. Unaufhörlich setzte sie ihren Aktionismus in kurzer Distanz zu ihm fort, als wolle sie ihn verfolgen.

Ab und zu musste er das Verlängerungskabel aus der Gefahrenzone des rotierenden Messerkopfes schleudern, um einen Kurzschluss zu verhindern. So langsam spürte er, wie sein nassgeschwitztes T-Shirt am Körper klebte. Die Stirn verlangte nach einem Tuch zum Abtrocknen. Die Hitze schien seinem untrainierten, mit einigen überflüssigen Pfunden ausgestatteten Körper zuzusetzen. Unter dem schattigen Laubdach einer Platane gönnte er sich eine Pause, goss sich prickelndes Selters-Wasser, wenn auch nicht mehr gut gekühlt, aus seiner bereit gestellten Flasche ins Glas, und schlürfte es in einem Zug hinunter. Weitere Gläser folgten. Er verweilte einige Zeit auf seinem Gartenstuhl, und beobachtete die Amsel bei ihrem unermüdlichen Treiben. Auch Tristan raffte sich wieder auf und setzte sich in Bewegung, schließlich lag noch genügend Arbeit vor ihm. Irgendwann wollte er mit diesem langweiligen Job abschließen. Der Hintergarten, und damit der größte Teil seiner Arbeit, war nach einer Weile geschafft, wohl auch zur Freude seiner immer noch im Buch vertieften Nachbarin. Die komplette Gerätschaft musste nun um das Haus in den Gott sei Dank wesentlich kleineren Vordergarten geschafft werden. Er hatte gerade den Stecker des Mähers in die Dose geschoben, als direkt vor ihm seine überaus reizvolle, neue Nachbarin, die seit ein paar Wochen schräg gegenüber auf der anderen Straßenseite wohnte, in ihrem offenen Sportwagen keine drei Meter entfernt direkt vor ihm am Bordstein hielt. Mit neugierigem Blick beobachtete er sie. Sie stellte den Motor des kleinen Flitzers aus, entdeckte ihn ebenfalls und legte ein entwaffnendes Lächeln auf, indem sie ihn mit leicht geöffneten Lippen und ihren geheimnisvoll geschminkten rehbraunen Augen anblitzte. Die Wirkung setzte in Sekundenschnelle ein. Er lächelte so gut es ihm gelang zurück. Dann überlegte er kurz, wie alt diese überaus attraktive Frau bloß sein mochte? Geschätztes Alter so zwischen fünfunddreißig und vierzig? Eher unter 40? Was dann folgte, riss ihn aus seinen Gedanken und raubte ihm fast den Verstand. Sie öffnete ganz langsam die Wagentür, streckte ihm ihre wunderschön geformten, langen Gazellenbeine entgegen, die sie dann auch noch auseinander spreizte. Ihr ohnehin schon sehr kurzer Mini-Rock, schob sich fast gänzlich bis zu ihren Hüften hoch. Mit gierigem Blick folgte er den Verlauf ihrer schlanken Beine, bis zum Ende ihrer Schenkeln hinauf. Da sie offensichtlich keinen Slip trug, wurde ein dunkles behaartes Dreieck sichtbar. Fassungslos, mit starrem Blick, stand er fasziniert und zugleich bewegungslos da, spürte wie sein Blut in seine Lendengegend strömte und Bewegung in dieser Region verursachte.

Die Dramaturgie der Szene spitzte sich weiter zu. Sie entledigte sich ihrer flachen Schuhe, wobei sich bei dieser Aktion, in der Entdeckung der Langsamkeit, ihre Schenkel noch weiter öffneten. Unfassbar. Tristan glaubte in seiner Verwirrtheit ihre Schamlippen zu erkennen. Er spürte, wie sich sein Glied in der Hose versteifte. In exhibitionistischer Weise ließ sie sich wohl bewusst ausreichend Zeit, um Tristans Blick weiterhin auf sich zu fokussieren. Mit halb geöffneten Lippen und leicht zur Seite geneigtem Kopf blinzelte sie ihn verführerisch lächelnd an. Mit einer leichten Körperdrehung nach rechts, brachte sie ein Paar High-Heels zum Vorschein, die sie wohl vor dem Beifahrersitz deponiert hatte und schlüpfte in diese. Langsam entstieg sie dem Fahrzeug, zog ihren kurzen Rock straff nach unten und schlug die Fahrertür zu. Nun stand sie ungefähr zwei Meter vor Tristan, der immer noch wie angewurzelt dastand. Ganz kurz, für einen Sekundenbruchteil, blickte er verunsichert nach links und rechts, als fühle er sich von der Nachbarschaft beobachtet. Marlene, so hieß sie, sie hatten sich schon einmal gegenseitig vorgestellt, schritt lächelnd noch näher auf ihn zu, um seine Verlegenheit noch zu steigern.

„Wann mähen Sie denn meinen Rasen?", kam es lasziv zwischen ihren Lippen hervor.

Das brachte ihn nun komplett aus der Fassung. „Wie, was, wie meinen Sie denn das?", stammelte er leicht irritiert mit rot glühendem Kopf.

Da er die örtlichen Verhältnisse kannte, wusste er, dass jenes Haus schräg gegenüber, in dem sie wohnte, gar keine Rasenfläche besaß. Langsam erlangte Tristan seine Fassung wieder. Er schien zu ahnen, was sie meinte.

„Na, Sie sind doch ein attraktiver Mann, im besten Alter, ich denke schon, dass Sie mich verstanden haben." Sie zückte eine Visitenkarte aus ihrer Handtasche, und reichte sie ihm. „Rufen Sie mich doch die nächsten Tage einmal an. Am besten nach neunzehn Uhr, da habe ich meistens Zeit, da ich eine Stunde vorher meine Boutique schließe."

Dann drehte sie sich um, und stolzierte Hüften wackelnd, gleich einem Model auf einem Pariser Modeschau-Laufsteg, schräg über die Straße auf ihr Haus zu. Irgend etwas musste er sich möglichst umgehend einfallen lassen. Die Boutique „Marlene-Viatelli-Dessous" in der Innenstadt war ihm bekannt. Ab und zu hatte Tristan bei einem Einkaufsbummel durch die Stadt einen durchaus interessierten Blick in die reizvoll gestaltete Schaufenster-Auslage geworfen. Er überlegte. Solch eine spontane

Einladung von einer dermaßen reizenden Frau konnte er sich auf gar keinen Fall entgehen lassen. Innerlich aufgewühlt, erledigte Tristan die restliche Gartenarbeit samt Aufräumungsarbeiten. Danach ging er ins Haus und gönnte sich erst einmal einen Cognac.

Dabei ließ er das soeben Erlebte, noch einmal Revue passieren. Was für eine aufregende Geschichte? In seinem Kopf spielte sich ein erotischer Film ab. Vor allem durfte dieser noch lange nicht zu Ende sein. Für den Fortgang dieser Geschichte musste er sich schnellstens etwas überlegen. Nach kurzer Überlegung fiel der Entschluss. Am Folgetag wollte Tristan Marlene anrufen, um ein Date mit ihr zu verabreden. Dem unruhigen Abend folgte eine ebenso unruhige Nacht. Immer wieder tauchten Bilder in heiklen, erotischen Szenerien auf. Marlene raubte ihm Stunden seines Schlafs. Erst weit nach Mitternacht gelang es ihm einzunicken.

Am Folgetag, er konnte es kaum erwarten, rief Tristan am Nachmittag Marlene im Geschäft an. Er musste allerdings ein wenig Geduld aufbringen, da es eine halbe Ewigkeit dauerte, bis am anderen Ende der Leitung Marlenes laszive Stimme erklang.

„Marlenes-Dessous-Boutiqu", meldete sie sich.

„Ach, hallo, du bist es", meinete sie, nachdem Tristan sich als Anrufer zu erkennen gegeben hatte. „Das finde ich aber toll, dass du mich heute schon anrufst", hauchte sie mit ihrer Mezzo-Sopran-Stimme in die Hörmuschel.

Allein diese Stimme erregte Tristan. Nachdem sie ein paar Schmeicheleien ausgetauscht hatten, verabredeten sie einen Treffen für den darauffolgenden Abend. „Falls ich die Klingel nicht höre, lass ich die Haustür angelehnt, komm einfach herein", bemerkte sie beiläufig. „Es könnte sein, dass ich mich noch beim Frischmachen im Bad befinde."

„Ich freue mich, dann bis morgen", verabschiedete er sich von ihr. Langsam legte er den Hörer zurück in die Station, entnahm anschließend seinem Kühlschrank eine gut temperierte Flasche Franken-Wein, dazu ein Glas aus dem Küchenschrank, und setzte sich auf seine Terrasse im hinteren Garten, um die Vorfreude auf die Verabredung zu genießen.

Der Mittwochabend rückte näher. Nach dem Rasieren und Duschen schaute er beim Ankleiden auf seine Armbanduhr. Zehn Minuten hatte er noch Zeit. In der Küche schnappte er sich die von seinem Weinladen in Geschenkpapier eingepackte Flasche „Châteauneuf du Pape" und machte sich damit langsam zum Gehen bereit. Er schloss die Haustür ab, und schritt erwartungsvoll über die Straße auf Marlenes Domizil zu. Dreimal drückte er auf den Knopf der Haustürklingel, aber niemand meldete sich. Sanft stieß er gegen die Tür, und siehe da, sie öffnete sich.

Leise Musik von Charles Asnavour drang in seine Gehörgänge. Er folgte der Geräuschquelle. Sie kam aus der offenen Tür des Bades. Im Bad brannten eine Anzahl Kerzen, kunstvoll arrangiert, und verliehen dem Raum eine romantische Atmosphäre. In einer überdimensionalen Badewanne, die bis an den Rand voller Schaum war, ragte lediglich Marlenes Kopf hervor.

„Hallo, Schöner, komm, zieh dich aus, und komm zu mir in die Wanne", hauchte sie ihm entgegen. „Aber vorher schenk uns noch ein Glas Champagner ein. Die Flasche und die Gläser stehen dort auf der Anrichte."

Er tat wie geheißen, nachdem er seine mitgebrachte Flasche dort abgestellt hatte. Mit den gefüllten Gläsern trat er zu ihr und reichte ihr ein Glas. Sie prosteten sich zu. Ob dieser reizvollen Szenerie überlegte Tristan nicht lange. Sein Penis zeigte bereits beträchtliche Regung. Er stellte sein Glas auf dem Rand der Badewanne ab, ließ seine Hüllen fallen, und stieg zu ihr in das Schaumbad. Ihre Münder suchten sich gierig, während ihre Zungen sich stürmisch gegenseitig in deren Höhlungen trafen. Tristan hob ihren Körper etwas an, sodass ihre beiden Brüste wie zwei Inseln aus der Schaumkronen-Landschaft auftauchten. Mit seinem Mund tastete er sich zu ihren hart gewordenen Nippeln und saugte daran. Worauf Marlene laut zu stöhnen anfing und sich dabei bewegte, ohne das jedoch das Badewasser über den Rand schwappte. Jetzt spürte er ihre Hand, die nach seinem Penis griff und begann diesen zu massieren, sodass dieser unter Wasser steif wurde und zur vollen Härte gelangte. Auch er ergriff weitere Initiativen, er streichelte ihre Oberschenkel und arbeitete sich bis zur Vagina vor. Doch genau in diesem Moment erschrak er und zuckte zusammen. Was war das, was er in den Händen hielt? Auf jeden Fall etwas Fleischliches. Es fühlte sich an wie ein harter Schwanz, ähnlich in Umfang und Größe wie sein eigener, so empfand er es jedenfalls. Marlene sah ihn mit großen Augen fragend an, als wolle sie seine Reaktion abwarten. Er zog spontan seine Hand zurück, uff.

„Wa, wa, was ist denn das", stammelte er verständnislos stotternd. „Ich kann es nicht glauben, das kann doch nicht wahr sein?" Einen Moment verschlug es ihm die Sprache.

„Ich hatte dich ehrlich gesagt so tolerant eingeschätzt, dass du damit umgehen könntest, lass uns doch darüber reden", meinte Marlene mit trauriger Mine.

Nachdem sich der Schock bei Tristan etwas gelegt hatte, meinte er enttäuscht: „Wir können gerne Freunde bleiben, okay, aber versuche auch mich zu verstehen, ich hatte mir unsere jetzige Situation völlig anderes vorgestellt. Tut mir leid."

Er stieg aus der Wanne, trocknete sich mit den bereit gelegten Handtüchern ab und kleidete sich an. Dann schritt er auf Marlene zu, küsste ihre Stirn. „Nichts für ungut", sagte er. „Aber es geht leider nicht anders." Ohne sich noch einmal umzudrehen verließ er den Raum.

Ihre Frage beim vorgestrigen Autoausstieg: „Wann mähen sie meinen Rasen?", fiel ihm bei seinem Abgang noch ein, doch von ihrem Rasen hatte er durch die widrigen Umstände unter dem Schaumteppich nicht einmal etwas zu sehen bekommen. Ebenso Marlenes Tränenfluss, der in die Badewanne rieselte, auch den nahm Tristan nicht mehr wahr.

Birk Engmann

Eine Hommage an einen Freund namens H.

Jetzt, gerade jetzt im Februar jährt sich der Beginn der Freundschaft mit H. zum dreißigsten Mal. Wir arbeiteten einst bei einer Versicherung; er in Ausbildung, ich als Hilfskraft, um die Zeit bis zum Beginn meines Studiums zu überbrücken. Wir trafen uns zufällig am Kopiergerät, kamen während der Arbeitszeit ins Schwatzen über die Unendlichkeit des Universums, den Urknall und das Primat der Materie. Schließlich fanden wir, das Thema müsse beim Gosenbier in gleichnamiger Schenke weiter ausdiskutiert werden. Am nächsten Tag lieh ich dir eine schöne Ausgabe der Zeitschrift „Geo" über das Universum, die du mir zeitnah zurückgeben wolltest. Nun sind dreißig Jahre vergangen und ich warte immer noch auf das Heft! Punkt. Ende. Halt! Ich wollte doch über Erotisches schreiben. Also zwischenzeitlich, das heißt während der besagten dreißig Jahre, haben wir relativ wenig über den Urknall gesprochen. Denn bereits kurz nach dem Urknall sprachen wir über die Frauen. Deine hieß P., meine war namenlos, war Studentin und stand neben mir im Versicherungshochhaus in der zehnten Etage am Kopierer, erzählte mir vom Kino und wie doof es sei, dass sie immer ganz alleine dahin ginge. Ich antwortete ihr verständnisvoll, dass es tatsächlich doof ist, wenn man alleine ins Kino gehen muß und verabschiedete mich dann. Am Arbeitsplatz einige Etagen tiefer angekommen bezichtigte ich mich völliger Blödheit, verließ sofort wieder das Großraumbüro unter einem Vorwand, stürmte erneut zum Kopierer in die zehnte Etage. Doch der Platz verwaist – ihr Platz! Ich kam in den nächsten Tagen früher auf Arbeit, wartete vor dem Gebäude und sah die Mitarbeiter kommen, ging etwas früher und sah die Mitarbeiter gehen. Sie war wie vom Erdboden verschluckt. Eine verzauberte Fee, für wenige Stunden in die Welt geschickt, dass jemand sie erlöse, und nun für ewiglich entschwunden. Die andere Beziehung, die mit P., also die meines Freundes, ging katastrophal schief. Auf gut Deutsch, sie landete vor Gericht. Was sollte uns also bald tiefer verbinden, als die Suche nach der Traumfrau? Besonders auf Reisen fühlten wir uns unbekannt und unerkannt genug, um besonders mutig zu sein. Dein Satz „Die ist spitz wie eine Hacke" ließ mich auf Kreta urplötzlich auf die Tanzfläche unseres Hotelrestaurants stürmen und eine darüber höchst erschrockene Blondine umarmen, die schließlich gar nicht spitz war, sondern einfach nur tanzen wollte – und zwar alleine! Ich nannte ihr schnell meine Zimmernummer und blieb, noch einmal frisch geduscht, länger auf – jemand klopfte endlich. Das warst aber du, leider nur du, verflixt noch mal, eben nicht sie, wolltest nur wissen, ob was los war. Nichts war los. Aber es gab noch Eva und Evi, die beiden Kellnerinnen. Evi war dir zugeteilt, Eva war mein Revier. Abgesehen von unseren Essen- und Getränkebestellungen hatten wir sie nie angesprochen, nur Eva einmal für ein Foto. Das mit dem verwackelten Lächeln. Monate später faßte ich endlich Mut und schrieb ihr einen Brief. Keine Antwort.

Dann weilten wir auf Gran Canaria. Dummerweise hatte ich mir das „Dekameron" von Giovanni Boccaccio als Urlaubslektüre ausgesucht. Du warst damals starker Raucher – dazu gleich mehr. Hinter dem Hotel ging so etwas wie eine Strandpromenade entlang, eher als Höhenweg, der Hotels und Gaststätten verband und den Blick auf Strand und Meer freigab. Dort schlenderten wir eines Abends entlang; die Promenade war moderat bevölkert. Von weitem kamen uns zwei nette Mädels entgegen. Mein Hirn lief heiß: Sollte man die Aufmerksamkeit schöner Frauen dadurch auf sich ziehen, dass man sie nicht beachtet, weil sie stets Aufmerksamkeit gewohnt sind und erst die Nichtaufmerksamkeit ihre Aufmerksamkeit hervorruft, wie ein anderer alter Freund namens M. mir empfahl, der allerdings mit dieser Praxis keineswegs erfolgreich war. Ich entschied mich anderweitig und schaute einer der beiden in die Augen schon von weiter Ferne her. Ihre Freundin war etwas fülliger, die guckte ich nicht an, denn, lieber H., du warst ja damals auch viel voluminöser als ich, wenngleich ich mittlerweile nachgezogen habe; die war also dir zugedacht. Und das war auch immer unser ungeschriebenes Gesetz. Die etwas Kräftigeren für dich, die Schlankeren für mich. Während also mein Blick die eine Dame durchbohrte und gleichzeitig Informationen zu verschiedenen Rundungen unter ihrem Kleid analysierte, liefen wir aufeinander zu. Warum nicht?, dachte ich so für mich. Nicht super, aber für den Urlaub reicht's allemal. Auch sie hielt meinem Blick stand, und schließlich liefen wir alle wortlos aneinander vorbei.

„Und?", fragte ich H.

„Ich hab gar nicht hingeguckt."

„Warum, deine war auch nicht schlecht."

„War viel zu aufgeregt. Es ist jetzt siebzehn Uhr. Morgen gehen wir um die gleiche Zeit wieder hier entlang. Aber dann werden wir sie ansprechen!"

So machten wir es: Morgen. Siebzehn Uhr. Fühlen die Damen intuitiv, dass wir zur gleichen Zeit wiederkommen werden? Ich sprühte noch einmal etwas Parfüm in mein neues Hemd und H. nestelte am Hoteleingang nach seiner Zigarettenpackung. Doch keine Zeit zum Zündeln, denn da sind sie ja schon! Doch das Da-sind-Sie-ja-schon rutschte mir so laut durch die Zähne, sie müssen es gehört haben. Mutig laufen wir ihnen entgegen, ich spreche die eine der beiden Damen an, schaue nach dir, doch du bist weg, in Luft aufgelöst. Die Dame und ich verabreden uns für den nächsten Tag an einer Strandbar, dort wollen wir aufeinander warten. Ich stand sodann weithin gut sichtbar, während du dich mit einem Beobachterstatus begnügtest, an der Bar mehrere Caipirinha – bis zu zehn vertrugst du ohne Anzeichen alkoholischer Toxizität – in Betrachtung des Formel-eins-Motorsports auf dem Fernseher zu dir zu nehmen. Alles vergeblich, wie sich bald herausstellte. Niemand kam. Doch die Frage, wo war H. am Hoteleingang tags zuvor nur abgeblieben, ist noch unbeantwortet. Als ich zum Hoteleingang kam, fielen mir zahlreiche verstreute Zigaretten auf dem Gehsteig auf. Sogleich kamst du aus der Tür heraus, hattest alles hinter der Glasscheibe beobachtet, und vor Aufregung war es dir nicht gelungen, eine Zigarette aus der Packung zu fischen und anzuzünden. An jenem Abend hatte ich weiter in meinem Urlaubsbuch „Das Dekameron" gelesen und malte mir anhand dessen das Treffen mit der Dame aus. Wie es ausging, habe ich schon geschildert. Das Dekameron, so kann ich heute empfehlen, sollte nie Begleiter eines Junggesellenurlaubs sein.

Einmal zog es uns wieder nach Spanien zu einem Kurzurlaub. Am Flughafen nahmen wir einen Mietwagen, und bei frühlingshaftem Wetter machten wir ein paar Ausflüge. In unserem Badeort entdeckten wir einen Markt namens EROSKI-Center, knallrot angestrichen, die Buchstaben ebenso leuchtend. Mannomann, die Spanier haben's ja faustdick hinter den Ohren – mitten im Zentrum! In einem der nächsten, abgelegenen Orte sahen wir den Markt wieder: EROSKI-Center. Knalliges Rot, aufdringlich, verführerisch.

„Hätt ich gar nicht gedacht, dass die Spanier so sind", stellten wir gemeinsam fest. Und dann: „Wollen wir mal reingehen?", deine Frage.

Meine Antwort: „Ach weißt du, das ist wie, wenn man vorm Griechen steht, die Speisekarte anguckt und dann ißt man doch nichts."

Beim nächsten EROSKI platzen wir schließlich doch vor Neugier. Mensch, die vielen Autos davor. Selbst Frauen gingen da hinein! Die Glastür öffnete sich und – wir standen in einem gewöhnlichen Supermarkt. Da kaufte ich mir Turrón, ein spanisches Mandelkonfekt, für meine damals Angebetete zuhause. Es hat ihr aber nicht geschmeckt. Sie suchte sich dann auch einen anderen. Ob das Konfekt Ursache war, ist unbekannt.

Wir waren auch einmal auf Teneriffa. Liefen abends die Strandpromenade entlang. Alle fünfzig Meter saß eine Frau afrikanischen Typs neben einer großen Tafel, auf der mehrere Fotos bildhübscher Damen angebracht waren.

„Ob man sich die bestellen kann?", wolltest du wissen.

„Müssen mal hingehen."

Wir gingen mit Abstand hin, aber vorbei, den Blick nur ganz kurz auf die Tafel geheftet, wollten nicht auffallen, gar uns eine Blöße geben. Am Ende der Promenade kehrten wir um, wieder den Weg zurück an den Frauen mit den Tafeln vorbei.

„Dann frag doch mal."

„Trau mich nicht, zu viele Leute da."

Am nächsten Abend das gleiche. Die Damen und die Tafeln mit den Fotos. Aber das Erstaunliche war: Bei einer saß jetzt eine Touristin, ließ sich die Haare stecken, so wie es auf einer der Fotografien abgebildet war. Lachend gingen wir zum Supermarkt eine Packung Konfekt kaufen – mein Vorschlag –, die wir morgen am Abreisetag mit einem Text in englischer Sprache, den ich mir noch ausdenken mußte, und deiner Adresse an der Hotelrezeption abgeben wollten, denn die Dame am Pool, die Animateurin, hatte dein Herz in Unruhe versetzt. Während ich am Strand nicht von „Der Schwarm" von Frank Schätzing ablassen konnte, bliebst du am Pool und schautest ihr sehnsüchtig zu. Nur, du hattest sie nie angesprochen. Das Konfekt gaben wir dem verdutzen Mitarbeiter der Rezeption am Abflugtag ab. Auf Englisch, das er nicht gut verstand, beschrieben wir die Dame, deren Namen niemand richtig wußte. Sie, oder wer auch immer die Süßigkeiten bekam, hat meinem Freund H. auch nie geantwortet.

Irgendwann weilten wir in einem mondänen Badeort an der Ostseeküste. Ich einer fernen Liebe wegen keusch und H. voller Abenteuerlust, denn da war sie: Blondes Haar, leicht geöffnete volle Lippen, bereit zum Kuß, ein weiches Gesicht, eine zärtliche Frau, ein Traum. Jeden Tag gingen wir an ihr vorbei. Sie war auf einem Foto, welches Werbung für das Hotel machte und auf Prospekten und vor allem – in Übergröße – auf den Stelen im Eingangsbereich zu sehen war. Auf den Stelen im Eingangsbereich von der Straße und auf den Stelen im Eingangsbereich vom Strand. Die muß ich kennenlernen! Dein Motto für das verlängerte Ferienwochenende. Nur wie? An der Rezeption fragen, wer das ist, ob die hier im Hause arbeitet?

„Mach du mal!"

„Nein, komm mir blöde vor."

Die Zeit war um, wir reisten ab, blickten ihr in die Augen, dann wurde die Stele mit dem Foto im Rückspiegel des Autos immer kleiner und verschwand schließlich. Doch kam uns eine Idee: Ich rief von Zuhause aus im Hotel an, sagte, dass wir Gäste waren und uns ihre Werbung angesprochen hat. Für unser Geschäft würden wir gerne der guten Qualität wegen die gleiche Werbefirma nutzen wollen. Könnten Sie uns diese bitte nennen? Ja, ich bekam tatsächlich eine Firma genannt. Eine aus Rügen, aus der Region. Also muß die Schönheit womöglich aus dem Norden stammen. Denn es war eine kleine Firma, die konnte sich keine internationalen Models leisten. Ein Mädchen vom Lande, sittsam und still, nur mal eben so ein paar Fotos gemacht. Der erste Schritt war also getan, doch wie weiter? Das wußte keiner von uns. Die Erinnerung an die Dame verblaßte, ja mal sehen, vielleicht doch noch, bestimmt schon vergeben und überhaupt, sie lebt viel zu weit weg, will bestimmt nicht aus ihrer Heimat wegziehen.

Ja, so war das. Wir zwei hatten immer Glück mit den Frauen; uns gefielen alle.

Marita Wilma Lasch

Nina im Wirbel der Sexualität *

Wiederholt habe ich schon auf eine besondere Situation in meinem Leben hingewiesen: Meine beste Freundin Nina hat mir vor Jahren zwei mit Bemerkungen, Beobachtungen, Gedanken und Geschichten prall gefüllte Ordner übergeben. Sie hatte darin ihr Erleben in den letzten Jahren ihrer 30-jährigen Ehe mit einem psychisch kranken Mann, Viktor, protokolliert und überdacht. Eine Weile stand eine „Affäre", das „Projekt Elfie", im Mittelpunkt ihres Lebens: Viktor hatte sich unbewusst in eine Schülerin, die er zweimal vergeblich durch's Abitur bringen wollte, verliebt. (Näheres in „Zeiten, Literatur und Zukunft" – Viktors Limerenz…, S.293 – S. 408; Berlin 2015)

Nina wollte, indem sie mir alles Aufgezeichnete „vermachte", im Moment ihrer Lösung aus der Ehe einen möglichst endgültigen Schlussstrich ziehen unter ihre Leiden. Die Trennung von ihrem Mann war unumgänglich für ihr eigenes Überleben. Die Ordnerübergabe erfolgte mit der Maßgabe, dass ich damit machen solle, was ich wolle. Sie wusste natürlich, dass ich gerne schreibe – begeisterter noch als sie.

Ich beabsichtigte zunächst, ein Buch aus den überlassenen Materialien zu gestalten. Aber e i n Buch hätte nicht gereicht. Und mehrere Bücher mit der brisanten Gesamtthematik, dachte ich, wären Lesern und Leserinnen nicht zuzumuten. Ich ließ also das Buchprojekt fallen, gab aber in der Edition Dorante des Literaturpodiums (siehe zum Beispiel oben) ab und zu Erarbeitetes wieder, wenn es in die verschiedenen Rahmen passte. Jetzt ist der Erotikband also der Rahmen für dieses für jeden Menschen lebensbestimmende Thema.

Asparagus – erotisches Frühlingsgemüse

Nina ruft mich – fast ein wenig aufgeregt – an und teilt mir mit: „Wilma, du in H. gibt es anlässlich des 20-jährigen Bestehens des Kulturvereins eine echt tolle Ausstellung: 26 Künstler haben sich mit dem „Spargel" befasst. Es wird dort, wie ein Journalist sich ausdrückt, Spargel satt in nie geahnter Ideenvielfalt gezeigt. Du – ich schicke dir die Zeitungsausschnitte darüber. Du kannst sie bestimmt an geeigneter Stelle verwenden. Wir können ja auch noch darüber sprechen."

Für das außerordentliche Ausstellungsprojekt wird zum Beispiel getitelt: „Von Spargelstangen und anderen Trieben", „Edle Triebe – junges Ge-

müse". „Zweideutig?" und „Von der Küchenarbeit zur erotischen Aura".
Eine deutliche Parallele zu Ninas Aufzeichnungen in der von ihr so genannten „Zeit der Wildschweine" ergibt sich schon damit mühelos.

Elfie hatte wiederholt Viktor schelmisch „Spargel" genannt, was Nina auf dessen Ausgemergeltheit bezogen hatte. Ihre diesbezügliche Unsicherheit führte aber dazu, dass sie Viktor, als Elfie bereits außer Reichweite war, fragte, was diese Anrede denn bedeuten solle. Viktor antwortete „so nebenbei": „Ach, die ist doch vollkommen sexualisiert!" Dann reichte Ninas Phantasie natürlich aus – und sie griff sich an den Kopf, dass sie „überreife" Frau dies nicht selbst assoziiert hatte! Welch' deutliches Phallussymbol war doch der Spargel! Ihr zweiter Gedanke war: „Was erlaubt sich dieses Mädchen – Viktor, ihren Lehrer, sogar in meiner Gegenwart ‚Spargel' zu nennen!" „Wahrscheinlich", stellt sie später fest, „gehört das zu den Episoden, die Elfie selbstkritisch als zeitweiligen ‚Verlust der Distanz' bezeichnete."

Die Frage, ob sexuelle Kontakte zwischen Elfie und Viktor bestanden haben, beantwortete Nina in mehreren Briefen zu dieser Zeit und auch zum Zeitpunkt meiner Niederschrift mit 95 Prozent „Nein". Oder war der Spargel bei einem Versuch schon abgekocht? Das würde einen missglückten Versuch bedeuten; zu dieser Version neigte Frau Dr. Engel-Brod, die ärztliche Psychotherapeutin von Nina zu dieser Zeit. Am Ende der Diskussion entschied Nina: „Ich gehe eigentlich davon aus, dass es keine vollzogenen sexuellen Kontakte zwischen Elfie und Viktor gab. Ich lasse das so stehen. Ich bemühe mich nicht darum, durch Bohren und Nachforschen ein anderes Ergebnis zu erzielen. Vielleicht gab es Gedankliches, aber nichts Vollzogenes. Basta."

Die Spargelepisode erzählte Nina, wie eben angedeutet, Frau Dr. Engel-Brod. Die Gleichaltrige wusste sofort Bescheid – sie war informierter als Nina, die sich wegen ihrer anfänglichen Unwissenheit wieder einmal naiv-dümmlich vorkam. Frau Dr. Engel-Brod erzählte Nina auch, dass in dem weltberühmten Lied der originalen Comedian Harmonists „Veronika, der Lenz ist da" auch auf diese Seite des Spargels Bezug genommen wird: in einer Strophe heiße es nämlich: „Veronika, der Spargel wächst…"

Bei der oben erwähnten Ausstellung haben sich die Künstler auch dieses Liedes bedient: Es tönt zum Beispiel aus den Stiefeln einer Installation von Margund Smolka. Ein Ausstellungsbericht beginnt sinnfällig: „*Es liegt eindeutig an der Form! Die weißen oder die grünen Stangen, die im Frühjahr gestochen werden - Floris Neusüss lichtete sie wie die Beine einer Balletteuse ab - be-*

flügeln die Phantasie nicht nur kulinarisch... "Auch dieser Rezensent bezieht sich auf die Comedian Harmonists, die gewusst hätten, dass ihre Verszeile eindeutig zweideutig zu verstehen war. Von Frau Dr. Engel-Brod erfuhr Nina dazu eine Schmunzel-Episode aus dem Film über die Gesangsgruppe: Der Sänger, der die schlüpfrige Strophe sang, war Bulgare. Er verstand erst einmal gar nicht, was er da sang, legte sich aber inbrünstig ins Zeug. Die anderen klärten ihn dann mit viel Gelächter auf. Ein ausstellender Künstler nennt in diesem Sinn sein Spargelbild „Wiege der Triebe". Dabei verrenkt sich das Edelgemüse vorwitzig in Richtung der üppigen Kehrseite einer es erntenden Bäuerin. Ein weiteres frivoles Bild ist in dieser Hinsicht erwähnenswert: In Carmen Machado Cruiz' Installation „Große Spargelschau" dreht sich ein besonders pralles Exemplar mit dem Motto „lang – länger – Spargel" wohlgefällig um sich selbst. Der Schluss eines Zeitungsberichts über die Ausstellung ist sehr anrührend: „Osmar Osten gestaltete einen Schneemann, der einsam auf einem verschneiten (Spargel-) Feld steht. Darunter steht: ,*Ich freu mich auf den frischen Spargel!*'" Nett!

Freigabe

Nina wollte eigentlich, dass ich über das Thema Sexualität, das gelegentlich in ihren Aufzeichnungen auftaucht, den Schleier der Tabuisierung ziehe. Das verstand ich und akzeptierte es selbstverständlich. Aber ich bat Nina doch, diese Frage mit Frau Dr. Engel-Brod zu besprechen. Das tat Nina in der nächsten Sitzung. Danach erhielt ich von meiner Freundin grünes Licht, entsprechende Auszüge doch an dieser Stelle zu verwenden. Frau Dr. Engel-Brod hatte Nina nämlich darauf hingewiesen, dass in der umfangreichen Literatur, die sie inzwischen durchkämmt hatte, äußerst wenig über das Thema „Psychische Erkrankung und gelebte Sexualität" zu finden sei. Zugunsten eines insgesamt authentischen Berichtes solle die Sexualität möglichst nicht ausgespart bleiben. Nach bisherigen Lese-Erfahrungen mit Erarbeitungen ihrer Freundin (mir) habe sie auch den Eindruck, dass diese einfühlsam mit ihren Aufzeichnungen umgehe.

Ich entwickelte also aus den Aufzeichnungen Ninas den folgenden Text über die Sexualität zwischen Nina und Viktor. Rückwirkend beurteilt Nina den „Ausflug in den Garten der Lüste" als gekennzeichnet von der Krankheit Viktors. Es wird hier also auch von einer pathologischen Seite der Sexualität die Rede sein. Die Asparagus-Geschichte war sozusagen der Vorspann.

Bei den Angaben zu diesem Thema passierte Nina in ihren Aufzeichnungen ein aufschlussreicher Freud'scher „Verschreiber": Sie schrieb zuerst: Liebe und Leid. War das ein Hinweis auf ihren masochistischen Persönlichkeitsanteil? Seltsam auf jeden Fall, diese Verwechslung des letzten Buchstabens: Er besteht aus einem senkrechten Strich; bei dem einen Wort ist der Bauch daran links (Leid), bei dem anderen (Leib) rechts!

An dieser Stelle will ich ausnahmsweise eine passende Geschichte erzählen, die ich selbst erlebt habe. Ich habe sie schon einmal verwendet, als es um interessante Erlebnisse ging (in „Am Abend vor Silvester": „BFFFGM" Literaturpodium Edition Dorante 2015): Während meines Studiums wohnte ich in der Innenstadt Frankfurts gegenüber einer amerikanischen Kaserne. Kurz vor dem Hauseingang befand sich ein Kiosk. Ich passierte ihn eines Tages, während eine Traube schwarzer Soldaten dort stand. Ich wechselte nicht die Straßenseite, sondern ging hoch erhobenen Hauptes hindurch. Kurz bevor ich es geschafft hatte, hielt mir einer der Soldaten ein Pappschild vor die Nase: „Ich leibe Dich" stand darauf! Ich konnte einen Lachanfall nur mühsam unterdrücken!

Besser konnte der unwissende Schreiber den Zusammenhang zwischen Liebe und Leib nicht darstellen!

Aber es sind seitdem fast 40 Jahre vergangen und ich kehre gedanklich zu Nina zurück. Wir lesen gemeinsam an unterschiedlichen Orten das Kapitel „Liebe" bei Rattner. Da steht: *„Liebe bietet dem zerstreuten Menschen die einzigartige Chance, sich zu sammeln und in seinen Leib zurückzukehren…"* Rattner formuliert wunderbar die seiner Meinung nach unverstandenen und unbewussten Fragen der Liebenden: *„Bist du der Mensch, der meine Selbstentfaltung unterstützen kann? Bist du in der Lage, meinen Leib und damit mein tieferes Selbst zum Erblühen zu bringen? Kannst du mich aus meiner inneren Einsamkeit erlösen?"*

Nina hat Frau Dr. Engel-Brod gesagt, irgendwann, dass sie ihren Leib erst über ihren Mann bewusst schön fand.

Nach ihrer Aufklärung durch ihre Mutter hatte sie internalisiert: Sexualität ist etwas sehr Schönes, wenn sie mit Liebe verbunden ist. *„Sexuelle Freude fühlt man nur, wenn physische Intimität gleichzeitig die des Liebens ist"*, schreibt auch Erich Fromm in „Haben oder Sein". Es gab ihr ein hohes Maß an Sicherheit, dass Viktor vor der Heirat sagte – und sie empfand das damals als ungewöhnlich für einen Mann – er könne auch nicht mit einer Frau schlafen, die er nicht liebe. Wie zur Beschwörung erinnerte Nina während des „Projekts Elfie" Viktor an diese Aussage. Er wirkte so, als ob er es vergessen hätte: wie von weit weg sagte er: „Ja, ja – ja siehst du!"

Natürlich hat Nina in dieser Zeit wieder – „wie in der Pubertät", dachte sie, – über Sex sinniert. Wenn man sie vor ihrer Heirat (mit 31) gefragt hat, mit wie vielen Prozentpunkten sie Sex ansetze, sind 25 % das Maximum gewesen, 75 Prozent hätte sie dem Geist zugestanden. Selbstverständlich hatte sie sexuelle Bedürfnisse, aber so richtig „angetörnt" war sie noch nicht. Die Bedürfnisse wurden sublimiert. So hielt sich ihre spärliche Erfahrung, als sie mit 26 Viktor kennenlernte, mit e i n e m Mann in Grenzen. Ohne Liebe kein Sex. Und so oft liebt man ja eigentlich nicht. Wegen dieser einen sexuellen Begegnung hatte Nina Viktor gegenüber ein schlechtes Gewissen. Denn eigentlich war auch diese mütterliche Meinung internalisiert und von Nina für richtig befunden, dass man, bzw. frau sich „aufheben" sollte für den einen Mann, den sie heiratet. Heutzutage herrscht bekanntlich eine ganz und gar unterschiedliche Einstellung. Nina war, was ihr durchaus bewusst war, bei allem „Es-Drang" (Freud) vom „Über-Ich" bestimmt. Viktor ging mit ihrer zaghaft vorgetragenen Mitteilung damals vorbildlich um: Sie sei ja schließlich 26, da hätte er nicht erwarten können, dass sie unberührt sei. Ein andermal äußerte er beim tete à tete, „er sei auch nur ein Mann". Aber in den fünf Jahren, die Viktor und Nina sich vor der Heirat kannten, geschah äußerst wenig in dieser Richtung: Bisweilen „Kuscheln" und relativ häufig „Petting". Der „richtige" Vollzug erfolgte erst etwa ein Jahr vor der Hochzeit der beiden in Viktors Bett in der Wohnung seiner Eltern, die natürlich im Urlaub waren. Und selbstverständlich mit „Verhüterli". Viktor hatte, wie Nina es später sah, eine überdimensionale Angst davor, dass Nina schwanger werden würde. In einem Brief an Nina apostrophierte er dies einmal als Katastrophe, als sie ihm vom Ausbleiben ihrer Periode berichtet hatte. Bei ihrer damaligen „Polung" sah Nina dies alles nicht deutlich als Warnzeichen. Aber schon damals fragte sie sich, warum sie nicht ihre durchaus vorhandenen Verführungskünste einsetzte, um ihr Sexleben „voranzutreiben". Sie gab sich selbst die Antwort, dass es nicht gut wäre, etwas zu forcieren. Da sie die (drei Jahre) ältere der beiden war, wollte nicht sie die Verführerin sein und sich dies dann eines Tages eventuell vorwerfen lassen. Die Ehe – fünf Jahre nach dem Kennenlernen – befreite die beiden in dieser Hinsicht – Nina mehr als Viktor.

Frühe Verletzungen

Ich muss an dieser Stelle kurz Geschehnisse wiedergeben, die ich nicht in den biographischen Sammlungen Ninas gefunden habe. Sie haben sich viele Jahre vorher, am Beginn der Ehe zugetragen. Nina hat es mir erzählt. Die frühen Aufzeichnungen darüber – ja, auch damals hatte sie sich durch Schreiben Erleichterung verschafft – hatte sie Jahre später vernichtet. Sie hatte sich dazu entschlossen, weil sie ihre Ehe „auf Biegen und Brechen" retten wollte. Dazu waren diese Aufzeichnungen nicht geeignet. Ich fand einen Text des Werbetexters Manfred Poisel (1944), der einiges Schlaues über die Sexualität geschrieben hat: *„Der Wunsch nach Sex geht nicht von uns selbst aus; er ist ein genetisch programmierter Trieb der Evolution zum Zwang der Fortpflanzung, die uns mit Lustempfinden versüßt wird."* Das Lustempfinden war bei Viktor – wie oben angedeutet offenbar neurotisch gestört: Nina erinnert, dass er wiederholt Schwierigkeiten hatte, seinen Penis aus seinem Bestimmungsort zurückzuziehen. Das gelang dann nur mit größerer, lang andauernder Mühe. Nina sagt, sie habe es nicht angesprochen, sie habe sich ja nicht als seine Therapeutin verstanden. In einer Zeitschrift „Musik und Medizin", die damals von den beiden abonniert wurde, die es aber schon lange nicht mehr gibt, beschrieb ein Arzt das Phänomen. Den Namen des Arztes und der Störung hatte Nina vergessen, als sie mir davon berichtete. Durch diesen Artikel erfuhr sie jedenfalls psychologische Hintergründe dieser Besonderheit, die mit dem Selbstwertgefühl der an ihr leidenden Person in Verbindung gebracht wurde.

Auf der anderen Seite war Nina „noch" im fortpflanzungsfähigen Alter (31...) und wünschte sich sehnlichst Kinder. Lange Gespräche darüber hatten nicht stattgefunden. Nina glaubte an das Prinzip „Wer schweigt, scheint zuzustimmen. Der Gynäkologe hatte grünes Licht gegeben – organisch war bei Nina alles in Ordnung. Der Arzt hatte die Bitte Ninas erfüllt und Viktor einen Brief geschrieben (ein Gespräch hatte Viktor abgelehnt), in dem er die Dringlichkeit der Zeugung betonte. Ob und was er geschrieben hatte, wusste Nina allerdings nicht – Viktor hatte nichts davon verlauten lassen. Aber eines Tages machte sie Viktor darauf aufmerksam, dass ihre Uhr gerade empfängnisbereite Tage aufzeige und dass sie beide diese doch möglichst häufiger nützen sollten. Als Antwort brüllte Viktor: „Ich bin doch kein Zuchtbulle!" Ein andermal kam es noch schlimmer: Da schrie er, von so einer fetten Sau wolle er kein Kind. Ja, Nina ist weder dürr, noch schlank, sondern weiblich-vollschlank, ohne dass allerdings die Ästhetik darunter gelitten hätte (noch damals, noch zum Zeitpunkt meiner Niederschriften, noch heute). Nachträglich frage ich, Wilma, mich, warum und wie meine Freundin Nina dererlei tiefste Verletzungen ausgehalten hat.

Ich wende mich nun wieder den aktuelleren Vorkommnissen zu, für die ich aus Ninas Ordnern schöpfen kann.

Entfesselung

„So taumel' ich von Begierde zu Genuss, und im Genuss verschmacht' ich nach Begierde." J. W. von Goethe (Faust I)

In den „Wochen der Schnecke" – wie Nina die erste Zeit mit Elfie taufte – geriet bei Nina und Viktor buchstäblich alles durcheinander – auch die sogenannten „ehelichen Pflichten". Ganz zu Beginn dieser Zeit gingen Frau Dr. Engel-Brod und Nina noch davon aus, dass es sich im Fall Elfie bei Viktor um die Untreue-Eskapaden eines untreuen, alkoholkranken Mannes handelte. Die Hausärztin Dr. Charm hatte der heulenden Nina einen zwar guten, aber für diese undurchführbaren Rat gegeben: „Und wenn die beiden nackt auf dem Hausdach herumtanzen – lassen Sie sie; kümmern Sie sich nicht darum, unternehmen Sie selbst irgendetwas, das Ihnen Freude macht!"

„Theoretisch mag das durchaus richtig gewesen sein", sagte mir später Nina am Telefon, „aber so viel Gelassenheit war zu viel verlangt von mir. Und außerdem machte mir zu der Zeit absolut nichts Spaß." Und Vicky, die treusorgende Freundin mit Erfahrung, sagte erbarmungslos zu Nina: „Wenn dein Mann mit dir schläft, klebt er zuerst im Geiste das Bild der Kleinen über dich!"

„Irgendwie wird es schon so gewesen sein", schreibt Nina, „aber das hat mich nicht gestört, als Viktor mir gegenüber zu ungewohnten Aktivitäten auf diesem Gebiet angewachsen ist… Vielleicht war ich ausgehungert, vielleicht hoffte ich, ihn auf diese Weise halten zu können. Ich habe auf jeden Fall den Wechsel von ungefähr jedem dritten Monat zu jedem dritten Tag mitgemacht und genossen."

Plötzlich waren die Hunde im Schlafzimmer, bzw. im Bett nicht wie in den Jahren zuvor ein Hindernis für die intimen Aktivitäten. Wenn ihn die Leidenschaft überkam, zog Viktor Nina aus dem Bett. Er konnte sich selbst kaum tragen und Nina folgte an seiner Hand den langen Gang, der das Verlangen steigerte. Sie verschlossen sich im Wohntrakt zum Fernhalten der Hunde. Sie warfen sich auf den Boden und liebten sich leidenschaftlich entrückt. Nina fragte ihn, ob „es" denn nicht zu anstrengend für ihn wäre, denn gerade war sein Bluthochdruck diagnostiziert worden. Er aber verneinte stets. Die Hormone waren stärker. Sich gegenseitig reizend turnten sie voneinander verzückt auf den Polstermöbeln. Dann gingen sie den Flurtrakt eng umschlungen zurück, um das leidenschaftliche Spiel nach Schließen der Schlafzimmertüre fortzusetzen. Nina konnte nicht genug kriegen von seiner ungewohnten Feuchtigkeit. Alles war ziemlich anders als „früher": Zwischen den Höhepunkten küssten sie sich wie es wohl intensiver nicht geht. Viktor hatte all die Jahre vorher zum Küssen ein sehr ablehnendes Verhältnis, denn der ihn aufklärende katholische Priester hatte ihm weisgemacht, dass über das Küssen Geschlechtskrankheiten übertragen werden. Die Lust am Küssen war Viktor so gründlich vergangen; er ließ sich auch keines Besseren belehren. Wo waren nun seine Vorbehalte geblieben, fragte sich Nina?

Wohl entrissen sich die beiden durch diese gegenseitige Leidenschaft, unabhängig von den Tagesereignissen praktiziert, der extrem schwierigen Realität. Wie gesagt, Nina genoss diese potentiellen Ausbrüche. Aber Viktor? Früher trat nach sexuellem Kontakt zumindest kurzfristig Entspannung bei ihm ein. Jetzt nicht eigentlich. Nach den Orgien war er depressiv, es herrschte völlige Funkstille. Nicht die wohlige, zufriedene Stille nach einem Gefühlssturm.

Beiträge von Experten (Buchauszüge)

Als ich die Eintragungen über die Sexualität aus den „Psycho-Ordnern" Ninas zusammenstellte, schickte mir Nina zwei Bücher zum Thema „Sexbesessenheit" und „Die Beziehung mit einem Suchtmittelabhängigen", die ich für diesen Abschnitt verwende.

Über Sexbesessenheit schreibt Bogun, der sich eigentlich in seinem Buch mit etwas ganz anderem, nämlich dem Humor befasst. Sexbesessenheit – wie sie auch Nina erlebte – ist nach ihm eine „geistige Störung". Er begründet seine Anschauung unter anderem mit Anal- und Oralverkehr, sowie Perversitäten bis hin zum sexuellen Missbrauch von Kindern. „*Es gibt zwei Arten von sexueller Betätigung*", schreibt er „*die vom Körper angeregte, natürliche und die über den Geist veranlasste, unnatürliche. Sexbesessenheit ist im Grunde eine Geisteskrankheit und verwirrt unseren natürlichen Sexualtrieb... Wie bei jeder anderen Gier, jedem Bedürfnis unseres Ego, kommt es durch Unsicherheit und Ruhelosigkeit, ausgelöst durch Gefühlserregungen, die von unserem eingebildeten und anspruchsvollen Denken hervorgerufen werden, zu dieser Sexualmanie... Wann immer das jugendlich-unreife männliche Ego durch die Realität erschüttert wird, hat es das Bedürfnis, seinen Wert durch einen Erfolg zu beweisen. Bei sehr anmaßenden Menschen geschieht dies besonders häufig. Einem auf Männlichkeit aufgebauten Ego gefällt dabei sexuelle Tüchtigkeit am besten. Sie ist auch am leichtesten zu erreichen, da sexuelle Bereitschaft sich durch Phantasie erreichen läßt... Über Phantasien*

*führt der Wunsch nach sexuellem Erfolg zu sexueller Erregung. In ihrer jugendlich
– unreifen Denkweise sehen viele Menschen sexuellen Erfolg als wichtige Bestätigung
des Ego an... Für die über den Geist angeregte Sexualität muss der Körper jedoch
zusätzliche Energien bereitstellen. Wie bereits erklärt, bringt der Körper zusätzliche
Energie vor allem dann hervor, wenn er erschreckt wird. Und das Denken bringt
Ängste immer dann hervor, wenn seine Welt durch Zweifel in Frage gestellt, sein
aufgeblähtes Ego erschüttert wird...*"

Durch Unterstreichen hat Nina festgestellt, dass dies alles auf Viktor
zutrifft!

Zur Sexualität mit einem Abhängigen finde ich im anderen Buch von
Nina gekennzeichnet: „*Die körperliche Beziehung ist ein guter Indikator für
das, was in der Beziehung insgesamt abläuft. Die Anziehung zwischen den Partnern
kann während der Phase der Verleugnung der Problematik weiter bestehen. Sie ist
eine Möglichkeit, sich auch dann weiter auszutauschen, wenn Worte schwierig geworden sind. Nicht nur das – bis heute ist noch keinem Menschen ein besserer Weg
eingefallen, nach einer Trinkphase alles wieder gut zu machen... Allmählich wird
das Interesse an körperlicher Intimität aufseiten des suchtmittelfreien Partners jedoch
abnehmen. Das Bedürfnis, weniger angreifbar zu sein, beginnt das Geschehen zu
bestimmen. Die körperliche Erfahrung kann dann noch weiter befriedigend sein, aber
die Gefühle werden in Schach gehalten... Wie alle anderen Lebensbereiche auch, ver-
schlechtert sich die sexuelle Beziehung. Das sich-ungeliebt-Fühlen (‚Geh' doch mit deiner Flasche ins Bett – mit mir nicht!') und die Tageserlebnisse führen zu reduzierter
Lust, die auch durch den Geruch des Abhängigen (‚Ich kann ihn nicht mehr riechen!')
vermindert wird... Schmerz und Ablehnung führen zu Abscheu. Erzwungene sexuelle Handlungen des Abhängigen ähneln Vergewaltigungen...* "Warum wohl hat
Nina diese Buchstellen unterstrichen? Genau so eine Entwicklung bahnt
sich langsam bei mir an", schreibt sie.

Vermutlich Pathologisches

„*Zwei Partner, die sich gegenseitig quälen und isolieren, suchen trotzdem den Eros
und finden ihn in Zerrerfahrungen.*" Peter Schellenbaum (in „Abschied von
der Selbstzerstörung")

Empfunden Abartiges. Grundsätzlich denken Nina und ich, dass in der Sexualität alles erlaubt ist, woran zwei Menschen zusammen Gefallen finden; beide müssen einverstanden sein. Bei dem bisher Geschilderten galt
dies wohl für Nina. Aber die Sexualisierung der Beziehung schritt voran:
Gegen den inneren Widerstand Ninas rasierte ihr Viktor wiederholt die
Schamhaare, rationalisierend, er könne dann den Ort des Geschehens
besser erreichen. Nina duldete in Erwartung. In Zusammenhang mit der

120

„Beichte" Frau Dr. Engel-Brod gegenüber (Nina empfand es so, nicht die letztere) hatte Nina später einige Assoziationen dazu: Sie denkt daran, wie stolz sie war, als ihr in den Achselhöhlen und zwischen den Beinen Haare wuchsen. Nun gehörte sie zur Gilde der Erwachsenen, nun war sie eine Frau! Sie dachte auch daran, dass diese Sorte Haare „Schamhaare" heißen. War sie nun schamlos? In gewisser Weise schämte sie sich – und fürchtete in einer solchen Phase die per Kassenaufforderung notwendige körperliche Untersuchung durch Frau Dr. Engel-Brod. Dafür hatte diese bei einem späteren „Geständnis Ninas Verständnis. Sie informierte Nina zudem, dass viele Türkinnen, die zu ihr kämen, rasiert seien. Nina denkt an ihre Verlobung mit dem türkischen Chirurgen Nosrat Eglu: „So weit" war es mit ihm nicht gekommen, er hatte diesen ihren intimen Bereich nicht einmal gesehen. Und sie erinnert sich in diesem Zusammenhang an einen Termin bei Dr. I., dem Hausarzt ihrer Eltern: er hatte sie furchtbar beleidigt mit der Aufforderung, mitsamt einem Koffer voller Verhütungsmedikamenten, die er verschreiben würde, in die Türkei zu reisen. Damit meinte er sie im Sinne ihrer Eltern davon zu überzeugen, diesen Kollegen nicht zu heiraten.

Wie gesagt, das Abrasieren geschah eigentlich gegen Ninas Willen. Es gefiel ihr nicht, weder als Gedanke, noch als Aktion. Viktor wusste das, auch bei gelegentlichen früheren Ansprachen und Anläufen hatte sie kein Hehl daraus gemacht. Es war also eine Art Vergewaltigungselement für die durchaus nicht prüde Nina. Sie denkt darüber nach, was hinter Viktors Begehren stecken könnte und kommt auf zwei Möglichkeiten: erstes könnte ein homosexueller Zug dahinter stecken: Ein Mann rasiert sich. Aber macht dieses eine Merkmal aus einer Frau einen Mann? Oder es könnte, zweitens, ein pädophiler Zug hochgewirbelt worden sein. Der Schambereich soll unbehaart sein wie bei einem Kind.

Als alles Hochgewirbelte wieder versickerte, tauchte der Wunsch, Nina zu rasieren noch einmal mit weniger Drang, sozusagen vernebelt, bei Viktor auf – das war ein Jahr später.

Es gab auch noch weitere Vorfälle, die in diese Rubrik eingeordnet werden können. Nina schreibt: „Irgendwann stimmte ich auch einem schon früher vorgetragenen Ansinnen zu, unseren Geschlechtsverkehr mit der Videokamera zu filmen. Dreimal fügte ich mich Viktors Drängen. Gottsei-Dank ‚vergaß' ich während der Abläufe, dass die Kamera angestellt war. Später war ich von der Ästhetik der Aufnahmen angenehm überrascht. Der Film wirkte über das Anschauen auch in Zeiten der abflauenden Sexualisierung stimulierend."

Unter dem Einfluss dieser Erlebnisse konnte Nina voll zustimmen, als Frau Dr. Engel-Brod bei einer ihrer „Erzählungen" sagte: „Frau Troll, Ihre sexuelle Beziehung ist gestört!"

Die Beschreibungen ergänze ich nun durch weitere Tagebucheinträge. *Für Nina Bitteres.* Irgendwann ist Nina überzeugt, dass Viktor sie geheiratet hat, weil er eine bessere Mutter haben wollte. Über den Altersunterschied (drei Jahre) hatten die beiden natürlich, wenn auch nur kurz, gesprochen. Viktor meinte, mit dem „jungen Gemüse" nichts anfangen zu können. Nina dachte und sagte: „Ich bin viel gesprächiger, lebendiger, wendiger als du – da fällt unser Altersunterschied wirklich nicht auf." (Dies wurde von Bekannten und Freunden bestätigt.) Aber als Viktor merkte, dass seine Sehnsucht nach einer besseren Mutter nicht in Erfüllung ging – welche Frau könnte dies – bei allen Qualitäten – erfüllen? – fiel er in seine Unarten zurück. Frauen zu achten, hatte er nicht gelernt. Offenbar konnte er dies auch nicht in der ehelichen Symbiose nachholen („Was Hänschen nicht lernt…") Jetzt hatte es den Anschein, als ob er seine Pubertät nachholen müsse. Und Nina hatte dabei das Gefühl, für ihn nur eine bessere Nutte zu sein. Das begann schon ein Jahr *vor* dem „Projekt Elfie". Als Nina sich einmal wegen der Alkoholauswirkungen verweigerte, drohte Viktor erstmalig, einen Puff aufzusuchen. Lange Jahre hindurch erschien Viktor Nina eher uninteressiert an Sex; sie konnte oder musste damit leben. Aber durch den Alkohol und durch die Verliebtheit in Elfie wurden offenbar Triebe freigelegt und hochgeschwemmt. Während der „Monate der Wildschweine" änderte sich – wie oben beschrieben – das Sexleben der beiden. Aber bei stärksten Gefühlsaufwallungen für Elfie übertrug er diese – zum Glück? – auf Nina. Unter anderem Ninas Masochismus erlaubte das Mitspielen. Ich lese: „ Kürzlich sagte Viktor wieder, er habe davon geträumt, dass wir noch einen Pornofilm drehen würden. Ich sagte: ,Pornofilm? – Sexfilm!'"

Viktors Interesse an der Welt war nach Ninas Angaben nur auf Sexuelles fokussiert. Einmal wollte sie mit ihm etwas Musikalisches (was, ist nicht aufgezeichnet) besprechen. Musik hatte sie einmal tief verbunden. Er winkte ab: „Interessiert mich nicht!" Das war ein Ausspruch, den Nina in letzter Zeit öfters hörte. Sie fragte, was ihn denn interessiere und zeigte fragend auf ihren Busen. Er nickte. Wiederholt schaute er sich auch plötzlich Pornofilme im Schüsselfernsehen an, wenn er Nina schlafend wähnte. Einmal darauf angesprochen, wies er dies weit von sich. Seitdem sagte Nina nichts mehr, denn das Motto wäre ihrer Meinung nach dann: „Mama ertappt Sohnemann bei Verbotenem."

Der Anschauung halber gebe ich hier ein paar Szenen wieder.

- Nach einem langen Arbeitstag und den ersten Gläschen Schnaps kommt Viktor unvermittelt zu Nina in die Küche und legt die Arme auf ihre Schulter. Er gibt ihr mehrere Schmatzer und sagt: „Ich hab' Dich lieb!" Eine durchaus ungewohnte Situation für Nina! Abends ist Fußball angesagt. Am Spielende – es ist etwa 22 Uhr – sagt er: „Kannst du dich nicht ausziehen? Heute nicht mehr, aber Morgen spielen (Viktors Umschreibung für Geschlechtsverkehr) wir den ganzen Tag." Es kommt anders: Hund Romeo verlässt einfühlend den „Schauplatz". Hinter verschlossener Tür findet jetzt eine Sexorgie statt. Für die angekündigte am nächsten Tag reicht die Energie allerdings nicht mehr.

- Nina berichtet von einem anderen sexualisierten Tag: Sie war nach mündlichen Prüfungen, die primär und sekundär unbefriedigend verlaufen waren, nach Hause gekommen. Viktor ist dabei, seine privaten Klavierschüler abzusagen. Es ist sehr heiß, er hat keine Lust, zumal ihm in der vergangenen Woche bei ähnlicher Hitze in keinem Haushalt etwas zu trinken angeboten worden war. Als Grund für die Absage gibt er an, dass es Probleme gebe. Es stimmt, aber irgendwie nicht ganz… Als Nina später auf die Terrasse kommt, ist Viktor nackt. Gerne kommt sie seinem Wunsch nach, sich auch auszuziehen; die Terrasse ist von keiner Seite einsehbar. Und es war, wie gesagt, extrem heiß. Immer, wenn Nina an Viktor vorbei ging, fasste er ihr tief zwischen die Beine. Zu mehr kommt es in diesen Augenblicken nicht. Irgendwann „darf" Nina einkaufen gehen – ein Privileg, das ihr in dieser Woche nun schon zum dritten Mal zuteil wird. Er sagt noch nicht einmal – wie gewöhnlich – bei der Geldaushändigung: „Ich will aber noch etwas davon wiedersehen!" Nina kleidet sich also wieder an. Als sie vom Einkaufen zurückkommt, sind die Hunde von der Hitze und drohendem Gewitter abgeschlafft. Viktor lockt sie ins Haus und schließt die Terrassentüre. Er reißt Nina förmlich die Kleider vom Leibe. Die beiden treiben es im Strandkorb leidenschaftlich miteinander. Viktor kann nicht genug kriegen. Und Nina ist geschafft.

- Viktor grillt Rindfleischgyros im Außenkamin, Nina bereitet Kirschbowle nach seinem Begehren. Natürlich hat Viktor seit dem Mittag getrunken: Rotwein, Apfelwein, Schnaps und jetzt die Kirschbowle. Er sagt Nina, dass er sie liebe und dann sagt er ihr, was er an ihr liebt: Zwei Körperöffnungen, den nach seiner Meinung überaus schönen Busen, den Mund (eine relativ neue Errungenschaft). „Was er da ‚liebt', hat jede Frau!", denkt Nina wehmütig. Mittlerweile hat Nina Weißbrote getoastet, das Essen ist fertig. Nun muss sie die beiden Hunde mit Futter ins Haus locken – ihr Betteln wäre zu aufdringlich – und die Gänse und das Katerchen versorgen. Als Nina auf die Terrasse kommt, hat Victor im Essen herumgestochert. Nina fragt harmlos. „Schmeckt's?"

„Nein", antwortet Viktor. Nina erschrickt: Viktor ist wieder einmal kreideweiß. Sie fragt: „Geht's dir nicht gut?" Er schüttelt den Kopf. Nina fragt weiter und weiß gleichzeitig, dass es zu viel der Fragen sind: „Ist es dir vom Magen her schlecht oder vom Kopf oder vom Herz?" Er wird unwirsch. Er geht zu Bett, es ist 20 Uhr. Nina fragt noch, ob sie einen Arzt oder seinen Bruder (der Medizinprofessor ist W.L.) anrufen solle, was Viktor kopfschüttelnd verneint. Der Alkohol hat sein Werk getan – sowohl, was die Sexualität betrifft als auch das Wohlbefinden im Allgemeinen.

Nina überlegt: Sie weiß, sie will nicht nur als Körper geliebt werden, sondern als geistiges menschliches Wesen. Aber jetzt ist offenbar die Zeit des „Nur-Körperlichen" angesagt. Lange denkt sie über die Frage nach, warum sie das alles mitmacht. Sie kommt zu folgendem Schluss: der Körper ist momentan die einzige Möglichkeit, mit Viktor zu kommunizieren. Sie hat das Gefühl, dass sie diese Möglichkeit nutzen muss, um das Flämmchen ihrer Beziehung nicht ausgehen zu lassen. Aber sie hat dabei auch das Gefühl, dass der Einsatz hoch ist. Denn das Geist-Wesen, das sie ist, muss sie ganz alleine sein. Und sie meint zu ahnen, dass diese Zeit der seltsamen Sexualisierung nur von vorübergehender Natur ist. Es ist wohl, was von Gagern in seinem Ehe-Buch sagt, eine *„auf das Ich gerichtete S u c h t nach letzter Beseligung"*. Und wirklich dauerte die sexualisierte Phase nur etwa ein halbes Jahr. Sie flaute dann wieder ab, genauso schnell wie sie hereingebrochen war. Allerdings gibt es nochmals ein ein Jahr später erstelltes „Sexprotokoll":

- Es ist Sonntag. Gewöhnlich steht Viktor nicht vor neun Uhr auf, heute jedoch bereits um 7.30. Die inzwischen berentete Nina war – auch gewohnheitsmäßig – eine Stunde früher im Nachthemd ihren Morgenpflichten, dem Frühstückbereiten für Mensch und Tier, nachgegangen. Sie kommt in den Essraum und fragt Viktor nach dem Grund seines verfrühten Aufstehens. Er antwortet nicht, sondern hebt das Nachthemd Ninas hoch und grapscht nach ihrem Busen. Nina wehrt ab: „Nein, es geht mir nicht gut!" Das trifft zu, denn sie steckt mitten in einer massiven, fiebrigen Erkältung, wegen der sie auch am Vortag im Bett geblieben war. Viktor bagatellisiert: „Ich habe doch nur etwas geträumt!" Der Vormittag verläuft relativ ruhig: Christian kommt um zehn Uhr zum Computerunterricht, er war am üblichen Unterrichtstag (samstags) verhindert. Viktor trinkt nach dem Frühstück, das seit langem nur aus Kaffee besteht, ab neun Uhr verdünnten Rotwein, den er nicht als Alkohol ansieht. Das Mittagessen fällt wegen Christians Anwesenheit aus. Nach der Beendigung des Unterrichts verlässt Christian das Troll'sche Haus. Viktor spielt mit der neuen Digitalkamera herum und erklärt Nina freudig, er habe eine neue Funktion entdeckt: die Selbstauslösung. Gehörig bewundert Nina sein „Selfie", das er wieder löschen will. Kurz darauf sagt er: „Ich möchte, dass wir uns nackt fotografieren – das habe ich nämlich geträumt. Bitte ziehe dich aus!" Nina antwortet ganz eindeutig: „Nein, ich will nicht!" Sie fühlt sich, wie gesagt schlecht und findet zudem das Ansinnen abartig. Im Gegensatz zu früheren ähnlichen Begehren (Rasur, Videofilm will sie diesmal ihre innere Sperre nicht überwinden. Das Fotografieren würde natürlich auf Geschlechtsverkehr hinauslaufen – oder sollte sie das Fotografieren zulassen und die „Folgen" nicht? Nina empfand keinerlei sexuelle Lust mehr auf diesen völlig ungepflegten Mann, der sie bei Erreichen des entsprechenden Alkoholpegels alltäglich auf das Unerträglichste beschimpfte. Er wolle das, weil er sie liebe, sagte Viktor. Nina sagte daraufhin: „Ich kann es nicht mit meinem Verständnis von Liebe vereinbaren, wenn Du mich jeden Abend auf's Schlimmste beschimpfst und jetzt mit mir Geschlechtsverkehr haben willst."

„Das ist etwas Anderes", glaubt Viktor. Es bleibt ihm aber nichts anderes übrig als sich zu fügen. Nina bleibt immer öfter konsequent. Wahrscheinlich gibt ihm das „Nein" den Grund weiter zu saufen, was er aber auch ohne diese Verweigerung auch gemacht hätte. Er trank an diesem Wochenende zwei Flaschen Schnaps. Mit dem entsprechenden Pegel begann auch am Sonntag die Schimpferei in gewöhnlicher „Qualität". Außerdem äußerte er, dass er genug Mädchen habe, zu denen er gehen könne (siehe Kapitel „Eifersucht") Nina kontert: „Du hast ja auch, wie du immer sagst, genug Geld – dann geh' doch zu Dirnen!" Viktor verweist nochmals auf „die Mädchen" und meint, Dirnen habe er nicht nötig.

– Nach dem Abendessen will Nina sich werkelnd zu ihm zum Fernsehen, der Olympia-Schlussfeier, gesellen. Da erscheint er nach kurzem Verlassen des Wohnzimmers wieder nackt und sagt: „Bei deinem Verhalten muss ich eben Selbstbefriedigung machen! Erwartet er Mitleid von Nina? Sie packt ihre Sachen, geht ins Bett und liest konzentriert. Einmal noch schaut sie vor dem Einschlafen nach Viktor. Er guckt das Video vom gemeinsamen Verkehr…

Und wenn sie nicht gestorben sind, so leben sie noch heute – allerdings getrennt und geschieden. Nina hat nach fünf Jahren wieder geheiratet – einen Mann, der in seinem Verhalten gegenüber Frauen das Gegenteil von Viktor war. Viktor vegetiert in einem Pflegeheim.

*Alle Namen geändert

Adam Luust

Das Shooting

Der Glaube ist es, was die Menschen immer wieder angetrieben hat, Großes zu vollbringen. Sich in Sachen und Vorgänge hineinzudenken, sich hinein zu versetzen und auch nach diesem Glauben zu handeln. Es muss nicht immer Gott sein, an dem man sich orientiert, nach dem man handelt. Nein, man kann auch an sich selber glauben und sich somit anspornen. Das kann immer in eine positive oder in eine negative Richtung gehen. Genauso erging es Jenny. Jenny war eine Karrierefrau. Schlank und so gut gebaut, dass sie einfach eine Augenweide war. Sie hatte gelernt, sich gekonnt in Szene zu setzen und so erreicht, dass sie einen gut bezahlten Job bekommen hatte. Sie liebte es in einem engen, schwarzen Kostüm durch die Räume zu gehen und sich auch so auf der Straße sehen zu lassen. Sie liebte es einfach bemerkt zu werden. Ihr Ziel war einmal einen gut situierten Mann zu heiraten. Einen anderen würde sie gar nicht an sich heran lassen. Jenny kam vor dem Spiegel auf die Idee von sich eine Reihe Fotos machen zu lassen, die sie in verschiedenen Posen zeigte. Einmal nüchtern und gesittet. Einfach für die Öffentlichkeit tauglich und dann Fotos, die sie sexy und auch lasziv zeigte. Warum sollte sie nicht auch etwas verrucht herüber kommen? Sie war doch eigentlich ein perfektes Weib! Mit diesem Glauben an sich und mit diesem Bewusstsein im Hinterkopf ging sie aufrecht und gut gelaunt durchs Leben. Ihr kam nie in den Sinn, dass sie einmal ein Schicksal erleiden würde, dass sie aus der Bahn werfen könnte. Ihr passierte das nicht, darauf wollte sie schon achten. Sie hatte ihre Ziele im Leben und auch ihre Vorstellungen von den Männern. Sie ging zum Sport, ließ sich regelmäßig untersuchen, dachte meistens positiv und war rundherum glücklich.

Also machte sie sich eines Tages auf, um in dem Fotoladen einen Termin auszumachen. Sie betrat den modern eingerichteten Raum und wartete. Es dauerte eine Weile bis jemand leise sagte: „Bitte entschuldigen Sie, dass Sie warten mussten, aber ich musste die Arbeit auf dem PC erst abspeichern. Ich bitte nochmals um Entschuldigung."

„Schon in Ordnung" sagte Susi und sah in die Richtung, aus der die Stimme kam. Da stand ein kleiner, etwas untersetzter Mann mit einer randlosen Brille auf der Nase und sah sie an. „Ein nichtssagender Typ!", stellte Jenny mit ihrer inneren Stimme fest, aber sie sagte laut und freundlich: „Ich würde gern eine Reihe Bilder von mir machen lassen." Und sie erklärte dem Inhaber des Fotogeschäftes, was sie sich so vorstellte. Als sie zum Thema Sexy-Fotos kamen, sah er sie sehr genau an und er sah ihr auch direkt in die Augen. Das war Jenny einen Augenblick peinlich. „Ob er sie auch so ansehen würde, wenn sie nicht viel anhatte? Nein, das würde er nicht", dachte sie, „der macht hier nur seinen Job." Sie verabredeten in einer Woche einen Termin und besprachen auch, was für Kleidungsstücke Jenny mitbringen sollte.

„Wenn Sie es wünschen, kann ich auch einer befreundeten Kosmetikerin Bescheid sagen, die sich dann um ihr Makeup kümmern wird."

„Nein, danke. Das kann ich selbst!" Die Woche verging und Jenny suchte zu Hause die Sachen zusammen, die sie besprochen hatten. Lederjacke, verschiedene Shirts, zwei Jeans und auch zwei Kleider wollte sie mitnehmen. Der Tag kam heran und Jenny lud ihren kleinen Koffer ins Auto und fuhr ins Fotostudio. Der Mann, mag er so etwas um die 50 sein, hatte schon alles vorbereitet und wartete auf sie. Jenny zog ihr erstes Outfit hinter der Umkleide an und kam hervor. Da stand sie im Scheinwerferlicht. Kleid, Schuhe, schwarze Strümpfe und die Lederjacke über dem Arm. Ihre Haare trug sie offen.

„Geiles Fahrgestell! Da lässt sich schon was draus machen. Hoffentlich ist sie nicht so zickig, wenn ich sie positioniere."

„Was glotzt der mich so an? Der soll mich fotografieren und nicht hier abmustern, wie eine von der Straße."

„Sie guckt schon so grimmig. Ich werde mich mal ein wenig mit ihr unterhalten. Der Busen ist etwas klein, na ich werde das schon hinbekommen." Laut sagte er: „Bitte stellen Sie das rechte Bein etwas nach vorn und drehen es eine kleine Idee nach außen! Sehr schön und schon können wir beginnen." „Ganz uninteressant ist der Knabe nicht. So schlecht sieht er bei genauerem Hinsehen auch nicht aus und der Arsch kommt schön knackig in der Jeans rüber. Mal sehen, ob die Hose noch ausbeult?"

„Wenn ich sie jetzt mit dem Oberkörper nach vorn nehme, dann könnte ich es ihr von hinten mal ordentlich besorgen. Bist du wahnsinnig so was zu denken?"

„Ich drehe und wende mich hier und der bekommt dabei einen Steifen. Ich muss doch mal genauer hinschauen!" Jenny beugte sich weit, so weit, wie sie es schaffte nach vorn und sah in seine Richtung. Er sagte laut: „Ja sehr gut und bitte ein kleines Lächeln, dann haben wir schon das erste Bild." Er drückte ab und dachte dabei: „Hat mir doch das kleine Aas jetzt auf meine Hose geschielt, ob ich geil bin. Ich hoffe nur, dass ich mich im

Zaum halten kann und mir nichts anmerken lasse." Jenny zog sich um und kam in Jeans, einem tief ausgeschnittenen Shirt und Turnschuhen wieder hervor. Er sah sie an und meinte: „Die Turnschuhe sind sehr unvorteilhaft. Ziehen Sie doch lieber noch einmal die hochhackigen Schuhe an. Das hat irgendetwas bei Ihnen. Das zieht an!" Jenny grinste und tat worum er sie bat. Als sie wieder hervor kam, hörte sie ein: „Wwoowww... Ja, das ist es." Und wieder wurde Jenny positioniert und gedreht, um ein gutes Foto zu bekommen. „Die hat wirklich etwas. Die würde ich jetzt und hier gleich mal vernaschen, aber da würde ich Ärger bekommen."

„So uninteressant ist der Knabe gar nicht. Ob der hier auch schon mal eine Kundin geliebt hat? Da hinten in der Ecke steht ein großer Sessel, der sich absolut dafür eignen würde."

„Wenn die mich weiter so beobachtet, dann werde ich noch unsicher und mache Bilder, die die gar nicht will. Ich muss Geld verdienen und keine erotischen Gedanken haben!"

„Jetzt kommen die erotischen Fotos. Himmel, wenn das nur mal gut geht bei mir. Mir juckt es jetzt schon zwischen den Beinen und ich kann mich kaum beherrschen. Warum nur? Der Kerl sieht nach gar nichts aus, aber er hat irgendetwas an sich, das mich anzieht. Ich muss mir hinter der Umkleide doch mal schnell selber zwischen die Beine fassen." Jenny ging nach hinten und tat was sie gedacht hatte. Ein leises ohhh entfuhr ihr und sie hoffte, dass er es nicht gehört hatte. Doch, er hatte es gehört und er dachte mit einem Lächeln: „Jetzt ist sie geil. Das werden prima Bilder."

„Können wir weiter machen?"

„Einen kleinen Augenblick noch, ich komme gleich." Und mit diesen Worten trat sie hinter der Umkleide hervor. Die Strapse brachten ihre langen Beine zur Geltung. Der String saß perfekt, vorn breit und hinten nicht zu sehen und der BH ließ alle Wünsche offen.

„Und auch noch meine Lieblingsfarbe schwarz. Hilfe, wie soll ich da arbeiten und das alles überstehen? Ich glaube ich muss auch mal für zehn Minuten aus dem Raum raus." Laut sagte er: „Bitte entschuldigen Sie, ich bin gleich wieder da." Er lief mit zu schnellem Schritt aus dem Raum hinaus, machte die Tür zu und schon im Flur seine Hose auf. Er musste sich erst einmal erleichtern und das ging so schnell, dass er gerade noch das Taschentuch ziehen konnte, um alles aufzufangen. „Meine Güte, wenn das da drinnen passiert wäre. Welche Blamage!" waren seine Gedanken. Er wusch sich. Wusch bestimmt zehn Mal das Gesicht mit kaltem Wasser, nur um wieder ordentlich seine Arbeit machen zu können. Als er den Raum wieder betrat, lag Jenny in dem großen Sessel und hatte sich schon selbst eine geile Position ausgesucht. Sie lag quer über dem Sessel, ein Bein angewinkelt und von dem anderen etwas weggespreizt, den Kopf nach hinten gelegt und ihre Haare auch alle nach hinten gekämmt. „Sieht das gut aus?", fragte sie leise und zart. „Perfekt", murmelte er und er dachte: „Ich muss schon wieder in den Flur! Das halte ich nicht aus, die macht mich fertig!" Aber es ging alles gut. Schweigend fotografierte er sie und gab dabei nur knappe Anweisungen, die sie auch korrekt ausführte. Sie war für die Kamera geeignet. Sie rekelte sich, dehnte ihren Oberkörper, verriet alles, aber auch wiederum nichts. So verging über eine Stunde und Jenny merkte, dass so ein Shooting doch recht anstrengend war. Es verlangte die volle Konzentration aller Beteiligten. Jenny räumte ihren kleinen Koffer wieder ein und ging an den Schreibtisch. Er saß da und schaute sich die Bilder schon im Computer an. Sie trat hinter ihn, um die Fotos ebenfalls einmal zu begutachten. Dabei achtete sie darauf, dass sie dicht an sein Ohr kam und flüsterte ihm zu: „Wenn ich die Bilder abhole, dann treiben wir es im Sessel. Ich möchte es." Ohne aufzublicken, aber mit einer voll angespannten Körperhaltung und voll auf den PC starrend nickte er! Jenny hatte den Eindruck, dass er sogar rot geworden war.

Adam Luust

Das Rad des Lebens

Auf jeder Speiche des Rades des Lebens saß bei ihr, sie ist eine Frau, ein Mann. Oft musste sie daran denken und manches Mal, vor allem im Bett, kamen alte Erinnerungen hoch. Es waren nicht immer die Besten, aber es waren Erinnerungen, die zu ihrem Leben gehörten. Manches Mal kam sie vor Lachen nicht in den Schlaf. Manches Mal weinte sie sehr heftig, aber mit der Zeit wurde alles wirklich nur noch Erinnerung.

Lassen wir das Rad sich einmal drehen und sehen, wie die Männer darauf sitzen und vor allem, wie sie beschrieben werden. Langsam ließ sie das Rad ihres Lebens vor ihrem geistigen Auge in Gang kommen.

Der erste hieß Franz, der sie so einige Jahre beschäftigt hatte und den sie eigentlich sehr gern geheiratet hätte. Was hatte sie Brücken gebaut! Was hatte sie ihm beschrieben, wie das Leben schön sein könnte zwischen ihnen. Er ging nicht über eine von diesen virtuellen Brücken. Sie hätte alles geteilt mit ihm. Nein er wollte nicht! Eine Stunde Fahrtzeit war ihm zu viel, um zu ihr zu kommen und eine kleine nette Beziehung aufzubauen. Die Jahre vergingen und man blieb immer in einem losen Kontakt hängen. Bis er eines Tages ein längeres Gespräch anfing. Er wäre zum Fasching gewesen und hätte Sex mit einer weitaus jüngeren Frau gehabt und er wäre so verzweifelt, dass dies unter starkem Alkoholeinfluss geschehen konnte. Er wisse nicht, was er nun machen sollte. Einen Vaterschaftstest hätte er schon machen lassen und dieser sei positiv ausgefallen. Sie saß immer nur da und schüttelte mit dem Kopf. Sollte sie ihm glauben, ob das überhaupt stimmte? Er hatte sie so oft belogen und nun war sie sehr skeptisch, ob das wirklich der Wahrheit entsprach. Sie sagte nur, und das ohne große Anteilnahme: „Dann geh zum Jugendamt, mach eine Vaterschaftsanerkennung und lass gleich vermerken, dass du nur der zahlende Erzeuger bist und auch keinen Kontakt zu Mutter und Kind haben willst."

Sie sprachen darüber nicht mehr und sie fragte auch nicht. Der Kontakt beschränkte sich auf einige Grüße bei Whats App und schlief dann ganz ein. Einmal noch jammerte er ihr vor, dass sein Auto nicht mehr lief, denn der Motor müsste ausgetauscht werden. Es klang so nach dem Hintergedanken: „Kannst du mir finanziell helfen?", aber sie verlor kein einziges Wort darüber und das Gespräch war beendet, bis er eines Tages ganz aus ihrem Blickfeld verschwunden war. Er hatte einen Herzinfarkt und wand sich danach der Kirche zu. Auch das konnte sie nicht richtig bei ihm einordnen und sie schrieb ihm doch eines Tages, dass er ein Lügner vor dem Herrn sei und sie das nicht glauben könne! Das war die erste Speiche ihres Lebens und sie war der Meinung, dass es vergeudete Lebensmühe war, um ihn zu kämpfen.

Die zweite Speiche war mit einem sehr attraktiven, sehr eleganten und sehr aufsehenerregenden Mann besetzt. Was war er für eine Erscheinung. Er musste immer provozieren! Sei es mit den Haaren, sei es mit seinem ganzen silbernen Schmuck, er hatte die Hände regelrecht vollgepflastert damit, sei es mit seinem Bart oder auch nur mit seiner Brille. Er war reich! Er hatte absolut gepflegte Umgangsformen, aber in seinem Kopf war nur für ein Wort Platz und das war Sex. Sie hatte ihn nie persönlich kennengelernt. Seine Wortwahl ist sogar für dieses Buch zu krass. Da bleiben sie als Frau mal sachlich und spielen ihm vor, dass auch für sie der Sex in dieser Art, an erster Stelle steht. Herrjeh, sie konnte gar nicht so schnell schreiben, wie das alles vor sich ging. Trotz allem musste sie sich eingestehen, dass sie ihn sehr aufregend fand.

An einem Nachmittag, sie schrieben nur so belanglos daher, kam auf einmal, dass sie nicht böse sein sollte, wenn er plötzlich verschwunden wäre. Neugierig fragte sie, was los sei und ob er noch Besuch erwarte. Das bestätigte er ganz aufgeregt. „Was ist los? Wer kommt!", fragte sie neugierig und er antwortete ihr: „Es kommt eine Bekannte mit ihrem Mann und wir wollen die Sandwichstellung ausprobieren!" Sie war sprachlos, aber sie begann auch ungeniert laut zu lachen. Er konnte sie ja nicht hören. Schwupps, war der Vogel raus aus dem Internet. Das ließ ihr natürlich keine Ruhe und sofort beim nächsten Mal fragte sie, ob das mit der Sandwichstellung auch geklappt hätte. Er war verärgert und erzählte ihr, dass der Mann geschwächelt hätte und er nicht richtig zum Zuge gekommen wäre. Sie hatte an diesem Tag Bauchschmerzen vom vielen Lachen. Er meldete sich doch noch mal, war aber dann verschwunden und sie hat nie wieder von ihm gehört. Auch diese Speiche war eine Erfahrung wert!

Das Rad der Zeit drehte sich erbarmungslos weiter und so wurde die nächste Speiche besetzt. Hier muss aber einmal gesagt werden, dass es auch gute Männer gab mit denen man sich auf gehobenem Niveau unterhalten konnte. Männer, die sich ihrer Verantwortung als Ehemänner absolut bewusst waren und bei denen es einfach nur um ein gutes Gespräch ging. Das waren Altenpfleger, Lehrer, Lokführer, usw. Sie sehen also, dass jede Berufsgruppe vertreten war.

Kommen wir nun zu einem Mann, der auch eine Extraspeiche bekommt. Ein Mann von guter Bildung, aber so was von Weichei, dass man es nicht glauben kann. Sie lernte erst einmal seine Schwester kennen und es entwickelte sich ein gutes Verhältnis zwischen den beiden Frauen. Leider ging das in die Brüche, da sich so ein Depp, er war bei den Berliner Verkehrsbetrieben beschäftigt, einmischte und die Freundschaft sabotierte. Der Bruder der Freundin, Neurologe seines Zeichens, war wirklich ein ausgemachter Blödmann. Man denkt ja, dass solche Leute ein Gehirn für sich alleine haben und dieses auch benutzen können, aber der hier machte nur, was die Schwester für gut hieß und genehmigte.

Sie kündigte die Freundschaft auf und hat von den beiden nie wieder etwas gehört. Was bestimmt auch besser war.

Das Leben ging weiter. Sie arbeitete, sie fuhr in Urlaub, sie war glücklich mit ihrem Leben, aber sie war auch viel allein. Mit der Zeit gewöhnte sie sich daran und war zufrieden, so wie das Leben lief.

Da kam wieder einer ins Spiel. Verheiratet, mit Hund und Mama. Sie sagte immer Mama, wenn es Männer waren, die aus einer laschen Ehe nicht heraus kamen und so war es auch bei ihm. Er war ebenfalls gebildet, konnte gut reden, Tätigkeiten unterhalb seiner Kniescheibe lehnte er generell ab, er hörte gern Musik, las viel und man konnte sich sehr gut mit ihm unterhalten. Er kam ab und zu einmal zu Besuch zu ihr und er fuhr auch mit ihr in Urlaub. Das war natürlich sehr gut. Nicht mehr allein in Urlaub fahren! Eine große Freude für sie, aber da lernte man sich ja bekanntlich erst richtig kennen und das war manches Mal schlimm. Er merkte schnell, dass sie nicht seine Frau war und ein eigenes Mundwerk hatte. Auf Fuerteventura schiss sie ihn so zusammen, dass er die Fassung verlor und meinte: „Das dürfte meine Frau zu Hause nicht zu mir sagen!" Sie war aber nicht seine Frau! Der Urlaub wurde dann trotzdem noch schön und die darauffolgenden Urlaube ebenfalls. Einmal waren sie in Holland zum Konzert bei André Rieu und diesen Urlaub bezahlte er sogar. War alles wunderbar!

Man sah sich im November, vor dem Coronajahr, das letzte Mal und seit dem ist alles nur noch ein loses Gespräch. Sie denkt, dass er sich in der nächsten Zeit verabschieden wird und das war es dann. War sehr schön, aber mehr läuft nicht mehr!

Es gibt noch mehr Speichen zu besetzen!

Wieder lernte sie einen netten Mann kennen, der ihr auch auf Anhieb gefiel, denn er sah gut aus und man konnte sich mit ihm unterhalten. Er war groß, kräftig, eben wie sich eine Frau einen Mann an ihrer Seite vorstellt. Er hatte ebenfalls ein ausgeprägtes Allgemeinwissen, war viel gereist und belesen. Dieser gute Eindruck wurde aber schlagartig geschmälert, als er ihr umfassend erklärte, welche Sexpraktiken er bevorzugte. Auch das schreibt man nicht in ein Buch! Seine Aussprache würde schlüpfrig sein und er bevorzuge eine harte Gangart beim Sex! Da musste sie erst einmal schlucken, um das zu verdauen. Sie gab zurück, dass das nichts für sie sei und sie eine nette Umgangsweise bevorzuge. Sie wäre ja der Typ, der etwas romantisch veranlagt sei und eine harte Gangart, egal was es sei, nicht möge. Seine Antwort war direkt: „Andere Frauen lieben das!"

„Ja, dann suche dir solche Frauen, die das mögen. Ich gehöre nicht dazu!" Er ließ nicht locker und erklärte ihr, dass er in einem „außerehelichen Verhältnis" keine Einmischungen in sein Leben dulde. Sie hätte ihm keine Vorwürfe zu machen. Sie hätte auch nicht zu fragen, wo er sei und was er mache. Sie hätte zu warten, bis er sich an sie wenden würde.

Sie ließ ihn reden und reden und reden. Machte das Handy einfach aus, denn sie wusste, dass er da regelrecht verrückt wurde, denn wenn er redete, dann hätte sie dazubleiben, um ihm zuzuhören und zu antworten. Sie dachte: „Dazu musst du dir eine andere Dumme suchen!" Sie war einfach still und für sie war die Bekanntschaft beendet.

Die vorletzte Speiche besetzen wir einmal mit einem Mann, der nichts von sich erzählen wollte. Er stammte aus dem Saarland, war also weit weg von ihr. Er war wirklich auch der Typ von Mann, an den man beim Kartoffeln schälen denken musste. Handwerker, geschiedener Junggeselle, der mit seiner Ex noch ein „freundschaftliches!" Verhältnis hat.

Was immer das bedeutet! Aber auch hier machte sich bald das große Aber breit. Sie durfte ihn nicht anrufen und er rief nur unter Anonym oder Anonymus an. Sie durfte nichts fragen. Mit Müh und Not erfuhr sie seinen Namen und dann fragte sie sich irgendwann: „Was soll ich mit so einem Mann? Bin ich eine Frau, mit der man sich nicht sehen lassen kann?" Das war sie nun wirklich nicht. Die ganze Sache war ganz schnell beendet und die Speiche war belegt!

Auf die letzte Speiche kommt einer, dem sie gern etwas Böses zugefügt hätte. Sie glauben gar nicht, wie böse sie auf diesen Mann war und es auch noch ist. Er brach eines Tages die Beziehung im Flur ab, nahm schnell seine Tasche, da er merkte, dass sie wütend war und rannte so schnell ihn seine Beine trugen aus der Wohnung. Er wusste genau was gekommen wäre, wenn er nicht freiwillig das Weite gesucht hätte. Der sitzt für immer auf einem ganz heißen Draht bei ihr!

Nun hofft sie, dass endlich einer vorbeikommt, der ordentliche Absichten hat und zu ihr steht.

Die Hoffnung stirbt zum Schluss! Vielleicht gibt es irgendwann einen Zweiten Teil der Geschichte. Weiß man was im Leben noch alles kommt? Und ...

Adam Luust

Ein außergewöhnlicher Liebesbrief

Liebstes, allerliebstes Gretchen!

Du warst für mich im Leben das, was man nur einmal trifft. Du hast mich schon vor vielen Jahren bezaubert, angespornt und zum Lachen gebracht. Das gemeinsame Lachen mit dir war für mich immer ein einmaliges Erlebnis. Es bereitete mir Freude, dich lachen zu sehen und dich dabei auch zu spüren, denn du hattest die liebevolle Angewohnheit mich dann immer am Arm anzufassen, was ich besonders prickelnd fand. Das hast du schon in der Schule gemacht, wenn wir auf dem Pausenhof standen und du dich über irgendeine Sache amüsiertest. Ich habe immer nach einem Anlass gesucht, um dir etwas Komisches zu erzählen, nur damit du mich am Arm anfassen würdest. Ich träumte damals schon von dir zu jeder Tages- und Nachtzeit. Ich hörte im Traum dein Lachen und spürte, wie gesagt, deinen Arm auf dem Meinigen. Die Zeit verging und wir verließen die Schule jeder in eine andere Richtung. Am Abend des Abschlussfestes liebten wir uns das erste Mal. Was war das für ein besonderer Augenblick für uns beide. Ich durfte deinen Körper berühren, deine Haut und ich durfte das leichte Zittern deines Körpers mit meinen Händen spüren. Du gabst dich mir einfach hin. Ich wusste gar nicht so richtig, was ich mit dir anfangen sollte. Ich wollte diesen viel beschriebenen und für mich so spannenden SEX erleben und an dir ausprobieren, aber was sollte ich machen? Du hast geschmunzelt und zu mir gesagt: „Machen wir es einfach!" Ich fing an dich zu erkunden, mit meinen Händen und du hobst von dir aus deinen Rock hoch und führtest meine Hand zwischen deine Beine und auf einmal wusste ich automatisch, was ich machen sollte, was ich ganz einfach in diesem Moment machen musste. Woher weiß ich bis heute nicht, aber es muss die innere Natur sein, die einen dann antreibt, es das erste Mal zu tun. Jetzt muss ich lachen, wie sich das anhört - das erste Mal zu tun. Es dauerte nicht lange, denn wir beide waren sehr aufgeregt und mein Samen ergoss sich schon nach wenigen Sekunden in dir. Ich weiß bis heute nicht, ob du damals einen Orgasmus hattest. Wir haben auch nie darüber gesprochen.

Die Zeit verging und wir verloren uns aus den Augen. Jeder machte eine gute Berufsausbildung, ich als Apotheker und du als Sprechstundenhilfe und auf dieser Basis oder nennen wir es Fügung?, haben wir uns auch wieder gefunden. Mensch was haben wir uns gefreut. Ich versprach gleich dich nach Feierabend abzuholen und war auch ganz pünktlich in der Praxis. Dein Chef war schon gegangen und wir waren ganz alleine im Labor. Ich konnte nicht anders, ich musste dich an mich ziehen, küssen und dann auf der Liege für das EKG vernaschen. Mein Gott, das war nicht mehr der Sex, wie auf dem Abschlussball, das war einfach der Knaller. So gefühlvoll, so leidenschaftlich, so voller Hingabe von beiden Seiten, dass wir gar nicht merkten, dass ungefähr eine Stunde verging, bevor uns bewusst wurde wo wir waren und was wir taten. Wir räumten gemeinsam auf, lüfteten noch einmal durch und verließen gemeinsam die Praxis. Uns war beiden nach Essen zu Mute, kurz gesagt, wir hatten einen Mordshunger und landeten in der kleinen Gaststätte, die nur Einheimische kennen. Wir konnten uns gar nicht voneinander trennen und versprachen uns an diesem Abend, dass wir es gemeinsam versuchen wollten. Das war ein Versprechen, dass mir fast die Sinne raubte, das mir sagte: „Mit dieser Frau will ich alt werden, diese Frau soll es sein und das für mein ganzes Leben, das mich noch zu erwarten hat!" Ich glaube, an diesem Abend ging ich mit gefalteten Händen ins Bett!

Nach neun Monaten wurde unser Fred geboren. Er ist heute ein gefragter Musiker und wir sehen ihn nur noch sehr, sehr selten. Auch seine Anrufe sind weniger geworden und wir mussten uns daran gewöhnen, dass er sich so entschieden hatte. Ich laufe ihm nicht hinterher und ich weiß, dass es dir auch sehr weh tut, dass er sich so verändert hat und in dieser Welt des schönen Scheins untergetaucht ist. Die Krönung unserer Beziehung ist unser Töchterchen Luci, die zehn Jahre nach der Geburt von Fred geboren wurde. Sie ist mein Ein und Alles und auch du bist ihr sehr zugetan, sie ist auch dein Ein und Alles. Ja, so vergingen die Jahre und wir liebten uns so oft wir nur konnten. Es war immer sehr schön, dich in die Arme zu nehmen, mit dir zu blödeln und alles auszuprobieren, was uns einfiel. Wir standen jede schwierige Situation gemeinsam durch, egal ob es Krankheit war oder die Pflegebedürftigkeit unserer Eltern. Die Apotheke läuft gut und somit haben wir nie finanzielle Probleme gehabt. Du konntest mit dem Arbeiten aufhören und dich um die Kinder kümmern. Ich war in der Lage genügend Personal einzustellen, so dass ich auch nie sehr spät von der Arbeit nach Hause kam und wir ein glückliches Familienleben führen konnten. Ich denke, das haben wir auch getan, aber an irgendeinem Punkt unseres Lebens begann die Wende, begannen wir einfach ein anders Leben zu führen. Du hattest dich so einem Sportverein angeschlossen, der sich alle zwei Wochen traf und auch die Wochenenden über wegfuhr. Ich habe nie richtig gefragt, was ihr da so alles getrieben habt, aber deiner Müdigkeit nach zu urteilen habt ihr nicht nur den üblichen bekannten Sport betrieben. Es wurde mir langsam egal und ich vermisste den Sex auch nicht mehr mit dir. Wichtig war mir, dass wir ordentlich miteinander umgingen und die Kinder nichts merkten. Du kamst dann auf die Idee, dass wir uns auch wirtschaftlich gegenseitig absicherten, ich meine unsere Altersabsicherung. Wir vollzogen unsere eigene Scheidung! Das wurde mir erst klar, als ich das alles unterschrieben hatte, was du mir vorlegtest. Ich muss wirklich bescheuert gewesen sein, dass ich mich auf so etwas eingelassen habe, aber meine Liebe, ich habe die Papiere von einem Notar und meinem Rechtsanwalt prüfen lassen und nun halte dich fest, sie sind ungültig! Sie sind wirklich ungültig. Du hast vergessen sie beglaubigen zu lassen und damit hättest du mich so was von festgenagelt, dass ich nicht mehr aus der Nummer rausgekommen wäre. Sag mir nur eins: „Wohin ist unsere große Liebe verschwunden?" Du fährst weiter alle 14 Tage mit deinen angeblichen Sportfreundinnen weg, aber ich weiß, dass du einen Liebhaber hast. Mach ruhig! Es tut nicht weh, denn immer wenn du weg bist, dann fahre auch ich weg. Ich richte es so ein, dass ich vor dir wieder zu Hause bin und du hast seit vier Jahren nichts gemerkt. Sie ist älter als ich, sehr nett, häuslich und gibt mir eigentlich das, was ich die ganze Zeit vermisst habe. Sie gibt mir ein gemütliches zu Hause. Ich muss mich bei ihr in keinen Anzug werfen und auf teure Veranstaltungen gehen. Ich muss einfach nur nackt sein, dann erfüllen sich alle meine Wünsche. Ich hätte nie gedacht, dass ich einmal so zufrieden sein könnte. Du wirst dich fragen, wo ich diese Frau kennen gelernt habe. Ich will es dir sagen: „Im Internet!" Ja, auch da findet man liebevolle Partner, die einem das geben, was man sich wünscht, aber es nur nicht weiß.

Ich habe die Scheidung eingereicht, das Haus steht zum Verkauf, die Firma habe ich ebenfalls verkauft und ich bin schon ausgezogen. Solltest du etwas mit mir zu klären haben, dann über unseren Anwalt. Ich will nicht, dass du erfährst, wo ich jetzt wohne. Ich bin glücklich! Du wirst deinen Anteil am Geld bekommen, sobald alles abgewickelt ist.

Glück wünsche ich dir nicht, aber mir und ich denke ich habe es noch einmal gefunden und wage einen Neubeginn. Eigentlich ist es ja kein Neubeginn in diesem Sinne. Es ist die Erfüllung meines Traumes von einem ruhigen gemeinsamen Lebensabend, an dem ich schon vier Jahre herumgebastelt habe! Dass dieser nicht mit dir passiert ist unser beider Schuld. Ich nehme mich da gar nicht aus!

Leb wohl!

Adam Luust

Liebe geht überall

Der Tag war wieder einmal einer dieser Tage, an denen Sahra einfach nicht zur Ruhe kam. Sie räumte ihre Vorratskammer schon zum dritten Mal auf und schob die Büchsen von einer Seite auf die andere. Eine fiel ihr runter und es polterte so schrecklich, dass man es im ganzen Haus hören konnte. Was war nur mit ihr los? Warum war sie nur so aufgeregt und vermasselte alles?

Sie musste irgendwie zu Ruhe kommen, aber wie?

Auf einmal hörte sie hinter sich ein Geräusch und drehte sich um. Sie bekam Augen so groß, wie Wagenräder. Sie starrte ihren eigenen Mann an, als ob sie ihn neu kennen lernte. Wie sah er aus? Was war mit ihm?

Sie sah ihn mit großem Mund an und sagte: „Holger, du bist nackt!" Er grinste das breiteste Grinsen, das man sich vorstellen kann. Er befriedigte sich selbst.

Sarah dachte bei sich: „Wann hatten wir eigentlich das letzte Mal Sex? Das ist lange her und nun kommt er an und ist nackt!"

Sie sah ihn mit ruhigen Augen an, nur ihr Atem ging schwer. Sie begann sich auszuziehen und es war nun ihr Mann, der große Augen bekam. Sie zog sich in aller Ruhe vor ihm aus. Erst das Shirt, dann den Rock. Da war es ihr Mann, der ein leises, aber sehr lustvolle Oohhh hören ließ, denn Sarah hatte halterlose Strümpfe an. „Seit wann trägst du solche Strümpfe?", fragte er und sie sah ihn ganz verschmitzt an und sagte mit einem Grinsen: „Schon eine ganze Weile. Nur du bemerkst es ja nicht."

„Ich werde dir ab jetzt öfter unter den Rock schauen und auch darunter greifen. Du siehst einfach zu gut aus Liebling!"

Sarah öffnete langsam ihren BH und legte ihn auf die Gemüsebüchsen. Beim Weglegen bewegten sich ihre Brüste leicht. Ihr Mann streckte eine Hand danach aus und berührte ganz vorsichtig eine Brust. Er legte die ganze Handfläche darauf und begann sie vorsichtig zu massieren. „Du hast immer noch herrliche Brüste und ich Idiot arbeite und arbeite und bemerke dich nicht!" Er ließ seinen Schwanz los, den er bis dahin immer noch massiert hatte und griff nun mit beiden Händen nach Sarahs Brüsten. Sie machte ein klein wenig ein Hohlkreuz und streckte sich ihm bereitwillig entgegen. Er wusste, dass er nicht zu fest zufassen durfte, denn das liebte sie nicht. Er spielte mit den Daumen an ihren Brustwarzen und merkte, wie sich diese langsam aufrichteten. Er hob beide Brüste an und küsste leidenschaftlich erst die eine und dann die andere Seite und jetzt kam das Kind in ihm hoch. Er hatte einfach nur noch Lust an ihren Brüsten zu saugen und das tat er auch... mal leidenschaftlich und mal sanft. „Holger, so hast du mich lange nicht verwöhnt."

„Das passiert nie wieder, dass ich dich so vernachlässige!", sagte er und hob dabei die Hand zum Schwur. Er küsste sie noch einige Minuten hingebungsvoll, mal auf den Mund und dann wieder auf ihre Brüste. Er küsste sich einfach immer hoch und runter.

Seine Hände fingen an über ihren Slip zu streicheln. Sie liefen über ihre Oberschenkel so weit, wie er kam. Nach wenigen Augenblicken ging sein Mund sehr schnell nach unten. Er zog Sarah ganz langsam den Slip aus und war schon wieder aus der Fassung geraten. Sie war blank. Sie hatte sich, ohne, dass sie es ihm gesagt hatte, rasiert und sie sah gut aus. Er musste sich auf einen Bierkasten setzen und sah sie mit glänzenden Augen einfach nur an. Dann fuhren seine Hände über ihre Oberschenkel und er drückte ihr die Beine auseinander. Sarah hatte nichts dagegen. Es war ihr sogar egal, dass sie in der Speisekammer waren. Sie wollte nur von ihm genommen werden. Sie hatte sich das schon so lange vorgestellt, gewünscht und heute, heute endlich hatte sie ihr eigener Mann bemerkt.

Sie nahm ihre Brüste in die Hand und begann sich selber zu massieren. Holger beugte sich vor und küsste ihren Hügel, berührte ihn mit den Händen und fuhr dann mit dem Finger durch ihre ganze Spalte. Sie ließ ein leises wohliges Geräusch hören. Sie stöhnte, als er mit den Finger in sie drang. Er wollte ihn wieder heraus ziehen, aber sie sagte leise: „Noch nicht!" Und da begann er es ihr mit der Hand zu besorgen. Sie keuchte immer schneller und so kam sie schon das erste Mal. Als er den Finger wieder herauszog, lehnte sie sich an ihn und seufzte. Er küsste sie sehr zärtlich und lange, drehte sie um und stand hinter ihr. Sie stützte ihre Unterarme auf ein Regalbrett, steckte den Kopf ins Regal und er nahm sie von hinten. Er nahm sie so heftig, dass sie schon nach kurzer Zeit ein zweites Mal kam und das mit einem kleinen Schrei auch kund tat. Er hatte sich über sie gebeugt, ihre Brüste in der Hand und beide ruhten sich in dieser Stellung einige Minuten aus.

„Schatz, wir haben in den letzten Wochen einfach vergessen uns zu lieben und zu leben. Das werden wir ändern. Ich verspreche es dir."

Sie drehte sich um, küsste ihn und gab zur Antwort: „Das ist nicht nur deine Schuld. Ich war genauso blöd. Immer nur arbeiten, arbeiten, arbeiten. Da kommt nichts Gutes dabei heraus."

Es folgte ein langer, sehr langer Kuss und seine Hände waren schon wieder am Wandern auf ihrem Körper. „Du bekommst wohl heute gar nicht genug?", sagte sie lachend. „Komm einmal noch und ich will auch in dir kommen und dir damit beweisen, dass ich dich liebe!" Er legte eine Decke auf einen Bierkasten. Setzte Sarah darauf. Sie umschlang mit ihren Beinen sein Becken und er drang ganz langsam in sie ein. Sie stöhnte wieder, rutschte etwas nach vorn auf den Rand und er begann sie zu stoßen, dass sie laut aufschrie. Er wurde immer heftiger. Ihm war, als ob ihm alle Sinne abhandenkommen würden und er sich in einer anderen Dimension befinden würde. Sarah hatte sich an ihm festgekrallt und war ebenfalls fast von Sinnen. Sie war einfach nur glücklich! Und dann kam der Augenblick, der Augenblick bei dem Mann und Frau vergessen, dass es die Welt überhaupt gibt. Sarah dachte immer dabei: „Das muss der Ur-Instinkt sein!" Beide hatten zur gleichen Zeit einen Orgasmus, der ihnen den Atem raubte und sie schrien beide auf. Sein Samen ergoss sich in ihr und beide sackten zusammen. Er stand noch vor ihr und sie küssten sich heiß und innig.

Leise flüsterte er ihr ins Ohr: „Und wann räumst du wieder die Speise-kammer auf?" Sie grinste und sagte frech: „Erst mal nicht, denn morgen ist die Küche dran!"

Adam Luust

Wohin mit den Gefühlen?

In die Sauna zu gehen hat sehr viele Gründe. Die Einen gehen hin wegen der Gesundheit, die Nächsten gehen, um sich zu unterhalten, die Anderen zur Entspannung oder alles zusammen und die letzte Gruppe geht in die Sauna, damit sie ganz einfach gesehen wird. Sie werden es jetzt wissen, was mit gesehen werden gemeint ist. Diese Menschen gehen in die gemischte Sauna! Eigentlich sind diese Menschen die Gesündesten, denn sie sind mit ihrem Körper zufrieden. Sie sind mit sich im Reinen und sie haben keine Probleme damit ihren Körper zu zeigen.

Ihnen ist es egal, ob sie eine tadellose Figur haben, ob sie einige Kilos zu viel auf den Rippen haben, Bauch- oder Hüftgold mit sich herumtragen. Ob der Busen hängt oder auch nicht. Sie wollen sich einfach auf die Bank setzen und ihren Blick schweifen lassen. Nicht nur ihren Blick, auch ihre Gedanken, ihre Fantasien wollen sie schweifen lassen und sich genau ansehen, was sie eigentlich schon längere Zeit vermisst haben, nämlich einen nackten Mann oder eine nackte Frau in ihrer Umgebung.

Manche Frauen lehnen sich ein wenig zurück, sitzen dann etwas schräg auf der Bank, so dass die Männer ihren Busen besser betrachten können. Da gibt es kleine, mittlere und auch große Vorhöfe zu sehen und man muss als Mann schon sehr gefasst sein, wenn einem bei manch einer Frau nicht die schlüpfrigsten Gedanken durch den Kopf gehen. Einige Frauen haben die Beine nur leicht gespreizt, so dass mancher Mann denkt: „Bitte, mach sie nur noch ein klein wenig weiter auseinander, dass ich genug sehe und meine Fantasie spielen lassen kann. Ich möchte so gern deine Scham sehen."

Manche Männer sitzen etwas breitbeinig auf der Bank, den Kopf über die Arme auf die Oberschenkel abgestützt oder mit Hohlkreuz an die Wand gelehnt. So manche Frau ist bei dieser erotischen Haltung ihrerseits in Gedanken versunken! „Der Große würde mir gefallen, die Beutel sind nicht ohne. Wie groß, dick und mächtig wird er? Mit dem würde ich schon gern einmal in die Kiste springen. Was würde der sagen, wenn ich ihn einfach daraufhin ansprechen würde? Aber nein, das macht man ja nicht! Ich bin ja schließlich eine anständige Frau, aber einmal im Leben, wenigstens einmal im Leben, möchte ich das ausleben, was ich mir immer des Nachts im Bett erträume." So könnten die Gedanken der sehr zahlreichen Frauen sein.

Mancher sieht man es an, dass sie ihren Gedanken freien Lauf lässt, denn die Augen leuchten schon sehr verführerisch in der heißen Sauna. Die glänzenden Körper waren mit Schweiß bedeckt und man wünschte sich, dass der Bademeister wieder einmal herein käme, um einen neuen Aufguss zu machen, um einen so aus den Gedanken zu reißen.

Eine Frauengruppe in den besten Jahren zwischen Ende zwanzig bis knapp über die fünfzig saß in einer kleinen Sauna für acht bis zehn Personen, als just in diesem Augenblick ein kleiner, grauhaariger Mann herein trat, den alle von oben bis unten musterten. Er spürte ihre Blicke und es erfreute ihn. Sie sahen ihm aber nicht nur ins Gesicht. Nein, sie sahen ihm zwischen seine Beine und bemerkten, dass er da unten glatt rasiert war. Er war völlig blank. Nicht ein Härchen war in dieser Region zu sehen. Manche Frau dachte: „Das ist der Hammer. So hätte ich meinen zu Hause auch gern gehabt, aber der hat sich immer dagegen gesträubt und von mir verlangt, dass ich diesen ganzen Urwald stehen lasse und ich finde das so unerotisch, ja sogar widerlich. Rasiert sieht doch viel besser aus und man kann es sogar zu zweit machen." Man rasiert sich einfach gegenseitig, denn dazu gehört viel Vertrauen und sehr viel Liebe. Wie gesagt, der kleine, grauhaarige Herr wurde eine ganze Weile einfach schamlos beobachtet. Er kümmerte sich nicht darum, sondern fragte: „Soll ich einen Aufguss machen? Welchen Duft möchtet ihr? Ich habe drei zur Auswahl." Die Saunabesucherinnen waren begeistert und er begann vorsichtig das kalte Wasser über die heißen Steine zu schütten. Es zischte und der Dampf begann sich im Raum zu verteilen. Er wedelte echt gekonnt mit dem Handtuch!

„Den Zweiten machen wir mit Crasheis", sagte er und holte einen Kübel mit Eis von draußen. Er warf ein paar Hände voll auf die Steine. Einige Frauen, die nahe dem Saunaofen in der untersten Reihe saßen, stöhnten bei dem heißen Wasserdampf auf. Der grauhaarige Herr nahm eine Hand voll Eis heraus und fragte ohne eigentlich eine Zustimmung zu erwarten: „Na wenn dir zu heiß ist, dann muss ich dich halt mit Eisstücken etwas abkühlen." Er ging auf sie zu und rieb ihr den Hals und die Schultern ein. Dabei stand er ihr nur noch wenigen Zentimeter gegenüber. Sein Gemächt direkt vor ihren Augen. Langsam fuhr er ihr über den Nacken, dann abwechselnd nach links und nach rechts auf die Schultern. Er drückte auch etwas auf und die Dame setzte sich aufrecht vor ihn hin! Jetzt genoss sie diese fremde, heimliche Liebkosung, jetzt ging es ihr zwischen den Beinen durch und durch. Kleine, leise Seufzer verließen ihren Mund und ihre Augen blitzen auf. Der grauhaarige Mann konnte es sich nicht verkneifen über die Schulter der Frau zu sehen, denn er wusste, dass die Brustwarzen auf die herunterfallenden Eisstücke reagierten und wie er sich daran ergötzte, wenn sich die Brustwarzen aufstellten oder sich nach innen einzogen. Das war ein Spiel mit der weiblichen Natur, das man eigentlich nur hier genießen konnte. Auch sah er die großen Augen der Frau auf seine blanke Scham stierend gerichtet. Bei der Zweiten, die auch aufstöhnte und das nicht nur wegen der Hitze, war es nicht anders. Dann warf er den anderen, die oben saßen, das Eis einfach zu.

Ein Gelächter mit Aufschrei vor Freude und Entsetzen gleichzeitig ging durch die Sauna, wenn die Eisstückchen sie trafen. Alles passierte in wenigen Augenblicken, dann kam der zweite Aufguss und es war so eine entspannte Situation, dass sich alle anwesenden der Tatsache kaum noch bewusst waren, dass sie nackt waren. Etwas später verließen alle, bis auf zwei Damen, die Sauna. Ihre Blicke sagten schon alles aus. Der alte Herr hatte nun auch Platz und setzte sich mit einem Hohlkreuz auf die obere Bank und redete mit den Damen, die auch weiterhin seinen rasierten Schritt bewunderten. Ihre Augen sagten das aus. Die Blicke gingen ihm durch und durch und auch bei ihm waren die Zeichen der Erregung nicht zu unterdrücken und zu übersehen, denn es hatte sich auch bei ihm etwas geregt, nicht viel, aber leicht sichtbar schon. Darüber machte er sich keine Gedanken - er genoss nur. Er stand auf einmal auf, ging hinaus und legte sich auf die Bank. Dabei ließ er mit einem nach innen gerichteten Lächeln seinen Gedanken freien Lauf.

Wohin nur mit so vielen Gefühlen? Wohin nur mit all seiner Liebeslust? Warum war seine Geliebte nicht da? Warum wohnte sie nur so weit weg? Wie gerne würde er sie auch einmal so verwöhnen! Sie nackt hier in der Sauna sehen. Sie ansehen und ihr an Ort und Stelle sagen: „Schatz leg, dich gleich hier hin und wir beginnen mit dem Spiel! Eis oder Honigpeeling?" Er würde sie erst mit der Hand verwöhnen und sie würde sich diesem Antasten, diesem Erkunden mit einer wonneähnlichen Freude hingeben, dass er in ihren Augen sehen würde: „Mach weiter und halte die Zeit an mein Herz!", aber das waren alles nur Träume. Er hatte sie schon länger, nein sehr lange, nicht mehr gesehen. Ihre weiche Haut nicht genießen können. Er hatte sich aber felsenfest vorgenommen, dieses Jahr, wirklich dieses Jahr, ein Treffen zu arrangieren. Das musste einfach sein. Es musste aus ihm heraus und er wollte es, er wollte sie genießen. So in Gedanken versunken fiel ihm ein, dass er seine Männlichkeit blank zu tragen schon fast acht Jahre machte. Hier hatte seine Liebste damals Hand angelegt und ihn rasiert, denn ihr gefiel die Frisur, die er trug nicht, obwohl er schon viel frei gelegt hatte. Er musste immer lachen, weil sie mit ihm geschimpft hatte, dass er ruhig halten und sich entspannen sollte. Herrjeh hatte er auf dem Bett gelegen und gezittert. Es war alles gut gegangen. Sie konnte mit der Klinge umgehen und ihm gefällt die glatt rasierte Haut bis heute.

Er ist ihr dafür immer noch sehr dankbar.

Der grauhaarige Herr wischte sich den Schweiß ab, trank gierig aus seiner Wasserflasche, grüßte die anwesenden Damen noch einmal und begann so langsam ins normale Leben wieder zurückzufinden.

Adam Luust

Im Straßencafe

Wenn man träumt, dann kann man sich seine eigene Welt zusammenspinnen, so wie sie einem passt. Da gibt es keine schwarzen Tage oder auch nur schwere Stunden. Man wird nicht veralbert und man kann mit jedem ordentlich reden. So erging es ihr auch, als sie an einem warmen Sommertag, es war noch nicht zu heiß, im Straßencafe saß und die Leute beobachtete. Was gab es da alles zu sehen. Manchmal sah sie schnell weg, wenn eine Bekannte kam, mit der sie kein so gutes Verhältnis hatte, aber wenn jemand kam, den sie schon lange und gut kannte, dann war es ihr regelrecht ein Bedürfnis zu lachen und ein lautes Hallo loszuwerden. Sie gönnte sich ein gutes Stück Kuchen und eine sehr große Tasse Kaffee. Hhmm das schmeckte einfach herrlich bei diesem Wetter draußen. Zwei Tische weiter saß ein Mann, so Anfang 60 schätzte sie und ab und zu trafen sich ihre Blicke. Manchmal sah es aus, als ob er durch sie hindurch sah und manchmal schien es ihr, als ob er ein gesteigertes Interesse an ihr hätte. „Will er nun oder will er nicht?", fragte sie sich selber. „Ich denke mir ganz einfach mal, dass er will!", ging es ihr durch den Kopf. Er war ganz nach ihrem Geschmack gekleidet. Trug rote Jeans, braune Schuhe und ein richtig kräftiges gelbes Oberhemd. Das waren ihre Lieblingsfarben. So sollte ein Mann aussehen. Er hatte einen Drei-Tage-Bart, die Haare wurden schon etwas grau, waren aber sehr gut geschnitten und gepflegt. Seine kleine gerade Nase lugte keck in die Welt und sein Mund umspielte immer ein kleines Lächeln. „Ach das wäre der Mann meiner Träume!", dachte sie so bei sich und versank langsam, immer mit dem Löffel in der Kaffeetasse herumrührend, in einen Wachtraum. „Wenn er jetzt zu mir herüber käme, dann würde es sich bestimmt so abspielen: „Guten Tag, ist der Platz an Ihrem Tisch noch frei?", fragte eine Stimme. Sie sah auf und sagte mit einem kleinen Leuchten in den Augen: „Selbstverständlich!"

„Ich würde mich freuen, wenn Sie sich zu mir setzen würden." Er setzte sich, ohne etwas zu antworten und bestellte er sich ebenfalls einen großen Kaffee. „Sie stammen aus dieser Stadt?", wollte er wissen.

„Ja, ich bin hier geboren", gab sie als Antwort zurück. Wie zufällig legte er seinen Unterarm an den ihrigen und ihr wurde sofort heiß zu Mute. „Meine Güte der geht ja ran", dachte sie so bei sich, „aber so kann es weiter gehen." Er lachte und legte dabei seine Hand auf ihren Arm, aber es war die andere Hand. Wo war sein rechter Arm auf einmal geblieben? Er lag auf ihrem Oberschenkel und er lag dort nicht ruhig, sondern er schob ihn mit kleinen Bewegungen hin und her. „Ich habe mir vorhin die Stadt einmal angesehen. Ich bin hier zu Besuch und es gefällt mir sehr gut hier", sagte er und sah ihr dabei direkt in die Augen. Sie richtete sich fast senkrecht auf ihrem Stuhl auf, denn seine Hand war an ihrem Rocksaum gelandet und ein Finger fuhr ihr unter den Rand und begann ihre Haut zu massieren. Er hatte sehr gepflegte Hände und von den Fingerkuppen ging etwas Magnetisches aus. Oder war das nur die Spannung, die auf einmal zwischen ihnen beiden herrschte? „Was haben Sie sich denn alles angesehen?", fragte sie ihn mit einem Ton der Erregung leise. Langsam gingen ihre Beine auseinander und spreizten sich. Das Bein, das ihm am Nächsten war, fasste er an der Innenseite ihres Oberschenkels an und zog es zu sich herüber und wieder sah er sie intensiv an und begann die Haut mal langsam, mal schneller zu massieren.

Sie drehte sich ein wenig zu ihm um und sagte mit leiser Stimme: „Wir haben so einige schöne Ecken in der Stadt! Waren Sie auch im Heimatmuseum?" Er holte tief Luft durch die Nase, sah sie an, fuhr mit seiner Hand an ihrem Oberschenkel aufwärts und sagte: „Das steht morgen auf meinem Programm! Finden Sie es jetzt schön hier so mit mir zu sitzen und zu reden?" Und in dem Augenblick spürte sie, dass seine Hand ihren Slip erreicht hatte. Alles Blut in ihr schoss in ihre Schamlippen und sie merkte, wie diese anschwollen.

„Ja, ich finde es sehr lustvoll hier mit Ihnen zu reden und auch sehr angenehm!" Sie drehte sich auf ihrem Stuhl noch etwas mehr in seine Richtung, damit er leichter mit seiner Hand zwischen ihre Beine kommen konnte. Er arbeitete sich langsam aber sicher zu allen Teilen ihres intimen Bereiches vor. Er verwöhnte sie gekonnt an ihrem Kitzler, so dass sie erst wieder diese sehr gerade Haltung auf dem Stuhl einnahm und dann etwas in sich zusammensackte und ihr Becken nach vorn schob. Sie konnte kaum die Kaffeetasse vor Erregung festhalten und der Versuch einen Schluck zu trinken scheiterte kläglich. Schnell stellte sie die Tasse wieder auf ihren Platz und sagte unter leisem Stöhnen, denn er wurde in seinen Bewegungen immer heftiger. „Hier kann man sehr gemütlich Kaffee trinken und die Leute beobachten!" Er sah ihr wieder voll ins Gesicht, denn er wollte ihre Erregung in ihren Augen sehen: „Sie genießen wohl oft einen Kaffee hier?" Sie lächelte und sagte leise nach Luft schnappend: „In dieser Form heute das erste Mal." Seine Hand machte eine Pause, bevor sie zielstrebig zu ihrer Vagina herunter glitt und die Finger begannen einen Tanz auszuführen, der ihr die völlige Lust darbringen sollte. Sex im Cafe! Das hatte sie auch noch nie erlebt. Hoffentlich beobachtete sie keiner, aber sie saßen so, dass man nicht unter den Tisch schauen konnte und sie bemühten sich, beide ihre Oberkörper aufrecht zu halten und immer ein Lächeln zu zeigen. Er sagte nichts mehr, sondern begann sie zu massieren und er fing an, seinen Finger immer weiter in ihre Scheide einzuführen. Erst nur die Fingerkuppe, dann den halben Finger, dann wieder den Finger heraus und das ganze Spiel begann von Neuem. Er wurde immer schneller und sie musste ihr Taschentuch vor den Mund halten, um die Geräusche da hinein zu machen. Sie konnte einfach nicht still sein und er wurde immer heftiger und er nahm nicht nur einen Finger, sondern zwei und drei. Sie war auf dem Höhepunkt und presste ihr Taschentuch vor Mund und Nase. Wie sie es schaffte so zu tun, als ob sie sich die Nase putzte wusste sie in diesem Moment auch nicht. Der Orgasmus überraschte sie beide, denn er meinte nur: „Das Eis ist aber sehr schnell flüssig geworden." Er sprang auf und rannte förmlich in Richtung der Toilette und verschwand darin. Es dauerte auch eine geraume Zeit, bis er wieder heraus kam und er sah völlig fertig aus. Er suchte sie, aber sie war weg. Sie hatte schnell bezahlt und war gegangen. Ein Auto hupte sehr laut und sie schreckte aus ihrem Tagtraum auf, als die Kellnerin sie ansprach: „Möchten Sie noch etwas und war alles zu Ihrer Zufriedenheit?", fragte die Stimme. Sie erschrak und sagte leise: „Bitte die Rechnung!" Sie sah in die Richtung des Mannes im gelben Hemd, aber der war in seine Zeitung vertieft. Sie bezahlte und stand auf. Wieder sah sie in die Richtung des Mannes, der sie über den Zeitungsrand anlächelte. Hatte er eventuell auch geträumt?

Adam Luust

Nie wieder 579

Wenn der Verstand sagt: „Schick ihn in die Wüste!", und das Herz sagt: „Nein, gib ihm noch eine Chance!", was soll man da machen? Man steht zwischen Baum und Borke, zwischen Ebbe und Flut, zwischen Berg und Tal. Der Magen tut weh, das Herz klopft und die Augen brennen.

So erging es auch Mathilda. Was war mit ihr los? Worauf steuerte sie nur zu? Sie ließ sich in ihren großen Sessel fallen, streckte die Beine aus, schloss die Augen und ließ alles noch einmal an sich vorbei ziehen. Alles? Nein, nicht alles nur die letzten fünf Jahre. Sie hatte Frank vor fünf Jahren im Internet kennengelernt. Er war nicht sehr redegewandt, aber er war ruhig. Ganz das Gegenteil von Mathilda! Sie war immer einen Tanz auf dem Vulkan wert. Sie war bei schlechter Laune, wie eine Bombe, die darauf wartete gezündet zu werden. Wenn das geschah, dann war wirklich die Hölle los. Es tat ihr auch hinterher nicht leid, sie fühlte sich danach einfach gut. Es war raus und das erleichterte sie. So begann die Beziehung? Nein, die Romanze? Das erst recht nicht. Die Affäre? Auch nicht. So begann ein sehr schwieriges Kennenlernen, das sich über fünf Jahre hinziehen sollte. Es wurde ganz einfach ein Leidensweg! Er wollte sich schon in der ersten Woche ihres Kennenlernens mit ihr verloben, aber dann trat diese komische Situation ein, die sie immer wieder einholen sollte. Er erfand Ausreden über Ausreden und das immer kurz bevor er zu ihr kommen wollte. Sie wollte nichts mehr mit ihm zu tun haben, aber er kam immer wieder angeschissen. Er jammerte, bettelte, beschwor sie ihm zu verzeihen und Mathilda fiel jedes Mal um. Wirklich jedes Mal! Sie sah ihn nun in den darauf folgenden Jahren drei Mal! Das muss man sich auf der Zunge zergehen lassen! Wirklich nur drei Mal! Er jammerte ihr vor, dass er ein schlechtes Gewissen hätte, weil es immer nicht mit einem Besuch klappte. Sie gab ihm hunderte von Chancen. Er nutzte keine! Er belog sie, er hielt sie hin, er jammerte, dass er vor Sehnsucht nach ihr verginge und nichts, aber auch gar nichts änderte sich. Er simste sie auf dem Handy voll, dann lies er sich stunden - und tagelang nicht bei ihr blicken. Es war ein einziges seelisches Auf und Ab! Wie nennt man das? Veralbern, verarschen, verscheißern? Es war alles zusammen. Es war die Hölle! Das Schlimmste stand Mathilda aber noch bevor und das war das einzige Weihnachten und Silvester, das sie zu Hause verbringen wollte, wegen ihm! Sie war sonst immer ins Ausland geflogen und hatte noch einmal 14 Tage Sonne getankt. Er hatte ihr versprochen, dass er am ersten Weihnachtsfeiertag kommen würde. Er wollte sie abholen und dann mit ihr die Weihnachtsfeiertage und auch Silvester verbringen. Sie schwebte auf Wolke sieben. Er liebte sie doch! Sie wurde aber schnell eines Besseren belehrt. Er meldete sich nicht. Er meldete sich über die ganzen Weihnachtsfeiertage nicht! Mathilda saß weinend alleine zu Hause. Ihr war schlecht, sie war krank. Sie weinte die ganzen Feiertage vor sich hin und beschloss, dass nun endgültig Schluss sei. Und wieder knickte sie ein. Wieder ging der ganze Tanz von vorn los! „Samstag komme ich!", schrieb er ihr. „Ich habe frei!" Der Samstagmorgen kam. Mathilda lag noch im Bett und hörte im Unterbewusstsein, dass das Handy brummte. Sie las, dass wovor sie eigentlich Angst hatte. „Ich kann nicht kommen. Ich muss Bereitschaft machen!" Die Ausrede kannte sie. Die wurde von ihm schon des Öfteren benutzt. Er kam wieder nicht. Fast fünf Jahre hatte sie gekämpft, gehofft, gebettelt. Jetzt war endgültig Schluss. Sie konnte seine seelischen Grausamkeiten nicht mehr ertragen. Bis zum heutigen Tag versteht sie ihn nicht. Hatte er das bewusst gemacht, sie so seelisch grausam zu behandeln? Und sie denkt auch heute noch, dass das so ist. Vielleicht kann er nicht mit einer gebildeten Frau umgehen? Mathilda wusste es nicht und sie wollte es auch nicht mehr wissen! Sie musste sich von diesem Mann befreien. So konnte sie nicht weiter leben. Er musste auch aus ihrem Kopf heraus und auch das würde sie schaffen!

Sie blockte ihn auf dem Telefon! Sie blockte ihn auf dem Handy und das ohne: „Auf Wiedersehen!", zu sagen! Sie würde weiter leben und sie würde darüber auch hinweg kommen.

Auf in ein neues und gutes Leben!

Adam Luust

Eifersucht

Ihr war heute den ganzen Tag nicht so richtig gut. Sie schleppte sich
streckenweise regelrecht durch den Tag und hatte immer nur den einen
Gedanken im Kopf: „Was wird er wohl machen?" Sie litt sehr darunter,
dass er sich nicht mehr bei ihr meldete, denn sie konnte das einfach nicht
verstehen, dass er sie fallen ließ, wie eine heiße Kartoffel. Manchmal redete sie es sich auch schön, dass er keine Zeit hätte, dass er wirklich stark
beschäftigt wäre und viel unterwegs. Viel unterwegs? „Spinnst du?", sagte
sie zu sich selbst, „wenn er wieder unterwegs ist in einem neuen Gebiet,
dann wird er eine Andere regelmäßig besuchen und sie auch bumsen. Er
wird nicht ohne eine Frau an irgendeinem Ort leben können, die er regelmäßig besuchen und beglücken wird. Bei der er sich mindestens fünf
Tassen Kaffee einverleibt und dann einen Sex hinlegt, der vom Feinsten
ist. Er wird auch da ohne Geschenke kommen und alles als selbstverständlich ansehen, was da auf dem Tisch steht, Wasser, Kaffee, Kuchen,
ebenso das ausgiebige Duschen nach dem Sex. Es kostet alles Geld! Er
wird einer Anderen mit seinen Händen vom Rücken aus an die Brust fassen und mit dem Mund ihren Nacken verwöhnen. Dann wird er runter
zum Bauch gehen und anfangen diesen zu massieren. Oh das tut so gut!
Sie wird sich an ihn anlehnen und seinen warmen Atem genießen und
dann steigt die Erwartung in ihr hoch, dass er sie nun endlich ausziehen
möge und als ob er Gedanken lesen könnte, macht er das auch. Sie wird
zur Salzsäule erstarren, wenn er dann langsam ihr Shirt über ihren Kopf
zieht und den Ansatz ihrer Brust küsst. Das tut ihr bestimmt genauso
gut, wie mir." Herrje, was waren das für Gedanken. Sie hatte befürchtet,
dass sie doch ab und zu so ein ER - Gedenktag einholen würde und
heute war es wieder einmal so weit. Sie stellte leise Musik an, legte die
Servietten auf den Tisch, zündete auch noch die Kerze an und begann
sich langsam auszuziehen. Sie versuchte alles so in der Reihenfolge zu
machen, wie es war, als er noch zu ihr kam. Sie kochte Kaffee und stellte
zwei Tassen auf den Tisch und goss auch Kaffee ein, etwas Kuchen
dazu und sie begann langsam zu essen und den Kaffee zu trinken. Als sie
fertig war tupfte sie sich den Mund mit der Serviette ab und schob den
Teller in die Mitte des Tisches.

Sie stand auf und zog langsam das Shirt aus. Dabei sah sie stets auf den Platz, auf dem er immer gesessen hatte. Nach dem Shirt kam der BH an die Reihe. Sie öffnete den Verschluss und ließ den BH fallen. Nun begann sie mit zarten Bewegungen ihre Brüste zu massieren. Seine Finger waren immer von außen nach innen bis hin zu den Brustwarzen geglitten und hatten zum Schluss mit den Brustwarzen gespielt. Das war ihr schon durch und durch gegangen und der Gedanke, dass er das auch mit einer anderen Frau machen könnte, brachte sie innerlich zur Weißglut, aber sie gab sich Mühe sich zu beherrschen. Sie glitt mit ihren Händen ganz entspannt zu ihrem Bauch und begannen diesen zu massieren. Das war ein Gefühl, das ging durch ihren Körper, wie ein warmer elektrischer Strom. Warmer elektrischer Strom? Sie musste lachen, denn das ging ja vom physikalischen her gar nicht, aber ihr gefiel der Gedanke. Ihr gefiel der Gedanke so sehr, dass ihre Hände zum Slip wanderten und diesen auch auszogen. Weg damit! Ach, es war so schön gewesen so nackt vor ihm zu stehen und von ihm betrachtet zu werden. Er liebkoste sie schon mit den Blicken und zog sie schnell ins Schlafzimmer, schmiss die Bettdecke auf das zweite Bett und legte sich auf den Rücken. Er sah zu, wie sie langsam auf allen vieren auf ihn zu kam. Er sah, wie ihre schönen Brüste nach unten hingen und bei jeder Bewegung hin und her schaukelten. Sie legte sich neben ihn und sie küssten sich sehr intensiv. Ach, wie schmolz sie dahin, wenn er sie in den Arm nahm und küsste. Er drückte sie auf den Rücken, zog sich ein Kondom über und kniete vor ihr. Sie spreizte schon bei seinem Blick von alleine ihre Beine. Sie winkelte sie an und er begann sich selbst mit der Hand zu stimulieren. Er kam noch näher. Das war der erste Augenblick, in dem sie fast die Besinnung vor Freude verlor. Er war nur für sie da! Er hatte nur Augen für sie und das genoss sie in vollen Zügen. Wenn sie daran dachte, dass er vielleicht einer anderen alle diese positiven Schwingungen zukommen ließ, dann kniff sie den Mund zusammen und ebenso ihre Augen. Sie hatte einen Kloß im Hals und vom Magen her stieg so ein böses Gefühl auf. War das Eifersucht? Ja, es war Eifersucht und die war vom Feinsten. Am liebsten würde sie in diesen Momenten irgendetwas zerschlagen. Ihre Schädeldecke war kurz vor dem Abheben, aber sie fing an sich selber zu beruhigen und sagte zu sich: „Er wird seine Strafe im Leben noch bekommen! So einfach verlässt man mich nicht und so einfach werde ich mich auch nicht mit der Situation abfinden!"

Man trifft sich im Leben immer zwei Mal!

Adam Luust

Langeweile

Es ist nach den neuesten pädagogischen Forschungen auch gar nicht einmal so schlecht, wenn Kinder lange Weile haben. Das regt die Fantasie an, sich selber etwas einfallen zu lassen, um eben diese Langeweile zu bekämpfen und genauso erging es am heutigen Tag auch unserer lieben, netten Sarah. Das Haus war fertig, die Wäsche auf der Leine, also es gab nichts, was sie noch dringend machen musste. Ihr Mann war noch bis zum Abend unterwegs und sie hatte den ganzen Nachmittag frei.

Was mache ich nur? Fernsehen? Nein! PC? Nein? Telefon? Nein! Und sie beschloss in die Sauna zu gehen.

Die Tasche war schnell gepackt, sie setzte sich ins Auto und fuhr in einen bekannten Saunaclub. Heute war gemischte Sauna.

Sarah hatte eine Jahreskarte und kannte die Mitarbeiter dort. Sie grüßte freundlich und ging schnurstracks in die Umkleidekabine.

Es war sehr ruhig und sie ließ sich auch Zeit. Den Spind schloss sie ab und streifte den Gummiring mit dem Schlüssel über das linke Handgelenk. Das Badetuch knotete sie an der Seite zusammen und lief den kleinen Flur entlang zum Saunaraum. Sie war alleine! Das kam auch sehr selten vor, aber sie hatte den ganzen Raum für sich. Das Badehandtuch legte sie auf die Bank und sich darauf. Es war so warm und gemütlich, dass sie langsam ihre Augen schloss und einschlief. So musste sie schon eine Weile geschlafen haben, denn auf einmal hörte sie ein kleines Geräusch. Es war das Räuspern eines netten, kleinen, grauhaarigen Herrn, der ihr gegenüber saß.

„Entschuldigen Sie, dass ich Sie wecke, aber Sie sollten in der Sauna nicht einschlafen. Nicht, dass ich ihren wunderschönen Körper nicht gern in Ruhe weiter betrachten würde, aber wenn doch jemand herein käme, dann dächte dieser ja sonst etwas und das möchte ich nicht. Aber Ihr Körper ist echt eine Augenweide. Sie haben so wohlgeformte Beine, die von unten her nicht so sehr schlank sind und in herrlich kräftigen Oberschenkeln enden. Die Haut macht einen gepflegten Eindruck und könnte einen Mann dazu verführen, sie einmal sehr kräftig mit einer wunderschönen Olivencreme zu massieren und zu verwöhnen. Ich würde langsam mit den Daumen beginnen, dann immer mehr Finger einsetzen, bis ich an den Oberschenkeln wäre und da mit der ganzen Hand massieren kann. Sie würden sich dann mit Ihrem wunderbaren Po zu mir drehen und ich würde diesen ebenfalls so massieren, dass Sie merken, wie er durchblutet wird. Bitte verzeihen Sie, wenn ich Ihrer Pofalte zu nahe komme, aber das bleibt nicht aus bei solchen Massagen. Auch da tut es gut, langsam und kräftig zu massieren. Anschließend könnte ich mit allen zehn Fingerspitzen Ihren Rücken hoch und runter fahren und merke dabei, wie Sie sich entspannen, wie Sie sich einfach fallen lassen und sich meinen Bewegungen ganz hingeben, denn eine Massage sollte wie ein Gespräch ohne Worte sein. Ich arbeite mich dann langsam hoch bis zu Ihrem Nacken und massiere auch die Schulterpartien. Höre ich dann ein leises Stöhnen von Ihnen, so sagt mir das, dass Sie die warme Wollust, die diese Art der Massage absolut verursacht, auch gut verspüren und genießen. Sie sind dann in der Lage jeden Finger meiner Hände zu bemerken und sagen sich einfach in Gedanken: „Hoffentlich macht er das noch eine Weile!" Ja ich werde das noch eine Weile machen. Ich fahre mit den Händen an den Seiten des Rückens entlang, so dass ich in die Nähe Ihres Busens komme und sich das Kribbeln in Ihrem Körper weiter verstärkt. Sie beben so heftig, dass Sie mir signalisieren, dass Sie voller Verlangen nach einem Mehr an Berührung sind und in diesem Stadium drehe ich Sie auf den Rücken. Sie liegen vor mir ohne eine Regung. Sie sehen mich an und Ihr Blick verrät mir, dass Sie von mir erwarten, dass ich sofort mit der Massage weitermache. Ich stelle mich hinter Ihren Kopf und bedecke Ihr Gesicht mit warmen Tüchern, um die Poren Ihrer Haut zu öffnen. Sie schließen die Augen und genießen wiederum nur meine Hände. Meine Hände massieren Ihren Hals und den vorderen Teil der Schultern. Ihre Haut ist noch leicht gebräunt vom letzten Urlaub und unter meinen Händen entspannen Sie sich tiefer und tiefer und beben leicht, in der Hoffnung, dass ich nun bald Ihre Brust berühren werde. Aber zuerst massiere ich Ihr Gesicht. Das warme Tuch hat gute Arbeit geleistet und ich kann mit wunderbaren kleinen, kreisenden Bewegungen Ihr Gesicht in Augenschein nehmen. Es ist gut geformt. Sie haben kleine, aber strahlende Augen, die Sie bei meinen Bewegungen schließen und Ihrem Mund entrinnt ein Seufzer sichtlichen Vergnügens. Welche Wohltat muss das für Sie sein! Diese hatten Sie schon sehr lange nicht mehr. Ich verwende ein leicht duftendes Öl und dieses beruhigt Sie, aber auch nur so weit, dass Sie immer noch in Erwartung sind, dass meine Hände nun endlich den Weg zu Ihrer Brust finden werden. Ich taste mich langsam am Hals vorbei auf Ihre Brust zu. Sie sind sehr angespannt und Ihre Brustwarzen beginnen sich schon in der Phase der Vorfreude aufzurichten. Ich frage Sie, ob ich auch Ihre Brust berühren darf, um sie zu massieren und Sie geben mir mit einem kleinen Kopfnicken Ihr Einverständnis. Ich fahre erst am äußeren Rand der Brust entlang, um dann immer kleinere Kreise zu zeichnen bis ich an die Brustwarzen komme. Ihre sind dunkel und groß. Sie erzittern unter meinen Berührungen und ich merke, wie sich ihr Körper mir mehr und mehr entgegenstreckt. Diese Brustmassage wiederhole ich noch drei Mal und Sie beginnen leicht zu zittern. Es hat den Anschein, dass Sie etwas sagen wollen, aber Sie getrauen es sich nicht. Das würde den Zauber dieser Minuten zerstören.

Meine Hände gleiten auf Ihren Bauch und streichen um den Bauchnabel herum und ich knete diesen kräftig durch. Ich komme auch ab und zu an Ihrem Hügel vorbei und stoße auch an diesem an. Instinktiv öffnen Sie Ihre Beine und ich kann die ganze Herrlichkeit Ihrer Scham bewundern. Sie geben mir zu verstehen, dass Sie auch hier ein Streicheln Ihre Lust erfreuen würde, um diese zu vertiefen. So geben Sie sich hin ohne zu wissen, ob ich Ihnen diese Erfüllung geben werde oder nicht.

Allein der Gedanke daran lässt uns beide erzittern. Ich fahre noch einmal mit meinen Händen über Ihre Oberschenkel und bedanke mich bei Ihnen."

Sarah sah auf und bemerkte, dass sie mit gespreizten Beinen auf der Bank saß und in die Richtung des älteren Herrn sah. Dieser war gerade dabei sein Handtuch zusammen zu falten um zu gehen.

„Wer sind sie?", fragte Sarah. „Ich? Ich bin nur ein einsamer, alter Mann, der auch einmal seine Fantasien ausleben möchte, auch wenn es nur noch mit Worten ist. Ich bin ein Mann, der vergessen hat zu leben und der es aus Angst nicht geschafft hat, vom Zug einer schlechten Ehe abzuspringen, als noch Zeit dazu war. Jetzt muss ich bis zu meinem Tod auf diesem Zug fahren, aber ich bin selber schuld. Guten Abend!"

Adam Luust

Sex

Mister Joy ging an diesem Tag etwas lustlos seiner Arbeit nach. Er war einer der ältesten Mitarbeiter im Hotel und seinem Seniorchef treu ergeben. Er konnte kommen und gehen, wann er wollte, aber er war meistens da und überwachte den Hotelbetrieb in der großen Halle. Das war ein Kommen und Gehen. Das würde er vermissen, wenn er aufs Altenteil musste und irgendwann würde es so weit sein. Miss New von der Anmeldung musste heute besonders fleißig sein, denn es kamen immer mehr Gäste und das Hotel war fast ausgebucht. So sollte es auch sein! Mister Joy setzte sich auf seinen weichen Beobachtungsstuhl und sah sich die Leute an. Die Blonde aus der 405 war eine dumme Pute. Sie dachte es merkte keiner, dass sie hier mit ihrem Chef die Nächte verbrachte. Da hatte sie sich aber schwer geirrt. Aber für ein ordentliches Trinkgeld hielt hier im Hotel jeder den Mund und lächelte sich eins. Einer war heute noch angekündigt und das war ein etwas komisch aussehender junger Mann. Er hieß Mister Clean, aber hier nannte ihn jeder nur Mister Sun und den Namen sollte er auch behalten.

Und da war er auch schon. Er betrat die Halle in seinem zu großen, schwarzen Mantel. Dieser schwenkte hin und her und er gab ihm etwas Kriminalistisches. Mister Joy grüßte ihn und Mister Clean grüßte artig zurück. Er wohnte immer in Zimmer 606 und so auch an diesem Tag. Mister Joy ging langsam in die Küche, um den Jungs dort mitzuteilen, dass Mister Clean mal wieder das Hotel beehrte. Die Jungs fingen an ihre Witzchen zu machen, aber Mister Joy verbot ihnen das und ging wieder auf seinen Beobachtungsposten. Er war eigentlich kurz davor sein Mittagessen einzunehmen, um sich dann eine Mütze Schlaf zu gönnen, aber da erweckte etwas seine absolute Aufmerksamkeit. In der Eingangstür stand eine ihm unbekannte Frau, die noch nie im Hotel gewesen war. Er betrachtete sie und kam zu folgender Einschätzung: ca. 35 Jahre alt, dunkelhäutig, kurze, krause Haare, sehr schlank und einen großen Mund. „Sie hat relativ wenig Makeup drauf!", stellte er fest. Die neue Besucherin des Hotels ging an die Rezeption und fragte nach Mister Clean, denn sie sei mit ihm verabredet. Man rief im Zimmer von Mister Clean an und sie wurde zu ihm hinaufgebracht. Sie hatte nur einen sehr kleinen Koffer, so dass der Boy wenig Arbeit hatte.

Mister Joy hatte so ein komischen Bauchgefühl und das sagte ihm, dass es heute ein ganz besonderer Tag werden würde!

Die Gäste hatten sich alle zum Abendessen umgezogen und betraten den Speisesaal, so auch Mister Clean und die junge Dame. Sie war gut gekleidet, dunkel, was unbedingt dem Hotellogo entsprach. Sie bestellten sich das Essen und redeten immer wieder aufeinander ein. Das Gespräch schien Mister Joy nicht sehr anregend zu sein. Er bezog seinen Beobachtungsposten auf der Galerie und hatte die beiden voll im Blick. Er sah, wie Mister Clean unter dem Tisch an der jungen Dame herumfummelte und sie ihm bereitwillig ihre Oberschenkel öffnete. Sie rutschte etwas nach vorn, so dass er noch besser und weiter zwischen ihre Beine greifen konnte. Ihr Blick wurde so langsam etwas starr, aber Mister Joy hatte immer noch das Gefühl, dass heute noch etwas passieren musste. „Sie spielt ihm den Orgasmus nur vor!", stellte er leise fest. Mister Clean und die Frau standen plötzlich auf und gingen in Richtung der Ausgangstür. Der Kellner rannte ihnen noch schnell mit dem Beleg für die Rechnung hinterher, den Mister Clean im Gehen unterschrieb. Mister Joy ging, so schnell ihn seine alten Beine tragen konnten, hinter ihnen her und er kam langsam außer Puste. Wo wollten die nur hin? Die beiden bogen ab und gingen auf die Tür eines kleinen, nicht genutzten Raumes zu. „Dahin wollten sie? Die wollen ficken!", dachte er auf einmal und jetzt wurde sein Schritt auch immer schneller. Mister Clean und die junge Frau verschwanden nun endgültig in der Besenkammer, zogen die Tür hinter sich zu und da war auch Mister Joy schon an der Tür angelangt. Keuchend kniete er sich nieder und presste sein Auge an das Schlüsselloch. Himmel gütiger, was er da zu sehen bekam war für ihn einfach göttlich. Die Frau war gerade dabei sich vor Mister Clean auszuziehen und dieser stand da, wie vom Donner gerührt. Er hatte seinen Mantel ins Regal geworfen, seine Hose hatte so eine Beule, dass es aussah, als ob jeder Hosenknopf sofort ins Weltall abheben würde. So schnell konnte er gar nicht die Hose öffnen und Mister Joy sah, dass zwei Hosenknöpfe wegflogen. Er selber merkte, dass auch seine Hose auf einmal gut gefüllt war und dass sein Hände das absolute Bedürfnis hatten auch den Hosenstall zu öffnen und seinen alten Freund herauszuholen. Das konnte doch nicht sein. Das hatte schon Jahre lang nicht mehr geklappt, aber nun stand er. Er stand wie eine eins. Mister Joy sah sich selber sehr ungläubig an, aber es war so! Er stand! Er sah in Richtung Himmel und sagte leise zu sich selbst: „Wenn du schon mal angefangen hast Herr, es mich noch einmal erleben zu lassen, dann mach es auch fertig!" Und wieder presste er sein Auge an das Schlüsselloch, um ja nichts zu verpassen. Da drinnen ging die Post ab. Beide standen sich nackt gegenüber und berührten sich, um sich zu erregen. Das ging verhältnismäßig schnell, fand auch Mister Joy vor der Tür. Die junge Frau bearbeitete den Freund von Mister Clean mit aller Macht, mit dem Mund und mit den Händen. Als sie ihn im Mund hatte sagte Mister Joy vor der Tür zu sich selbst: „Back to the futere! Back to the future!" Er rieb den seinigen in so einem Tempo, dass ihm heiß und kalt wurde. „Du weißt, dass es keinen Verkehr gibt", sagte Mister Clean zu dem jungen Ding. „Ja, ja schon gut. Ich weiß das!" Mister Clean lehnte sich an das Regal und fing an dieses Saugen und dieses gute Massieren zu genießen. Er stöhnte und er rief fast laut: „Ja Baby, gibs mir. Mach mich fertig!" In diesem Moment kam Mister Clean und er kam so, dass er nicht einmal merkte, dass das junge Ding eine kleine Plastikflasche aus der Jackentasche gezogen hatte und den Samen auffing. Mister Joy vor der Tür kam es ebenfalls, aber er wusste nicht wohin damit. Der Samen lief ihm die Hose herunter, aber das merkte er nicht. Seine Sinne und sein ganzes Inneres waren so aufgewühlt, dass er sich, wie 18 fühlte. Er kniete immer noch auf dem Fußboden und was er jetzt sah verschlug ihm die Sprache. Dieses miese, durchtriebene Biest hatte ein kleines Ding in der Hand, das wie eine Tortenspritze aussah. Sie füllte damit den aufgefangenen Samen ein und steckte es sich in ihre Vagina und spritzte es sich ein. Das ging alles so schnell, dass Mister Joy gar nicht richtig zur Besinnung kam. Das war einfach zu viel für ihn. Er fiel um und lag mit offener Hose auf dem Fußboden vor der Tür. Mister Clean und die Frau, die sich wieder angezogen hatten und aufs Zimmer wollten, kamen nur schwer aus dem Raum heraus, da Mister Joy davor lag. Mister Joy kam langsam wieder zur Besinnung und bemühte sich aufzustehen und seine Sachen zu ordnen. Das gelang ihm gerade so. Mister Clean sah ihn an und sagte: „Na, alter Freund. Sie sollten mit ihrer Inkontinenz einmal einen guten Arzt aufsuchen und sich jetzt schnell umziehen. Das wirft sonst kein gutes Licht auf das Hotel. Guten Abend!" Mister Joy seufzte laut und fiel noch einmal in Ohnmacht!

Adam Luust

Eine Betrachtung zum Thema „Sex"

Über das Thema Sex wurde schon so viel geschrieben, dass es eigentlich schier unmöglich erscheint, diesem Thema noch etwas hinzuzufügen, aber jeder von uns hat seine eigene Art sich seine Gedanken über ein Thema zu machen und so auch über das Thema SEX. Sex gab es zu jeder Zeit, in der der Homo sapiens lernte aufrecht zu gehen.

Es ist also kein Thema, welches im Alltag ausgespart werden sollte. Wir leben damit, wir reden darüber, wir wundern uns, wenn junge Leute meinen, das Sex im Alter keine Rolle mehr spielt, wir tun so, als ob wir noch nie etwas von Pornografie gehört haben und wir tun so, als ob alle nur den sogenannten Blümchensex praktizieren. Also frage ich mich, woher die Kinder kommen? Blütenstaub aus dem All? Ist es für manche die erotische Bettkannte? Denn viele behaupten ja immer noch, dass sie sich nur auf die Bettkante setzen müssen und schon sind sie schwanger. Also gehen wir doch mal ganz offen und ehrlich damit um. Sex sollte das sein, was eine Ehe aufrecht erhält, ganz egal wie alt man ist. Wenn das nicht stimmt und lange funktioniert, dann sollten sie sich schleunigst scheiden lassen und sich einen neuen Partner suchen. Warum geht der Mann fremd? Warum geht die Frau fremd? Es stimmt ganz einfach nicht mehr im erotischen Bereich. Manche Frauen merken es und tolerieren das Fremdgehen, aber ist das ein Leben? Sie sitzt zu Hause und wartet und er vergnügt sich mit einer anderen Frau. Alles da gewesen! Das habe ich nicht erfunden! Also das ist die schlimme Seite des Sex, der Erotik, des Suchens nach Befriedigung und Erfüllung und hier sind sich Mann und Frau so was von gleich, gleicher geht's nicht.

Man muss sich einmal vorstellen, dass in der Zeit des Internettes verheiratete Männer Inserate aufgeben, die einen vom Hocker hauen. Ich habe immer fleißig gesucht und auch die entsprechenden Beweise gefunden.

Dieser Mann setzt zum Beispiel voraus, dass die Frau auch fremd geht, er also keinerlei Verpflichtungen eingehen muss.

„Träume nicht dein Leben ... Lebe deinen Traum"

Ein Inserat!

„Ich suche die emotionale und geistige Nähe zu einer verheirateten Frau. Sie sollte über das entsprechende Niveau in Auftreten und Bildung verfügen. Geduldiges, interessiertes Zuhören und offenes Reden sind ihre Stärken. Humor setze ich voraus. Erotik und Fantasie gehören unabdingbar zusammen.

Ich suche Verständnis, Gedankenaustausch und die Gelegenheiten, gemeinsame Sehnsüchte und Träume zu teilen. Ich bin für sehr vieles offen, jedoch würde ich mich als fantasievoll und zugleich konservativ bezeichnen.

Ich bin sportlich, unternehmungslustig, spontan und lache am liebsten über mich selbst.

Gerne würde ich dich im Chat näher kennenlernen. Ich freue mich auf diese Gelegenheit.

Falls es Dir genauso geht und Du feste Bahnen nicht verlassen kannst, so melde Dich."

Ist das nicht eine Schande so etwas aufzugeben?

Antwort:

„Hallo, liest sich super gut dein Profil, aber ich bin nicht an feste Bahnen gebunden.

LG

Antwort:

„Ich habe damit kein Problem, wenn du mich mit meinen Lebensumständen so akzeptieren kannst, wie sie eben sind. Dann können wir uns gerne austauschen und es gibt vielleicht ein mehr."

Antwort:

„Also deine Lebensumstände sind:

A) Du willst, dass deine Frau weiter für dich die Wäsche macht!

B) Der Sex findet nur bei mir statt!

C) Was jeder weiter in seiner Freizeit macht, geht den anderen nichts an!

D) Urlaub und gemeinsame Wochenenden gibt es nicht!

Liege ich da richtig?

Antwort:

„Genauso ist das."

Antwort:

„Ja, ich dachte du bist etwas entgegenkommender, aber unter diesen Umständen geht das gar nicht. Kommen, schnell mal piepmatzen und wieder verschwinden, das ist sehr unanständig, auch in der heutigen Zeit."

Ende des Maildialoges!

Kann man sich auf so etwas einlassen? Nein, davon sollte man schnellstens die Finger lassen. Das bringt überhaupt nichts.

Aber manche Männer denken, dass der Markt im Internet nur so mit sexwütigen Frauen gefüllt ist und man mit der Angel entlang geht, um sich eine an Land zu ziehen, die dem vorgestellten Ideal auch entspricht.

Zweites Beispiel:

„Wünscht oder lebt Man(n) und Frau ein tugendhaftes Leben, stellt man eines Tages fest, dass die wirklich glücklichen Augenblicke jene sind, die man der „Sünde" gewidmet hat.

Deshalb sollten wir manchmal einfach das tun, was uns glücklich macht und nicht das, was am besten ist. Vielleicht sollten wir manchmal einfach das tun, wonach uns ist und nicht das, was andere von uns erwarten.

Vielleicht sollten wir manchmal einfach das tun, was unser Herz uns sagt und nicht das, was unser Verstand uns rät. Deswegen eine Mailfreundschaft mit Interesse an etwas mehr im gegenseitigen Einvernehmen. Ab und an dem Alltag entfliehen-auf das nächste Mal sich freuen."

Was sagt uns dieses Profil? Ich würde es so interpretieren: Wenn der Mann will, dann hat die Frau zu wollen. Es ist nichts für die Ewigkeit und deshalb verlange nicht von diesem Mann, dass er sich auch nur halbwegs bindet. Wer schon nur eine Mailfreundschaft verlangt, der will absolut frei und unabhängig sein. Der *will* auch nur, wenn es ihm passt und dann wieder in Ruhe gelassen werden und unterstehe dich ja nicht danach zu fragen, wie es weiter geht! Das wäre das Ende der Beziehung! Beziehung? Nein, das ist keine Beziehung. Das wäre jedes Mal nur eine Affäre! Mehr aber auch nicht.

Viele denken ja, sie stammen in direkter Linie von Amor ab. Sie sind die Unwiderstehlichkeit in Persona! Schaut man dann einmal genauer hin, dann kommen einem vor Lachen die Tränen aus den Augen. Sei es in der Rechtschreibung, sei es der Ausdruck oder auch der Stil und Ton der Schreibweise.

Viele Männer haben absolut keine Fantasie und können sich auch nicht annähernd gekonnt ausdrücken, was sie eigentlich wollen. Da werden von irgendwoher Sätze herauskopiert und neu zusammengefügt, die keinen Sinn ergeben, die auch nichts über die Person aussagen. Es ist einfach nur schlimm und sehr traurig, wie mit den Gefühlen von Frauen umgegangen wird.

Da freue ich mich immer mit den Leuten, die sich auch wirklich im Internet kennen und lieben gelernt haben. Das könnte mir auch mal passieren!

Glückwunsch an alle hier im Land!

Adam Luust

Der Versuch einer Diät

Vielleicht sollte man doch einmal versuchen sich auf eine Diät einzulassen. Es kann ja nicht sein, dass man im Alter rund und etwas pummelig wird, aber meine Mutter sagte immer in sehr strengem Ton zu mir: „Kind, es hat noch keiner gesagt: Da kommt eine schöne Dürre, sondern immer: Da kommt eine schöne Dicke!" Sie war selbst eine gut gebaute Frau, aber nicht fett, und das habe ich von ihr in vollem Umfang geerbt.

In den verschiedensten Zeitungen ist sehr anschaulich nachzulesen, wie man das Gewicht reduzieren kann. Es liest sich prima, liest sich sogar so schön, dass man denkt, man nimmt schon beim Lesen drei Kilo ab, aber dem ist leider nicht so. Hungern ist ein sehr schlechter Ratgeber. Das geht gar nicht. Das habe ich ausprobiert. Ich habe erst das Mittagessen weggelassen, dann später gegessen, dann das Abendbrot reduziert.

Also habe ich beschlossen mehr Obst zu essen, Sport zu machen und an diesen leckeren Geleebananen vorbeizugehen. Ich kenne diese verfluchten, leckeren, abscheulichen, begehrenswerten, halb gebogenen Geleebananen aus einem kleinen thüringischen Betrieb, in dem meine Mutter auch 28 Jahre gearbeitet hat, nicht mehr. Ach, mir läuft schon bei den Gedanken daran das Wasser im Mund zusammen und das Wort Diät bekommt so einen sauren Beigeschmack. Also Diät wurde von mir schnell gestrichen und ich sage jetzt das Wort Reduktionskost. Was soll ich eigentlich reduzieren? In der Gaststätte nur die Hälfte verlangen? Einfach lächerlich! Wie soll man nur die Hälfte auf dem Teller verlangen, wenn man die Beine unter den Tisch stecken kann und sich bedienen lässt? Wenn die Kellnerin mit dem Teller schon von weitem zu sehen ist und man merkt, dass sie einen ansteuert und der Magen sich wohlwollend öffnet und zur Aufnahme des köstlichen Mahles bereit ist. Dann soll man in der Halbzeit aufhören? Auch das geht gar nicht. Also heißt es auch hier ... Ade Reduktionskost!

Ja, aber wie sollte man denn nun abnehmen?

Jetzt fällt es mir ein! Ich könnte mir auch so ein Video kaufen, das sie immer im Fernsehen anbieten! Dann sehe ich hinterher sexy. com aus, kaufe mir SX Größen und mich erkennt keine Sau mehr! Nein, auch das hilft nicht schlanker zu werden. Aber was hilft nun wirklich?

Es fehlen in meinem Versuch noch diese Mittel aus der Apotheke. Einen Drink anrühren und als Ersatz trinken. Man spart bei diesen Mitteln sogar Messer und Gabel und der Geschirrspüler wird nur einmal in der Woche angeschmissen. Aber ich denke man ist auch einsam, wenn man solches Zeug trinkt. Ich stelle mir vor, vor diesem Glas zu sitzen, kein schöner Teller, nichts buntes darauf, das verführerisch duftet! Nichts was einen anregt mit der Zunge über die Lippen zu fahren und was die Fantasie anregt. Nur Flüssigkeit! Leckere Möhren, kleine, grüne Erbsen, leckere grüne Bohnen und Blumenkohl ... welch herrliche Gedanken.

Und auf das alles soll ich verzichten? Nein, das kommt überhaupt nicht in Frage!

Eine Bekannte machte im Fitneßcenter eine Sportdiät mit Hungerkur oder so was mit. Sie sah recht krank und angegriffen aus, als ich sie nach einigen Tagen sah. Ich habe mir natürlich jede Meinung verkniffen, denn man kann ja keinem sagen, dass er scheiße aussieht, wenn er gerade dabei ist sich ein neues Körpergefühl aufzubauen. Eines das ihm sagt: „Deine Hose sitzt jetzt besser, aber wenn du ans Essen denkst, dann fällt sie vor Schreck runter!" Nein, auch das kommt für mich nicht in Frage, denn ich müsste ja noch Geld ausgeben, um die Pfündchen wieder loszuwerden. Das wäre ja dann das Gleiche, als wenn man gekaufte Sachen, und das Essen habe ich ja irgendwann einmal gekauft, zu Hause wieder aus dem Fenster wirft.

Also komme ich hiermit zu der Erkenntnis: „Ich bleibe, wie ich bin!"

Ein Thema haben wir noch nicht gestreift: *„Sex macht schlank!"*

Welch wunderbarer Gedanke auf diese Art und Weise abzunehmen!

Da müssen auch schon einige Bedingungen erfüllt werden: Ich stelle mir mal die Frage: Will ich selbst noch Sex? Will mein Partner noch Sex? Männer sind im fortgeschrittenen Alter oft bereit, aber allein die Bereitschaft reicht nicht mehr. Der kleine Freund hat auch an Kraft eingebüßt und ist froh, wenn er ruhig in der Hose hängen darf und nicht beansprucht wird.

Dürfen es die Anderen wissen, dass man im Alter zu Hause noch Sex hat? Redet man darüber mit Freunden und Bekannten? Das sicherlich nicht! Ich kenne eine Reihe von Leuten bei denen es mehr Schein, als Sein ist. Es gibt nur wenige Partnerschaften, in denen die Frau dem Mann klar zu verstehen gibt, wann Schluss mit dem „Gefummel" ist. Und schon sind wir wieder beim Internet! Hier kann der Mann sich hervortun. Hier kann der Mann sich so anpreisen, wie er gerne wäre! Hier schaut ihm keiner auf die Hose, ob das alles stimmt, was er so von sich gibt. Hier kann er getrost den starken Max spielen. Gönnen wir denen, die es brauchen, die Freude und glauben Sie mir eines. Es gibt hier Frauen, die solche Männer sehr gut und gekonnt veralbern können.

Adam Luust

Na und? Mit 80 ist man auch noch geil!

Sie war alt. Sie war 80, aber sie war noch so was von geil, dass sie es sich auch anmerken ließ. Sie schminkte alle Falten und Fältchen weg, zog die Lippen zu dunkel nach und tat bei ihrem Auftreten, als ob ihr das Alter absolut nichts ausmachte. Ihre Kleidung hinkte der derzeitigen Mode etwas hinterher. Sie versuchte einige Stücke zu kombinieren, was ihr aber nicht wirklich gelang. Sie ging sehr aufrecht, da sie ihren Kopf nicht mehr gut bewegen konnte und wenn sie zur Seite sehen wollte, dann musste sie das mit dem vollen Einsatz des Oberkörpers machen. Auch ihr Gang war nicht mehr der Sicherste. Sie hatte schon lange vor sich eines ihrer Knie reparieren zu lassen, aber sie schob die Operation immer und immer wieder vor sich her. Sie wollte unbedingt noch einmal einen Mann erobern, um nicht ständig alleine zu sein. Ja, warum auch nicht? Die 80 sah man ihr nicht an. Man schätzte sie höchstens auf 78. Doch es war keiner in Aussicht, der es mit ihr noch einmal versuchen wollte. Sie ging häufig zur Akupunktur, noch häufiger zum Arzt, um hier Bekanntschaften zu knüpfen. Hier saßen aber auch nur alte und kranke Kerle.

Ihre Wohnung betrachtete sie mit einem besorgten Blick. Die Möbel waren alt und sie hatte sehr viel Dekoration aufgestellt, um von den abgestoßenen Zierkannten der Möbel abzulenken. In die Schlafstube ließ sie schon keinen Besucher mehr, denn hier schrie einfach alles nach Erneuerung. Nur lohnte sich das noch, wenn sie hier sehr viel Geld investierte? Sie sagte sich immer wieder: „Hier wird nichts mehr gemacht!" Die Gardinen an ihrem Schlafstubenfenster sahen sehr ausgedient aus, aber auch hier wollte sie nichts erneuern. Wenn sie noch einmal einen Mann erobern würde, dann käme eh nur der Aufenthalt in der Stube in Frage. An ordentlichem Sex hatte sie kein Interesse mehr. Bissel knutschen und fummeln, das würde ihr reichen. Hoffentlich genügte es auch dem Mann? Diesen Gedanken verschob sie immer und immer wieder. Sie hatte sich auch an ihr Handy gewöhnt und drangsalierte dieses auf das Grausamste. Immer und immer wieder verstellte sie irgendetwas, so dass sie schon damit einigen Leuten auf den Nerv ging.

Doch eines Tages war es so weit! Sie fuhr, aus lieber langer Weile, in die benachbarte Stadt, um ein wenig in den Läden herumzustreifen, aber das machte ihr an diesem Tag alles keine Freude und so verzog sie sich in eine Ecke eines ansässigen Straßencafes. Es war dicht besetzt und da stand er auf einmal in der Tür und sah sich nach einem Platz um. Ja, neben ihr war noch ein Platz frei und er steuerte auch wirklich auf sie zu und fragte, ob er sich zu ihr setzen könne. „Natürlich, natürlich!", flötete sie und setzte sich sehr aufrecht hin. Jetzt erst sah sie ihn genauer an. Zirka 180 groß, volles graues Haar, rundes Gesicht. Der Bauch erschien ihr etwas zu dick, aber was machte das schon! Er war ein Mann! Er war alleine und hatte keinen Ring an seinem Finger. Sie lächelte ihn an, klimperte mit den Augen, natürlich ganz unauffällig und schwebte auf Wolke sieben. Auch seine Garderobe gefiel ihr sehr. Dunkle Jeans, weißes Hemd und eine schwarze Lederweste darüber. Seine sehr tiefe volle Stimme ließ in ihr sämtliche Heerscharen von posaunenden Engeln erklingen. Ach könnte es doch mehr werden! Und so plauderten sie ohne Punkt und ohne Komma darauf los. Was war sie charmant, was war sie fröhlich und was sie nicht alles von sich verriet. Doch der Hammer kam noch! Er war absolut der Gentleman der alten Schule und bot ihr an, sie nach Hause zu fahren. Sie tat sehr überrascht und zierte sich am Anfang etwas, aber im innersten ihres Herzens saß sie doch schon drin in seinem Wagen, neben ihm und die ganze Welt sollte sehen, was sie für einen Leckerbissen abbekommen hatte.

Stolz übernahm er die Rechnung, half ihr beim Aufstehen und führte sie am Arm zum Ausgang. War das nicht ein erhebendes Gefühl mit so einem Mann gesehen zu werden?

Sie sah sich um und fragte: „Und welches ist dein Auto?" Er sah sie stolz an und sagte: „Dieses hier." Und da stand er! Ein Audi X02! Furchtbar bequem zum Einsteigen und sie fühlte sich dabei wie eine Lady. Die Fahrt verging ihr viel zu schnell, aber es folgten noch mehrere. Leider entzieht es sich meiner Kenntnis, ob sie immer noch in diesem Traumauto, mit diesem Traummann spazieren fährt.

Gönnen wir es ihr von ganzem Herzen! Vor allem ist sie jetzt beschäftigt und lässt ihre Umwelt mit aufdringlichen Fragen in Ruhe, wenn sie wieder einmal das Handy außer Gefecht gesetzt hat!

Adam Luust

Ein Liebesgespräch

Zwei sich völlig fremde Menschen gingen an einem trüben Novemberabend in Leipzig in die Oper. Sie waren beide aus den unterschiedlichsten Städten extra für die Aufführrung, „Die Entführung aus dem Serail", angereist. Sie mochten beide die Musik Mozarts und waren entspannt und zufrieden.

Wie das Schicksal nun mal spielt, saßen sie auch noch nebeneinander in einer Loge. War das ein gutes Gefühl nicht alleine diese wunderbare Oper zu genießen. Sie saß neben einem Mann, den sie schon als ihren Traummann bezeichnet hätte, wenn da nicht ein Ring an seinem Finger zu sehen gewesen wäre, aber so grüßte sie, lehnte sich zurück und wollte nur noch die Aufführung genießen.

Und so kam es auch. Sie war einfach glücklich und er machte den gleichen Eindruck. Dann geschah etwas Seltsames. In der Pause sprach er sie an und lud sie zu einem Glas Sekt ein. Sie war sehr erstaunt, aber sie ließ es geschehen und so kam man ins Gespräch, wo man herkam, was man in Leipzig machte. Es war ein sehr angenehmes Gespräch und als sie wieder nebeneinander saßen, waren sie sich nicht mehr fremd. Man sah sich einfach mit anderen Augen. Das kleine Feuer im Herzen war gezündet. Nach der Vorstellung ging alles ganz schnell. Er lud sie zum Essen ein und der Abend war wunderschön. Keiner der Beiden sprach von seiner Familie, den Kollegen oder vielleicht auch von Krankheiten. Nein, es kamen nur ganz einfach eine nette Unterhaltungen zustande. Sogar ihren eigenen Modegeschmack verrieten sie sich gegenseitig. Man verabredete sich für den kommenden Tag und beide hatten das Gefühl, dass jeder es ernst meinte.

Sie: Nun ist doch schon eine Zeit vergangen und er hat sich nur zwei Mal kurz gemeldet, aber immerhin. Ich denke mal, dass das alles im Sande verlaufen wird und wir uns nicht oder auch nicht so schnell wiedersehen werden. Ich werde auf keinen Fall nachfragen, auch wenn mir das sehr schwer fällt. Da kann man nichts machen. Ich sehe ihn noch vor mir, als er in Leipzig das Hotelzimmer verlassen hat. Ob Sex auch bei Männern eine Spur von Euphorie hinterlässt? Man sagt ja, dass guter und erfüllter Sex das Gesicht bei Frauen drei Tage strahlen lässt. Ist das auch bei einem Mann so? Ich weiß es nicht. Na wir werden mal sehen wie es sich entwickelt und ich muss schließlich auch noch mein eigenes Leben führen.

Er: Wenn ich nur dazu kommen würde, mich bei ihr zu melden, aber ich bin fast jeden Abend unterwegs. Der Sport, mein Ehrenamt und auch das Büro halten mich so auf Trab, dass ich keine Zeit habe, mich bei ihr zu melden und dann ist da ja noch meine eigene Frau, die ich manches Mal auf den Mond schießen könnte. Wo sind wir nur nach so vielen Ehejahren hingeraten, dass ich gezwungen bin fremd zu gehen, um mir mal ein paar schöne Stunden zu verschaffen und vor allem Sex zu haben? Ich brauche ihn noch. Ich kann und will nicht auf ihn verzichten. Ich habe noch jede Minute in Leipzig im Gedächtnis. Das muss ich einfach wiederholen. Wie war die Mailadresse? Ich muss wirklich mal stark nachdenken! Telefon!

Sie: Ich war mit meinem Kollegen aus. Das hatte ich gar nicht beabsichtigt, mit ihm etwas anzufangen, denn ich warte immer noch auf ihn. Ich warte auf meinen Drei-Tage-Bart! Mein Kollege ist sehr nett, sehr zuvorkommend, aber ob das reicht für eine festere Beziehung? Ich bin nun mal der Typ, der erobert werden will und nicht nach dem Motto behandelt werden möchte: „Wenn *ich* Zeit habe, dann musst du auch Zeit haben! Mach die Beine breit. Ich komme." Nein, das geht nun gar nicht. Der, mein Kollege, hat doch tatsächlich neben seinem Job in der Firma noch eine Flaschenbierhandlung und machte mich auch gleich darauf aufmerksam, dass er von Mittwoch bis Sonntag keine Zeit habe, da er den Laden dann von 18 bis 22 Uhr geöffnet hat. Ich glaube, der hat sie nicht alle beisammen. Eine Frau suchen und ein Flaschenbiergeschäft betreiben. Na, das ist nichts für mich. Wenn sich Drei-Tage-Bart bloß mal melden würde. Ich werde einfach eine Mail schreiben. Ich kann ja mal fragen! Vielleicht gehe ich ihm damit auf den Geist, aber dann weiß ich wenigstens Bescheid.

Meine Mail! „Hallo, darf ich nachfragen, wie es dir geht? Wenn ich nicht nachfragen darf, dann lösch die Mail und es ist gut! LG"

Er: Ich habe die Mailadresse gefunden und schreibe sie jetzt einfach an.

„Hallo meine Liebe, bitte entschuldige, dass ich mich so lange nicht gemeldet habe, aber es war ordentlich zu tun und der Ehrlichkeit halber habe ich mich auch nicht gleich an deine Mailadresse erinnert. Schlimm ge? Ich hoffe, dir geht es gut. Ich freue mich von dir zu hören! LG"

Oh, da hatten wir wohl beide den gleichen Gedanken. Ich habe Post von ihr. Na, das ist schon mehr Zufall. Das ist Bestimmung. Mir wird schon beim Lesen so heiß und ich würde dich jetzt sehr gern hier haben und mich von dir verwöhnen lassen. Das hast du damals sehr gut gemacht. Ich werde, so bald ich Zeit habe, antworten und dir das auch zu verstehen geben.

Sie: Er hat geschrieben und das gleich. Die beiden Mails müssen sich gekreuzt haben. Gevatter Zufall ist doch manches Mal aktiv. Oh, wie gern würde ich ihn berühren und ihn überall küssen. Ich möchte seine Hand in meinem Nacken spüren und wir werden alles wiederholen, nein wir machen es noch besser, noch intensiver, wie in Leipzig.

Er: Ich komme einfach nicht von dem Gedanken los, dass ich etwas verpasse, wenn ich diese Frau, diese warme und weiche Haut, nicht bald mit meinen Händen spüre. Es ist so schon leer mein Liebesleben und ich bin zu viel allein im Bett. Man kann auch zu zweit allein im Bett sein und das macht mich manche Nacht fix und fertig. Ich liege neben meiner Frau und denke an eine Andere, aber ich darf mir nichts anmerken lassen, ich darf mich noch nicht mal selber befriedigen. Keinen lauten Mucks darf ich im Bett von mir geben und ich möchte so gern selber stöhnen und auch das Stöhnen einer Frau hören. Bin ich ein Arschloch, das sich nichts traut? Bin ich zu bequem auszubrechen und ein neues Leben anzufangen? Ja zu Hause bin ich das Arschloch, das einen auf heile Welt macht. Ein Arschloch das lächelt, wenn Besuch da ist, dem aber die körperliche Nähe seiner eigenen Frau weh tut. Ich bin ein Versager, dem es nur um die finanzielle Absicherung geht und deshalb bleibe ich in dieser Ehe hängen. Mein einziger Trost ist es aber, dass es mir nicht alleine so geht. Da kenne ich noch genügend andere Arschlöcher, denen es genauso geht. Jetzt möchte ich *sie* umfassen, aufs Bett legen und dann alles um mich herum vergessen. Sie hat das geschafft an diesem einen Vormittag, am heller lichten Tag. Ich habe die Hände in den Kopf gestützt und denke nach: „Fahre ich zu ihr oder nicht?"

Sie: Der Arbeitstag war wieder einmal der ganz normale Wahnsinn. Alles gut und ich war wieder mit meinem Kollegen Kaffee trinken und habe ihm sogar erlaubt meine Hand zu halten. Bin ich eigentlich bescheuert? Auf den einen warte ich so sehnsüchtig, dass es mir weh tut und ich mich bei diesen Gedanken kaum im Griff habe und mit dem Anderen gehe ich Kaffee trinken und halte Händchen. Mein Gehirn, meine Sinne, meine Seele spielen alle zusammen verrückt.

Mail: „Wann kannst du kommen. Ich warte so auf dich. Ich brauche dich und ich will dich! Sind das genug Signale, die ich jetzt gesendet habe? Bitte entscheide dich und sage mir deine Entscheidung. Ich küsse dich!" Nun werde ich wieder drei Mal am Tag das Postfach durchsehen, ob eine Antwort da ist. Schon allein dieses Warten macht mich verrückt

und verstärkt meinen Wunsch danach mit ihm Sex zu haben. Ich warte!
Wieder ließ er viele Tage vergehen. Er antwortete einfach nicht. Er fragte
sich, ob er wirklich so ein Feigling sei. Das Wochenende verbrachte er mit
seiner Frau bei seiner Tochter und hier sprach ihn sein Schwiegersohn direkt an, was denn eigentlich in den letzten Monaten geschehen sei. Man
könne die Kälte zwischen den Eltern richtig fühlen. Er sagte nichts dazu.
Sah ihn nur an und schüttelte mit dem Kopf. Sein Schwiegersohn war ein
sehr feinfühliger Mensch und meinte nur: „Vater, wenn etwas in meiner
Ehe nicht stimmen würde, dann würde ich mich scheiden lassen!" Meistens sind die Kinder eher geschieden, als die Eltern.

Sie: Wieder keine Antwort von ihm. Meine guten und herrlichen Gefühle lassen mich immer noch nicht los, aber der Kopf sagt auch langsam, dass das Warten vergeblich wird. Das will und kann ich jetzt noch
nicht glauben. Es kann doch nicht alles gelogen sein, als wir uns in Leipzig geliebt haben.

Er: Das Wochenende war ganz schön turbulent, denn die beiden Jungen haben uns gut auf Trab gehalten. Gesprochen haben wir nicht viel
miteinander. Es war halt, wie immer. Mein Schwiegersohn ist ein eher
ruhiger Mensch, aber er hat mich bei Seite genommen und gesagt: „Lass
dich scheiden Vater, aber so weiter zu leben hat für euch beide keinen
Zweck!" Mir ist fast das Herz stehen geblieben. Ich habe ihn angesehen
und leise gefragt: „Merkt man das so sehr?" „Das ist nicht zu übersehen
Vater. Noch seid ihr nicht alt und könnt noch einmal von vorn anfangen,
aber lebt auf keinen Fall so weiter. Ihr macht euch nur selber fertig und
krank." „Aber was macht ihr?" „Wir? Wir gehen auch unseren eigenen
Weg und denkst du einer von uns würde mit Rücksicht auf euch in so
einer lustlosen Ehe hängen bleiben? Oder wir würden euch erst fragen,
ob wir uns scheiden lassen dürfen? Das sicher nicht, Vater!" Ich habe die
Tasche genommen und bin ins Auto gestiegen. Meine Frau sagte auf der
Heimfahrt auch kein Wort. „Ich muss nachdenken und ich schlafe in der
Stube."

Ihm war klar, dass eine Entscheidung her musste. Eine Entscheidung
die beiden Seiten weh tun würde.

Er: Mail: „Sicher wirst du auf mich warten, meine Liebe und das Warten
hat ein Ende. Ich würde am Sonntag gegen 12 Uhr bei dir sein. Ich freue
mich darauf. Schreibe mir, ob es dir auch recht ist. Ich freue mich so auf
dich. Kuss"

Sie: Antwortmail: „Ich bin ganz benebelt und lese deine Mail immer und
immer wieder. Vor Freude darüber weiß ich nicht mal, was mir alles weh
tut. Bitte lass nichts dazwischen kommen! Ich warte und erwarte dich mit
viel Liebe! Kuss"

Wenn ein Neuanfang an der Entfernung scheitert, dann sollte man nie wieder klagen, dass die eigene Ehe nichts taugt!

Sie lief nach diesem Mailkontakt aufgeregt in der Wohnung hin und her. Sie kam sich vor, als ob sie auf Wolken gehen würde. Sie war einfach glücklich.

Er: Ich bin im Zwiespalt mit mir selber. Soll ich zu ihr fahren oder nicht? Ich habe Angst, dass es nur eine einmalige Sache wird. Ich möchte sie wirklich zu gern mal wieder in den Arm nehmen und sie berühren. Kann es sein, dass die Gedanken an so ein schönes Erlebnis diese Reaktionen hervor rufen? Es muss wohl sein, wenn ich mich so betrachte, dann zeigt mein kleiner Freund in ihre Richtung. Also, egal was kommt, ich fahre!

Es war für beide ein sehr verführerischer und aufreizender Nachmittag, der ihn vergessen ließ, dass er verheiratet war und der sie vergessen ließ, dass sie schon viel zu lange alleine war. Es gab in diesen Moment nur sie beide. Es waren gute Gespräche, viele Umarmungen und noch mehr Küsse.

Ist der Sex gut, dann gräbt er sich in das Gedächtnis von Mann und Frau ein und man versucht sich in schwierigen Momenten an jede Minute akribisch zu erinnern.

Es kam ganz einfach, wie es kommen musste. Sie sahen sich nicht wieder. Sie blieb einsam und allein sitzen und heulte sich nach dieser schrecklichen Mail fast die Augen aus. Hatte sie nicht alles gegeben? War sie irgendwann unaufmerksam gewesen und hatte so versagt? Es war einfach nicht zu begreifen, dass er sie in den darauffolgenden Wochen erst nicht beachtete und dann diese, für sie sehr widerwärtige Mail schrieb:

Er: „Ich weiß, dass du mich verfluchen wirst. Du wirst weinen. Du wirst sehr laut weinen und ich weiß auch, dass ich dir mit meinen Worten jetzt sehr weh tue. Es bringt uns gar nichts, wenn ich dir sage, dass du eine wundervolle und begehrenswerte Frau bist. Du hast mir all das gegeben, was ich schon seit Jahren vermisst habe, aber ich kann nicht mit dir leben. Ich kann dich von Zeit zu Zeit lieben und befriedigen, aber zusammen leben? Ich denke hier schreibe ich ein klares Nein! Ich bin eingesperrt in meinem eigenen Dasein. Ich habe auch keinen Antrieb irgendetwas zu ändern. Ich habe hier meinen Tagesablauf, meinen Lebensmittelpunkt, meine Aufgaben und ich werde mir hier eine Frau suchen mit der ich ab und zu unter die Bettdecke schlüpfen kann. Ich werde weiterhin fremd gehen. Ich bin auf den Geschmack gekommen, aber etwas Neues werde ich mit keiner Frau anfangen. Es tut mir so unendlich leid, dir das schreiben zu müssen und ich habe auch lange, sehr lange, überlegt, wie ich das ausformuliere, aber nun ist es raus. Würdest du mit mir so eine Fremd-gehbeziehung eingehen? Ich würde das mit dir tun, auch wenn ich nur ab und zu kommen kann. Keine Eifersucht, keine Fragen, einfach nur Sex und Spaß. Ich weiß, dass das sehr viel verlangt ist, aber ich kann nicht anders. Solltest du nicht mehr antworten, dann wünsche ich dir wirklich alles erdenklich Gute und du kannst mir glauben, dass ein Mann so eine Frau wie dich, kein zweites Mal trifft. Da gibt es keine Steigerung.

Herzlichst dein Drei-Tage-Bart"

Sie saß, wie von einer Dampfwalze überrollt vor ihrem Computer. Sie konnte keinen klaren Gedanken fassen, aber dann riss sie sich zusammen und antwortete ihm.

„Mein lieber Drei-Tage-Bart,

aus Rücksicht auf meine guten Erinnerungen an unsere Beziehung will ich mich von Anfang an zusammenreißen und nicht in Beschimpfungen, wie „Du hast mich von Anfang an nur verarscht! Geh zum Teufel du Arschloch! Mögest du in der Kläranlage des Lebens stecken bleiben!" verlieren, sondern ich will im Guten an dich zurückdenken. Ich will im Guten deine Liebe spüren und mir selber sagen, dass du es in dieser Zeit ehrlich mit mir gemeint hast. Das gibt mir die Kraft nach vorn zu schauen und mich daran aufzurichten. Du warst die Erfüllung meiner kleinen Sehnsüchte. Du hast mir gezeigt, dass das Leben so schön sein kann und man auch einmal so eine Variante nutzen muss, um neue Erfahrungen auch auf dem Gebiet der Zweisamkeit zu sammeln. Du hast mich an den beiden Tagen, die wir uns gesehen haben, immer wie eine Lady be-handelt und ich habe mich dabei sauwohl gefühlt. Deine Hände, dein Lächeln beim Sex werden mir immer in guter Erinnerung bleiben, aber ein weiteres Treffen möchte ich nicht. Das würde in mir immer den Satz hervorbringen: „Er kommt nur zum Vögeln und danach bist du doch wieder allein!" Nein mein lieber Drei-Tage-Bart, das will ich nicht und damit kann ich auch nicht leben! Ich wünsche dir alles erdenklich Gute und wir gehen im Guten und mit vielen positiven Gedanken auseinan-der. Lösch alles von mir, nur die Erinnerung nicht."

Hatte sie das wirklich geschrieben und auch abgeschickt? Sie hatte. Es musste einfach aus ihr heraus und das war auch gut so.

Er: Ich muss auf Dienstreise nach Malle. Ich habe keine Lust, was soll ich da? Mich eine Woche langweilen? Aber der Chef hat gesagt, dass es sein muss! Hilft nichts, muss ich halt durch und Koffer packen. Meine Frau hat mir alles heraus gelegt, was sie denkt, dass ich mitnehmen könnte und ich habe alles achtlos, aber ordentlich, in den Koffer geschmissen. So ein Mist, ich will da nicht hin! Ich muss um 8.00 Uhr in Nürnberg am Flughafen sein. In der Abfertigungshalle ist schon sehr viel Gedränge und ich versuche in der Warteschlange einen Platz zu ergattern. Die dumme Pute vor mir kann ihren blöden Koffer auch mal etwas zügiger nach vorn schieben. Ich gebe dem Ding jetzt einfach einen kleinen Schubs, damit sie aufmerksamer wird. Da dreht die sich doch erbost, um und will mich anschnauzen. Sie hat die Augenbrauen schon nach oben gezogen und da erkennen wir uns. Himmel vor mir steht Leipzig! Sie wird mir gleich eine knallen und sie wäre ja auch im Recht.

Sie: Mir hat es jetzt aber absolut den Atem verschlagen. Da steht der Drei-Tage-Bart. Wo will der denn hin? Etwa auch nach Malle? Herrjeh, der steht in der gleichen Reihe. Ich wage es gar nicht ihn danach zu fragen, aber das brauche ich auch nicht. Das macht der selber.

Er: „Bist du es wirklich?", frage ich ganz erstaunt und sie schaut mich einfach nur an. „He, ich bin kein Geist", sage ich leise zu ihr und nun realisiert sie erst einmal, dass ich es wirklich bin. Ihre Hand streicht über meine Hand und ich merke, dass sie weich und warm ist. Wie habe ich dieses Gefühl vermisst. Wir sind mit der Abfertigung dran und es geht alles sehr schnell. Die Stewardess fragt, ob wir nebeneinander sitzen wollen und wir beide sagen, wie aus einem Munde: „Sehr gern!" Das ist kein Problem und schon haben wir unsere Bordkarten. Ich muss sie einfach an der Hand nehmen und zusammen schlendern wir durch die Flughafenhalle, um zum Gate zu gelangen. Die Kontrolle verläuft reibungslos und wir haben noch so viel Zeit. Sie möchte einen Kaffee trinken und ich natürlich auch. Ich weiß gar nicht, wie ich dem Zufall danken soll. Ich könnte ein Dankgebet zum Himmel schicken. So ist mir in diesem Moment.

Wenn Gevatter Zufall es wirklich gut mit uns meint in so einem Augenblick dann genießen beide Partner das Glück in vollen Zügen!

Beide hatten sehr viel zu tun und ihnen bliebe nur die späten Nachmittage und die Nächte.

Das Leben hält so viele Überraschungen für uns alle bereit. Man ist immer wieder erstaunt in welcher Form man sie dargeboten bekommt

Er: Wir beide verließen eng umschlungen die Gaststätte und schlenderten langsam zur Autovermietung. Wir wollten uns noch für ein paar Stunden ein Auto mieten und in die Berge fahren. Der Vertrag war schnell unterschrieben und wir begutachteten das Auto. Keine Schäden zu bemerken und es ging los. Es war eine herrliche Fahrt, bei der wir ab und zu anhielten und die Umgebung betrachteten. Der Blick auf das Meer war aus jeder Richtung immer wunderbar. Je höher wir kamen, umso einsamer wurde die Gegend. Aber wir genossen unsere Zweisamkeit und fanden eine kleine, nicht einsehbare Stelle, an der wir alles auskosten wollten, was es gab, wenn zwei Menschen sich lieben und alleine sind. Ich liebkoste sie und sie liebkoste mich und so wiederholten wir dieses uralte Spiel der Menschheit immer und immer wieder. Langsam legte ich sie auf den Rücksitz des Autos.

Sie: Er liebte mich! Er liebte mich und es war nicht nur Sex. War es die wunderschöne Umgebung, die in uns dieses heiße Gefühl aufsteigen ließ und die uns sagte, dass es das war worauf wir alle beide lange gewartet hatten? Erschöpft lagen wir nach dem ersten Orgasmus übereinander. Auf einmal hörten wir Stimmen und schnell ordneten wir unsere Kleidung. Was dann geschah, kann man eigentlich nicht in Worte fassen. Es ist und wird für uns beide immer ein Alptraum bleiben. Aus dem Wald kamen drei Männer.

Was nun geschah konnten beide Wochen und Monate lang nicht verarbeiten. Sie konnten es nicht begreifen. Die drei Männer vergingen sich nacheinander an ihr und dann auch noch an ihm. Ihre Schreie verhalten im Wald. Keiner hörte sie. Erst nach sehr langer Zeit war sie fähig ihr Handy zu nehmen und die spanische Polizei zu informieren. Diese fand sie auch nach einiger Zeit an der beschriebenen Stelle und brachte beide ins Krankenhaus.

Er: Unsere Firmen waren informiert und sobald wir aus dem Krankenhaus entlassen wurden, flogen wir wieder nach Hause. Die Wochen, die dann folgten habe ich nur, wie im Traum wahrgenommen. Ich musste mich in psychiatrische Behandlung begeben, um die ganzen Geschehnisse zu verarbeiten. Ich werde auch zur Kur geschickt, habe es aber zur Bedingung gemacht, dass meine Liebste mitkommt und so werden wir gemeinsam für sechs Wochen zur Kur an die See fahren. Mit meiner Frau konnte ich nicht über das Erlebnis reden. Sie fragte auch nicht viel, sondern packte ihre Sachen und zog erst einmal zu ihren Eltern. Sie reichte von sich aus die Scheidung ein.

Sie: Ich kann heute noch nicht diesen schrecklichen Vorfall in Worte fassen. Vor allen Dingen schwebte in mir immer die Vorstellung, dass ich schwanger sein könnte. War das trotzdem möglich bei so einer Angst? Der Arzt bestätigte mir, dass es möglich sein könnte. Ich verlangte eine Abtreibung bei den ersten Anzeichen und der Arzt gab auch sein Einverständnis. Irgendjemand wollte mit mir vorher noch ein Gespräch führen, damit ich die Möglichkeit in Betracht ziehe, das Kind doch zu bekommen. Ich rastete schon am Telefon in einer Art und Weise aus, die keinen Zweifel offen ließ, dass ich auch noch weitere Schritte unternehmen würde, wenn man mich nicht in Ruhe ließe. Das war klar und deutlich und ich wurde auch in Ruhe gelassen. Ich war zum Glück nicht schwanger. Arbeiten konnte ich nicht und somit hoffte ich, dass mir die Kur gut tun würde und ich dort die Ruhe finden könnte, meine Gedanken zu ordnen und wieder eine positive Sicht auf das Leben zu bekommen. Mein Drei-Tage-Bart fuhr mit zur Kur und das tat mir sehr gut.

Meine Freundinnen und meine Mutter wollten mich bedauern, als sie bei mir anrückten, aber als ich merkte worauf der Besuch hinauslief, nämlich auf Sensationshascherei und der Befriedigung ihrer Neugier, öffnete ich die Tür zum Treppenhaus und schmiss alle drei hochkantig und mit Gebrüll hinaus. Das ganze Haus hörte mit. Ich schrie ihnen nach, dass sie sich nie wieder bei mir sehen lassen sollten. Meine Mutter setzte noch zu dem Satz an: „Aber Kind....!", da brüllte ich schon zurück: „Halt die Klappe Mama und verschwinde!" Ich schloss meine Wohnungstür und konnte nicht einmal heulen. Ich begann meinen Koffer zu packen, stellte das Radio auf volle Pulle und füllte mir ein großes Glas Whisky ein. Munter wurde ich erst, als mich meine Nachbarin versuchte ins Bett zu hieven. Die Gute hatte einen Schlüssel. Seitdem ich wieder in meiner Wohnung war, hatte sie nicht einmal gefragt, was eigentlich vorgefallen war. Dafür war ich ihr sehr dankbar.

Er: Ich packte meinen Koffer, legte meiner Frau noch einen Zettel auf den Tisch, dass sie mitnehmen könne, was sie wolle, schloss das Haus ab, setzte mich ins Auto und fuhr zu meiner Liebsten, denn wir wollten am anderen Morgen früh bei Zeiten losfahren. Sie war immer noch am Koffer packen und das Chaos bei ihr, war unbeschreiblich, aber so langsam bekam sie auch das in den Griff und ich half ihr, so gut in konnte, beim Aufräumen. Sie bat mich mit ihr essen zu gehen, da sie nichts eingekauft hatte und auch keine Lust hatte, das noch großartig zu tun. Das war eine sehr gute Idee und wir suchten uns einen kleinen Gasthof im Umland, der auch eine gute Küche hatte. Ich musste mir ein Kissen mitnehmen, da ich immer noch Schmerzen im After habe und nicht sitzen kann. Wir sprachen nicht viel und fuhren nach dem Essen sofort wieder in ihre Wohnung. Sie richtete mir das Bett auf ihrer Couch her und wir schliefen diese Nacht getrennt. Ich schlief besser bei ihr, besser als in meinem eigene Haus und vor allem ich schlief durch und erwachte am anderen Tag das erste Mal ausgeruht und mit klarem Kopf.

Zu denken, dass alle Menschen gut zu dir sind, wenn du ihnen auf dieser Grundlage entgegentrittst, ist total falsch. Das Böse kann dir begegnen, wenn du es am allerwenigsten vermutest.

Der Rest der Geschichte ist sehr schnell erzählt. Der Kuraufenthalt bekam beiden sehr gut und sie erholten sich prächtig.

Der behandelnde Arzt war ein netter Mensch, der sie eines Tages sehr direkt fragte, ob ihr nicht gut sei, denn sie sähe so blass aus. „Ich möchte Sie bitten sich auch einmal dem Frauenarzt vorzustellen, um zu hören was seine Diagnose ist", sagte er leise und unaufdringlich.

Das versprachen die beiden und gingen auch am kommenden Tag in die Sprechstunde des Frauenarztes. Der untersuchte sie gründlich und grinste schon ein wenig. Sie bestand darauf, dass ihr Drei-Tage-Bart an dem Gespräch mit teilnehmen konnte.

Der Arzt sah die beiden an und sagte. „Sie sind gesund. Es gibt nichts zu beanstanden. Sie sind nur schwanger." Da gab es auf einmal einen Knall und der Drei-Tage-Bart war vom Stuhl gefallen. Schnell war er wieder in die Wirklichkeit zurückgeholt und der Arzt sah in lachend an und meinte: „Sie sind nicht schwanger. Ihre Frau ist es!"

Und so kam nach neun Monaten der kleine Paul auf die Welt.

Adam Luust

Mit Bekannten schläft man nicht

„Ich bin hoffnungslos verliebt!", sagte sie sich selber vor dem Spiegel. Ach ja, das war sie immer, wenn sie an ihn dachte. Er war zehn Jahre jünger und sie demnach zehn Jahre älter, aber sie sah noch sehr gut aus, so dass sie meistens viel jünger geschätzt wurde und warum sollte es da nicht ein zehn Jahre jüngerer Mann sein? Akribisch versuchte sie diesen Zustand des jüngeren Aussehens zu halten. Wie lange ihr das gelingen würde wusste sie selbst nicht, denn irgendwann würde der Alterungsprozess einsetzen und seine bösen Spuren hinterlassen. Manches Mal wollte sie das alles nicht wahr haben. Doch es war einfach so. Der „gute Franz", der Mann ihrer Träume, den, den sie wirklich noch einmal von ganzen Herzen liebte, der wollte sie nicht. Nein, er wollte sie einfach nicht. Sie werden nun sagen, dass sie das nun einfach hätte sein lassen können, aber das wollte sie auch wiederum nicht. Ihr Herz hing zu sehr an ihm, obwohl sie ihn manches Mal schon in Gedanken einen Vollpfosten schimpfte. Er hatte eine ruhige Art, die sie einfach immer wieder in Beschlag nahm. So vergingen die Tage, Wochen, Monate. Ja sogar die Jahre gingen ins Land. Nichts, außer schreiben und von seiner Seite aus anfragen, ob man nicht mal zusammen ins Bett springen könnte, kam von ihm nichts. Er sprühte vor sexuellem Verlangen nach ihr. Angeblich! Man könne doch auch mal die Cam anmachen und sich da vergnügen! He, geht's noch? Doch sie bekam so mit der Zeit mit, dass er eigentlich nur etwas fürs Bett brauchte. Er säuselte, er raspelte Süßholz und er versprach ihr zu kommen, wenn es die UMSTÄNDE, dieses Wort gebrauchte er, wie andere das Wort Schokolade, erlauben würden. Es war alles gelogen. Erstunken und erlogen! Er regte sich keinen Zentimeter aus seinem von ihm über alles geliebten Bayreuth heraus. Er schwärmte ihr vor, wie schön die Stadt sei, aber sie mal einzuladen und ihr die Stadt aus seiner Sicht zu zeigen, darauf kam er nicht. Das stimmt schon, dass Bayreuth eine wunderschöne und gepflegte Stadt ist. Da gibt es gar nichts dagegen zu sagen und sie wäre auch wirklich gern mal dahingefahren. Er vermied es einfach, dieses Thema des Besuchens, zu berühren und mit ihr auszudiskutieren. Nein, einladen wollte er sie nicht! Vielleicht schämte er sich mit einer zehn Jahre älteren Frau durch die Stadt zu gehen oder sich mit ihr vor seinen Söhnen und seinen Freunden zu zeigen? Er machte keinen Schritt auf

176

sie zu. Und Sie wissen ja, warum soll man jemandem eine Brücke bauen, wenn dieser nicht mal einen Fuß darauf setzen will?

Die Jahre vergingen und an diesem Verhältnis änderte sich nichts. Gar nichts! Sie konnte aber trotzdem nicht ihre Finger von ihm lassen. Bis sie sich eines Tages Mut fasste und ihn fragte: „Was bin ich eigentlich für dich? Bin ich nur gut für den Sex? Bin ich nur gut ab und zu Mal aus der Versenkung geholt zu werden? Bin ich nur gut für dich zum Reden, wenn ich dir mal einfalle? Bin ich nur eine Bekannte, die man zu langweiligen Begebenheiten herausholen kann? Eine Bekannte, die warten kann bis man sie aus der Dunkelkammer wieder hervorholt?" Da kam doch tatsächlich eine Antwort!

„Du bist eine nette, sympathische Bekannte!"

Ich denke mal, dass das die stärkste Frau in Deutschland umhaut, die so etwas lesen muss, aber es war auch klar, dass hier nun endgültig die Reißleine gezogen werden musste. Das war ganz einfach zu viel für ihre arme Seele. So eine Antwort! Es tat absolut weh, das zu lesen und jede Frau wird ihr darin beipflichten. Doch wie sollte es weitergehen? Sie brauchte einen Mann, der nicht zu weit weg wohnte. Zusammenziehen kam nicht mehr in Frage, einen Mann der ebenfalls ein kleines, nettes Verhältnis haben wollte. Das war trotzdem kein Problem! Es gibt genug Partnerbörsen im Internet und da kann man schon mal so eine Anfrage loslassen. Es wird jetzt gesucht und nicht mehr gewartet, *denn mit Bekannten schläft man nicht!*

Robert Jarvis

Aufzeichnungen eines Traumwandlers

Ich kann noch immer nicht begreifen, wie ich ausgerechnet hier gelandet bin – an Bord dieses riesigen Ozeanliners, mit zehn Etagen, Luxusrestaurants, allen möglichen Bars, drei großen Pools mit Düsenmassagen, Gästen aus fünf Kontinenten.

Wir waren von Hamburg nach Spitzbergen, entlang der norwegischen Küste unterwegs – ich stand am Heck, in der obersten Etage und verfolgte mit den Augen den langen, goldenen Streifen, den die Abendsonne hinter dem Schiff zog. Ich war hier allein, hörte der Stille zu, die nur manchmal durch das ununterbrochene Geschrei der Möwen gestört wurde, die scharenweise über dem Schiff kreisten, wusste aber nicht, ob ihr Lärm nicht selbst unverzichtbarer Bestandteil der Stille war.

Das Projekt, an dem ich zuletzt tätig war, ist zu Ende gegangen; ich wurde mit warmen Gratulationen des Projektmanagers und einer saftigen Gage in der Tasche verabschiedet. Meine Müdigkeit glich derjenigen eines Toten; wenn ich an meinen Bildschirm dachte, den ich hunderttausendmal durchflog, mit dem ersten Screen, an dem mit Großbuchstaben geschrieben war: „UNSERE WERTE SIND UNSERE MITARBEITER, UNSER KAPITAL IST IHRE ZUFRIEDENHEIT UND SOLIDARITÄT". In meinem Bauch spürte ich leichten Ekel aufkommen. Man kennt vielleicht das Zauberwort „outsourcing", welches in der seltsamen Blumensprache der Multis nichts anderes bedeutet, als sich dieser „Werte" in jener sanften Weise zu entledigen, dass das renommierte Großunternehmen, die Bank oder Ähnliches, von niemandem der Unmoral, gar der Lüge und vielleicht des Zynismus' bezichtigt werden könnte. Ich will aber gar nicht von diesen Tricks und Manipulationen berichten; diese hat wahrscheinlich jeder selbst tausendfach erlebt.

Mich reizt vielmehr die vermeintliche Kausalität der Ereignisse, die unbegreifbare Logik, die man immer nur im Nachhinein hineininterpretiert und versucht, der Sinnlosigkeit um jeden Preis Sinn einzureden. Oder gibt es da wirklich eine Logik? Die rätselhaften Wendungen der Ereignisse bieten zwar immer eine Reihe von Möglichkeiten an; am Ende würde man aber sagen: Ja, es gibt zweifellos eine Logik.

Ich fand mich mit reichlich gefüllten Taschen und ausgebranntem Kopf da und begann, über das Ungewöhnliche nachzudenken. Plötzlich hatte ich einmal viel Zeit, schlenderte ziellos auf der Hauptstraße herum und befand mich plötzlich in einem Verkehrsbüro; am ersten leeren Pult sah ich eine hübsche Blondine, und in der nächsten Minute war ich schon in einem Gespräch verwickelt, das mir genauso unwahrscheinlich erschien, als wäre ein Korb mit hundert Rosen vom Himmel auf meinen Kopf gefallen.

„Oder wollen Sie vielleicht auf eine Schiffsreise am Nordatlantik?", sprach die Blondine im Ton der unwiderstehlichen Verheißung. „Ich habe jetzt recht günstige Angebote. Sehen Sie, ich zeige Ihnen 'was …", sie musterte mich sorgfältig. Sie drückte mir einige wahnsinnig bunten Prospekte in die Hand. „Moment, ich habe noch etwas … Spitzbergen! Waren Sie schon mal dort? Es ist zauberhaft, ehrlich."

Das zehnseitige Prospekt zeigte ein großes, elegantes Schiff, im Hintergrund das ewige Eis. „Und der Preis?", stotterte ich.

„O, wir haben jetzt ganz günstige Preise!", erwiderte sie.

Ich war schon unbemerkt im Netz gefangen. In einer halben Stunde war alles ausgemacht. Ach ja, einige ihrer Worte sind mir aufgefallen … Sie sagte beim Abschied in scherzhaftem Ton: „Auf diesem Schiff finden Sie eine außergewöhnliche Gesellschaft, ich sage das nur, damit Sie dann nicht überrascht sind … sehr interessante Persönlichkeiten, die ausdrücklich nur auf diesem Schiff reisen wollen."

Ich überlegte, fragte aber lieber nichts … umso größer wird meine Überraschung werden. Man hätte auch meinen können, meine Reise war nichts als Banalität, das Allerzufälligste von Zufälligen; in der Tat war sie aber recht teuer, was mir dort am Pult gar nicht auffiel. Verstanden habe ich all das nur später.

Es gibt seltsame Momente, in denen man nicht nachdenkt. Nichts Greifbares, nichts Denkbares … ich hörte nur das sanfte Geräusch der Motoren, als ich mich plötzlich entschloss, zurückzugehen; am Heck oben befanden sich Luxusappartements für spezielle Gäste mit eigenem Außenbereich, Schwimmbecken, und all dergleichen. Das sind also die „außergewöhnlichen" Gäste, dachte ich. Ich ging gerade an einem am Boden festgeschraubten Paravent vorbei, der als Abgrenzung für ein großes Appartement mit eigenem „Garten" diente und stellenweise nicht höher als eineinhalb Meter war; ich schaute flüchtig in den Garten hinein und ging weiter. Ein jähes Gefühl hielt mich jedoch an; ich ging ein paar Meter zurück und schaute wie verhext wieder in den Garten; ich wollte weggehen, meine Beine waren aber wie im Boden verwurzelt.

Es war ein „wirklicher" Garten, im obersten Stockwerk des Schiffes. In der Windstille war dieses kleine Paradies durch Akazien, Zypressen und exotische Blumen aller Art in großen Töpfen von schwindelerregendem Duft eingehüllt; die großen Glasscheiben des Appartements waren weit geöffnet; mein erstaunter Blick streifte von den Blumentöpfen bis hin zum inneren Raum, der in prächtigem Rokokostil eingerichtet war; dann machte er bei einer Gestalt halt, von der er beim ersten Vorbeistreifen gefesselt wurde.

Mittlerweile wurde ich von den Merkwürdigkeiten einiger Mitfahrender in Kenntnis gesetzt, ich dachte aber, es sind nur alberne Hobbies alter Millionäre, die ihre unendliche Langeweile genau hier totschlagen wollen; darauf war auch der Preis zurückzuführen, der mehr als das Dreifache einer normalen Schifffahrt ausgemacht hatte.

Diese Gestalt schien aber völlig anderer Art zu sein. Eine junge Frau lag in gelassener Pose auf einem Liegestuhl, mit verträumtem Blick in die Weite des Meeres spähend; alles, was sie am Leibe hatte, war ein winziger BH, der nur die untere Hälfte ihrer Busen bedeckte; die zwei Teile waren in der Mitte mit einem großen Topasstein zusammengeknöpft; sonst trug sie lediglich einen hauchdünnen Tanga. Rund um den Hals hatte sie eine lange Doppelkette aus weißen Perlen, am linken Arm ein schweres goldenes Armband. Ihre üppigen, runden Busen, die weichen Konturen ihrer Schulter und Arme waren wie aus Elfenbein geschnitzt. Sie standen, wie die Symphonien Mozarts, für die einmalige Perfektion da, es hätte kein noch so unscheinbar winziges Stück des Gewebes, aus dem sie bestanden, weggenommen werden können, ohne die Harmonie des Ganzen zu zerstören.

Ich zog mich weiter nach hinten, wo die Wand ein wenig höher war, um mich zu verstecken, und versuchte die Farbe ihrer Augen herauszufinden … oh Gott, sie waren türkis wie die Tiefe des Meeres, geheimnisvoll wie das unberechenbare Schicksal, verspielt, wie die Nereiden, die Töchter von Nereus und Doris.

Ah ja, und ihre wallende Haarpracht … die schwarzen Locken bedeckten ihre Busen in weiten Wogen, die sie mit den Fingern spielerisch auseinanderlegte.

Ich weiß, es fehlt noch etwas Wichtiges, um ihr Erscheinungsbild abzurunden; es fehlt noch das Besondere dabei. Ihr Blick, das aus der Tiefe der dunklen Augen herausströmende Licht verdeutlichte es: Es war eine Art von reizender, scharfer Intelligenz, die am menschlichen Gesicht, wo etwa vorhanden, meistens doch so schwer zu ertappen ist; eine Intelligenz, die mit Großbuchstaben in ihr ovales Gesicht geprägt war.

180

Erst jetzt vernahm ich die Gestalt eines Mannes, der vor ihrem Fuß kauerte und völlig versunken in seiner Arbeit, ihre Fußnägel polierte. Manchmal sah er bang zu ihr auf; sein Blick verriet ein sonderbares Gemisch von fanatischer Bewunderung, Hingabe, Anbetung, bedingungsloser Obedienz. Sie hatte ihn aber nicht angesehen, nicht einmal wahrgenommen. Eine andere Gestalt, ein kleinwüchsiger Mann fächelte ihr eifrig kühle Luft zu. Ihr Blick verschwand in der unendlichen Weite des Meeres; sie hatte sich ihren Träumen übergeben, und nahm von den Männern, die sich um ihr Leibeswohl kümmerten, keine Kenntnis; sie lag in einer ungestörten Bequemlichkeit und Ruhe da, als wäre dieser Zustand der selbstverständlichste auf der Welt, und das sonderbare Spektakel flüsterte mir zu: Hier, bei dem, was du siehst, herrschen andere Gesetze.

Ja, ich hörte schon Gerüchte, wonach einige Gäste mit Sklaven unterwegs sind; die Idee schien mir aber völlig absurd … und jetzt konnte ich mich selbst davon überzeugen.

Ich suchte mit fieberhaftem Eifer in meinen Erinnerungen nach, es ist mir aber nichts anderes eingefallen, als die wohl bekannten Geschichten des Altertums; diese Gesichter hier verrieten ein völlig anderes Gefühl, eine völlig andere Deutung der Sklaverei, eine absolut freiwillige Aufopferung auf der einen Seite, eine genauso natürliche Akzeptanz auf der anderen, eine Verbindung zwischen Menschen, die vielleicht hundertmal intensiver sein konnte als alles, was sonst als normal betrachtet wird.

Sie blickte auf die Uhr und stand plötzlich auf; die ruhige Grazie ihrer Bewegungen, die Würde ihrer Haltung machte sie noch reizender; ich hatte das Gefühl, als hätte ich etwas gesehen, was ich nie hätte sehen dürfen – wie in der Geschichte von Diana und Actaeon. Leichter Schauder überflog meine Glieder. Ich huschte davon, als wollte ich einer unsichtbare Macht entgehen, die mein Leben ab diesem Moment begleiten werde.

Ich hatte eine unruhige Nacht. Das Meer wurde in der Früh stürmisch; Wellen rasten bis zur zehnten Etage empor; das Deck war menschenleer, alle versammelten sich unten in den zahlreichen Cafés und Pubs. Im Inneren des Schiffes herrschte dennoch Ruhe, das riesige Bauwerk hielt allem stand, lediglich ein stilles Beben war spürbar. Ich schlenderte mit zwei Büchern in der Hand ziellos herum, war aber zu unruhig, um sie zu lesen und beobachtete die Menschen, wie sie Karten spielten, tranken, aßen oder plauderten. Es schien mir plötzlich, als würde ich zwei Typen schon von woanders kennen, das war aber ein Irrtum. Gedanken quälten mich, von denen ich glaubte, ich hätte mich ihrer schon längst entledigt. Langeweile war eigentlich unbekannt für mich, vermutlich nicht wegen meiner Zielbewusstheit, vielmehr wegen des ständigen Situationszwangs, in dem ich mich immer befand; jetzt überflog mich aber das jähe Gefühl der Ratlosigkeit, dass ich nicht mehr wusste, was ich tun sollte, ja, was ich auf diesem Schiff überhaupt zu suchen habe ... ich ging in meine Kabine zurück und begann nachzudenken: über mein künftiges Leben, über die Leere, die plötzlich auf mich herunterfiel, über die plaudernde Gesellschaft, wo jeder seinen Platz so perfekt zu wissen schien.

Der Sturm wurde allmählich noch stärker, als wollte er mit dieser äußeren Unruhe mein Inneres widerspiegeln. Meine Gedanken schweiften umher, hielten sich aber nicht auf dem Pfad, den ich für sie festschreiben wollte und landeten stillschweigend in der Szene von gestern ... und dann, wie es so oft der Fall ist, habe ich die Kontrolle über meine Gedanken völlig verloren, begann zu träumen, und meine Träume waren süß.

Ich habe Sie im Traum gesehen, Sie, die ich ab jetzt mit Großbuchstaben schreiben sollte.

Dorthin gehe ich nicht zurück, auf keinen Fall, ich war fest entschlossen. Auf dem Schiff sind beinahe tausend Leute ... vielleicht sehe ich die mysteriöse Lady noch ... und meine Sehnsucht wurde von Stunde zu Stunde stärker, meine Unruhe beinahe unerträglich. Am Abend suchte ich sie systematisch in allen möglichen Bars und Restaurants.

In einer Bar gab es gerade eine Party für die gehobene Gesellschaft. Eine Jazzgruppe spielte Blues aus den Siebzigern, und ich entdeckte sie im Zwielicht, wie sie mit einem groß gewachsenen, jungen Burschen tanzte, der ihre Taille umarmte. Sie trug ein schwarzes, elegantes Abendkostüm mit tiefem Dekolleté, mit der großen Halskette aus Perlen, die ich schon sah. Sie war verträumt und lustig, tanzte sanft und anmutig, als wäre sie eine professionelle Tänzerin. In der Pause saßen sie in einer Ecke, tranken Wein, lachten die ganze Zeit und ihre Beine berührten einander.

Eine Zeit lang blieb ich noch in der Bar stehen, dann kehrte ich in meine Kabine zurück; diese Nacht war noch schlimmer als die vorige.

Der nächste Tag ist mir aus der Erinnerung gefallen. So ist es: Manchmal kommt die heilige Dunkelheit, die Sinne vergessen zu funktionieren, wenn sie keine Lust dazu haben.

Am Abend war sie in der gleichen Bar, allein; diesmal aber in einem engen, meeresgrünen Kostüm, welches sich perfekt an ihren Körper schmiegte. Ich kann mich nicht genau erinnern, ob sie auf die Uhr sah, als hätte sie jemanden erwartet, vielleicht den Mann von gestern; ich fand einen leeren Platz am Nachbartisch. Ich heftete meine glühenden Augen auf einen Punkt am Tisch vor mir und wollte ihn von dort mit hartnäckiger Entschlossenheit nicht wegbewegen, es ist aber trotz aller meiner Bemühungen so geschehen, dass sich unsere Blicke ineinander verfingen … Ich war außer Fassung, als hätte mich eine überirdische Kraft mit Gewalt aufgehoben, plötzlich saß ich an ihrem Tisch, ihr gegenüber.

Ich sah gerade in ihre Augen. Ja, türkis, stellte ich abermals fest, und mein Puls steigerte sich. Ich fand keine Worte.

Sie lächelte. „Haben Sie Angst vor mir?"

„O nein …" Sie hatte eine süße, hohe Stimme. „Ich dachte …"

„Was dachten Sie?"

„Hm. Ich habe Sie … ich wollte sagen … ja, ich bitte um Entschuldigung", sagte ich stotternd.

„Entschuldigung … wofür denn?"

„Ich habe Sie beobachtet. Das war anstößig von mir."

„Beobachtet? Wo?"

„In ihrem Wohnbereich, vorgestern. Sie lagen auf dem großen Liegestuhl."

„Ach, ja … Sie haben aber nichts Schlimmes getan … dort kann ein jeder hineinsehen."

„Ich glaube aber, es ist gemein, jemanden in seinem Privatleben zu beobachten."

Sie musterte mich jetzt mit einem durchdringenden Blick ihrer Türkisaugen. Ihre schwarze Haarpracht umschlang ihre runden, weißen Schultern und Arme.

„Privatleben …", sprach sie lächelnd. „Fanden sie etwas Außergewöhnliches dabei?"

Ihre Finger spielten mit ihren Locken. Sie hatte lange, seidengrün lackierte Fingernägel. Ihre Hände waren zart, gepflegt, besonders weiblich; ihr war dies scheinbar alles voll bewusst, sie legte ihre rechte Hand auf den Tisch, gerade vor meiner Nase. Am linken Zeigefinger trug sie einen goldenen Ring mit einem ovalen Rubinstein in der Mitte.

Mein Blut stieg empor. „Was Ihr Privatleben anbelangt, Lady …"

„Mein Name ist Dorothee", sagte sie unkompliziert. Sie reichte mir die Hand. Ich nahm sie in die meine; sie war weich und warm.

„Ich bin Paul. Schönen Dank." Dann fuhr ich fort: „Also, Dorothee, wenn du schon fragst … so etwas habe ich noch nie gesehen."

„Was hast du noch nie gesehen?"

„Dass jemand Sklaven hält. Die beiden Männer müssen deine Sklaven gewesen sein."

„Oh ja." Dorothee lachte übermütig. „Und was ist denn Schlimmes dabei?"

„Hm … nichts Schlimmes … oder … ich weiß nicht … es ist ungewöhnlich."

„Du sagst ungewöhnlich. Kannst du mir erklären, warum?"

Sie lachte jetzt nicht, heftete ihre Augen in die meinen. Ich konnte ihrem Blick nicht standhalten. Ich sah zur Seite.

„Sklavenhaltung ist, soviel ich weiß, gesetzlich verboten … ansonsten ist es heute nicht mehr in Mode, oder wie soll ich sagen … es ist archaisch." Am Ende war ich völlig verwirrt.

„Dann kann ich dir eine Auskunft geben. Vergiss die Sklavenhaltung, wie sie dir vorschwebt. Hier geht es um etwas anderes. Es geht um private Entscheidungen freier Menschen, in dieser oder jener Weise miteinander zu leben. Ob du einige in dieser Beziehung Sklaven nennst oder nicht, ist deine Sache; die Beziehung selbst ist aber nicht verboten; es gibt kein Gesetz, das eine freie Entscheidung verbieten könnte", sprach sie ernsthaft, deutlich, in lehrerhaftem Ton.

„Wir leben aber seit langem in Demokratie und Gleichheit … wie sonst könnten wir noch leben?"

„Gleichheit nur vor dem Gesetz; das ist auch richtig. Aber die Menschen sind nicht dazu geboren, alle gleich zu sein. Natur und Charakter sind bei allen unterschiedlich. Einige sind zu Herren, andere zu Sklaven geboren. Einige wollen befehlen, andere Befehle durchführen. Und sie sind alle zutiefst unglücklich, wenn ihnen der Staat oder ihre Umgebung eine andere Rolle aufbürdet als ihnen in ihrem urnatürlichen Grundcharakter beschieden ist."

Sie fuhr dann fort, mit sonderbarer Eindringlichkeit.

„Liberté, équalité, fraternité … das sind nur Worte, bloße Ideen. Sie haben mit der wahren Natur des Menschen wenig zu tun. Wenn sich ein jeder von uns, in dem Alter, wo es noch möglich war, die Mühe und den Mut genommen hätte, über seine wahre Natur und dadurch seine Stelle in der Menschengemeinschaft nachzudenken und sie zu bestimmen, statt diese aus abstrakten Ideen ableiten zu wollen, hätte er oder sie hundertmal mehr Chancen, das Leben glücklich zu gestalten und für sich, von Anfang an, nach einer Gemeinschaft zu suchen, die der eigenen Natur am ehesten entspricht …" Sie sprach ruhig, mit einem Blick in die Weite, wie eine Universitätsprofessorin.

Ich dachte nach. Das war alles völlig neu … zutiefst aufwühlend und überraschend. Hat sie recht? Ich hatte das noch nie überlegt; die gesellschaftlichen Standards, in die man hineingeboren wurde, sind nicht für

Überlegungen da. Mein Blut stieg hoch; der aus ihrem Körper herausströmende feine Duft betäubte mich; ich schaute nur auf ihre rechte Hand.

„Ich habe gesehen ... wie dich deine Sklaven lieben ...", stotterte ich.

„Aber du ... wie stehst du zu deinen Sklaven?"

Sie lachte hellauf. „Deine Lebenslust. Sie ist ansteckend", murmelte ich.

„Ich liebe sie", sagte sie in scherzhaftem Ton. „Nur meine Liebe ist ganz anders. Verstehst du?"

Ich sah sie mit verwunderten Augen an.

„Gut.", fuhr sie fort. „Ich habe einen völlig anderen Stellenwert für sie als sie für mich. Ich bin ihre Göttin, sie sind meine Sklaven. Sie sind für mich einerseits Menschen, andererseits Nutz- und Spielobjekte. Ich bin die absolut Einzige für sie, während ich dutzende andere Verhältnisse habe, die alle wichtiger sein können. Dies ergibt sich aus der Natur der Sache. Es ist kein Verhältnis der Ebenbürtigen; ich liebe sie dennoch, ich muss sie aber ab und zu auch bestrafen. Selbstverständlich, oder?"

„Das ist unrecht", habe ich beinahe gesagt, jedoch unterdrückte ich meine Bemerkung. Sie hat sie dennoch erraten; sie lächelte nur.

„Sie sind deine Sklaven, und du musst sie bestrafen ... schlägst du sie auch?"

„Na ja. Wenn sie es verdienen, warum nicht?", sie brach wieder in Gelächter aus. „Sie brauchen es sogar. Die Rollen müssen manchmal handgreiflich und deutlich gemacht werden." Sie sprach mit einer Selbstverständlichkeit, als wollte sie Butter für ein gelungenes Abendessen kaufen.

„Du sagst Spiel- und Nutzobjekte. Wozu nutzt du sie denn?"

Sie lachte wieder mutwillig. „Für alles ... im Garten, in der Küche, zum Putzen, Reparieren, für mein leibliches Wohlergehen im weitesten Sinne ... verstehst du?" Sie beobachtete mich mit einem Lächeln, als wollte sie sagen: „Du kannst es nicht verstehen, deine Fantasie reicht nicht aus, um zu begreifen, was ein Nutzobjekt bedeutet."

„Und wie verstehst du Spielobjekt? Was müssen sie für dich als Spielobjekt leisten?"

Sie lachte wieder, jetzt mit einem Hauch von Ungeduld.

„Wie lange willst du noch von Sklaven reden? Ich glaube, wir haben das Thema ausreichend abgehandelt!", sprach sie mit leichtem Hohn.

Ich saß berauscht unter ihrer Duftwolke. Meine wilde Fantasie kreiste ungezähmt rund um das rätselhafte Wort „Spielobjekt". Es ergriff mich die jähe Sehnsucht, ihr Spielobjekt zu werden; ich hatte keine Vorstellung, nur ein bloßes Gefühl, wie es sein könnte. Ich fühlte ein leichtes Schaudern – Schrecken und unheimliche Faszination zugleich.

Sie las inzwischen in meinen Gedanken – das war für mich völlig klar. Ich konnte mich vor ihrem scharfen Blick nicht verstecken. Je mehr ich das wollte, umso weniger gelang es.

Die Gruppe begann, sanften Rock zu spielen. Ich sah plötzlich zwei Gläser Wein auf dem Tisch.

Einige Paare gingen zum Tanzparkett; es wurden immer mehr, bei den Tischen saßen nur mehr alte Ehepaare oder hoffnungslos einsame Gäste.

Dorothee schaute in meine Augen. „Wir können natürlich hier sitzen. Wenn du aber lieber tanzen möchtest?" Sie sprach ruhig, nur langweilte sie sich scheinbar ein wenig.

„Und dein Freund von gestern?", riskierte ich die Frage.

„Lass ihn ... ich habe hunderte Freunde wie ihn."

Ich stand auf, ging an ihre Seite hinüber, nahm ihre kleine Hand und führte sie in die Menge der Tanzenden. Der Rock war langsam und träumerisch, genauso wie meine Gedanken; ich fühlte ihre Nähe, umarmte ihren schönen Körper. Im Rausch der langsamen Melodie zog ich ihre Taille immer näher zu mir und hatte perfekten Einblick in ihren Spalt; ich spürte sie vor Lachen zucken. Ich bohrte mein Gesicht in die schwarze Menge ihrer dicken Haarpracht und küsste jedes einzelne Haar; dann ihre im Zwielicht weiß glitzernden Schultern und Arme. Dann hob ich ihre rechte Hand zu meinem Mund und küsste ihre Finger, einen nach dem anderen; ich bemerkte nicht einmal, dass sie die Führung im Tanz übernommen hatte. Die Zeit hatte ich völlig vergessen. Plötzlich standen wir wieder am Tisch, an den sie mich zurückführte.

„Ich muss gehen, Paul, ich habe noch was zu tun. Es ist aber schrecklich langweilig auf diesem Schiff. Wenn du morgen Lust hast, kannst du mich oben in meinem Apartement besuchen, ... sagen wir mal, um sechs Uhr Nachmittag ... OK?" Und sie verschwand.

Ehe ich einigermaßen erwachte, war ich am Tisch allein, ich schaute auf die tanzenden Paare, sah sie aber nicht. Dann ging ich in meine Kabine, schlief sofort ein und hatte allmögliche wilde Träume von Dorothees Spielsklaven. Ich beschwor diese mystischen Gestalten im Alleingang meiner Fantasie herauf und mischte sie mit anderen aus meiner Vergangenheit zusammen. Sie waren an eine breite Wand gekettet, Dorothee spazierte hochmütig auf und ab vor ihnen und warf einen Ball auf einen zu; wenn es ihm nicht gelang, diesen zu fangen, musste er im Eiltempo auf den Knien in der riesigen Halle hin- und zurückkriechen, auf einem mit kleinen, scharfen Splittern bestreuten Boden.

Ich wachte spät auf. Der eiskalte, tobende Wind jagte haushohe Wellen nacheinander; die niedrig rasenden, schwarzen Wolken streiften das oberste Deck; ich ging hinauf und versuchte mich an einer Säule festzuhalten. Der Wind bohrte sich durch meine Windjacke und drang in meine Knochen; ich zitterte vor Kälte und konnte mich dennoch nicht von der Stelle bewegen.

Der stürmische Ozean war mächtig und schwarz; ich versuchte die Linie des Horizonts wahrzunehmen, sah aber nur brandende Wolkenmengen, die in der fernen Weite mit der Masse des Meeres zusammenschmolzen.

Das Getöse des tobenden Meeres wurde nur durch das wilde Geschrei der Möwen übertönt.

Die überwältigende Macht des Naturspektakels drängte meine Gedanken in den Hintergrund. Was zählt das alles, murmelte ich, was zählt das alles in der Hand Gottes? Du siehst seine Macht hier und jetzt, du kannst sie sehen und greifen, sie dringt durch deine Knochen und deinen Verstand. Du bist mit allen deinen lächerlichen Problemen bloß ein winziges Staubkorn, ein Punkt in diesem unermesslichen Universum, ein Nichts, dessen Sein oder Nichtsein in der vollkommenen Nichtigkeit schwindet.

Ich ging, völlig durchnässt und verfroren, in die Kabine zurück, um mich umzuziehen und in einem Café heißen Tee zu trinken; hier unten war seltsamerweise von dem Sturm draußen beinahe nichts zu spüren, das riesige Schiff fuhr auf seinem Weg monoton und unbekümmert weiter.

„Sie hat mir nichts gesagt ... nichts über sich ... definitiv nichts ... außer ihrem Vornamen. Sie kann nicht älter als dreißig sein. Das Luxusappartement mit dem Garten, welches sie oben mietet, mag ein Vermögen kosten. Ist sie die Tochter eines Millionärs, der sie mit einer Luxusreise verwöhnt? Woher hat sie sonst das Vermögen? Sie ist steinreich, so oder so; ihr Verhalten, ihr ganzes Wesen verraten es ...“

Ich blickte auf die Uhr. Oh, noch unendlich viel Zeit bis sechs. Ich übergab mich der Neugier, der unwiderstehlichen Sehnsucht, sie wieder zu sehen. Die Zwischenzeit ist unbemerkt verstrichen, und ich fand mich plötzlich, pünktlich um sechs Uhr, mit klopfendem Herzen, vor der Tür ihres Appartements stehen.

Die Tür war offen, ich ging in den Garten hinein, dann sah ich die Eingangstür des großen Appartements, welche ebenfalls offen war. Einige Leuchten belichteten spärlich den großen Raum, der auch in einem solchen Luxusschiff als unüblich galt; die Einrichtung bestand aus einigen prächtigen Möbelstücken im Rokokostil, die aber noch genügend freien Raum ließen.

Dorothee lag im behaglichen Komfort auf einem großen Diwan, mit einem Laptop in der Hand. Sie schlürfte Orangensaft aus einem Glas mit Strohhalm, das auf dem Nachttisch neben ihr stand. Sie bemerkte mich zuerst gar nicht, war scheinbar im Schreiben oder in einer Kalkulation versunken; ich wartete ein paar Sekunden wortlos, bis sie meine Anwesenheit selbst wahrnahm.

„Ach Paul, du bist pünktlich …", sie sah auf die Uhr. Sie zeigte mir einen Platz am großen Tisch, blieb aber auf dem Diwan liegen.

„Was würdest du gerne trinken?", fragte sie mit heiterem Lächeln. Sie drückte eine Taste an ihrem Smartphone und ein Sklave erschien. Ein Dritter, stellte ich mit Erstaunen fest. Er sah mich mit fragendem Blick an. „Hm, einen Kaffee, oder ein Glas Wein?", sagte ich verwirrt. „Beides!", sagte die Herrin, und der Sklave verschwand, holte alles, plus einen feinen Kuchen als Zuschlag. „Ich muss schnell noch was …, warte!", sagte Dorothee, und ich sah mich im Zimmer staunend, mit stiller Bewunderung um, was einerseits der luxuriösen Einrichtung, andererseits seiner Bewohnerin galt.

Sie schob den Laptop beiseite, blieb aber auf dem Diwan liegen. „Und du?", fragte sie lustig. „Hast du alles verdaut, was ich dir gestern erzählt habe?"

„Du meinst von der Sklaverei?"

„Ja, sagen wir mal."

Ich sah sie an; sie war noch koketter, noch verführerischer als gestern. Sie trug ein raffiniert geschnittenes, seidenes Negligé mit Spitzen, das vorne transparent war. Sie spielte mit den Fingern an ihren Busen mit der Halskette.

„Ich muss noch nachdenken; was du sagtest, war für mich dermaßen überraschend, dermaßen neu, dass ich befürchte, vieles neu überdenken und neu definieren zu müssen."

Sie beobachtete mich aus dem spärlichen Lichtkegel ihrer Nachtleuchte, die einen magischen Schatten auf ihre Gestalt warf.

„Was findest du so überraschend neu?", fragte sie beinahe provokativ.

„Ich kann es dir nicht sagen …", ich war wieder verwirrt. „Es scheint mir, du schaffst neue Gesetze, für dich allein, wie es dir gefällt; gleichzeitig aber, ich muss gestehen, gibt es einen tiefen Wahrheitsgehalt in all dem, was du mir gestern erzählt hast."

„Oh, habe ich dich überzeugt?", fragte sie ironisch.

„Ich würde es nicht so sagen."

Sie nahm einen kleinen, runden Spiegel in die Hand und musterte eingehend ihr Gesicht. Dann fragte sie leise: „Findest du mich schön? Ich glaube, mein Gesicht ist total unregelmäßig."

Ich sah ihr direkt ins Gesicht. „Unregelmäßig?" Hm. Sie war die strahlende Intelligenz in Person, stellte ich fest, wollte oder konnte es aber aus einer Art Scheu nicht sagen. Sie erriet meine Gedanken, wie immer, mit spielerischer Leichtigkeit. Sie war mit mir zufrieden, sie sprach scherzhaft: „Du kannst dich hier, neben mich auf den Diwan hinsetzen, wenn du willst" – und tauchte wieder in die Erforschung ihrer Gesichtszüge ein.

Ich wechselte den Platz und setzte mich an die Stelle, die sie mir zuwies, fünf Zentimeter weit von ihrem ausgestreckten, nackten Fuß.

Sie legte den Spiegel ruhig auf den Nachttisch. „Zieh deine Hose aus", sagte sie gelassen. Ich tat es wie ein Automat, ohne Mitwirkung meines Verstandes.

„Dein Hemd und deine Unterhose", fuhr sie fort. Ich war jetzt völlig nackt. „Gut, Schatz. Jetzt kannst du mein Negligé ausziehen, pass nur auf die Schnüre und Knöpfe auf." Sie streckte ihre Beine leicht auseinander. „Nun komm mit deinem Kopf näher …", sprach sie genüsslich und als ich das tat, ergriff sie meinen Kopf beim Haar und drückte ihn mit einer leichten Handbewegung auf ihre Muschi, so dass mein Mund genau an ihrem Kitzler lag.

„Du kannst mich jetzt lecken", lachte sie. „So, du bist ganz gut, noch tiefer, beinahe perfekt." Sie hob ihren rechten Fuß geil herauf, dann den linken, damit mein Kopf mehr Platz bekam. Ihr Duft war wild und berauschend, ich tauchte meine Zunge so tief wie möglich in ihre Scheide, während ich zart ihren Kitzler leckte. Nach einer Weile sprang sie mit einem jähen Ruck aus meinem Griff heraus und befahl mir, mich auf den Rücken zu legen. Sie stand kerzengerade auf ihren Knien und nahm meinen Körper mit leichtem Druck zwischen diesen; sie thronte in einer königlichen Haltung über mir, während ich, wie im Griff einer riesigen Zange, bewegungslos unter ihr lag. Dann nahm sie meinen Schwanz in die rechte Hand, begann ihn leicht zu streicheln und zog die Vorhaut zart herunter; dann drückte sie meine Eichel mit den Fingern der linken Hand zusammen. Sie musterte meinen Schwanz fachkundig die ganze Zeit mit eingehender Genauigkeit und machte Bemerkungen, wie: „Nicht schlecht, Schatz, er könnte aber auch größer sein, du kannst aber recht zufrieden sein."

Sie setzte ihre Mündung haargenau an die Spitze meines Glieds, das wie ein Stück Stahlrohr in den Himmel ragte; sie drückte ihren Körper mit hauchleichten, schwebenden Bewegungen herunter. Ich stöhnte, ich dachte, mein Verstand verlässt mich. Schweißperlen bedeckten meine Stirn. Als meine Erregung emporstieg, machte sie halt und lächelte. „So schnell machen wir es nicht, Schatz … weißt du … ich genieße es, wenn ein Mann unter mir liegt und macht, was ich ihm sage …" Ich blickte auf sie hinauf. Ihre formschönen Busen stiegen und sanken in gleichmäßigem Tempo, wie sie atmete; ihre runden, weißen Arme und Schultern waren schöner, als sie jemals ein Rubens mit seiner genialen Phantasie hätte malen können.

Sie stieß dann ihren Oberkörper leicht weiter nach unten und beobachtete mit scharfem Blick, wie meine Erregung stieg; dabei machte sie abermals halt. Sie war eine einmalige, traumhafte Expertin des Sex. Sie verschluckte meinen Schwanz schon in seinem ganzen Umfang, jedoch verhinderte sie einen verfrühten Orgasmus … und erst jetzt, mit einem jähen, unbeschreiblich geilen Ruck, während sie lächelnd mit ihren Nippeln spielte und ihren Kopf mit hochmütiger Grazie emporhob, explodierte es, zuerst in kleinen Zuckungen, dann in einer einzigen gewaltigen Welle, die mir beinahe das Bewusstsein nahm … Oh Gott. Es gibt auf dieser Erde einen Himmel, und ich habe ihn gesehen. Die Wonne, die Entzückung hat nur sehr langsam nachgelassen und gab einer himmlischen Ruhe Platz, wo ich dachte, ich bin Gast bei den Göttern am Olymp, und sie waren gnädig zu mir, sie haben mich an der überirdischen Wonne der Liebe teilhaben lassen.

Meine Dorothee thronte währenddessen mit rätselhaftem Lächeln hoch über mir … Oh, wenn ich nur wüsste, ob sie ein ähnliches Gefühl wie ich hatte … ich sah mit entzückter Bewunderung auf sie auf.

Sie blieb ruhig auf meinem Schwanz sitzen, stützte sich hinten mit beiden Armen und setzte ihre beiden Füße behaglich auf mein Gesicht. „Du kannst mir die Fußsohlen lecken. Ich mag das", sprach sie genüsslich. „Dann wirst du gleich mein Sklave sein." Ich tat es; ich liebte ihre kleinen, anmutigen Füße mit ihrem süßen Duft. Dann begann sie, mit dem Fuß meinen Kopf nach links und rechts zu drehen und lachte über meine überdurchschnittlich großen Ohren.

Sie nahm ihr Handy vom Nachttisch und setzte sich hautnah neben mich, nahm meinen Schwanz und meine Kugeln in ihre Hand und massierte sie leicht. „Wenn ich dir die Kugeln zusammenpressen würde?"

Auf einen Tastendruck am Handy erschien ein Sklave. Ich glaube, derjenige, der Ihr die Pediküre gemacht hatte. „Hol uns gepressten Orangensaft und Granatäpfel, Alfred." Er kehrte bald mit einem Tablett mit den gewünschten Sachen zurück. Dorothee drückte den Strohhalm in meinen Mund und hielt das Glas mit ihren Füßen darunter, während sie an ihrem Saft lutschte. Sie musterte mich mit belustigten Augen, sagte aber nichts.

190

„Was sind die Sklaven eigentlich für dich?", fragte ich schon recht neugierig.

„Menschliche Wesen, die einzig dazu bestimmt sind, meine allseitigen Ansprüche zu befriedigen … Sie leben in einer totalen Abhängigkeit von mir; ich bin wie ihre Nabelschnur, ohne die sie lebensunfähig wären. Sie sind aber jederzeit austauschbar; das ist eine wichtige Bedingung für mich", sprach sie halbwegs ernst, halbwegs scherzhaft.

„Austauschbar? Wie meinst du das?"

„Das Gefühl der Austauschbarkeit und die damit verbundene Angst steigert ihren Eifer noch weiter, mir hingebungsvoll zu dienen, genauso wie ich das auch unbedingt will – und ich kann sie auch jederzeit austauschen, weil ich eine ganze Schar von anderen habe, die sehnsüchtig darauf warten, von mir ausgewählt zu werden", sagte sie mit finsterem Lächeln. „Dennoch bin ich sehr beharrlich und nachsichtig im Umgang mit ihnen. Ihr Austauschen ist wirklich nur der letzte Akt, wenn es keine andere Möglichkeit mehr gibt." Ihr Gesicht verriet keinen Hauch von Hochmut, nur die Würde einer Königin, die ihre Macht mit einer, auf ihre Position zurückzuführenden Selbstverständlichkeit ausübt.

„Du verachtest deine Sklaven. Sie dürften keine Menschen in deinen Augen sein."

„Ganz genau. Und so liebe ich es auch. Der Sklave ist für mich nur insofern ein Mensch, als er sich mir bedingungslos unterwirft und gehorcht, insofern als er mich als Göttin anbetet, sonst ist er nichts mehr als mein Spielzeug. Mein Wort ist für sie Gesetz! Ich brauche Opfer, wenn du es so nehmen willst. Ich brauche Macht. Und diejenigen, die mir von Natur aus untergeordnet sind, sind meine Sklaven."

Sie fuhr nach einer Pause fort.

„Verachtung ist für mich zweitrangig. Nach einer längeren Praxis gibt es keinen mehr zu verachten. Das Ganze muss natürlich, allgegenwärtig sein, wie die gewöhnlichsten Handlungen im Leben."

„Wenn ein Sklave dein Spielzeug ist – und dies, wie *ich* das verstehe, der Normalfall ist, gibt es dann doch eine Grenze dabei?", riskierte ich die Frage.

„Welche Grenze meinst du?"

„Du machst aus ihm ein Spielobjekt nach deiner Lust und Laune. Du demütigst ihn dabei zutiefst… ich wollte nur fragen, ob es eine Grenze in der Demütigung gibt, ob es überhaupt eine geben kann?"

„Das ist es eben", sprach sie heiter. „Es gibt keine Grenzen." Ich sah einen stolzen Funken in ihren Türkisaugen. „Gedemütigt sein ist das süßeste Gefühl des Sklaven, der äußerste Ausdruck seiner Liebe, mir zur

Gänze preisgegeben und unterworfen zu sein. Bei mir ist es umgekehrt, fast genauso wichtig; mein Machthunger wird dadurch gestillt, dass ich in seinen Augen die unendliche Sehnsucht nach Demütigung sehe; er sagt: Mach mit mir, was du willst! Ich werde dich umso mehr lieben."

Ich war wortlos vor Staunen.

„Ich sehe, das ist für dich eine höhere Psychologie", sagte sie mit heiterer Ironie. „Im täglichen Leben ist es jedoch selbstverständlich; und geht mit einer Intensität einher, die für die „Normalen" schwer begreiflich ist. Es gibt unendlich viele Formen der Demütigung, sie ist … wie soll ich sagen … nicht das Ziel, sondern die Form und Essenz dieser Beziehung."

Sie blickte auf mich, als wollte sie sagen: „Der Dummkopf versteht sowieso nichts."

Dennoch fuhr sie ruhig fort: „Die sanfte Art und Weise, wie ich den Sklaven als Lustobjekt behandle, macht diese Beziehung prickelnd und aufregend, aber gleichzeitig auch ganz selbstverständlich; Demütigung ist nicht etwa eine Handlung, die von dem Leben des Sklaven etwas Wichtiges wegnimmt, sondern vielmehr eine, die ihm etwas gibt, etwas Großartiges, was er sonst nie erleben würde … Wenn ich beispielsweise vor den Augen Alfreds, der mich wahnsinnig liebt, mit jemandem Sex mache … wie gerade jetzt mit dir … ist das nicht die höchstmögliche Erniedrigung für ihn, der nicht einmal davon träumen kann? Armer Kerl … ich mache die ganze Zeit einen kleinen süßen Cuckold aus ihm …", sprach sie mit scherzhaftem Mitleid und brach in schallendem Gelächter aus.

Dann fügte sie emphatisch hinzu: „Für ihn ist es Sex, wenn *ich* mit jemandem Sex mache und mich dabei herrlich amüsiere … für ihn ist es ein Glück, wenn *ich* glücklich bin … das ist für dich völlig unbegreiflich, oder?"

Ihr Telefon klingelte.

Eine fremde Sprache. Sie sprach hastig, ungeduldig. Ganz anders als mit mir. Die mysteriöse Blitzumwandlung der Frauen. Sie schaute mich an; sprach sie von mir? Ich konnte meinen Namen nicht vernehmen. Ich verstand kein Wort. Scheinbar war sie in ein kompliziertes Gespräch verwickelt. Sie vergaß mich ganz und gar; es dauerte schon mehr als eine halbe Stunde und sie wurde immer mehr verärgert.

Endlich hört sie auf. Sie schaute schnell auf die Uhr; erst dann bemerkte sie mich.

„Ach Paul … ich habe dich ganz vergessen … es tut mir wirklich leid … du musst gehen, ich habe noch etwas zu erledigen, sorry …"

Ich stand auf; ich konnte meine Enttäuschung kaum unterdrücken.

„Kann ich dich morgen sehen, Dorothee?", fragte ich leise.

„Morgen nicht ... sicher nicht. Komm übermorgen, um fünf etwa, OK?"

„Ja, meine Prinzessin", sagte ich dennoch glücklich. Ich hob ihre rechte Hand hastig an meine Lippen und küsste sie. Sie sah mich mit einem sonderbaren Lächeln an und öffnete mir die Tür.

Der Umstand, der bei allen Liebesaffären ungefähr gleich ist, ist die fatale Unsicherheit, die Tatsache, dass du vollkommen in die Sache hineinstürzt, deine Seele betäuben lässt, und dennoch nicht wissen kannst, ob du nicht in die bloße Leere greifst.

Dorothee war für mich noch vielmehr ein Rätsel als das erste Mal, als ich sie in ihrem Gartenbereich erblickt hatte. Außer ihrem Namen, außer ihrem sonderbaren Fetisch wusste ich nichts von ihr – und dies machte sie noch reizender, noch exotischer. Die Leere der zwei Tage, in denen ich bis zu unserem nächsten Treffen warten musste, erfüllte mich mit Schrecken. „Dorothee ist ein Dämon", sagte eine Stimme in meinem Inneren. „Du sollst dich von ihr fernhalten." – doch diese „innere Stimme" steigerte nur meine Sehnsucht nach ihr. Ich weiß tatsächlich nicht mehr, was ich tat und was ich sonst dachte – ich konnte ihr Bild keine Minute loswerden. Das Meer, die ganze externe Kulisse, war nur ein Spiegel meiner Seele. Die Macht der Natur wurde nun eher zu ihrer Macht, die sich in diejenige der Natur verwandelte.

Zum vereinbarten Zeitpunkt klingelte ich – diesmal war die Außentür gesperrt. Einer von ihren Sklaven – wer sonst hätte der kleinwüchsige Kerl sein können – öffnete die Tür und führte mich zu ihrem Arbeitszimmer – und ich sah Dorothee an einem großen Schreibtisch, wie ihre Finger blitzschnell an der Tastatur ihres Laptops klapperten – sie war sichtbar in Eile. Sie hat mich mehr als eine halbe Stunde lang ohne Regung warten lassen, bis sie den PC zuklappte und sich zu mir wendete. „Ach Paul, sorry, ich musste schnell was fertig machen." – Sie war schon wieder lustig. Sie trug eine Feinstrumpfhose und ein enges Polo, mit Zipp in der Mitte.

„Ab und zu muss ich hier leider auch arbeiten", sagte sie widerwillig, während ihr die Sklaven Tee und allmögliche Obstsorten am danebenstehenden Tisch servierten.

Ich wollte nicht fragen, was für Arbeiten sie hier verrichten muss.

„Für dich ist es eine Freizeitreise, nicht wahr?", fragte Dorothee.

„Ich habe gerade ein Projekt fertiggemacht. So gesehen bin ich jetzt ohne Arbeit."

„Du willst dich ausruhen, möglichst mit schönen Frauen, oder?"

Ich war wieder wie gelähmt. „Ich möchte mich ausruhen, ja …" Zum Rest ihrer Bemerkung konnte ich nichts hinzufügen.

„Aber nicht unbedingt mit schönen Frauen?", fuhr sie fort. „Kann das dann nicht ein bisschen langweilig sein?"

Ich zog meinen Sessel unwillkürlich in ihre Nähe.

Dorothee schob den Laptop zur Seite und setzte sich mit einem leichten Ruck auf den Schreibtisch, mit einem Stück Orange in der Hand. Sie schaukelte gemütlich die Beine.

Ich sah auf sie hinauf; sie blinzelte mit ihren Türkisaugen.

Ich schob meinen Sessel, ihrem Wink folgend, genau unter ihren Sitzplatz, und beobachtete ihr ovales Gesicht; sie zog ihre schwarzen Locken vor dem Mund spielerisch zusammen, so dass nur ihre Augen sichtbar waren.

Sie warf Schuhe und Strumpfhose weg, setzte ihre nackten Füße bequem in meinen Schoß, und ich spürte bald, dass sie mit ihren Füßen meinen Schwanz umklammerte; sie drehte die Füße dann langsam parallel herum, worauf meine Erregung in die Höhe schoss. Sie quittierte mit zufriedenem Lächeln, dass die gewünschte Wirkung erfolgt war.

„Zieh deine Hose aus", sprach sie leise.

Sie nahm dann meinen Schwanz behaglich zwischen ihre Füße und begann mit ihm zu spielen. Dann zog sie den Zipp mit einem leichten Ruck herunter, warf das Polo weg; sie saß über mir, wie eine nackte Göttin, mit rätselhaftem Lächeln um ihre Lippen, und der Druck, den sie mit den Füßen ausübte, wurde immer stärker. Sie glitt vom Schreibtisch gelassen herab, bis ihre Muschi meinen Schwanz berührte, dann ließ sie die Eichel in ihre Mündung leicht eindringen; und wie auch vorgestern, machte sie gleich halt, während ihre Finger die untere Zone meines Glieds streichelten.

Meine schöne Dorothee wollte diese Szene voll zu ihrer Geilheit ausnutzen. Sie überließ nichts dem blinden Zufall; jeder Millimeter ihrer Bewegungen war kalkuliert, wenn auch nicht immer bewusst. Das Tempo, mit dem sie ihren Körper herunterschob, war weder schnell noch langsam; es richtete sich nach meiner Erregung, so dass ich genau am Endpunkt explodierte, und ich spürte auch die süßen, geilen Zuckungen ihres Körpers.

Ich beobachtete ihre großen, träumerischen Mandelaugen, während die Ruhe der gesättigten Geilheit meine Glieder durchströmte.

Unsere Körper waren verschmolzen, Dorothee saß über mir mit geschlossenen Wimpern; ihre Haltung war kerzengerade, ihre üppigen

Busen stachen hervor, wie aus weißem Marmor seidenglatt geschliffene Hügelchen.

„Du kannst bei mir schlafen, wenn du willst …", sprach sie leise.

„Ob ich es will? Ich möchte es für immer …", stotterte ich überglücklich. Ich fühlte mich wie in einer Märchenwelt.

„Gut." Sie rief Alfred hinein, erteilte ihm ihre Anweisungen bezüglich des Abendessens, dann sprang sie von mir, ging ins Badezimmer und kam bald in einem süßen, meeresgrünen Slip zurück; dies war das einzige Kleidungsstück, welches sie trug. Alfred meldete bald, dass das Abendessen fertig sei. Sie nahm mich bei der Hand und führte mich in den Salon, der auch als Essraum diente, in dessen Mitte schon ein großer Tisch mit allerlei ausgewählten Feinheiten gedeckt war; sie zeigte mir meinen Platz. Ich setzte mich hin und Dorothee sprang in meinen Schoß. „Mund auf, Augen zu!", sagte sie scherzhaft und drückte mir einen Leckerbissen in den Mund. Sie nahm dann auch ein Stück von den unzählig vorhandenen Fischsorten.

„Kennst du den alten Mann, den kleinen Glatzkopf, der im siebten Stock wohnt?", fragte sie lachend.

„Hm. Ich kann mich nicht erinnern, hier gibt es so viele Leute …"

„Wir sind oft beim Abendessen am gleichen Tisch."

„Welches Restaurant meinst du?"

„Das große, im fünften Stock."

„Oh, ich weiß … ich war noch nie dort." Ich wusste, dieses Luxusrestaurant war für VIP-Gäste reserviert, der Eintritt war nur mit speziellen Karten erlaubt.

„Wie auch immer …", fuhr sie fort. „Kannst du dir vorstellen, der kleine plumpe Typ sitzt mit seiner Frau da … zweimal so groß wie er … und starrt mich die ganze Zeit mit Glotzaugen an? Einmal hat ihn die Frau wütend hinausgeführt und … ich habe die Watsche gehört … dann kamen sie zurück, der Kerl mit tief gesenktem Kopf, wie ein unartiges Schulkind …" Dorothee ist fast vor Lachen geplatzt.

Ihre Lust, ihre sprudelnde Lebensfreude waren ansteckend; mit Genuss verzehrte sie die feinen Lachsstücke, eines nach dem anderen und lachte die ganze Zeit mit zügellosem Übermut.

„Na, Paul, wärst *du* da gewesen, mit deiner dicken Frau … wie hättest du dich verhalten?", fragte sie lustig, dann fuhr sie fort, „ganz anständig, wie es sich gebührt, oder?" Sie musterte mich neugierig und stopfte mir ein Stück Makrele in den Mund.

„Und …", fragte ich zaghaft, „Du warst vermutlich nicht allein dort? …"

„Nein. Und?"

„Hm … und mit wem, wenn ich dich fragen darf?"

Eine Wolke zog sich über ihr zierliches Gesicht.

„Ich mag Fragen dieser Art nicht. Hast du das verstanden?" Sie zog ihre Pupille zusammen.

Ich war verzweifelt.

Wie konnte ich so ein verdammter Tollpatsch sein? Ihre Laune ist hin … ich schaute angstvoll auf ihr Gesicht.

Sie hielt eine Sekunde inne. Dann lachte sie wieder.

„Du musst für deine Dummheit büßen!", sagte sie ernsthaft.

„Wie meinst du … was soll ich tun?"

„Na ja …", sie dachte nach. „Kannst du zum Beispiel Pediküre machen? Es sollte eher ein Geschenk statt Buße für dich sein …"

Eine jähe Entzückung durchlief meine Seele.

„Ich möchte es machen … nur habe ich es nie gelernt."

Dorothee brach in Gelächter aus. „Kein Problem, Schatz. Ich zeige dir, wie es geht. Vielleicht brauchst du das später öfters?", sagte sie rätselhaft.

Sie holte schnell Scheren verschiedener Größe, Creme, Lösemittel, Nagellack, allen möglichen, geheimnisvollen Kram. Nachdem sie die Reste vom Esstisch hat wegputzen lassen, rutschte sie in einen großen Fauteuil und streckte ihren rechten, nackten Fuß aus.

„Hol die Sachen her, Paul. Du musst erst den alten Nagellack mit Lösemittel wegputzen. Dann musst du meine Fußnägel mit der Nagelfeile glattschleifen und die Haut um die Nägel herum mit der kleinen Schere wunderschön abschneiden und darfst mich dabei nicht verletzen, sonst ist es dann gleich aus für dich … und dann kommt erst die schwere Arbeit: meine Fußnägel neu lackieren. Ein Programm für dich bis Mitternacht …" Sie lachte genüsslich. „Du musst es schaffen, mein Kleiner, es ist deine Buße, du kannst ein Dankgebet für dein Glück sagen!"

Ich sah meine Dorothee – erst jetzt so wirklich – mit Bewunderung an. Ihr ungezügeltes Temperament, ihre Lebenslust, ihr ureigener Humor, ihre unverblümte Koketterie, ihre ausgeprägt dominante Natur, ihre Freiheit – und allem voran ihre bezaubernde Schönheit – all das wirkte auf mich wie Magie, wie ein Zaubertrank, wie Rauschgift … und die ganze Welt verwandelte sich für mich rasch in eine einzige Dorothee, von der ich so gut wie nichts wusste.

Und sie las, wie immer, hinter ihren ausgestreckten Beinen haargenau in meinen Gedanken. Sie quittierte alles mit einem sanften, zufriedenen Lächeln.

Ich habe mich an die Arbeit gemacht – wenn das so genannt werden kann. Die süßeste Arbeit, die ich je im Leben verrichtet habe. Ich verhielt mich bei jeder Bewegung unendlich vorsichtig; und sie gab mir die Instruktionen. Das Schneiden ihrer Haut an den Zehen dauerte sehr lang, sie war aber nachsichtig und genoss die Szene sichtlich – doch beim Lackieren, als ich zum zweiten Mal einen Pinselstreich verfehlte, verlor sie die Geduld und begann mich zu behandeln wie ihre Sklaven.

„Kannst du vielleicht den Pinsel überall nur einmal ziehen … und genauer um Gotteswillen, damit du meine Haut nicht verschmierst … verstehst du, was ich dir sage?"

Ich sah auf meine Dorothee hinauf, sie sah in ihrem winzigen Slip, in ihrer lässiger Pose aus, wie Aphrodite, und bei meiner Nervosität bat ich Gott, dass er meinen Händen die Ruhe und Kraft gäbe, diese süße und ungewöhnliche Aufgabe zu meistern, damit ich die göttliche Zufriedenheit meiner Aphrodite erlange …

Sie half mir auch dabei. Ich bin mir sicher, sie verhält sich mit den Sklaven ganz anders … Endlich habe ich es geschafft, auch wenn sie das Lackieren zweimal neu machen ließ.

Sie ließ mich ihre Füße trocknen. Dann nahm sie mich bei der Hand und führte mich in ihr luxuriöses Schlafzimmer; mein Herz klopfte wild.

Ich möchte von dieser Nacht nicht erzählen. Irgendetwas hält mich davor zurück; wenn einem gewöhnlichen Sterbenden, wie mir, eine Nacht des Märchens gegönnt wird, weiß er nicht mehr, ob er träumt, oder noch in der Wirklichkeit lebt. Als ich den zarten Körper meiner Göttin umarmte und ihr die Worte der Liebe in die Ohren flüsterte, zuckte ein jähes Gefühl durch mein Gehirn, dass sich diese Nacht nie wiederholen wird, was aber meine Glückseligkeit nicht am geringsten verminderte.

Ich wachte spät auf, es war schon nach elf Uhr. Ihr Platz an meiner Seite stand leer, ihre Bettwäsche aufgewühlt; dann vernahm ich laute Stimmen vom Badezimmer, welches sich neben dem Schlafzimmer befand und dessen Tür um einen schmalen Spalt (absichtlich für mich?) offen war. Von unwiderstehlicher Neugier getrieben, zog ich meine Hose schnell an und guckte durch den Spalt ins Badezimmer.

Auch dieses war verhältnismäßig groß, die ganze rechte Seite war eine große Spiegelwand. Im Hintergrund sah ich einige Fitnessgeräte. An der Spiegelwand stand ein breites Doppelfach, mit allem möglichen mysteriösen Schönheitszubehör vollgepackt; ich sah dort Unmengen von Sachen für Augen-Makeup wie Lidschatten-Tools, Augenbrauenstifte, Makeup-Entferner, Wimperntusche, Volume Mascara, Augenkonturenstift, Lippenstifte in hundert Farben und weiß Gott noch was.

Dorothee stand in einem seidenen Slip vor dem Spiegel, drei Sklaven beschäftigten sich in hastiger Eile rund um sie. Einer gab ihr das gewünschte Augentool in die Hand, während sie immer wieder auf die Uhr blickte.

Sie war wütend. „Nicht diesen Stift, du Arschloch, den anderen dort oben…“, und stampfte vor Ärger.

Die drei Sklaven beeilten sich eifrig, allen ihren Wünschen und Kapricen maximal entgegenzukommen. Sie machte ihr Make-up in Eile, musterte ihr Gesicht eindringlich und war höchst unzufrieden; endlich warf sie den Lippenstift weg und murmelte wütend: „Ihr seid alle jämmerliche Trottel … ich habe keine Zeit mehr.“ Sie wendete sich zum Kleinen und befahl: „Hol mir mein smaragdgrünes Kleid, schnell … und den seidenen BH!“ Der Kerl kam zurück. „Was willst du mit dem da … ich will das andere, mit Spitzen, hörst du?“

„Ich sehe schon, ich muss mit euch in einer anderen Art reden … ich bin allzu nachsichtig mit euch!“ Sie tobte vor Wut. Sie winkte Alfred zu, der auf einen Befehl wartend vor ihr stand. „Hol mir die Peitsche!“, sprach sie zähneknirschend. Er übergab die Peitsche der Herrin mit jenem verklärten, anbetungsvollen Gehorsam eines Hundes, den ich schon so oft beobachtet hatte. Sie schlug dem Kleinen, der das Kleid verfehlte, kräftig ins Gesicht. Sie musterte sich lang in dem Kleid, dann rief sie zum Sklaven: „Hol mir das Azurblaue … geschwind!“ Dies war ein wahrhaft bezauberndes Stück. Sie probierte die weiße Perlenkette dazu, war aber noch immer wenig zufrieden.

Sie ließ sich noch zehn andere Kleider holen, kehrte aber endlich zu dem azurblauen zurück und musterte sich lang im Spiegel. Dann befahl sie dem Kleinen, ihre Schuhe bereitzustellen, alle High Heels, einige mit einem Absatz, größer als zehn Zentimeter; sie sprang in den Sessel, Alfred kauerte vor ihren Füßen und schnallte ihr vorsichtig jedes zauberhafte Schuhwerk an. „Schneller, ich habe keine Zeit, die anderen, die Blauen!“, rief sie und Alfred tat so, wie die Herrin geboten hatte. „Wie sieht denn mein Haar aus, mein Gott!“ Sie warf den Kamm dem dritten Sklaven zu, einem großwüchsigen Kerl. „Bring mein Haar in Ordnung, los!“ Er zog an einem Haarstrang zufällig ein wenig stärker. „Das tut mir weh, du Drecksau! Verschwinde vor meinen Augen! Am Abend rechne ich mit dir ab … das wird schlimm für dich, das verspreche ich“, sagte sie drohend. „Mach weiter, Alfred.“

Dann sah sie sich im Spiegel sorgfältig an, drehte sich nach links und rechts, hob die Beine an, um ihre Schuhe besser begutachten zu können. „Hm. Es könnte auch besser sein, ich habe aber keine Zeit mehr … es ist zehn Minuten zu spät." Dann rief sie Alfred zu: „Meine Tasche!". Sie stand wieder im Schlafzimmer, wohin ich mich rasch zurückgezogen hatte. Sie hat mich sichtbar ganz vergessen. „Du bist noch da, Paul? Sorry, ich muss jetzt gehen."

Sie war so atemberaubend schön, so strahlend mit ihren roten Lippen, mit ihrem frischen Make-up, dass mir der Atem stocken blieb und mein Herz wild klopfte.

„Und ... Dorothee ... wann sehen wir uns wieder?", fragte ich bange.

Sie war aber schon wieder lustig. „Komm morgen, um fünf!" Und sie verschwand.

Als ich hinausging, merkte ich Alfred, der an der Außentür stand. Er nickte mir beiläufig zu. Ich hatte den Eindruck, dass er ein leicht spöttisches Lächeln kaum unterdrücken konnte.

Dorothee verhexte ihre Untertanen, sie hatte diese Fähigkeit und verstand es auch, sie voll auszunutzen. Sie tat es im Rausch ihrer Machtgier, durch ihren narzisstischen Exzess geleitet, im perfekten Bewusstsein ihrer außergewöhnlichen Schönheit.

Wie meine Leidenschaft für sie nach und nach in die Höhe schoss, wähnte ich, eine der wichtigsten Quellen ihres Zaubers entschlüsselt zu haben. Sie war wie ein genialer Dirigent; ließ die der menschlichen Seele innewohnenden Kräfte frei, setzte ihre Eigendynamik mit einem virtuosen Feingefühl in Gang, dann sah sie einfach zu, wie sich der Teufelskreis, durch seine inhärente Kraft getrieben, ununterbrochen und zunehmend weiterdreht ... und sie fand unheimliche Lust und Vergnügen dabei.

Ihre unverhohlene Verachtung, ihre Machtbewusstheit, mit ihrer magischen Schönheit gepaart, steigerten die Bewunderung ihrer Sklaven bis ins Unendliche, während der leicht errungene Sieg ihre Selbstsicherheit im Umgang mit diesen nur weiter stärkte.

Ich wusste genau, ich bin in ihrer Teufelsspirale gefangen und fühlte dabei eine besondere, lüsterne Seligkeit.

Ich ging zum Heck am obersten Stockwerk. Es wehte ein leichter, kühler Wind, die unendliche Fläche des Meeres war ruhig; das Schiff zog einen breiten, silbernen Streifen nach sich. Kein Land war in Sicht. Unsere Reise geht bald zu Ende, stellte ich fest, wobei ich keine Ahnung hatte, wo wir sind, ich konnte mich nicht einmal erinnern, ob wir bei Spitzbergen waren, das eigentlich unser Reiseziel hätte sein sollen. Die äußeren Ereignisse dieser Reise sind in meinem Gedächtnis verschwommen, wie eine Kulisse, die nur als Hintergrund für etwas anderes diente, von dem ich selbst nicht wusste, ob es ein Traum oder Realität war.

Ich rechnete schnell ... ja, wir dürften jetzt sieben Tage unterwegs sein, übermorgen sind wir wieder in Hamburg. Und morgen ... ja, morgen sehen wir uns noch ... und dann?

Ich wollte aber erst nicht daran denken. Das Gefühl der quälenden Einsamkeit konnte ich jedoch nicht unterdrücken. Du bist nicht allein, dachte ich, wenn du physisch in der Menge allein bist und nichts Besonderes suchst. Du bist vielmehr allein, wenn die einzige Person, nach der du dich leidenschaftlich sehnst, nicht mit dir ist. Sie ist wie eine Nebelwolke, du weißt nicht, woher sie kommt, wohin sie geht, wer sie überhaupt ist. Heute nimmt sie diese, morgen jene Gestalt an. Höchstwahrscheinlich macht sie einen Narren aus dir.

Die Stunden vergingen mit bleierner Langsamkeit. Ich sah in das Gesicht der Zeit, die mit höhnischer Gleichgültigkeit auf mich zurückschaute. Was mich aber beunruhigte, war eine düstere Vorahnung, eine Angst, und in meiner Erinnerung schwebte das alte Grimm-Märchen über den alten Fischer und seiner Frau.

Dann kam die Stunde und ich klopfte an ihrer Tür. Alfred öffnete sie, und teilte mit, dass die Herrin nicht daheim ist, ich solle aber auf sie warten. Er führte mich zum großen Salon. Ich wagte es nicht zu fragen, wann die Herrin kommt.

Eine Stunde, zwei Stunden, drei Stunden ... ich vergaß die Zeit, da war sie plötzlich einmal da. Sie trug diesmal ein elegantes schwarzes Cocktailkleid, mit silbernem Saum am Dekolleté sowie passende schwarze High Heels. Sie reichte mir die Hand und ich küsste sie; dann zeigte sie mir den Platz und setzte sich mir gegenüber hin. Alfred ließ sie Tee und Snacks servieren.

„Du wolltest mich sehen?", sprach sie mit einem Hauch von Überlegenheit, als wäre sie die englische Königin, bei der ich einen Antrag stellen wollte.

Ihr Gesichtsausdruck war beinahe offiziell, und es fiel mir recht schwer, zu beginnen.

„Dorothee ...", sprach ich unsicher, beinahe flehentlich.

„Was?"

„Dorothee, ich liebe dich."

Sie schaute mir lang in die Augen, verriet aber keine Gefühle.

„Dorothee, ich kann nicht ..."

„Was kannst du nicht?"

„Ich kann ohne dich nicht leben." Ich musste mich stark zurückhalten, um meinen Gefühlen nicht freien Lauf zu lassen.

Sie trank ihren Tee und sprang auf, ging im Zimmer rasch auf und ab, als wäre sie auf diese Worte nicht vorbereitet.

Dann setzte sie sich wieder und sprach ruhig zu mir.

„Du wirst mich vergessen, Paul."

Ich sah sie verzweifelt an. „Sehe ich vielleicht so aus?"

„Ich weiß nicht. Ich kann in deiner Seele nicht lesen."

„Ganz im Gegenteil, du kannst es!", sprach ich mit Überzeugung. „Niemand kann das so sehr wie du."

„Und angenommen, es ist wahr, was du sagst, woher weißt du, was ich fühle? Ob ich mit deiner Liebe überhaupt etwas anfangen kann?"

„Du hättest gerade damit beginnen können. Von deinen Gefühlen weiß ich nichts, außer dass du mich in dich verliebt werden ließest."

„So, dann … soll also ich dafür schuld sein… für dich verantwortlich sein?"

„Dorothee, es geht hier weder um Schuld noch um Verantwortung, sondern …"

„Sondern?"

„Ich dachte, dass dies zwischen uns etwas Gegenseitiges ist …"

Nachdem sie schwieg, fuhr ich fort.

„Es ist dein ureigenes Recht, mich fortzuschicken. Ich dachte nur, es ist Zeit, dass ich es dir sage, weil unsere Reise morgen zu Ende geht."

Sie sah auf die Uhr. „In einer halben Stunde kommt jemand zu mir. Danach habe ich kaum mehr Zeit für dich. Was willst du eigentlich von mir?"

Ich fühlte mich wie verlassen, eine blanke Verzweiflung presste mir das Herz zusammen.

Ich glaube, es war unnötig, ihr irgendetwas zu sagen.

Sie sank minutenlang in ihre Gedanken. Das Gedankenlesen hat zwischen uns nur einseitig funktioniert. Ich hatte keine Ahnung, was sich in ihrer Seele abspielte; und sie zeigte keine Gefühle.

Sie blickte noch einmal auf die Uhr und drehte sich zu mir; ihr Ton wurde um einen Hauch wärmer.

„Gut, Paul. Ich glaube dir, was du sagst, und freue mich auch. Ich muss dir aber ehrlich sagen: Ich liebe dich nicht in dem Sinne, wie du mich liebst. Ich habe mich auf diesem Schiff bloß ein bisschen gelangweilt. Nachdem ich aber sehe, dass es mit deiner Liebe wirklich ernst ist, will ich dir eine Chance geben; welche diese sein wird, weiß ich noch nicht genau."

Ich wollte ihre Hand küssen, sie zog sie aber zurück.

„Was für eine Chance meinst du denn?"

„OK", sprach sie nachdenklich. „Ich gebe dir eine Telefonnummer. Du musst aber versprechen, dass du diese Nummer nicht anrufst, ein Jahr lang, ab heute. Nach einem Jahr, wenn du von deiner Liebe noch immer überzeugt bist, kannst du mich anrufen."

Mein Gehirn raste wild zwischen Verzweiflung und Freude umher; ich habe schon Schlimmeres erwartet; es blieb dennoch ein Hoffnungsschimmer, wenn auch sehr gering, genug für das Überleben, welches ohnedem ganz und gar unmöglich erschien.

Sie nahm ihr Handy, suchte die entsprechende Nummer für mich, schrieb sie auf einen Zettel und drückte ihn mir in die Hand.

„So Paul ... es war schön mit dir." Ihr Gesicht war ernst.

Ich senkte meinen Kopf. Ich wollte nicht, dass sie meine Gefühle liest. Sie tat es dennoch.

Ich nahm jetzt ihre Hand und sie leistete keinen Widerstand. Ich küsste sie; ich hielt sie an meinen Mund, und dachte, ich kann sie nicht loslassen.

Sie zog ihre Hand nicht zurück; sie ließ sie mich so lange küssen, wie ich es wollte. Dann zog ich sie zärtlich von meinem Mund, ließ sie langsam fallen und sah noch einmal in ihre Türkisaugen: so geheimnisvoll, wie das Meer.

Ein paar Minuten später war ich wieder in meiner Kabine.

Von dem Jahr, welches ich bis zum nächsten Treffen mit ihr abwarten musste, gibt es nicht viel zu erzählen. Die gähnende Leere kann nicht erzählt werden.

Vor allem am Anfang pendelte ich zwischen einem euphorischen Wartezustand und einer völligen Resignation, und beobachtete jede Frau, die einigermaßen ähnlich wie Dorothee aussah, bis ich mich völlig enttäuscht abwendete. Es gab so vieles, so unheimlich Buntes, was sich in ihrer Person zusammenfand, dass ich jeden Versuch für müßig erachtete, eine andere zu finden – diese andere hätte Dorothee selbst sein müssen. Ich hatte keine Wahl, ich musste dieses Jahr, das sie mir vorschrieb, abwarten.

Als das Jahr ist abgelaufen war, ich nahm den Zettel mit zitternder Hand aus dem Fach, wo ich meine teuersten, heiligsten Sachen versperrt hielt; die Nummer steht da, gut lesbar, mit ihrer Handschrift; eine ganz typisch weibliche Schrift, stellte ich abermals fest, mit wohl gerundeten ruhigen Linien, als wollten diese die Rundungen ihres Körpers nachahmen.

Ich rief die Nummer einmal, zweimal, X-mal an, keine Antwort, und meine schlimmsten Erwartungen schienen sich zu bewahrheiten. Nach zwei Wochen sah ich am Handy ein SMS. Ein Rückruf dieser Nummer! Oh, heiliger Schöpfer, kann es dennoch wahr sein?

Ich rief die Nummer unverzüglich, wie ein Wahnsinniger an. Ich hörte erst die Stimme eines Mannes; er sprach nicht zu mir, übergab ihr den Hörer.

„Dorothee, erinnerst du dich noch? Ich bin es, Paul." meine Stimme stotterte.

Pause. „Paul? Klar, ich erinnere mich an dich." Es war ihre Stimme. Dennoch klang sie irgendwie fremd.

„Dorothee, erinnerst du dich ... du hast mir ein Jahr gegeben ... dieses Jahr ist abgelaufen!", sagte ich in einem einzigen Atemzug.

„Hm, ja, ich kann mich erinnern. Und?"

Dieses „und" klang ganz befremdlich, beinahe gnadenlos ... Was soll ich ihr sagen?

„Dorothee, ich liebe dich – noch immer – noch mehr – noch hundertmal mehr."

Eine lange Pause.

„Dorothee, bist du noch da?", rief ich flehend.

„Ja, ich bin hier. Ich denke nur nach." Ihre Stimme war ruhig und kalt. Ich bin verloren, dachte ich.

„Du willst mich treffen, nehme ich an", fuhr sie fort.

„Ja. Genau, danach sehne ich mich seit einem Jahr", stöhnte ich.

Wie viele oft sagen, darf ein Mann mit einer Frau so nicht reden. Wenn er nicht sein eigenes Unheil sucht.

„OK. Du kannst mich treffen ... ich gebe dir eine Adresse und einen Zeitpunkt. Ich rufe dich in einer halben Stunde zurück." Sie hat aufgelegt, ohne auf meine Antwort zu warten.

Und nach einer halben Stunde rief sie mich tatsächlich an. Sie teilte mir Adresse und Zeitpunkt mit. Ich wollte mit ihr weiterreden, sie sagte aber, dass sie keine Zeit habe. Alles könnten wir dann persönlich besprechen. Ihre Stimme war höflich, aber von Unmittelbarkeit und Intimität keine Spur.

Worauf hast du gehofft, du misslicher Idiot ... murmelte ich verzweifelt. Du solltest überhaupt nicht hingehen ... du hast ein Jahr lang falsche Hoffnungen gehegt, du hast dir Sachen eingeredet, die sie nie gesagt hat, und auch wenn sie diese gesagt hätte, was für einen Wert hätte das jetzt ... Ich wusste aber, ich werde hingehen ... ich werde um jeden Preis hingehen.

Ich wollte es nicht glauben … es war ein elfstöckiges Bürogebäude, ich habe die Adresse zehnmal nachgeprüft. Das muss ein Hohn sein, eine Falle … fünfter Stock … irgendeine Firma, egal welche … ich klingelte an der Tür.

Ein athletisch gewachsener junger Mann, in dunklem Anzug und Krawatte, öffnete sie. Ich sagte ihm lediglich „Paul". Ich muss plump und schlampig neben ihm ausgesehen haben. Er lächelte aber höflich, zeigte mir den Weg und sagte, ich solle ihm folgen.

Nach langen Korridoren traten wir in ein Zimmer ein, das spärlich eingerichtet war: ein riesiger Bürotisch, zwei Sessel und ein Schrank.

„Du sollst hier warten, OK? Sie kommt bald", sagte er und verließ das Zimmer. Er hat „du" gesagt! In welcher Qualität bin ich hier? Ich habe mit steigender Aufregung gewartet … „Sie muss hier bald erscheinen … Dorothee, mein Traum …", dachte ich beinahe mit Hohn und Sarkasmus.

Eine oder zwei Stunden Wartezeit, dann hörte ich ein Türgeräusch, sie huschte herein, stand am Tisch, stützte sich mit einem Arm darauf.

Ich schaute mit Staunen auf sie … ja, sie war es, Dorothee … sie war auch, wie letztes Mal, in Schwarz und High Heels … nur diesmal war sie irgendwie größer, noch feierlicher und noch eleganter. Sie trug eine große, goldene Halskette. Und sie war strahlender und schöner denn je. Sie sah mich mit spähendem Blick an. Sie hat nicht angeboten, mich hinzusetzen, sie blieb auch stehen. Wenn ich ihren Gesichtsausdruck beschreiben müsste: Es war an ihr höchstens eine gewisse Neugier zu entdecken, aber keine Spur von Spaß, Intimität, Direktheit, Wärme – wie damals.

Ich hatte Angs vor ihr … wie blöd es auch klingt. Ich hatte nicht einmal den Mut, sie anzusprechen.

„So, du bist hier", begann sie in einem ein wenig gezwungenen Ton.

„Dorothee, erinnerst du dich, worüber wir damals gesprochen haben?"

„Ach, du meinst Liebe?", fragte sie, als hätte ich ihr etwas verkaufen wollen.

„Dorothee, du scheinst mir völlig fremd zu sein…" Ich war beinahe am Weinen. „Grad sowas fehlt noch…", sagte meine innere Stimme.

„Nein. Ich kann mich an alles genau erinnern. Nur, du hast mich leider falsch verstanden."

„Du hast gesagt, wenn ich dich noch immer liebe, soll ich dich anrufen."

Sie musterte mich eindringlich. Dann lachte sie endlich. Oh Gott, der Heilige. Das Eis begann zu schmelzen. Ich war aber im Irrtum.

„Ich sagte dir, ich werde versuchen, dir eine Chance zu geben, wenn mich meine Erinnerung nicht täuscht."

„Ja, und ich möchte jetzt genau von dieser Chance sprechen."

„Pass auf, genau. Ich habe es gesagt; und habe es auch so gemeint. Ich kann deine Liebe aber keineswegs erwidern. Ich habe das auch gesagt." Sie sprach in hartem und kaltem Ton.

Ich hatte ein schwindeliges Gefühl.

„Du musst es gewusst haben", fuhr sie fort.

„Dorothee, ich habe doch gehofft ... du musst es verstehen ..."

„Verstehen? Was? Dass du über mich einen Berg von Fantasie aufgebaut hast? Das sind alles deine Fantasien, nicht meine."

„Dorothee, ich kann ohne dich nicht leben."

Sie lachte höhnisch. „Du kannst das sehr wohl. Du hast bei mir nichts zu suchen."

Ihre eiskalten und gnadenlosen Worte schnitten wie ein Messer in mein Herz ein. Allzu lang lebte ich in dieser, wenn auch noch so falschen und närrischen Hoffnung.

Dann begann ich, sie anzuflehen. Das Schlimmste, was ein Mann überhaupt tun kann. Ich fühlte, ich war verloren. Nur, ein Leben ohne sie erschien mir wie der blanke Horror.

Sie musterte mich jetzt beinahe lustig. Sie wusste schon, was jetzt kommt. Sie wusste das schon immer.

„Dorothee, du kannst mich nicht wegschicken!", sagte ich flehend.

„Wieso nicht?", wurde sie verärgert. Sie nahm ihr Handy und rief jemanden an. Der große, athletische Kerl, und ein anderer, noch größer, traten ins Zimmer ein. Es schwebte mir vor, als wäre diese Szene schon vorausgedacht worden.

Ich schaute alle drei an, meine Beine wackelten. Ich wusste: Ein Wort, und ich bin draußen, für immer.

„Dorothee, du hast doch gesagt, du gibst mir eine Chance." Und dann fuhr ich fort: „Wenn du mich nicht liebst, lass mich dein Sklave werden!"

„Sklave? Ich brauche im Moment keinen."

„Ich bitte dich!"

„Du bist dazu nicht geeignet. Außerdem: Du wärst dabei höchst unglücklich."

„Dorothee, ich flehe dich an!"

Sie wechselte einige kurze Worte mit dem Mann, der mich hierhergeführt hatte.

„Wenn du es unbedingt willst … du hast aber einige meiner Sklaven gesehen … diesen geht es weitaus am besten, ich habe sie ja auf die Reise mitgenommen. Ich lasse es nur den Besten zu, mir persönlich zu dienen. Du kannst dir sicher ein Bild darüber ausmalen, wie ich mit dem Rest umgehe. Das sind erbärmliche Kriecher … und du könntest sehr wohl einer von ihnen werden." Sie verzog ihren schönen Mund mit unverhohlener Verachtung.

Ich hatte keinen Zweifel, dass sie auch imstande ist, diese Umgangsweise perfekt durchzusetzen …

„Ich möchte dein Sklave werden", wiederholte ich dumpf. „Ohne Wenn und Aber."

Sie sah mich mit kuriosem Lächeln an.

„Hm. Vielleicht können wir darüber reden. Es gibt aber Regeln, an die sich die Sklaven unbedingt zu halten haben. Allem voran, sie dürfen mich keineswegs per „du" ansprechen."

Das Eis schien zu schmelzen, sie lachte wieder und ich fühlte mich glücklich … welche törichte Dummheit!

Sie musterte mich genüsslich – ein billiges Opfer mehr.

„Ich werde dich unbedingt umtaufen", fuhr sie lustig fort. „zum Beispiel auf Arnold … passt gut zu dir … Ich habe schon einen Alfred." Sie brach in hellem Gelächter aus.

Ich fühlte die gleiche Bewunderung, die gleiche süße Entzückung, wie auf dem Schiff. Ja, sie ist meine Dorothee, und sie wird meine Herrin sein.

Sie las in meinen Gedanken, genauso wie früher! War alles nur ein Vorspiel für diesen Moment?

„Geh ins Nebenzimmer!", rief sie mir zu. „Dort findest du den Sklavenvertrag, welchen du genauestens durchlesen und dann unterschreiben musst. Dann gibt es einige Anlagen, in denen du Instruktionen findest, welche du ausnahmslos erledigen musst, bevor du hier eintrittst. Du bekommst ab jetzt drei Wochen Zeit, um noch einmal nachzudenken, ob du das wirklich willst. Wenn deine Entscheidung feststeht, kommst du nach drei Wochen zu einer vereinbarten Adresse, die dir rechtzeitig mitgeteilt wird. Dann gibt es für dich keinen Weg mehr zurück, solange ich dich nicht selbst hinauswerfe!"

Sie sprach im Befehlston, mit der unmissverständlichen Andeutung: Dies ist nun mehr, wenn überhaupt, die einzig mögliche Tonart zwischen uns. Die zwei großen Männer standen resolut an ihrer Seite, signalisierend, dass sie hier nicht bloß dasteht, sondern persönlich die Spitze einer Macht verkörpert, mit allen ihrer Institutionen und Formen. Nie war sie so bezaubernd schön, wie in diesem Moment, in ihrer glanzvollen Überlegenheit. Meine ohnmächtige Sehnsucht nach ihr hat mich lahmgelegt; ich war fest entschlossen, jegliche Rolle in ihrem Dienst anzunehmen, die sie mir zuweist.

Im anderen Zimmer fand ich die Dokumente, die ich in meine Tasche schob. In fünf Minuten war ich draußen. „Die ganze Szene war minutiös vorbereitet!", sagte mir mein finsteres Gefühl.

Ich kehrte in meinen Gedanken zu Dorothee zurück.

Meine Dorothee existiert nicht mehr. Sie ist eine andere Dorothee, die meine Herrin wird. Ich erinnerte mich sehr genau an die Szene in ihrem Badezimmer nach unserer Liebesnacht. Wenn ich großes Glück habe, darf ich einer von diesen Kerlen werden – und ihr vielleicht persönlich dienen, solange ich sie nicht langweile und keinen Fehler mache. Dann aber, oder wenn ich sonst irgendwie aus ihren Gnaden falle, verschwinde in einem ihrer Kerker für immer.

Ich las den Sklavenvertrag durch. Dieser enthielt alle Regeln und Formalitäten, wie sich die Sklaven der Herrin gegenüber zu verhalten haben. Dieser Vertrag war in seiner Art ein Meisterwerk; er definierte eine neue Relation zwischen zwei Menschen – aufgrund der totalen Unterwerfung, welche auch TPE genannt wird (Total Power Exchange). Menschliche Rechte im herkömmlichen Sinn hat der Sklave keine, er verzichtet aus eigener Entscheidung darauf. Er überträgt das ganze Bestimmungsrecht mitsamt seiner eigenen Person an die Herrin, die somit unbegrenzte Macht über ihn ausübt. Wie diese unbegrenzte Macht aussehen sollte, darüber habe ich nur vage Vermutungen, nur einiges habe ich damals im Badezimmer andeutungsweise gesehen … ich vermute, die Szene, die ich sah, war nur die Spitze des Eisbergs. Und alles war am genauesten geregelt, in Form von strikten, beinahe religiösen Ritualen.

Sollte dieser Vertrag eine neue Form zwischenmenschlicher Beziehungen vorahnen lassen? Mich schauderte. Es war für mich dennoch klar, diese Form verbirgt eine neue Art von Intensität – aufgrund der den Menschen innewohnenden Natur – die in den herkömmlichen Beziehungen vielleicht nie ausgelebt werden kann. Und diese Beziehung kann nur zwischen Menschen mit ganz spezifischen Neigungen zustande kommen, welche aus der „normalen" Sicht auch als Symptom einer eigenartigen Abnormalität angesehen werden könnte.

Während ich den Vertrag durchlas und über alle seine Implikationen nachdachte, fühlte ich ein sonderbares Gruseln und gleichermaßen Wonne; ich habe mich an der Stelle jenes Sklaven vorgestellt, der mit verzückter Andacht auf die Herrin hinaufsieht und fand mich wieder im eisernen Griff der Sehnsucht nach ihr, die alle Überlegungen übertrumpfte ...

Ich nahm die anderen Papiere her, die die detaillierten Anweisungen enthielten, die alle durgeführt werden mussten, bevor ich bei ihr als Sklave einzog. Es war eine minutiöse Aufzählung aller möglichen Angelegenheiten, Verpflichtungen, Beziehungen, die alle vollzogen und beendet werden mussten.

Es fiel mir nicht schwer. Alle Konten in der Bank kündigen, womöglich auf sie übertragen, alle Versicherungen kündigen, Wohnungsverträge, wenn vorhanden, beenden, genauso wie jede Art von Arbeitsverhältnis – und nicht zuletzt – alle privaten Verbindungen auflösen. Dies war für mich der leichteste Punkt.

Ich schwebte in einer sonderbaren Trance, in einem Traum, der voll auf die Szene im Badezimmer fixiert gewesen war – und diese Szene mischte sich mit allen anderen, in denen Dorothee anwesend war.

Ich dachte nicht viel nach, erledigte alles mit sonderbarer Leichtigkeit, was auf dem Papier aufgelistet war. Zwei Wochen später bekam ich eine SMS-Nachricht von ihrer Nummer, mit der Adresse und dem Zeitpunkt meiner Anmeldung.

Das niedrige Gebäude, welches zur besagten Adresse gehörte, war in einem ziemlich desolaten Außenbezirk und sah wie ein Lagerhaus aus. Ich klopfte an der Tür; der gleiche athletische Typ öffnete sie. Er übernahm den unterschriebenen Vertrag und nickte zustimmend. Dann sagte er: „Du findest hier einen Sack mit Kleidern, die du anziehen musst. Dann musst du alle deine Kleider, deine Ausweise, Wertsachen, Geld, usw. in diesen Sack stecken. Ich lasse dich jetzt allein und werde dich dann bald abholen." Er verschwand, und sperrte die Tür von außen zu.

Ich war ein wenig verwirrt, tat aber, was er sagte; der Sack hing an der Wand des spärlich beleuchteten Raumes, ich nahm die Kleidung heraus; es war lediglich eine Art Overall aus Fries, genau in meinen Maßen, sehr einfach, bequem und neu. Ich steckte meine Sachen in den Sack hinein. Es ist der Anfang meines neuen Lebens, meiner vollständigen Verwandlung; ich war nach wie vor in einem sonderbaren Traumzustand. Sie kommen mich bald abholen. Dann werde ich ihr Sklave, ihr auf Leben und Tod preisgegeben. Meine Wonne, meine Glückseligkeit überwog alles, auch meinen heimtückisch aufkeimenden Verdacht. Als ich fertig war, legte ich mich völlig erschöpft auf eine hölzerne Bank an der Wand. (Viel mehr gab es in dieser leeren Betonhalle nicht.) Ich wartete sehr lang, meine Uhr steckte im Sack, allmählich verlor ich das Zeitgefühl; es war vermutlich schon Nacht, die Tür war zu. Die Macht der Sehnsucht warf einen langen Schleier über meine Seele und durch einen überwältigenden Traum wurde ich in das Jenseits meines Bewusstseins geschleudert.

***

Bis zum weiten Horizont erstreckte sich eine sanft dahingleitende Hügellandschaft, hier und da mit grünen Auen und Wäldchen; unten in der Senke ein Gemüsegarten von mindestens einem Hektar, daneben ein Geflügelhof, Obstbäume, aus dessen Blüten sich ein betäubender Duft verbreitete. Ein wenig weiter waren die Umrisse einer im Bau befindlichen großangelegten Villa zu erkennen; weit hinter dem Haus ein Pferdestall mit riesigem Auslauf, daneben ein Tennisplatz.

Wir arbeiteten im Gemüsegarten mit Gerd zusammen, hackten den Boden zwischen Kraut-, Kürbis- und Salatbeeten, jäteten das Unkraut mit den bloßen Händen, denn chemische Mittel anzuwenden war verboten. Sogar das Wasser zum Gießen holten wir aus einem tiefen Brunnen, der achthundert Meter entfernt war. Der kleine Bach floss zwar am Gartenende vorbei, die kostbaren Pflanzen durften jedoch nur mit hochwertigem Trinkwasser gegossen werden.

Gerd war ein großer, stiller Kerl, manchmal pfiff er leise dahin, er horchte, ob eine Antwort von den Vögeln kommt. Manchmal brummte er mich an, wenn er meinte, dass ich Blödsinn angestellt hätte, dann sagte er, ich sei ein unbelehrbarer Stadttölpel; gelegentlich erklärte er dann, wie die Krautbeete am Rand fachmännisch gehackt werden. Anfangs war ich saumüde, dann aber gewöhnte ich mich an die Arbeit. Gerd, der unermüdlich und immer gut gelaunt war, heiterte mich auf. Er strich sich oft über den üppigen, zotteligen Bart, vielleicht nur aus Gewohnheit, oder nur um die Käfer abzuwischen. Unsere Unterkunft war im kleinen Schuppen neben dem Garten, waschen konnten wir uns mit dem Wasser vom Bach. Gerd war ein ausgezeichneter Koch, die Wände der Hütte waren mit verschiedenstem Küchenzeug vollgehängt, gegen Abend fing er dann irgendein Federvieh ein und es wurde vor dem Schuppen auf offenem Feuer gebraten.

Es war Frühlingsanfang, als wir uns getroffen hatten, von da an maß ich den Verlauf der Zeit nur mehr am jeweiligen Mittagswinkel der Sonne; ab und zu fragte ich auch Gerd, welchen Tag wir hätten, oder welchen Monat, aber er zwinkerte nur, mit der Begründung, ich sollte mich nicht darum kümmern, wir hätten hier Zeit bis zur Unendlichkeit.

Die wunderschön gewachsenen, großen Salatköpfe hoben wir aus, wir wuschen sie und stellten sie in großen Körben vor dem Schuppen ab;

abends erschien ein großes Auto und die Körbe wurden abtransportiert. Als ich mir manchmal durch die Borsten am Gesicht fuhr, kam bei Gerd nur ein Lächeln auf. „Na, Kleiner", er nannte mich immer so, „will der Bart nicht anfangen zu wachsen?" Du hast zwar ein Paar lumpige Haare im Gesicht, die sind aber sicher nicht als Bart zu bezeichnen. Schau dir den 'mal an!", sagte er stolz.

Wir hörten am Lagerfeuer dem Grillengezirpe zu. Gerd stimmte ein altes Lied an und schürte am Feuer.

Einmal fragte ich ihn, wie lange er schon hier sei.

„Wie lange? Woher soll ich das denn wissen? Das wirst bald auch du nicht mehr wissen, Kleiner." Er starrte auf die ausgehende Glut. „Kümmer' dich lieber um deine Sachen, was soll diese dumme Fragerei!"

Dann begann er zu pfeifen, es drang tief in die anbrechende Nacht ein.

„Wir werden auch bald einen Hund haben, einen deutschen Schäfer. Die Nächte werden ruhiger vergehen. So, und jetzt gehen wir schlafen."

Im Frühsommer waren die Kisten neben dem Schuppen jeden Tag mit allerlei Grünzeug gefüllt; es gab da Salat, Kraut, Rettich, Spinat, Gurken, Unmengen von Obst; am Abend wurde alles abgeholt. Wir trafen sie selten; sie waren zu dritt, sie waren immer mit einem großen Auto da.

Es kam der Befehl, mit dem Bau des Hauses konnte begonnen werden. Das schien eine längere Arbeit zu werden; Gerd und ich schnitten die Sparren zu, am Abend kam der Bauleiter, der unsere Arbeit anhand des Planes kontrollierte, zumeist war er zufrieden. Es wird ein riesiges Gebäude werden, mit zwei Geschossen, das Untergeschoss aus gewaltigen Bruchstein-Blöcken ausgelegt, drinnen mit dicken Isolierplatten, das Obergeschoss aus riesigen, rohen Baumstämmen.

Mitte Sommer saßen wir abends am Feuer, als Gerd mich ansprach:

„Findest du es nicht langweilig hier? An so ein Leben bist du sicher nicht gewöhnt."

Seine Frage traf mich unerwartet, seit Monaten wurde mir keine Frage gestellt.

„Ich weiß nicht so recht ... vielleicht schon ... aber darüber habe ich nicht nachgedacht", antwortete ich unsicher.

Gerd schaute nachdenklich auf das ausgehende Feuer.

„Wir wohnten im Norden, weit von hier", begann er. „Ich unterrichtete Physik in der lokalen Schule, unter Provinzlackeln. Ich hatte eine Familie – Frau und zwei Töchter – bis zu dem Zeitpunkt, als SIE erschienen."

Ich sagte kein Wort und hörte angespannt zu. Gerd nahm eine entspannte Haltung an und sprach los: „Es hielt ein Auto in unserem Hof an, ein großes, schwarzes Auto. Es saßen drei Personen darin, vorne zwei groß gewachsene Männer; links auf dem Hintersitz eine Frau, die einen Schleier trug – jene Frau, um die es in meiner Geschichte geht. Der Fahrer stieg aus und teilte mit, dass sie zur Stadt X. fahren wollten, das Navi aber kaputtgegangen sei und sie sich wahrscheinlich total verirrt hätten; daraufhin erwiderte ich, dass diese Stadt mindestens zweihundert Kilometer von hier entfernt liege. Da schaut der Kerl unentschlossen nach hinten, spricht auch mit dem anderen und fragt dann, ob sie nicht hier bei uns schlafen könnten, weil die Herrin sehr müde sei. Das Obergeschoss war leer, so sagte ich ihnen, sie können ruhig hier schlafen, vielleicht finden wir sogar etwas zum Essen für sie; ich sagte meiner Frau Bescheid, wir hatten auch schon früher Gäste über Nacht hier. Sie rafften sich aus dem Auto, die zwei Kerle – wahrscheinlich die Bodyguards der Frau auf dem Hintersitz – schafften die Sachen nach oben, der eine kam zurück und begleitete die fremde Dame am Arm hoch. Meine Frau deckte den Tisch für sie und hatte auch gleich etwas zum Essen bereit. Zuerst setzte sich die Frau an den Tisch, dann die zwei Männer. Sie wischte sich die langen, schwarzen Haare aus dem Gesicht und lächelte.

„Sie müssen uns entschuldigen, dass wir so bei ihnen eingebrochen sind, aber dieses verflixte Navigationsgerät ist kaputtgegangen …", fing sie an, worauf meine Frau erwiderte: „Aber meine Liebe, das ist doch selbstverständlich …" Als sie die verschiedenen Leckerbissen erblickte, die meine Frau inzwischen hervorzauberte, sagte sie bloß: „Oh, ich möchte nur einen Tee, aber die zwei (und sie deutete auf ihre Bodyguards) werden sicher auch den Braten nicht ablehnen."

Dann trank sie den Tee, fragte nach dem Weg, worauf ich sie nach oben begleitete und ihr das Zimmer zeigte.

Nach einer Stunde vernahm ich ein leises Klopfen an der Küchentür, der eine Begleiter fragte, ob es vielleicht warmes Wasser gäbe, ließe die Herrin fragen.

Ich sah mir den Boiler im Keller an, der war in Ordnung, dann dachte ich, vielleicht ist oben ein Ventil verstopft, da das Bad schon lange nicht mehr benutzt worden war. So ging ich also hoch und klopfte an der Tür.

Sie machte auf; sie trug ein Nachthemd. „Wenn Sie erlauben, sehe ich mir die Badewanne an und das Einlassventil …" Ich sah nach, ja … das Warmwasser war abgestellt. „Sehen Sie", sagte ich, „das war's bereits, jetzt können Sie ruhig baden." Ich drehte mich um, sie stand im Badezimmer vor mir und beobachtete, was ich tue und lächelte.

Ich wusste, ich muss an ihr vorbei, aber da sie keine Bewegung machte, streiften unsere Körper einander. Ich sah unter dem Nachthemd ihre straffen, runden Busen. Im Zimmer blieb ich für einen Moment stehen, da sagte sie: „Sie sind ja ein ausgezeichneter Fachmann …" Ich weiß nicht, ob das wirklich eine Anerkennung war, oder nur eine Art spöttische Neckerei.

„Also dann, meine Dame, gute Nacht, schlafen Sie wohl!", und ich öffnete die Tür.

Sie machte einen Schritt auf mich zu. „Vielleicht könnten Sie für einen Moment bleiben … ich hätte Lust auf ein wenig Plaudern … Oder, wissen Sie was? Kommen Sie in einer Stunde wieder herauf."

Ich ging die Holztreppen hinunter, ehrlich gesagt, schlotterten mir die Knie.

Unten im Kamin ging das Feuer bereits aus, bald war ich allein da. Ich überlegte. Soll ich hinaufgehen? Das ist doch Wahnsinn. Meine Frau bemerkt das sofort. Aber auch so ist das eine törichte Idee. Dabei sehe ich ihr Gesicht vor mir, das einer unbekannten Frau, die mich „plaudern" ruft und in der ganzen Absurdität konnte ich nichts anderes entdecken, als eine Art kindische Neugier, unschuldiges Wundern, etwas ganz Natürliches im völlig Widersinnigen … Letztendlich sind wir ja Menschen, haben das Recht, neugierig aufeinander zu sein. Wann immer wird schon jemand aus der Außenwelt hierher verschlagen? Aber ich wusste: All das war umsonst, ich fühlte die Pfeile ihrer Blicke in meinem Körper, es hat keinen Sinn, nach Ausflüchten zu suchen.

Ich hatte das Gefühl, dass es zu meinem Verhängnis wird, aber dennoch, oder vielleicht gerade deswegen ging ich nach oben zu ihr.

Sie lag im Bett, in einem prachtvollen, malvenfarbenen Nachthemd, las beim Licht der Lampe, die über ihrem Kopf hing und zeigte nicht das geringste Anzeichen einer Überraschung.

„Ich wusste, Sie werden kommen … Sie sind schließlich ein Gentleman", ihre Stimme klang ein wenig höhnisch. „Ich sehe Ihnen an, Sie würden das Begehren einer Dame nicht ablehnen."

„Ich möchte Sie nicht stören …", erwiderte ich. „Ich hatte gedacht, Sie wären müde."

„Das war ich auch, jetzt bin ich aber erfrischt. Sie haben ein wunderschönes Haus und die Gastfreundschaft hat mir sehr gefallen, vor allem die von Ihnen", sagte sie in einem eigenartigen Tonfall. Dann setzte sie fort, „Ich möchte wirklich nicht unanständig wirken, oder Sie damit belasten, aber stellen Sie sich vor, irgendwas hat mir in den Rücken gestochen, es juckt höllisch, vielleicht könnten Sie es sich ansehen."

Ich sah sie verblüfft an, sie verstand das als Einwilligung.

Sie warf die Decke weg, zog das Nachthemd aus und setzte sich mit dem Rücken zu mir, rittlings auf die Bettkante.

„Setzen Sie sich hierher …", deutete sie auf meinen Platz, „schauen Sie sich meinen Rücken an, ob da kein Biss zu sehen ist." Dabei kicherte sie still.

Ich starrte ihre zarte, samtweiche Haut an, wo keine Spur eines Stiches zu bemerken war; sie hob ihre vollen Arme hoch und kreuzte sie über dem Kopf.

„Ist nichts zu sehen?", fragte sie mit einer vorgetäuschten Neugier. Plötzlich wandte sie sich mir zu und richtete mir die üppigen Busen provozierend entgegen. Sie saß immer noch rittlings. Dann streckte sie die Beine ganz natürlich nach vorne und umschlang meine Hüfte mit ihnen, wobei sie die Knie sanft anhob. „Sie sind ein sonderbarer Mensch …" sagte sie mit einem leicht höhnischen Lächeln. „Gefalle ich Ihnen nicht?"

Ihr spöttisches Benehmen, ihre lüsterne Sucht nach Gefallen und ihre leuchtende Schönheit ergaben eine explosive Mischung. Ich konnte mich nicht beherrschen. Sie hat – ja das hat sie bestimmt – jene Grenze gesprengt, die ein Mann zu ertragen fähig ist, um sein Handeln der Vernunft zu unterwerfen.

Sie schmiegte sich ganz nah an mich, ihre Nippel berührten meine Brust und sie begann mir das Hemd langsam aufzuknöpfen, indem sie immer tiefer langte; sie warf das Hemd zur Seite, knöpfte meinen Schlitz auf und fasste mit beiden Händen nach meinem Schwanz.

„Du kleiner Narr, hast du solche Angst vor mir?", fragte sie mit hemmungsloser Geilheit und schob meine Hosen nach unten.

Ich wurde der ihre in dieser Nacht. Oder sie die meine? Nein, die meine wurde sie nicht. Sie wird niemals zum Besitz, niemands Eigentum auf der ganzen Welt.

Früh am Morgen waren sie weg. Erst danach setzten wir uns zum Frühstück hin, wir waren zu zweit mit meiner Frau, die beiden Töchter gingen in der Nachbarstadt ins Gymnasium.

„Na, und ist die Nacht gut vergangen?", fragte meine Frau mit vorgetäuschter Gleichgültigkeit.

Ich sah nach unten, auf die Tischecke.

„Hörst du, was ich gefragt habe?!", fuhr sie daraufhin hoch. „Hast du dich mit der Hure wohl gefühlt?"

Ich sah sie an. Ihr Gesicht war voller Tränen vor Wut.

„Nimm deine Sachen und scher dich weg! Noch heute. Ich will dich nie wiedersehen." Sie stand auf, ging hinaus und knallte die Tür hinter sich zu.

Auch ich stand auf, aber ich musste mich wieder setzen, es war mir schwindlig. Ich wusste genau, sie scherzt nicht, ich hatte ihr eine tödliche Wunde versetzt.

Durch den Kopf gingen mir nicht so sehr die praktischen Schritte, obwohl ich wusste, dass es keinen Rückweg mehr gibt. Es fiel mir ein, wie es war, als ich sie kennengelernt hatte; sie war jung, hilflos, auch in ihrer unendlichen Verletzlichkeit maßlos hartnäckig; sie vertraute mir, setzte ihr ganzes Leben auf mich und ich habe sie gemeinerweise betrogen. Im Gedanken kehrte ich zur Nacht zurück; es öffnete sich plötzlich ein Abgrund vor mir und ich wollte nicht hineinblicken.

Wahllos kramte ich meine persönlichen Sachen zusammen, ich packte zwei Koffer, in eine Kiste kamen meine wichtigsten Bücher. All das wird mich einmal erreichen. Vielleicht. Hier, in der Gegend gab es kein Hotel, aber ein billiges Motel, nicht weit, in einem Nachbardorf; dort nahm ich mir ein Zimmer für ein paar Tage, dann rief ich ein Taxi und zog mit den zwei Koffern los; es war das letzte Mal, dass ich meine Frau sah, und auch das Haus, das wir in vielen Jahren zusammen aufgebaut hatten; so hinterließ ich mein ganzes bisheriges Leben nach zwanzig Jahren Ehe.

Mein neues Zuhause war ein Zimmer, so groß, dass ein Sofa, ein Schreibtisch, ein Stuhl und ein Garderobenschrank eng darin Platz hatten; der Waschraum war auf dem Flur. Ich kann nicht sagen, dass meine Gedanken klarer geworden waren, sie kamen eher noch mehr durcheinander. Ich wusste, wenn ich allein bleibe, werde ich ein schlimmes Ende finden; ich war nicht geeignet ein einsames Dasein zu fristen, außerdem würden mich auch die Gewissensbisse zernagen. Ich durfte nicht nach hinten schauen, auf die Ruinen meines Lebens; meine Gedanken kehrten zu jener Nacht zurück, ich hörte ihr Kichern, spürte die seidene Wärme ihrer Haut. Ich wusste: Ich muss sie finden, um jeden Preis, sonst bin ich verloren. Ich überlegte: Ein verrücktes Unterfangen. Sie kann hunderte solcher Abenteuer gehabt haben. Sollte ich sie überhaupt finden, woher würde sie sich erinnern? Aber, wie kann ich sie denn finden? Ich weiß nichts über diese Frau, nichts auf der Welt, nicht einmal ihren Vornamen. Nach langem Überlegen fiel mir ein, Eines weiß ich doch: das Kennzeichen ihres Autos, das sich mir – auf eigenartige Weise – eingeprägt hatte.

Ich habe lange nach ihr geforscht, die Details aufzuzählen wäre langweilig. Das Kennzeichen führte mich auf ihre Spur, doch nicht direkt; die Ermittlungen fraßen alle meine Reserven auf. Schließlich fand ich ihre Wohnung – aber was für eine! Es war ein moderner Palast im vornehmsten Villenviertel der Hauptstadt, in einer stillen Gasse; am von

Zypressen bewachsenen Zaun gab es zwei Eingänge, einen für Autos mit zwei Flügeln und ein Tor für Fußgänger, beide mit elektronischer Schließvorrichtung. Von der Straße aus war das Haus nicht zu sehen, es führte ein kurviger Weg nach oben, mit Kandelabern im amerikanischen Stil auf beiden Seiten. Mindestens zwei Wochen lang suchte ich nach einer Gelegenheit, sie anhalten zu können, aber ich wollte sie nicht abschrecken, nicht dass sie mich von weitem für einen Strauchdieb oder Sandler hält; ich erkundete ihre Gewohnheiten, wann sie wegfährt und wiederkommt; meist wurde das Auto von dem Kerl gefahren, mit dem sie auch bei uns erschienen war, manchmal fuhr sie aber auch selbst.

Ohne Bodyguards verließ sie das Haus nie.

Einmal lungerte ich gerade vor dem Garagentor, als das Auto scharf bremste und anhielt; es wurde von ihr gefahren. Sie stieg sofort aus, zu meiner Überraschung als erste. Sie starrte mich an, ihr Gesicht war zornig.

„Ich weiß, du stöberst schon lange nach mir herum. Du hast Glück, dass ich nicht die Polizei auf dich gehetzt habe. Was zum Teufel willst du von mir?"

Ich wagte es nicht, sie zurück zu duzen.

„Meine Frau hat mich verjagt, ich habe kein Zuhause mehr. Ich wollte Sie nur noch einmal sehen."

Inzwischen sind auch die zwei Leibwächter ausgestiegen und warteten still, eingriffsbereit auf ihre Befehle. Mit rasch forschendem Blick durchstreifte sie mich, dies genügte ihr, um festzustellen, wer ich bin und was sie von mir zu erwarten hat; ich glaube nicht, dass sie zum Typus gehörte, dem manchmal „das Herz weich wird". Schließlich sagte sie: „In Ordnung, komm mit mir." Den Bodyguards winkte sie zu, sie sollten uns folgen. Wir gingen ins Haus hinein, sie führte mich in den Salon, der ein großer Raum von mindestens fünfzig Quadratmetern war, mit italienischem Marmorboden, die Wand Richtung Stadt völlig aus Glas, mit einem Ausgang auf eine riesige, mit Steingeländer umgebene Terrasse.

Sie ließ Kaffee und Kuchen holen.

„Du warst nicht schlecht, du kleiner Schlingel", sagte sie nachdenklich, beinahe liebenswürdig; es war interessant, sowas als zwei Meter großer Kerl mit meinem Gewicht zu hören.

„Wenn du unbedingt hierbleiben willst, dann nur unter einer Bedingung: Du wirst mein Sklave", sprach sie überlegt, „zuerst erprobe ich dich aber auch als Liebhaber. Du schaust nicht so schlecht aus, obwohl du nicht eben mein Typ bist; sonst hasse ich aber dürre Schwächlinge. Jedoch musst du mich nach und nach kennenlernen; und Fehler darfst du keine begehen, wenigstens nicht allzu viele. Du darfst mich nur auf den Knien ansprechen, und auch dann nur, wenn ich dich etwas frage. Du bekommst alles, was du brauchst, so ist es fehl am Platz, Fragen zu stellen. Aber du musst im Vorhinein wissen, in der Rolle des Geliebten halte ich dich nicht länger als drei Monate; das ist mein bisheriger Rekord. Dein Schicksal danach hängt nur von dir ab. Du wirst mich mit „Herrin" anreden, nur so einfach.

In meiner Jugend hielten mich viele für eine Art Macho, ich hatte unzählige Abenteuer, und dass mich eine Frau je in diesem Tonfall behandelt, hätte ich mir nie vorstellen können. Auf ihre Worte hin stieg mir das Blut hoch, ich sah ihr immer nur zu, aber ihre kalte Schönheit machte mich unterwürfig, ich habe mich vor ihr in einen Hund verwandelt, und noch dazu bedeute diese Art von Dasein die einzige Glückseligkeit für mich.

Anfangs lebte ich in einer Art Euphorie; entweder schlief ich mit ihr im Bett oder neben ihr auf dem Boden. Nachts war sie Venus, ich hatte das Gefühl, sie wurde zuerst vom Schöpfer geschaffen und dann erst das *Weib*, der verkörperte Sex. Wir trieben es im Wohnzimmer, im Bad, im Keller, auf dem Bachufer, im Wald, sogar im Heuschober … jedes ihrer Atome bestand aus Sex, ihr Wesen war daraus gewoben … Sie war wahnsinnig, hemmungslos und leidenschaftlich … eines nachts stieg sie splitternackt vom Fenster ihres Schlafzimmers im ersten Stock auf einem Seil herunter … unten wartete ich auf sie.

Im riesigen Park ihres Palastes führte sie mich manchmal an der Leine, und zwang mich, wie ein Hund zu bellen; sie steckte mir Knochen in den Mund, ein anderes Mal löschte sie die Zigarettenkippen an meiner Zunge aus. Sie hasste die sogenannte traditionelle Moral, sie hielt sie für nichts anderes als widerliche Heuchelei, ein Anzeichen für Versager. Sie war eine Anhängerin von Nietzsche – sie hat fast alles von ihm gelesen. Ich wurde immer mehr in ihren Bann gezogen; als sich die Frist näherte, überkam mich Panik, mich schauderte beim bloßen Gedanken, sie zu verlieren. Ich wollte sie für ewig behalten, ja sogar darüber hinaus. Sie sah das klar, war doch genau das ihre Absicht. Zuerst fand sie Vergnügen dabei und überspielte die Sache manchmal auch noch ein wenig; dann wurde sie aber immer mehr verärgert, und Panik war das Allerletzte, was sie ertragen konnte. Es ist nicht einmal ein Monat von den dreien vergangen, als ich sah, dass sie durch meine Anwesenheit ausdrücklich genervt war. Es war klar, dass sie nur mehr einen Vorwand brauchte, um mich loszuwerden; denn es war doch etwas in ihr vorhanden, was ich – wie soll ich's formulieren – Mitgefühl nennen würde … kurzum, warum soll ich dir das ganze erzählen, wenn du womöglich noch vor dem Ganzen stehst? Nun, einmal habe ich sie ohne Erlaubnis angesprochen, noch dazu war sie in einer äußerst miesen Stimmung – das war der letzte Tropfen zum Überlaufen. Von da an war mir nur mehr gestattet, als Küchengehilfe zu arbeiten, ich hatte nicht einmal die Chance, in den engeren Kreis ihrer Dienerschaft zu gelangen. Ich sah sie selten, weil sie die Küche gar nicht betrat und ich nicht das Recht hatte, als Diener hinauszugehen. In der unterirdischen Zelle, wo ich wohnte, konnte ich per Video die Ereignisse aus ihrem Leben mitverfolgen, wenigstens jene, die sie zu diesem Zweck für geeignet hielt; vor der Pritsche stand ein Altar mit ihrem Bildnis; ich betete sie an, die Göttin des Sex … Ein halbes Jahr später wurde ich endgültig aus ihrem Haus verbannt, sie teilte mit, sie brauche mich hier nicht mehr; auf ihrem Landgut, im Gemüsegarten könnte ich ihr viel mehr nützlich sein. Zu dieser Zeit kam ich hierher, in ihren Garten, unter ihre Pflanzen, Tiere, wo alles produziert wird, was auf ihren Tisch kommt. Sie besteht auf Biogärtnerei und ist nur bereit, die hier hergestellten, frischen Lebensmittel zu verspeisen; sie will ewig leben und sie wird es vielleicht auch … da bin ich mir sogar sicher. Ich traf sie nur einmal flüchtig, nachdem sie angeordnet hatte, dass ich hier arbeiten werde; sie blickte mich heiter an und sagte ohne jegliche Ironie: „In meinem Garten wirst du dein Lebensglück finden, welches du dir immer ersehnt hattest.““

Er hörte auf und machte einen großen Seufzer.

„Hast du das Gefühl, dass sie dich einmal abholt oder zu sich ruft?“, fragte ich.

„Ja sie wird schon kommen … *einmal*“, meinte Gerd mit schwankendem Glauben.

„Oder wollte sie, dass du so glücklich wirst, in ewiger Sehnsucht nach ihr?“

„Woher soll ich das wissen? Äh, Blödsinn, das Ganze.“

„Aber, möchtest du nicht weg von hier? Du bist ja nicht hierher gefesselt.“

Gerd sah mich resigniert an. „Wenn du sowas fragst, verstehst du nichts.“

Dann deutete er zum Haus hin, dessen Umrisse auch beim Mondschein sichtbar waren. Er sprach weiter, seine Stimme klang nach fanatischer Entzückung.

„Das wird ihre Sommerresidenz, sie hat sie zum Teil selber entworfen. Es wird ein Schwimmbad darin geben, eine Sauna, separate Kabinen zum Sex mit unterschiedlichstem erotischem Zubehör, ein ganzes Beauty-Studio und eine Wellness-Abteilung mit Fitnessgeräten. Dann wird es einen Empfangssaal geben für große Tanzpartys. Im Obergeschoss ein Luxus-Schlafzimmer, wo sie nach Lust und Laune mit ihren Liebhabern herumtoben kann, obwohl sie dazu nicht unbedingt Extra-Räumlichkeiten braucht. Dahinter der Pferdestall, den hast du ja gesehen; er ist zwar noch nicht fertig, aber der hintere Trakt wird noch Ende Sommer fertiggestellt. Reiten ist ihr Lieblingssport, sie ist auch eine erstklassige Reiterin und braucht keinen Sattel. Ihr Favorit ist ein wunderschöner Kohlfuchs, ich bekam sie ein einziges Mal zu Gesicht, als sie an mir vorbeihuschte, ich glaube kaum, dass sie mich bemerkt hat; als wäre sie mit ihrem wilden Pferd zusammengewachsen, sie waren unzähmbar, ungezügelt, göttlich …"

Ja, das war Dorothee. Ich habe sie mir genauso vorgestellt. Es wurde also zur Wirklichkeit, was sie mir damals sagte. Ich musste nur auf Gerd sehen, auf die Glut in seinen Augen, wenn er über sie sprach. *„Der Sklave ist glücklich, wenn ich glücklich bin!"*, sagte sie auf dem Schiff.

Wir sind also Schicksalsgenossen mit Gerd, wie zwei Soldaten im Schützengraben, wir lieben die gleiche Frau, sind aber dennoch Freunde – weil wir uns beide auf der Verliererseite befinden. Aber, wer weiß? Ich musste ihn gar nicht mehr ansehen und verstand ihn trotzdem.

„Du hast also Physik unterrichtet?", fragte ich ihn, nur um von der Sache abzuweichen.

„Habe ich. Und was hast du gemacht, Kleiner?"

„Nun … ich war gewissermaßen Philosoph … natürlich nur ein Amateur."

„Ein Philosoph?", fragte Gerd höhnisch. „Na, und was für Erkenntnisse hast du gemacht?"

„Ich weiß nicht, … was meinst du?"

„Zuerst solltest du vielleicht etwas über dich erzählen. Ich hab' schon so viel gequasselt, dass mir der Rachen ganz trocken geworden ist."

Gerd spuckte den zerkauten Zigarettenstummel aus dem Mund. Es kann schon um Mitternacht herum gewesen sein. Das Feuer ist ausgegangen, aber die Nacht war lauwarm.

„Viel zu erzählen habe ich nicht. Ich habe programmiert und habe damit einiges Geld gemacht, in meiner Freizeit habe ich dann als Entspannung Philosophie gelesen … das ist alles."

„Hattest du eine Familie?"

„Nein, … ich glaube, ich bin dafür nicht geeignet."

„Das sieht man dir auch an." Gerd grinste höhnisch hinter seinem Bart, aber er hatte irgendetwas Gutmütiges an sich, ein fast kindisch naives Mitgefühl, wie bei vielen Riesen seines Schlages.

„Irgendwie wollte ich immer eine Arbeit machen, bei der man nicht grübeln muss – nur so kann man frei werden, wenigstens in seinen Vorstellungen, wir leben ja ohnehin in ihnen – und schließlich ist eben das nicht gelungen", sagte ich unsicher.

„Na, und in der Philosophie, was hast du da ergründet?", fragte Gerd erneut mit dem Ton der Fangfragen in Quizspielen.

„Was? Na, dass ich nicht einmal soviel weiß, wie ich geglaubt hatte, zu wissen."

„Ein schönes Ergebnis, Kleiner. Dafür hat es sich gelohnt." Gerd musterte mich mit einem Blick voller Nachsicht.

„Da hättest du auch klügere Sachen angehen können!", setzte er fort.

„Was zum Beispiel?"

„Woher soll ich das wissen? Was einen Nutzen hat … oder Sinn macht."

„Das hab' ich ja getan! Ich habe programmiert – ich wurde bezahlt. Das Geld habe ich verbraucht und dann wieder von Neuem angefangen."

„Du bist hoffnungslos, Kleiner." Er fing wieder zu summen an. Zwischen den Bäumen erstarkte langsam der Wind. Es gab nichts mehr zu reden. Es wurde kühl; wir gingen in die Scheune zum Schlafen.

Im Sommer arbeiteten wir am Vormittag im Gemüsegarten, am Nachmittag an der Baustelle. Gerd genoss vor allem Letzteres; er erzählte, dass er schon mal einen Wintergarten gebaut hatte, und dass jetzt gerade so einer in den Plänen steht. Einmal sah ich, dass er sich mit dem Bauleiter in eine längere Diskussion einließ, er wollte auf jeden Fall die Dachkonstruktion ändern.

„Das ist doch der Wille ihrer Herrin – wie könnte ich mir anmaßen, eine Änderung vorzunehmen?", soviel hat er von unserem Verhältnis also in Erfahrung bringen können; ansonsten war er Architekt, ihr eigens eingesetzter Beauftragter.

„Schauen Sie, ich mache sowas nicht zum ersten Mal!", beteuerte Gerd." Das Dachtragwerk könnte aus zusammenlaufenden Balken bestehen, mit einem Sternprofil oben, das die Balken verbindet. Jedes Segment kann dann mit unzerbrechlichem, getrübtem Glas bedeckt werden, vielleicht auch intarsiert. Man hat dann drinnen das Gefühl, als wäre man in einer gotischen Kathedrale."

Der Architekt fühlte sich in Bedrängnis. „Ich weiß nicht, ob Sie das mit ihr besprechen können, – hm, möchte sie überhaupt, dass Sie sich da einmischen?"

Gerd spürte, dass er die Situation nicht überspannen darf, mit der Herrin ein Gespräch zu initiieren war für ihn vollkommen unmöglich.

„Schlagen doch Sie ihr das vor!", bettelte er den Architekten an. Sie können mit ihr reden. Ich bin mir sicher, dass sie Gefallen an der Idee findet."

„In Ordnung", sagte dieser nach kurzem Überlegen, „obwohl Ihr Konzept den Bau erheblich verteuern würde."

In zwei Tagen kehrte er zurück, fächelte uns mit dem neuen Plan in der Hand zu und teilte Gerd die gute Nachricht mit, die Herrin sei mit der Änderung einverstanden.

Gerd fragte nichts … ob sie weiß, dass die Idee von ihm kommt? Dass ihm nicht nur ein kahles Haus vorschwebt, sondern darin gleich auch seine Eigentümerin?

Von da an schritt der Bau mit intensiver Anstrengung voran; Leute gab es genug, zum Teil waren es Sklaven, zum Teil externe Fachleute, besonders bei den inneren Montagearbeiten. Laut Plänen wollte die Herrin nächstes Frühjahr einziehen und den Sommer hier verbringen. Gerd war unbeschreiblich glücklich. Er stellte sich vor, sie dann täglich sehen zu dürfen. Auch mich überkam Freude, aber in ganz anderer Weise; bei mir mischte sich die Freude mit einer unbestimmbaren Angst, einem ungewissen, unheilvollen Vorgefühl.

Gegen Winter stand das Haus praktisch fertig, die Monteure arbeiteten am Schwimmbad, an der Sauna, an der ganzen Inneneinrichtung. Das Dach wurde so, wie es sich Gerd erträumt hatte. Er beobachtete es oft von der Scheune her und bewunderte es. „Wie wohl sie sich darin fühlen wird!", sagte er mit kindischer Freude und wusste inzwischen vielleicht, dass er sich dort nie zusammen mit ihr aufhalten wird, für die er das Ganze erträumt hatte – und die wohl gar nicht auf den Gedanken kommen wird, dass das seine Idee gewesen war.

Bis zum Frühling wurden der Pferdestall ausgebaut und auch der Tennisplatz fertiggestellt – eines morgens wurde mir durch einen Boten mitgeteilt, dass ich auf Order der Herrin zu den Pferden versetzt wurde, meine Aufgabe wird nunmehr das Füttern und Sauberhalten der Pferde sein, sowie die Aufsicht des Stalles und des dazugehörenden Bereichs. Auch die Unterkunft werde mir dort gewährt. So musste ich also von Gerd Abschied nehmen, der in der langen Zeit zu meinem Freund geworden war; ich könnte nicht behaupten, dass es ein wehmütiger Abschied war, das Ganze verlief eher im gewohnten Stil von Gerd.

„Du wirst ein nobles Amt bekleiden, Kleiner, bist ein wichtiger Mann geworden." Soviel der Abschied, wir reichten einander die Hand.

Ich musste alles über Pferde lernen, aber ich war schon daran gewöhnt, neue Aufgaben meistern zu müssen. Ich fütterte und tränkte sie, führte sie spazieren, nach einiger Zeit lernten sie mich kennen, auch ich kannte alle. Zwar lernte ich ihre Gestalt, ihre Bewegungen zu bewundern, aber es wurde kein Pferdeliebhaber aus mir. Auch das Reiten erlernte ich nie.

Ende Frühling kam auf einmal viel Trubel auf, das ganze Gut musste glänzen wie bei einer Parade, Aufseher kamen und gingen, es erschienen Menschen, die ich früher nie gesehen hatte, und die Spannung wuchs ständig.

Eines Morgens striegelte ich gerade den Kohlfuchs, da kam ein Kerl und teilte mit, das Pferd hat binnen einer Stunde so blank zu sein, dass sich die Sonne auf seinem Fell widerspiegelt.

In Kürze näherten sich drei Frauen – die mittlere war Dorothee, in einem eleganten Reitkleid und Kniestiefeln.

Wie im Bann glotzte ich sie an, seit der schicksalhaften Szene im Bürohaus hatte ich sie nicht mehr gesehen; ich verbeugte mich spontan vor ihr und übergab ihr die Zügel.

Sie nahm ihn entgegen, würdigte mich keines Blickes; stieg mit einem leichten Sprung aufs Pferd, wartete die beiden anderen Frauen ab und sie huschten weg.

Ich lehnte mich an das Tor des Stalles und sah ihr nur nach. An ihrer Schönheit hat sich nichts geändert. Dennoch gab es etwas Neues in ihrem Gesicht ... ein neuer Ausdruck, den ich nicht entziffern konnte.

Sie kommt zurück, dachte ich, ich bin sowieso da, sie gibt mir das Pferd wieder ab und ich werde sie jetzt täglich sehen. ... Oh, Herr im Himmel!

So geschah es auch; die Sonne ging bereits unter, sie war wieder da, lustig und heilfroh, ihr Gesicht ein wenig errötet, in einer größeren, heiteren Gesellschaft. Um mich kümmerte sie sich auch jetzt nicht, sie warf mir die Zügel zu und ging in lebhaftem Diskurs mit den anderen lachend fort.

Wenn ich sie auch nicht jeden Tag sah, so doch ziemlich oft, immer in anderer Gesellschaft. Das Haus bevölkerte sich, es gab jeden Abend eine Fete, die Musik war auch draußen zu hören, sie hielt oft bis zum nächsten Vormittag an.

Sie erließ ein Verbot für Autos, sie gestattete ihnen nicht auf die Farm einzufahren, von der äußeren Parkanlage durfte man sich dem Haus nur zu Fuß oder mit dem Pferdewagen nähern.

So ging es bis zum Herbst, ich befürchtete, dass sie uns bald verlässt. Und sie nahm immer noch keine Notiz von mir, sogar meine Existenz wurde von ihr weitgehend ignoriert.

Plötzlich kam ein Bote aus dem Haus mit dem Befehl der Herrin. Ich soll sofort zu ihr, sie erwartet mich. Ich machte mich sofort auf den Weg, aber am Eingang wurde ich von einem Diener aufgehalten. „Ab ins Bad", sagt er, „du glaubst doch nicht, dass dich die Herrin so empfängt? Dort findest du Kleider, die musst du anziehen."

Siehe da, ich bin im Reich der Märchen aus Tausendundeiner Nacht angekommen … nach so langer Zeit!

Mich schauderte. Mein Glück war überwältigend, grenzenlos.

Der Diener zeigte mir das Bad … zwar gehörte es der Dienerschaft, aber auch so übertraf es jeden Prunk, den ich je gesehen hatte. An der Wand hing ein nagelneuer Anzug; das muss der meine sein!

Ich trat hinaus, glänzend poliert, im Anzug; und der Diener führte mich zu ihr in den großen Empfangssaal; es war das erste Mal, dass ich das Gebäude von innen sah; das Licht strömte von oben, durch die mit Intarsien durchwobene Glasdecke prächtig herein. Palmen ragten mit ihren Riesenblättern zum Licht empor.

Dorothee saß in bequemer Pose auf einer Couch und blätterte in einem Modeblatt. Sie trug ein türkisfarbenes Kleid mit tiefem Schulterausschnitt – es passte perfekt zu ihren Augen und ihrer Figur.

Ich blieb in angemessener Entfernung stehen, sie winkte mich fast unmerklich näher und ich kniete mich, wie es sich für einen Sklaven gehörte, vor meiner Herrin nieder. Ich durfte sie nicht ansprechen; dies war ausschließlich ihr vorbehalten.

Mit einem Lachen musterte sie mich. „Der Anzug steht dir perfekt, Arnold, ich habe ihn selbst entworfen." Ich zuckte zusammen, als ich den Namen hörte. Sie gab ihn mir noch damals, sozusagen aus reinem Spaß.

„Du bist ab jetzt mein Hausdiener, eine Art Butler, Bursche für alles. Verstehst du?" Sie fixierte mich mit ihren lachenden Augen.

„Jawohl, Herrin, danke für Eure Güte!", antwortete ich.

„Du bist genauso verrückt, wie früher", setzte sie noch ausgelassener fort. „Aber das ist überhaupt kein Problem … bring mir einen Kaffee, schnell!"

Obwohl ich mich hier überhaupt nicht ausgekannt hatte, erhielt ich durch Zufall oder durch die gütige Laune des Schicksals einen Wink und konnte in paar Minuten mit dem Kaffee zurückkehren und sie perfekt bedienen.

„So, setz dich her … oder noch besser, du kniest dich vor mir hin, das ist stilvoller …", das war bereits *sie*, Dorothee.

„Nun, dein neuer Aufgabenbereich: In erster Linie sollst du mich unterhalten. Du meinst, du wärst ungeeignet dafür", sprudelte sie vor Lachen.

„Ich weiß das, aber es wird mir gefallen, wie du dich anstrengst." Sie schaute mich an, wie damals, ich wusste nicht, was sie ernst meint und was nicht, inzwischen neckte sie mich die ganze Zeit. Reden durfte ich nicht, außer wenn sie mich fragte; ich wartete. „Wenn du mich amüsieren willst, musst du ab und zu auch reden, vorausgesetzt, du kannst etwas Vernünftiges hervorbringen … Nun, Arnold, möchtest du das?"

„Ja, Herrin. Nichts lieber als das."

„So ist's recht. Als Erstes: Bring mir das grüne Tuch dort, es hängt an der Wand, mir ist kalt …", ich brachte es ihr. „Leg es mir auf die Füße!" Dann setzte sie fort: „Wie ist dein bisheriges Leben in meinem Dienste verlaufen?"

Ich war verwirrt. Dieser Posten war doch nicht mit Erzählerei verbunden. Sie aber dachte offensichtlich nicht in herkömmlichen Rollenklischees.

„Nun, ich habe, beziehungsweise, wir haben viel gearbeitet …"

„Mit wem? Hast du dich wohl gefühlt?"

„Mit einem Kerl namens Gerd, der Euch vergöttert. Im Gemüsegarten, bevor ich zu den Pferden geordert wurde …", sagte ich in größter Verlegenheit.

„Hm, Gerd. Wer ist das?"

„Ein hundertzwanzig Kilo schwerer Bursche, der schon lange da ist, Ihr kennt ihn sicher, Herrin."

Sie sann nach. „Ah, jetzt weiß ich schon … der Hüne. Der hat mich zu Tode gelangweilt." Sie grinste.

Soviel bedeutet er ihr also; das habe ich vermutet. Armer Kerl, wenn er das wüsste …

Dorothee besaß immer noch die Fähigkeit, Gedanken zu lesen. Ob nun bei allen, oder nur bei gewissen Typen meiner Art? Ich war auf alle Fälle ein offenes Buch für sie.

Sie sah mich nur an, mit ihren lachenden Augen; ich fühlte wieder das Wunder, die hinreißende Freude, die mich in ihrer Gegenwart immer überkam.

„Ich kann mich nicht um jeden kümmern. Sklaven haben zu dienen und mich zu unterhalten. Womöglich gleichzeitig. Wer dazu nicht fähig ist, der wird von mir leider vergessen."

Ich sah ihr nur zu und begriff die Erbarmungslosigkeit ihrer Worte; all diese Leute wurden doch von ihr verführt und zum Opfer gemacht. Trotzdem habe ich im Inneren gejubelt; die Auswahl war ihrerseits beinahe so, wie das Befolgen eines Naturgesetzes, welches für alle gültig ist, dem sich aber nicht alle anpassen können.

„Und ich habe mich sehr wohl gefühlt, besser als je zuvor …" ergänzte ich eilig, um auch auf ihre zweite Frage zu antworten. „Zuletzt bei den Pferden besonders."

Sie sah mich nachdenklich an. „Du bist vielseitig, das sehe ich. Kannst du auch kochen?"

„Nicht so sehr, Herrin, … aber ich würde es gern lernen."

„In Ordnung. Ich schicke dich zu meinem besten Koch. Du wirst mir das Essen zubereiten, aber auch unzählige weitere Aufgaben haben."

Ich sah sie nur an; sie wusste, dass ich glücklich war.

„Demnächst fahre ich mit meinem Freund für eine Woche auf die Balearen im Mittelmeer, auch du wirst mitkommen; bis dahin lernst du perfekt kochen, ich will nicht allerlei Fraß verzehren, vor allem, wenn ich nicht weiß, was das ist."

„Wie die Herrin beliebt."

„Ab jetzt wohnst du in der Baracke neben dem Haus, dort ist die Unterkunft meiner Sklaven. Du wirst ein nobles Quartier dort haben, jeden Tag baden, nicht so wie dort drüben … wie du da gestunken hast! Brr! … Du kriegst ein kleines Gerät, so groß wie eine Münze, du bringst es am Handgelenk an; auf dem bekommst du meine Anweisungen. Zuallererst musst du meine Suite in tadelloser Ordnung und Sauberkeit halten; das Bettzeug hast du jeden Tag per Hand zu waschen und zu bügeln, ich hasse Waschmaschinen. Hilfe wirst du allerdings bekommen. Auch für mein Frühstück bist du verantwortlich … jetzt kannst du gehen, in der Küche wirst du schon eingewiesen."

Meine wildesten Träume sind in Erfüllung gegangen. Ich glaubte nicht mehr auf dieser Erde zu sein, es eröffneten sich unendliche Weiten der Mythen, mit ihr als Königin aller Märchen; ihr Wille schien meinen Leib zu durchströmen und zu beleben, mein sonst unscheinbares Dasein hatte den Grund seiner Existenz im außerordentlichen Flair ihrer Persönlichkeit gefunden, und sie gestattet mir jetzt, für immer in ihrer Nähe sein zu dürfen.

Der Chefkoch war ein massiger Schwarzer, ein unausstehlicher Kerl, aber er verstand sein Fach ausgezeichnet. Mich hielt er von Anfang an für einen Trottel, brachte aber viel Geduld mit mir auf, erzählte die Geheimnisse der mediterranen Küche, zeigte mir alle Kunstgriffe bei der Zubereitung von italienischen Feinheiten; aber ganz besonders viel verstand er von den Fischgerichten, hierin war er ein wirklicher Künstler. Ehrlich gesagt hatte ich nie Interesse an der Kochkunst, jetzt aber war ich wie von einer rätselhaften Macht besessen, stürzte mich hinein und erzielte in kurzer Zeit wirkliche Fortschritte. Das wurde mir vom

Schwarzen selbst gesagt, was eine umso größere Anerkennung war, als er sich von mir nichts erwartet hatte.

In ein paar Tagen servierte ich Dorothee das Frühstück, während sie noch im Bett faulenzte; allmählich lernte ich ihren Geschmack kennen, war mit allen Kräften bestrebt, ihr gefällig zu sein, ohne dass mir das bewusst geworden war; nach einiger Zeit gab sie mir gar keine Anweisungen mehr, sie hielt das sowieso für Zeitverschwendung.

Bald war ich fähig, alles alleine zuzubereiten, ich plante für eine Woche im Voraus, für jeden Tag etwas anderes; es kamen neben das Frühstück frische Blumen auf ihren Tisch, ich versuchte sie zu überraschen, aber derart, dass sie ihre eigenen, heimlichen Wünsche darin erfüllt sieht.

Ihre Liebenswürdigkeit war aber trügerisch, sie sprach mich selten an, auch dann meist höhnisch, Anerkennung bekam ich überhaupt keine von ihr. Meist war sie noch gar nicht aufgestanden, plauderte am Handy oder las, während sie geistesabwesend, wählerisch von den Leckerbissen nahm, die mit höchstmöglicher Sorgfalt zubereitet waren. Danach schob sie das Tablett weg, sah damit die Angelegenheit für sich als abgeschlossen an; einmal erklärte sie abschätzig, ich könne den Rest jederzeit auffressen.

Die Aufgaben, die sie mir aufbürdete, übertrafen meine Kräfte, aber ich hatte Hilfe, zwei kräftige, schwarze Mädchen, mit denen ich ziemlich effizient zusammenarbeiten konnte. Dorothee hatte einen Sauberkeitsfimmel, mitunter löste ein Staubkörnchen einen richtigen Wutausbruch bei ihr aus, meine Arbeit wurde von ihr regelmäßig, bis ins kleinste Detail kontrolliert, auf die Sauberkeit der Bettwäsche achtete sie besonders. Irgendwann passierte, dass sie ins Wohnzimmer hereinschaute, während wir mit fieberhaftem Eifer am Putzen waren und mein Blick länger als notwendig auf der einen Schwarzen verweilte, die vor mir auf dem Sims stand und das Fenster putzte.

„Gefällt sie dir?" fragte Dorothee hinter meinem Rücken.

Ich drehte mich verlegen um, ich hatte nicht bemerkt, dass sie hereingekommen war; zuerst verstand ich die Frage gar nicht, erst dann besann ich mich; ihre Augen warfen Funken, ihr Gesicht erblasste vor Zorn.

„Du stierst also ein Weib in meinem Hause an und hältst dich dabei für meinen Sklaven?!"

Sie war blass, die Worte drangen ihr wie durch eine Presse über die Lippen.

Ich sah sie mit flehenden Augen an, wusste aber, alle Worte wären vergeblich und auch sonst hätte ich nur reden dürfen, wenn sie mich dazu aufforderte.

Es gab einen Raum im Erdgeschoss, der nur „die Strafkammer" genannt wurde, ich war noch nie drinnen, hatte aber fürchterliche Angst vor ihr; angeblich züchtigte sie dort jene Sklaven, die Freveltaten begingen.

„Ab in die Kammer!", rief sie in gebieterischem Tonfall.

Ich ging hinunter, es war ein halbdunkler Raum inmitten vom Haus, ohne Fenster; ich konnte mich nicht einmal umsehen, als zwei kräftige Burschen hereintraten; der eine befahl mir, mich auszuziehen, dann banden sie mich an eine Säule in der Zimmermitte fest.

Es verging ziemlich viel Zeit, ich hing bewegungslos da, die Stricke drangen mir bis zu den Knochen, meine Schmerzen nahmen immer mehr zu. Plötzlich stand Dorothee vor mir, sie huschte unbemerkt herein, in einem schwarzen, sich eng an ihren Körper schmiegenden Samtkleid, das ihr Schultern und Arme frei ließ, in leichten Sportschuhen, die langen Haare hinten zusammengeflochten, die Hände in schwarzen ledernen Handschuhen. In der rechten Hand hielt sie eine Peitsche.

Der Zorn war von ihrem Gesicht verschwunden, sie spähte mit jenem Blick auf mich, wie Katzen ihn bei Mäusen verwenden, indem sie gemächlich ihr Spiel mit ihnen treiben.

„Erzähl mir, Arnold, was hat dir denn an ihr gefallen?", fragte sie mit finsterer Ruhe.

„Ich weiß nicht, Herrin. Vielleicht habe ich das Mädchen wirklich für einen Moment angeglotzt, aber ich glaube nicht, dass das bewusst war."

„Umso schlimmer."

Ich sah sie verzweifelt an und konnte ihr nichts antworten.

Dorothee war nachdenklich, vielleicht überlegte sie, wie meine Sünde eingestuft werden musste; vielleicht hat sie aber bereits alles im Voraus überlegt.

Dann fuhr sie fort: „Ich werfe dich nicht hinaus, aber nur, weil ich weiß, dass du total verdreht bist. Eine Art unzurechnungsfähiger Don Quichotte, der die Windmühle für eine Ritterburg hält. Als Verwarnung bekommst du fünfzig Peitschenhiebe, aber merk dir: Sowas darf nie wieder vorkommen!"

Ich war erleichtert, dankte dem Himmel; ich hätte alle Qualen und Leiden der Welt ertragen, nur um bei ihr bleiben zu dürfen. Dorothee sah mir mit scharfem Blick, ruhig zu und las in meinen Gedanken. Mit langsamen Schritten trat sie dann zurück, hob mit den Händen zum Schlag aus und die Peitsche schlug nieder; ich spürte die Schläge, die auf mein Gesicht herunterschmetterten; salziges Blut floss mir in den Mund; dann ging sie immer weiter nach unten, sie konzentrierte ihre Schläge auf meine Geschlechtsorgane, ich verspürte unerträgliche, stechende Schmerzen, aber ich wollte nicht in Ohnmacht fallen, sammelte all meine Kräfte und ertrug es ohne einen Mucks. Was hätte ich sonst tun können? Es mag seltsam klingen, aber die von ihrer Hand zugefügten Schmerzen hielt ich – unabhängig vom Maß meiner Sünde – für notwendig, es war zugleich pervers wie auch erhaben, die endgültige, durch peinvolles Aufgeben erlebte Erfüllung meines Sklaventums.

Bald war ich halb im Koma, wo man die einzelnen Schläge nicht mehr zu spüren imstande ist, nur den ganzen Körper, der zu einem einzigen, höllisch schmerzenden Fleischkloß verschmolzen war.

Schließlich warf sie die Peitsche müde zur Seite und ließ mich ohne ein Wort wieder allein. Es waren etliche Stunden, die ich noch halb ohnmächtig an der Säule hing, dann wurden die Fesseln von zwei Dienern entfernt, sie brachten mich in den Keller und schubsten mich in eine Zelle mit Betonboden, in der es eine Holzpritsche gab; unter hohen Qualen kroch ich auf diese hinauf, danach schlief ich sofort ein.

Zweimal am Tag bekam ich Brot und Wasser, ich musste läuten, wenn ich meine Notdurft verrichten wollte, dann wurde ich von einem Wärter begleitet.

Keine Ahnung, wieviel Zeit ich da verbracht habe. Meine Wunden heilten nur langsam, anfangs hatte ich hohes Fieber und war ungeheuer schwach.

Da erschien auf einmal ein Diener und teilte mit, die Herrin erwarte mich.

Oh Gott … Ich sammelte all meine Kräfte und ging los, mein Körper war voller schmerzenden Narben und Wunden.

Sie hatte ein wunderschönes Zimmer mit roter Draperie, sie lag behaglich auf einem Sofa; als ich hereintrat, wandte sie sich mir mit einem gnädigen Blick zu.

„Knie dich hin vor mir, so, wie es sich vor deiner Göttin gehört."

Sie hielt mir die Hand hin und ich küsste sie.

„Ich habe dich bestraft; zurecht. Jetzt aber musst du dich zusammenraffen, wir fahren bald los."

Oh, sie nimmt mich also doch mit, das ist unglaublich, unmöglich, dachte ich. Mit einem Gefühl der Dankbarkeit blickte ich sie an. Ich war unsagbar glücklich; sie konnte das von meinem Gesicht ablesen, sie wusste ja über alles Bescheid, was in mir vorging.

Dorothee war ein Wunder, das einzige und wahre Wunder in meinem Leben.

Des Weiteren wurde die Sache nicht mehr erwähnt, ich bekam meinen alten Posten zurück, bald war ich wieder bei Kräften und ich verrichtete meine Arbeit mit doppeltem Eifer.

Ich war mir im Klaren darüber – sogar sehr – wie extrem erniedrigend mein Sklavendasein war, aber ich fand darin trotzdem jene Glückseligkeit, die mir bisher verwehrt war. Ich hatte Sehnsucht nach dem Unerreichbaren, nach der Vereinigung mit einem anderen menschlichen Wesen, und dies konnte – da sie unheimlich stärker war – nur durch meine völlige Selbstaufgabe zur Wirklichkeit werden.

Was machte diese Zauberkraft aus, die mich zu dem machte, der ich geworden bin? Zu einem, der sich keine andere Welt vorstellen kann, wo nicht sie der Sinn, das Ziel und das Zentrum jeglicher seiner Handlungen wäre?

Waren es ihre Schönheit, ihre hemmungslose Wollust, ihr blitzschneller Verstand, ihr Machthunger, der alle eingefleischten Konventionen verachtete? Keines von diesen, obwohl alle in ihr vorhanden waren, jedoch nur als der Ausdruck tiefer gelegenen Wesenszüge.

Die wahre Anziehungskraft bestand in ihrer Lebensfreude, die unsichtbar aus der Urquelle ihrer Seele emporquoll, so unwiderstehlich, so durchdringend wie der Sturm, die gewaltigste Urkraft der Natur.

Auf mich, in dem all das fehlte, oder nur in erbärmlichen Bruchstücken vorhanden war, wirkte diese wie ein Wunder, sie wurde zur inneren Notwendigkeit, erfüllte mich immer mehr mit Leben; die, welche ich früher für die Meine hielt – wenn es sowas überhaupt gab – wurde von ihrer verdrängt, und die Ihre nahm diese Stelle ein.

Ohne diese war ich nicht mehr lebensfähig, gleichzeitig war sie ein Bestandteil von ihr, als elementarster Charakterzug, und durch diesen Umstand war ich ihr endgültig ausgeliefert.

Und Dorothee? Sie genoss die Macht höllisch, war durch und durch dafür geschaffen, sie bedeutete für sie das natürliche Lebenselement und war zugleich so selbstverständlich, wie die Nacht auf den Tag folgt; der Sklave wurde von ihr als persönliches Eigentum betrachtet, wie Schuhe oder der Toilettentisch; das Ausführen ihrer Befehle wurde von ihr nicht „erwartet", da doch seitens des Sklaven eine andere Art von Handlung vollkommen unmöglich gewesen wäre.

Die Strafe wurde über mich nicht verhängt, weil ich die mir zu Lasten gelegte Sünde wirklich begangen hatte, das meinte auch sie nicht im Ernst. Viel eher ging es um das Bewusstmachen der Rollen, um pure Kräftedemonstration; das brauchte sie ab und zu.

Ich machte öfters den Versuch, sie in das Milieu längst vergangener Zeiten zu versetzen, erträumte sie mir als Katharine die Große und stellte mir auch den Fürsten Potemkin vor, der sie sein ganzes Leben lang mit fanatischer Leidenschaft liebte, jeden Krieg für sie gewann, ihr das riesige

Reich zu Füßen legte, Städte zu ihren Ehren gründete, sie heimlich auch heiratete, jedoch am Herrschen nie nach einer Beteiligung gesucht hatte, geschweige denn, er hätte ein Konkurrent von ihr werden wollen.

Die Inselgruppe der Balearen liegt östlich der spanischen Küste im Mittelmeer, das Klima ist mild. Es war Spätherbst und das azurblaue Meer schimmerte in der Herbstsonne.

Die elegante Suite mit Panorama im Stockwerk, die von Dorothee gemietet wurde, befand sich in einer wunderschönen Villa an der Ostküste der Hauptinsel, sie hatte ein eigenes Küstenteil, mit einem Schiffspark für die Gäste. Als wir angekommen waren, erkundigte sie sich zu meiner größten Überraschung in fließendem Spanisch bei den Hausherren nach den Sehenswürdigkeiten der Insel und plauderte dann noch etwa eine halbe Stunde mit ihnen. Sie waren entzückt von ihr. Ich bekam ein kleines Extrazimmer im Untergeschoss. Ich war ihr Diener, Koch, Chauffeur, Programmanager, aber hauptsächlich ihr Bewunderer, auf den immer Verlass war, obwohl meine Anwesenheit von ihr meist ignoriert wurde. Für alle Mahlzeiten trug ich Sorge, obwohl sie zeitweise auch ins Restaurant gingen. Jedenfalls wurde die Speisekarte von ihr vorher immer genauestens durchstudiert.

Ihr Freund war ein großer, ausgesprochen stattlicher Bursche, eine Art Adonis, ein äußerst freundlicher, gutmütiger Kerl, der blind für sie schwärmte und dem nie eingefallen wäre, ihr in der kleinsten Kleinigkeit zu widersprechen. Er hieß Johnny.

Die ganze Woche verging mit wildem Sex, darunter kürzere und längere Unterbrechungen. Alles andere bildete, mich einbegriffen, die Kulisse dazu. Eines Abends gingen sie ins Restaurant hinunter, ich begleitete sie, obwohl ich da eigentlich nichts zu tun hatte. Nach dem Abendessen gingen sie in die Bar, wo lateinamerikanische Musik gespielt wurde. Dorothee tanzte bis zum Morgengrauen zu den heißen Rhythmen des pulsierenden Samba; alle sahen ihr zu; ihr geschmeidiger Körper schwebte im Rausch der Musik. Dann nahm sie Johnny plötzlich am Arm, sie gingen in die Suite ... ich folgte ihnen wie ein Schatten. Mit einem blitzschnellen Ruck warf sie die Kleider lachend weg, dann zog sie Johnny an sich, in ein paar Minuten hatte sie die Welt vergessen ... Inmitten des Liebesspiels servierte ich ihnen Whisky auf Eis. Dorothee kicherte leise, sie genoss Johnnys männliche Zärtlichkeit, sein Feingefühl, seine Stärke und seine unermüdliche sexuelle Potenz. Ich wurde von ihr nicht hinausgeschickt, meine Anwesenheit störte sie nicht; auf einen Wink von ihr verzog ich mich in die Ecke, der Regel für Sklaven folgend auf den Knien, bereit zu jedem Dienst, auf ihren Befehl wartend.

Am Morgen schickte sie Johnny zum Zigarettenkaufen hinunter, sie scheint unsere Rollen verwechselt zu haben. Er war noch nicht zurückgekehrt, als sie mir sagte: „Arnold, trag mich zur Küste! In den Armen."
Ich war verblüfft. Ich konnte wirklich nicht wissen, was für Überraschungen sie noch für mich parat hat; ich bückte mich zu ihr zur Couch, wo sie lag, um sie in die Arme zu nehmen, aber sie lag nur unbewegt da und schaute mir verschmitzt zu. Ich wagte es nicht, ihren Körper zu berühren … das war ja verboten … ich geriet gänzlich in Verlegenheit. Daraufhin sie: „Halte doch die Arme her, du Trottel! Ja, ganz fest." Sie warf sich mit einem leichten Sprung in meine Arme, dass ich sie kaum halten konnte. „Jetzt kannst du losgehen.", setzte sie lachend fort.
Unten schloss sich uns auch Johnny an. Dorothee beobachtete die Schiffe, sie wollte unbedingt raus aufs Meer; es gab da unzählige Motor- und Segelboote, sie entschied sich für Segeln und schickte mich hin, ein Schiff zu besorgen. Meine Wahl fiel auf einen wunderschönen Bavaria Cruiser, ich handelte die Bedingungen aus, ging zurück zu ihnen, als sich dann herausstellte, dass weder sie noch Johnny eine Ahnung von Segeln haben.
„Kein Problem", lächelte Dorothee, „Arnold wird uns schon fahren."
„Hm, woher glaubt sie denn, dass ich etwas davon verstehe? Oder weiß sie alles, und erwartet sie, dass ich mich überall auskenne? Genau genommen habe ich schon gesegelt, aber nur ein paar Mal, als Amateur. Das Schiff war vorbereitet, wir fuhren los; zum Glück wehte nur eine schwache Brise aus Osten. Dorothee legte sich am Bug splitternackt zum Sonnen hin; Johnny kam nach hinten zu mir und setzte sich an die Ruderpinne.
Er rauchte eine Zigarette und warf die Kippe dann über Bord, ins Meer. Er zeigte kein herablassendes, vorgespieltes Mitleid, welches mir meiner Rolle nach zugestanden hätte; er war ein ehrlicher, gutmütiger Kerl.
„Bist du schon seit Langem bei ihr?", fragte er.
„Etwa zwei Jahre, es kann aber auch länger her sein …", antwortete ich etwas verlegen.
„Wir lernten einander voriges Jahr kennen, genau nach der Diplomverleihung", sagte Johnny in spontaner Art. „Ich habe bereits eine Stelle bei einem Multi, die bezahlen ziemlich gut. Ansonsten bin ich Architekt. Wir haben vor, nächstes Jahr zu heiraten."
Ich war bestürzt, besann mich aber sofort, Gott sei Dank merkte er mir nichts an. Dorothee will heiraten?! Nein, das kann nicht wahr sein. Es fiel mir gar nicht ein, was mit mir dann passieren würde. Ich dachte … armer Junge … sie führt dich an der Nase herum, aber was kann ihr

Grund dafür sein? Du wirst dich bald dort wiederfinden, wo ich jetzt bin, wirst aber erhebliches Glück dazu brauchen. Ich sah ihn ziemlich skeptisch an.

„Ja", setzte er entschieden fort. „Die Hochzeit ist für nächsten Juni in Hamburg geplant."

Jetzt sah ich ihm schon gerade in die Augen, obwohl ich ihm kein Wort glauben konnte.

„Wenn das so ist, gratuliere ich dir. Du bist ein glücklicher Bursche."

Johnny erwiderte meinen Blick mit ehrlicher, kindischer Freude. Mittlerweile richtete sich Dorothee auf die Ellenbogen, winkte ihm zu, worauf er zu ihr hinrannte und ihr einen heftigen Kuss auf die Stirn drückte; Dorothee umklammerte daraufhin seinen Hals mit koketter Begierde: „Gehen wir in die Kajüte hinunter, Schatz, dort wird es viel interessanter … , hier oben scheint mir die Sonne sowieso zu stark."

Danach hörte ich nur mehr Dorothees Kichern von unten, das vom Rauschen des aufkommenden Windes langsam unterdrückt wurde.

Es überkam mich wieder das Gefühl, der überflüssige und vor allem der lächerliche Dritte zu sein; es marterte mich aber nicht so sehr die Eifersucht, sondern eher der Gedanke, dass sie mich vergessen wird oder bereits vergessen hat. Ich brauchte einen fanatischen Glauben oder eine Hoffnung, um hinter der Belanglosigkeit, die sich aus meiner Rolle ergab, irgendein Zeichen, irgendeine kleine Andeutung zu bemerken, welches aus ihrem Innersten kommt, das mir signalisiert, dass ich doch wichtig für sie bin, welcher Art auch immer. Ohne ein solches glaubte ich nicht existieren zu können.

Da Dorothee unten in der Kabine wohl kaum mehr an die Schifffahrt, an das Meer oder an Ähnliches dachte, hatte der Ausflug auch für mich den Sinn verloren. Und so verhielt es sich mit allem, was ich gemacht hatte; sie war der Beweggrund aller meiner Taten, das Ziel und der Inhalt.

Mit ziemlich viel Mühe drehte ich das Schiff Richtung Hafen um, was im erstarkten Wind gar nicht so einfach zu bewerkstelligen war.

Als wir angekommen waren und ich anlegte, ging ich nach unten los, um ihnen Bescheid zu sagen, aber ich konnte kaum einen Blick in das Innere der trüben Kajüte werfen, schon auf der ersten Treppe musste ich wie gebannt zurückweichen … statt dessen stieg ich lieber aus, sagte dem Hafenjungen Bescheid, dass wir das Schiff noch eine Weile brauchen würden, setzte mich auf einen Poller und wartete. Es vergingen etliche Stunden, bis sie dann aufgetaucht sind. Dorothee sah mich mit ausgelebtem Gesicht an, vom Sex ermüdet; sie wies mich an, ihr Auto zum

Hafen zu bringen; dann ging es zur Mitte der Insel, weil sie gehört habe, dass es dort ein besonderes Restaurant gäbe. Wir fuhren an einer mittelalterlichen, halb zur Ruine gewordenen Kirche vorbei, auf den Wink von Dorothee hielt ich an. Wir gingen hinein, von innen war sie prächtig wieder hergerichtet, es wurden höchstwahrscheinlich auch Gottesdienste hier abgehalten.

Dorothee setzte sich in eine Bank, war tief in sich versunken, es hatte den Anschein, als würde sie beten. Nach kurzer Zeit stand sie auf und hat ihre alte Stimmung wiedergefunden, sie scherzte, verhöhnte vor allem mich, aber manchmal war auch Johnny dran.

Nach dem vorzüglichen Abendessen im Gartenrestaurant (wo ich mich ausnahmsweise auch zu ihnen setzen durfte) beobachtete Dorothee in der sich entfaltenden Nacht die Sterne am wolkenlosen Himmel. „Johnny, kennst du jenes Sternbild dort ...?", zeigte sie auf ein Gebilde in unermesslicher Entfernung.

Johnny versuchte ihrem Finger zu folgen, beobachtete aber immer nur Dorothees Gesicht. „Denkst du vielleicht an den Großen Wagen?", riskierte er die Aussage ein wenig unsicher.

„Du bist dumm Johnny, ich kann doch gar nicht an den gedacht haben!" Sie machte eine Gebärde, die ein wenig Hoffnungslosigkeit ausdrückte.

In mir kamen merkwürdige Gedanken auf. Sie zwei? Was könnte denn die zwei verbinden? Ich bekam Angst, fand aber keine Erklärung dafür; es war keine Besorgnis meinetwegen, sondern ihretwegen.

Die restlichen paar Tage vergingen in herrlicher Stimmung; wir sahen uns am Westufer der Insel eines der wunderbarsten Buchten an; der Eingang zur Bucht war von Kalkfelsen verdeckt, die ihrerseits mit üppiger Vegetation bedeckt waren; zwischen ihnen erstreckte sich dann die Bucht, wie ein kleiner See, der in tausenden Tönen von Türkis funkelte; es war gleichzeitig die unberührte, wilde Natur und die unerschütterliche Stätte der Ruhe und Vertrautheit.

Auf dem Heimflug saßen sie selbstverständlich im bequemen VIP-Abteil, während ich den Sitzplatz hinten, unter den gewöhnlichen Passagieren hatte; ich hatte wieder die Gelegenheit, jenes trügerische Spiel zu erleben, das die Wolken mit dem Beobachter stets treiben. Die sich eröffnenden und dann schließenden, bizarren Gebilde, die einmal die verzerrte Gestalt eines einmal schon gesehenen Gegenstandes, das andere Mal ein menschliches Gesicht darzustellen scheinen und dann in ein paar Minuten wieder zerflossen sind. Wird hier nicht das Schicksal heraufbeschwört, wo eine gewisse Logik erkennbar scheint, wenn auch nur für einige Momente? Damit diese Logik dann aber ebenso verschwindet, wie die in den Wolken erahnten Formen und Gebilde?

Meine Herrin kehrte nicht in die Sommerresidenz zurück, die sonst bereits zu ihrem Lieblings-Aufenthaltsort geworden war, sondern in ihr Haus in der Hauptstadt, wo sie wichtige Angelegenheiten zu erledigen hatte. Ich wurde nicht von ihr mitgenommen, sie hat mir aber versprochen, bald in die Sommerresidenz zurückzukehren, die selbstverständlich auch als Winterwohnort vorzüglich geeignet war: trotz des rustikalen Aussehens war das Haus mit der modernsten Heiztechnik und perfektem Wärmeschutz ausgestattet.

Ich bekam keine besonderen Anweisungen, was mich ziemlich verwirrte, da ein eigenständiger Aufgabenbereich für mich in der Tat nicht vorgesehen war; ich konnte nur überlegen, wann sie wieder zu uns zurückkehrt. So versuchte ich halt das Haus aus dem nicht unerheblichen Budget, das von ihr zur Verfügung gestellt wurde, hier und da zu verschönern, es noch wohnlicher zu gestalten; ich stellte mir dabei immer vor, was sie freuen würde, was ihrem Geschmack noch mehr entspricht und zu ihrem Wohlbefinden beiträgt und fand in diesen Aktivitäten eine riesige Freude.

Neujahr war bereits vorbei, als sie ohne jegliche Voranmeldung und zu meiner größten Freude angekommen ist und mitteilte, dass sie auch ihr Büro hier einrichten will.

Inzwischen war mir gelungen, einiges über sie zu erfahren, unter anderem, dass sie ihr beträchtliches Vermögen von ihrem früh verstorbenen Ehemann geerbt hatte, der ein außerordentlich erfolgreicher Bauunternehmer war; weiters, dass diese Unternehmen von ihr verkauft und bedeutende Teile des Vermögens in eine Modefirma investiert wurden, in der sie bereits über die Mehrheit der Anteile verfügt. In diesem Unternehmen war, was das Wesentliche anbelangt, sie die Chefin, sie hatte bei allen wichtigen Entscheidungen das letzte Wort. Ferner war sie in dieser Rolle äußerst erfolgreich, dank ihrer raffinierten Intelligenz und ihrer weisen Voraussicht gelang es ihr nicht nur die Konkurrenz zu überlisten, sondern sie brachte es sogar zu einem bedeutenden Vorsprung vor ihnen.

Es ergaben sich gleich wichtige Aufgaben für mich; zuerst mussten das Büro innerhalb des Gebäudes eingerichtet, die Verhandlungsräume mit den modernsten Geräten und dem notwendigen Komfort ausgestattet werden, was mit einem gewissen Umbau einherging. Bei diesen Arbeiten versuchte ich den größtmöglichen Anteil auf mich zu nehmen, und quittierte mit tiefster Freude, dass meine Herrin mir nicht nur vertraute, sondern auch weitgehende Freiheit dabei gewährte.

Bald kamen Kunden, es liefen Verhandlungen ab, es gab einen Haufen Administration, ein Teil derer mir anvertraut wurde. Oft bemerkte sie, sie würde am liebsten den ganzen Papierkram mir überlassen, da sie diesen aus ganzem Herzen hasse und meine Arbeit genau, präzise und zuverlässig sei, nur was die Kreativität anbelange, die wäre nicht unbedingt meine Stärke.

An einem Tag im Mai rief sie das ganze Hauspersonal zusammen und verkündete, dass sie im nächsten Monat heiraten werde. Die Hochzeit werde in engem Kreis, in Hamburg abgehalten, Sklaven nehme sie keine mit.

Ihre Ankündigung verursachte erheblichen Aufruhr, am meisten überrascht war aber ich. Ich hatte keinen Moment daran geglaubt – und siehe da, es ist doch eingetroffen.

Sie hielt die Feier im großen Saal ab; alle gratulierten ihr, aber viele konnten ihre Ängste und Sorgen nicht verbergen.

„Habt keine Angst", sagte sie ermutigend. „Ihr, die mir bisher treu gedient habt, werdet bei mir bleiben, alle werden auch Arbeit haben; aber einen genauen Leitfaden kann ich euch erst nach der Hochzeit geben, soweit weiß ich auch noch nicht über alles Bescheid."

Ende Mai hat sie uns verlassen. Mit ihr auch die Seele des Hauses. Ich bekam auch diesmal keine genauen Anweisungen, nur unbestimmte Hinweise auf die Zeit „nach" der Hochzeit. Im Haus war bereits alles eingerichtet, im Garten und im dazugehörenden Park wurden die üblichen Routinearbeiten verrichtet, aber das war sowieso nicht mehr mein Ressort.

In dieser Tatenlosigkeit verfiel ich in Schwermut. Ich wusste nicht, wann sie zurückkehrt ... ich begann sogar zu zweifeln, ob sie überhaupt zurückkommt.

Von der Hochzeit erhielten wir Nachrichten, sie sei nach Plan abgelaufen. Meine Herrin war einstweilen in Hamburg. In nächster Zukunft werden sie voraussichtlich sowieso wegfahren ... diesmal offenbar nur zu zweit. Aber darüber gibt es keine Nachricht.

Mich hat immer mehr das Gefühl überwältigt, wieder der Gefangene einer fatalen Illusion geworden zu sein. Sie wird mich nicht mehr brauchen, es kann sein, dass ich sie nie mehr sehen kann.

Nach einem Monat kam dann eine Botschaft: Momentan könne sie nicht kommen, alle sollten ihre Arbeit verrichten, das Haus solle in Ordnung gehalten werden. Sie werde sich bald melden.

Es verging ein Jahr. Das Haus war sauber wie eine Apotheke, der Park und der Gemüsegarten wurden in vorzüglicher Ordnung gehalten, die Produkte sind weiterhin dem gewohnten Ablauf nach abtransportiert worden. Aber dem Ganzen fehlte die Seele. Mich hielt die Gewissheit am Leben, sie wiedersehen zu können, und zwar bald.

Mitte Juni kam die Nachricht, sie würde in Kürze zurückkehren. Das Haus möge vorbereitet werden, alles solle vor Sauberkeit strahlen. Einer besonderen Vorbereitung bedurfte es natürlich nicht, da längst alles bereitgestanden war. In ein paar Tagen kam sie mit ihrem schwarzen Mercedes an; die zwei stattlichen Leibwächter stiegen aus, der eine reichte ihr den Arm, und half der verschleierten Dorothee vom Hintersitz.

Es hielten zwei weitere Autos hinter dem Mercedes, in diesen befanden sich ihre wichtigsten Sachen, die Bücher, die sie mitgebracht hatte; sie schien sich für längere Zeit hier einrichten zu wollen.

Mein Glück wurde von einer schrecklichen, düsteren, unheilvollen Vorahnung überschattet.

Dorothee nahm den Schleier ab und ließ ihren Blick über das Hauspersonal schweifen, das sich zu ihrem Empfang versammelt hatte; sie drückte ihre Freude mit einem leichten Lächeln aus und teilte mit, dass sie vorerst hier zu bleiben wünsche. Über ihre Heirat und den Ehemann verlautete sie kein Wort.

Ihr anmutiges, ovales Gesicht schien ein wenig kleiner und blasser zu sein als früher, doch ihr Blick war genauso lebhaft, zum Lachen geneigt. Ich stand in der Mitte der Gruppe.

Dorothee wandte sich mir zu. „Komm her Arnold, hilf mir ins Haus hinauf!", sprach sie so leise, dass ich ihre Worte kaum hörte.

Ich sprang ihr zur Seite, sie nahm mich am Arm, als fiele ihr das Gehen schwer; sie erteilte den Bodyguards die Anweisung, die Koffer in ihre Suite hochzutragen.

Wir gingen ins Haus, Dorothee sah sich neugierig in alle Richtungen um und freute sich sichtlich; als wir im Wohnzimmer ankamen, schaute sie sich um; ihr riesiger Empfangssaal strahlte vor Sauberkeit und war von frischen Blumen überfüllt, die ich zur Feier ihrer Ankunft mit größter Sorgfalt vorbereitet hatte; jede einzelne von ihnen gehörte zu ihren Lieblingen.

Dorothee war sichtlich gerührt, hielt mir die Hand hin und ich küsste sie lange.

Ich nahm zwei Leute, wir schafften aus den Autos alle ihre Sachen hinauf, das Ganze wurde dann ihren Anweisungen gemäß untergebracht.

In der Küche begann ein reger Betrieb, das riesige Haus erwachte zum Leben, die Herrin, die allem Leben einhauchte, war wieder da.

Dorothee redete kaum, wie wenn ihr das Sprechen schwer gefallen wäre. Zum Mittagessen tischten wir ihre Lieblingsspeisen auf, mindesten fünf verschiedene Fischsorten mit mediterraner Garnierung; sie quittierte das mit einem leichten Lächeln, zog sich dann in ihr Schlafzimmer zurück und befahl von keinem gestört zu werden, da sie sich auszuruhen wünschte.

Wenn sie bisher ein Geheimnis war, wurde sie es jetzt noch mehr.

Außer mir hatte sie noch zwei Sklaven neben sich beordert, die erst am nächsten Tag ankamen. Ich behielt aber den Vorrang vor ihnen; fast immer war ich bei ihr, außer, sie wollte allein bleiben.

Hätte ich jenes unbestimmbare, unheilvolle Vorgefühl nicht gehabt, hätte ich auch sagen können, das durch viel Leiden erlangte Glück wäre für mich eingetroffen, eine Freude, die mit Worten gar nicht auszudrücken ist, jene, die ich immer verspürte, wenn ich sie in meiner Nähe wusste; wenn sie in der Ferne war, hielt mich nur die Hoffnung auf das Wiedersehen am Leben.

Ich umgab sie mit der denkbar höchsten, sorgfältigsten Aufmerksamkeit; ihre Lieblingsblumen entfalteten ihre Pracht in allen ihren Zimmern und auch darüber hinaus überall, wo sie sich nur aufhielt; es wurden ihr ihre Lieblingsspeisen aufgetischt, ohne dass ich sie mit Fragen belästigen musste. Ich war ihr gleichzeitig sehr nah und auch entfernt genug, um sie niemals stören zu müssen, aber ihr immer zur Verfügung zu stehen, wenn sie mich brauchte – und all das verlangte ich auch allen anderen streng ab. Dorothee nahm das scheinbar als Selbstverständlichkeit zur Kenntnis, aber manchmal sah ihr an, wie sehr sie es in der Tiefe ihrer Seele genoss und schätzte.

Meist stand sie spät auf, sie liebte Faulenzen, machte lange Spaziergänge in der weiten Allee, las unheimlich viel. Die Steuerung ihres Firmenreiches hat sie ihren zuverlässigsten Leuten anvertraut, sie mischte sich nur selten persönlich ein; durch ihr geniales Übersichtsvermögen war sie fähig, sich auch in den noch so komplizierten Angelegenheiten innerhalb kürzester Zeit auszukennen.

Die Partys blieben aus, sie hatte sichtlich kein Interesse mehr an ihnen. Sie brachte einen einjährigen, äußerst zügellosen Terrier mit sich, den sie zu jedem Spaziergang mitnahm.

Er wurde von ihr verhätschelt, gestreichelt und mit den feinsten Lekkerbissen verwöhnt. Schlafen durfte er neben ihrem Bett, auf einem Teppich.

Einmal wies sie mich an, sie zum Morgenspaziergang zu begleiten, was bisher noch nie vorgekommen war.

Ihr Gesicht war diesmal noch blasser als bisher.

„Setzen wir uns hin, Paul!", sagte sie an einer Bank in der langen Allee. „Ich bin müde."

Ich war völlig erstaunt, als ich meinen richtigen Namen hörte. Seitdem ich ihr Sklave geworden war, kam das noch nie vor. Wir setzten uns, der Hund legte sich vor ihren Füßen hin. Dorothee sprach leise: „Ich bin krank, Paul. Sehr krank, vielleicht werde ich bald sterben."

Langsam, sehr langsam begriff ich den Sinn ihrer Worte. Sie fuhr fort: „Von Johnny ließ ich mich nicht scheiden, aber ich will ihn nicht wieder treffen. Ich habe ihm auch verboten, mir hierher zu folgen. Er ist ein lieber Junge, wozu wäre es gut, wenn er mich hier leiden sähe …?"

Da ich stumm blieb, sprach sie weiter, in einem kühlen, sachlichen Tonfall.

„Du kannst nichts davon wissen, aber ich habe seit langer Zeit eine Autoimmun-Krankheit. Das ist sowas, dass sich der eigene Organismus gegen sich wendet. Das kann leicht in Krebs übergehen, aber es ist auch nicht ausgeschlossen, dass es genau umgekehrt ist. Bei mir ist gerade dies der Fall. Die Mediziner können nichts damit anfangen, die Ursachen sind unbekannt. Lange wurde nur das Autoimmune diagnostiziert und sie waren im Glauben, meine Gesundheit wäre auf einen stabilen Stand zu bringen. Tumorartige Verwachsungen wurden erst vor ein paar Monaten bei einer klinischen Routinen-Untersuchung festgestellt."

Ich blickte auf ihr blasses Gesicht, ihre Haut war pergamentartig durchsichtig. Sie hat viel abgenommen, seit wir im Sommer auf der Insel waren. Ihre Bewegungen wurden langsamer, fast schwebend. Nur das spielerische Feuer in ihren Augen erlosch nicht.

Ich fiel langsam auf die Knie vor ihr, umarmte ihre Beine und presste meine Stirn wortlos in ihren Schoß.

„Du sollst nicht weinen, Paul", sprach sie und streichelte mir den Kopf. „Siehst du, ich bin hierhergekommen, weil ich mich hier am wohlsten fühle. Hier, in diesem Haus, das du für mich gebaut hast."

Langsam setzte sie fort und lächelte: „Was hast du von mir geglaubt, du kleiner Narr. Ich hatte dich bereits dann lieb gewonnen, als ich dich auf dem Schiff das erste Mal erblickte. Wie schlaksig und unbeholfen du da warst! Du bist nicht wie die anderen. Du birgst etwas in dir, was ganz anders ist, dessen man nicht überdrüssig werden kann."

Nach einer kurzen Pause fuhr sie fort: „Was das ist?", setzte sie nachdenklich fort. „Du siehst *eine Andere* in mir als die meisten Männer … ich möchte Wetten, dass es nicht allzu viele Frauen in deinem Leben gegeben hat … vielleicht ist eben das der Grund. Du bist ein Schwärmer und ein Narr, primitiv und kompliziert; vielleicht bin ich in deinen Augen etwas, was ich auch nur gerne sein möchte, aber ich treibe ein Spiel, du jedoch bist dazu nicht fähig, ich kann böse sein, du aber nicht. Du bist wie Don Quichotte, ich aber keine Dulcinea, doch gibt es sicher Augenblicke, wo ich gerne wie sie sein möchte. Die Klischees der Männlichkeit passen – wie soll ich nur formulieren – nicht unbedingt zu dir, ich will dich nicht beleidigen; andererseits suche ich manchmal etwas *ganz anderes*, Naivität, Schwärmerei, uferlose Spiritualität. Also gerade das, was du darstellst; das heißt aber nicht, dass du allzu selbstsicher sein sollst, auch ich bin nur eine Frau, wie alle anderen …"

Ich spürte ihr tiefes Atmen und wurde eins mit dem Duft, der aus ihrem Körper strömte.

„Ein überwiegender Teil der Männer lässt sich leicht manipulieren, aber mich haben – im Gegensatz zur Mehrheit der Frauen – nicht immer die sogenannten „schwierigen" Fälle interessiert, jedoch hatte ich auch mit diesen nie Probleme. Die Idee der Sklavenhaltung, die Verführung, die ständigen Siege waren immer anziehend und nie langweilig, da jeder Sieg anders ist. Das Ganze war für mich gewissermaßen ein Spiel; ich setzte voraus, dass jeder, der sich an diesem Spiel freiwillig beteiligt, sich auch den von mir festgelegten Spielregeln unterwirft … Ich liebte dieses Spiel und es entwickelte sich dabei auch das Mythos meiner eigenen Überlegenheit, über das oft ich am ehesten gelacht habe.

Jedes Mythos wird durch einen Anschein aufrecht erhalten, und darin war ich eine Meisterin."

Immer noch streichelte sie mir den Kopf, sie erwartete keine Antwort, sondern sprach weiter.

„Auch mit dir trieb ich natürlich ein Spiel, wie mit den anderen, aber du hast mir zeitweise auch eine *andere* Art von Freude bereitet …", äußerte sie mit einem verspielten Ton in der Stimme.

„Weißt du, ich schürte mit gemeiner List oft Eifersucht und Leidenschaft zwischen den Männern, die ich um den Finger gewickelt hatte und nach meiner Laune manipulierte … Wie gut du es zum Beispiel neben Johnny auf den Balearen ausgehalten hast …", lachte sie. „Aber nur, weil du im Inneren das Gefühl hattest, dass ich dich trotz des Anscheins in *gewisser Hinsicht* mehr liebe als ihn. Und ich war *wirklich* angetan von diesem Spiel …, du weißt ja, je gefährlicher, umso aufregender. Aber jetzt ist all das schon vorbei. Ich bin hier neben dir, da ich wusste, dass *du* meine Wahl wirklich würdigen wirst – und auch richtig verstehen."

238

Vom Reden erschöpft hörte Dorothee auf.

Ich weiß nicht, was sich in mir abspielte. Sie hat mich gewählt. Und so, wie sie vor mir saß, als menschliches Wesen, jetzt bereits vielfach auf mich stützend, liebte ich sie noch tausendmal mehr als die Göttin. Aber nein, sie war nichtsdestoweniger eine Göttin, in menschlicher Gestalt; es war ja sicher, dass sie auch in dieser Angelegenheit Bescheid wusste.

Ich sah sie an und wusste, dass etwas in mir für immer ins Wanken geriet; aber ich fühlte, dass ich zu einem Teil von ihr geworden war, den sie nach Belieben bewegen kann, darüber hinaus aber auch ihre unendliche Gebrechlichkeit, ihre unstillbare, wilde Sehnsucht nach Liebe, welche durch die Krankheit, durch das Vorgefühl des unvermeidbaren Todes auf das Vielfache verstärkt wurde.

Dass sie Familien zerstört, Männer verführt und verlassen hatte, wie zum Beispiel Gerd und noch viele andere? Sie war wie ein majestätisches Raubtier; sie glaubte an die Kraft, Leidenschaft und Begierde deren Ursprung sie war; an der Größe, die aber immer einen Hauch von Erbarmen zeigt.

Ich küsste nach und nach ihre Hände und Finger, wie bei unserem ersten Treffen.

„Wenn du stirbst, musst du mich mitnehmen, O.K.?", wisperte ich ihr mit zitternder Stimme.

Dorothee streichelte mir die Haare. „Ja, Paul, vielleicht müsstest du mitkommen, damit ich nicht allein bin. Ohne dich würde ich mich einsam fühlen …"

Es kam eine Brise auf, sie zog die dünne Jacke an der Brust zusammen und stand auf. „Komm, Paul, spazieren wir hier in der Allee noch ein Weilchen … und dann gehen wir zurück, ich bin müde geworden.

Ich hielt sie an der Hand, wir gingen langsam los, aber redeten nicht mehr. Inmitten der Vernichtung war ich unsagbar glücklich. Ich wusste, ich werde nicht länger leben als sie, der Weg dorthin wird aber jener der Leiden sein.

Ich wohnte auch weiterhin in der kleinen Baracke, die den Dienern vorbehalten war, verbrachte die Nächte aber oft in ihrem Schlafzimmer. Manchmal wurde sie von hysterischer Angst überfallen, oft konnte sie nicht schlafen, dann rief sie mich immer zu sich; also blickte ich immer wieder auf das kleine Notrufgerät an meinem Handgelenk. Nach und nach schlief ich meist in ihrem Schlafzimmer auf der Couch neben ihrem Bett, es kam aber auch vor, dass ich die Nacht draußen vor ihrer Tür stehend oder kniend verbrachte. Unser Gespräch änderte trotz der scheinbaren Intimität ihres Bekenntnisses nichts am grundlegenden

Charakter unserer Beziehung; ich blieb weiterhin ihr Sklave, vielleicht noch viel mehr. Dorothee wollte das so. Ich diente ihr mit fieberhaftem Eifer, jetzt, da ihr das Essen immer mehr schwer fiel, nahm ihr Appetit katastrophal ab; ich besorgte die erlesensten Fleisch- und Fischsorten, damit sie nicht allzu viel zu essen braucht, aber doch genug an entsprechenden Nährwerten zu sich nimmt. Gleichzeitig musste ich mich auch an ihren Geschmack halten, dass sie nach Möglichkeit alles mit Vergnügen verzehrt. In jeder Minute des Tages lauschte ich ihren Wünschen und Anweisungen nach, und zwar so, dass sie nichts davon merkt, sonst hätte sie das genervt. Ich sorgte dafür, dass sich ihre Lieblingsblumen immer frisch gegossen in ihrer Nähe befinden. Oft genügte die kleinste Andeutung von ihr, damit ich in der Suite etwas umstellte oder jeglichen anderen Wunsch erfüllte; ich war eher noch bemüht, diese vorneweg herauszufinden. Anscheinend schenkte sie meinem ganzen Bemühen, wie früher, keine Aufmerksamkeit, doch ich wusste, dass genau das Gegenteil der Fall war.

Nach einiger Zeit, als sich ihr Zustand dem trügerischen Schein nach einigermaßen stabilisiert hatte, begann ich den Schwierigkeitsgrad ihrer Krankheit anzuzweifeln und war sogar überzeugt, dass sie bald genesen werde.

Die Möglichkeit ihres nahen Todes erwog ich genauso wenig, wie die meines eigenen, wir wurden vom Schöpfer einfach so geschaffen. An ihren Tod zu glauben wäre mit dem Glauben an meinen eigenen Tod gleich geraten; wenn ich daran dachte, überkam mich Verzweiflung und meine Gedanken wichen sofort in eine andere Richtung ab. Zudem schwankte ihre Verfassung erheblich es gab manchmal auch ausgesprochen bessere Perioden, daneben konnte auch ihr Gewichtsverlust durch die auserlesene Kost angehalten werden.

Ich hatte panische Angst vor dem Gedanken, dass sie ins Krankenhaus muss, aber mit einem gewissen Galgenhumor, der sie auch diesmal nicht im Stich ließ, hat sie mich sozusagen beruhigt.

„Was soll ich da, Paul? … Die Sterbestatistik steigern? Ein paar Tage hin oder her ändern doch nichts. Außerdem werde ich, bis es dazu kommt, zu einer Vogelscheuche werden, so dass mich die Ärzte gar nicht hinlassen."

Obwohl sie es selten angedeutet hatte, bereitete ihr der Verlust ihrer Schönheit mehr Angst als die Furcht vor der Krankheit oder vor dem Tod.

Sie stand spät auf, faulenzte gern, verbrachte die meiste Zeit am Tag mit Spazieren oder Lesen. Manchmal schaute sie auch Fernsehen, obwohl sie die ganze Programmpalette für einen Blödsinn hielt; es gab aber Lieblingsfilme, die sie sich immer wieder ansah; am liebsten hatte sie die flotten italienischen Komödien. Ihr Lieblingsfilm war Fellinis *Ginger und Fred.*

Dorothee war zu dieser Zeit – wie ich sie erlebte – schöner als je. Sie wurde dünner und schien deshalb gewachsen zu sein; die strahlende Weiße ihrer Haut bildete einen wunderbaren Kontrast zu ihren schwarzen Haarlocken, deren üppige Pracht von der Krankheit noch nicht berührt war; ihr Blick wurde durch die einsetzenden Schmerzen (die sie um jeden Preis verbergen wollte) in besonderer Weise vertieft; ihre großen, ausdrucksvollen, türkisfarbenen Augen strahlten noch immer mit jenem neugierig-koketten Licht aus dem verdünnten, ätherischen Gesicht hervor, das in sonderbarer Weise an die verklärten Gesichter El Grecos erinnerte.

Neben ihrem Anwesen befand sich eine uralte Kapelle im Wald, die dicht von Pflanzen bewachsen war. Immer öfter ging ich da heimlich hin, es war die einzige Tätigkeit, über die Dorothee nichts wissen durfte; ich befürchtete, wenn sie davon erfährt, verschwindet die Kraft des so innig erwünschten, magischen Wunders. Obwohl ich manchmal das Gefühl hatte, dass sie sehr wohl Bescheid weiß, aber trotzdem nichts sagt … das war ja zwischen uns bei allem, immer so.

Ich betete zuvor nie, jetzt verbrachte ich aber umso mehr Zeit damit und flehte den Schöpfer an, sie zu heilen. Das Beten verlieh mir eine eigenartige Ruhe; fast immer kehrte ich erleichtert zurück, nie hatte ich Zweifel, dass das Wunder eintreffen wird, dies schien sogar am selbstverständlichsten zu sein.

An einem wunderschönen Herbstmorgen (was bei ihr gewöhnlich weit nach elf bedeutete) sprach sie zu mir: „Gehen wir in den Park, ich fühle mich wunderbar." In ihren Augen sah ich einen sonderbaren Schein. Sie klammerte sich an meinen Arm, wir gingen zu ihrer Lieblingsbank, wo sie stundenlang zu sitzen pflegte.

„Erzähl mir über Schopenhauer. Ich weiß, du bist ein Philosoph." Sie sah mich mit ihren schelmischen, lachenden Türkisaugen an.

Es fiel mir ein, dass ich vorgestern beim Aufräumen auf ihrem Nachttisch den lässig dahingeworfenen, offenen Band von Schopenhauer, sein berühmtes Werk „*Die Welt als Wille und Vorstellung*" erblickte, die Seiten waren an den Rändern dicht mit dem Bleistift beschrieben.

Ich war verblüfft – oder besser gesagt gar nicht so sehr, da ich neben ihr Überraschungen gewohnt war; vielleicht kannte ich sie immer noch nicht gut genug; vielleicht war sie ganz einfach so.

„Herrin …, beziehungsweise Dorothee …", begann ich stotternd, aber sie unterbrach mich lachend.

„Entscheide dich doch endlich, wie du mich anredest, du Narr. Nenn mich doch ruhig Herrin, wenn dir das so besser gefällt. Das Wichtige ist nur, dass du mich liebst … sehr liebst."

Bis zum tiefsten Herzen ergriffen umarmte ich sie und konnte eine Weile lang nicht reden. Nach einiger Zeit besann ich mich.

„Ich bin kein Philosoph, Herrin, nur eine Art Amateur, von welchen hunderte auf der Welt herumlaufen und wähnen, etwas von ihr zu verstehen."

„Das macht nichts. Ich bin genau auf deine Meinung neugierig. Außerdem bist du doch auch ein Philosoph, wenn du es auch abstreitest."

Ich wusste nicht, ich wusste nie, ob sie ernst redet oder sich über mich lustig macht. Ihrem Blick war beides zu entnehmen.

Ich versuchte mir das Buch ins Gedächtnis zu rufen, welches ich vor längerer Zeit gelesen hatte, zu dem ich aber ab und zu zurückgekehrt war. Es gehörte zu meinen allerersten philosophischen Lektüren.

„Schopenhauer war der Ansicht, dass das menschliche Dasein ein hoffnungsloser Kreislauf sei. Wir verstünden nichts von ihm, da der kosmische Wille, der uns und alles bewege, das „Ding an sich" unbegreiflich sei. Wir seien mit allen Kräften bestrebt, unsere Begierden zu befriedigen, aber die Befriedigung schaffe nur neue Begierden, und das Ganze beginne von vorne. Aber das größte Übel, das echte, passiere, wenn die Bedürfnisse dennoch befriedigt würden und keine weiteren an ihre Stelle träten … dann tritt Langweile ein, die größte Katastrophe, die es im menschlichen Leben geben kann. Vielleicht hat er recht; denn die Ursachen alles Schrecklichen waren – sowohl in der großen Geschichte als auch im individuellen Leben – immer Langeweile, Gelangweiltsein, Ziellosigkeit."

Dorothee hörte mir mit großen Augen, gespannt zu.

„Aber Paul, demnach soll Begierde etwas Schlimmes sein … oder … das verstehe ich überhaupt nicht. Woanders schreibt er wieder, dass man Begierde sehr wohl loswerden könne, in irgendeiner Askese, Enthaltsamkeit oder dergleichen … Wie kann man aber die Begierde loswerden, wenn diese das Gesetz ist. Bedeutet das dann nicht wieder eine neue Begierde?"

Ihre Frage überraschte mich tief, auch schon deswegen, weil ich mir seinerzeit selbst die gleichen Fragen gestellt hatte.

„Weißt du, Philosophen kommen oft in Widerspruch mit sich selbst, ohne darüber Bescheid zu wissen. Ich meine, Schopenhauer hatte die

Askese selber, in ihrer endgültigen Form, für eine Manifestation der Begierde gehalten, sonst könnte eine ohne die andere nie eintreten. Wahrscheinlich verwickelte er sich in den indischen Philosophien, vor allem im Buddhismus, diese begannen ja zu seiner Zeit im Westen bekannt zu werden."

Dorothee musterte mich mit verschmitzten Augen.

„Beantworte mir die Frage … Ist Begierde etwas Schlimmes?"

„Hm, ich weiß nicht, aber ohne sie können wir nicht leben, das ist einmal ganz sicher."

„Warum wollte dann Schopenhauer unbedingt versuchen, ihr zu entweichen … und diese konfuse Askese zu forcieren… die ja der menschlichen Natur ganz fremd ist und noch dazu zu nichts führt?"

Ich sah sie mit verliebtem Blick an … nie, nie hätte ich geglaubt, dass wir uns einmal über Philosophie unterhalten würden. Dorothee las diese Gedanken sofort aus meinen Augen.

„Hältst du mich für dumm?", fragte sie lachend, mit einem provokativen Tonfall.

„Wenn du die Frage so stellst, will ich gar nicht antworten …", sagte ich besonnen. „Ich glaube, du scherzt … aber eines kann ich dir sagen … so ein Gedanke kam nie in mir auf, seitdem ich dich kenne, das musst du einfach wissen … ich habe keine Ahnung, wie man menschliche Intelligenz überhaupt messen kann, aber ich bin zutiefst überzeugt, dass deine über allen steht, die ich je gekannt habe, mich inbegriffen."

„Gut, das war wirklich nur ein Scherz. Keine Angst, ich kenne dich gut. Aber kehren wir zu Schopenhauer zurück und beantworte meine vorherige Frage!"

„Mein Problem ist, dass ich den Zusammenhang zwischen Willen und Askese nicht ganz verstehe. Ich denke irgendwie, dass in dieser Vorstellung sein eigenes Schicksal eine bedeutende Rolle spielte. Vielleicht ist das bei allen so, aber bei ihm ist es auf jeden Fall augenscheinlich."

„Woran denkst du?"

„An seine Beziehung zu seiner Mutter. Ich weiß nicht, ob du darüber gelesen hast."

„Ein wenig. Sie hatten kein besonders gutes Verhältnis."

„Der Vater von Schopenhauer war ein Händler, er ist verhältnismäßig früh gestorben. Seine Mutter war eine berühmte, intelligente, sogenannte „belle Dame", sie hatte eine große Gesellschaft um sich, unter anderem erschien auch Goethe in ihrem Salon."

„Fahr fort!", verlangte Dorothee mit voller Aufmerksamkeit.

„Schopenhauer war eine verschlossene Person und äußerst eitel, was bei Menschen wie er nicht so selten ist. Er konnte meinen, dass ihn seine Mutter vernachlässigt und sein Talent nicht entsprechend anerkennt. Die Gesellschaft um sie herum und das gesellschaftliche Leben überhaupt verachtete er, bei Goethe machte er jedoch eine Ausnahme … aber die Beziehung zwischen ihnen ist an sich eine ziemlich interessante Geschichte. Sooft er in der Gesellschaft seiner Mutter erschienen war, war er aggressiv und benahm sich unangebracht; viele wurden durch seine Grobheit, seine überheblichen und pessimistischen Bemerkungen abgeschreckt, was zur Folge hatte, dass er von seiner Mutter der Gesellschaft und später auch des Hauses verwiesen wurde. Aberwitziger Weise stritt Schopenhauer mit ihr darüber, wessen Schreiben von der Nachwelt für wertvoller eingestuft werden … die Mutter schrieb nämlich Reisebücher, die seinerzeit auch ziemlich populär waren; Schopenhauer hat nur von der vagen Hoffnung Kraft geschöpft, dass man seine Genialität in der Zukunft anerkennen werde."

Aus dem Gesicht von Dorothee war nicht zu sehen, ob sie diese Geschichte schon gekannt oder jetzt das erste Mal gehört hatte.

„Demnach bist du der Meinung, dass diese Askese-Theorie damit zusammenhängt? Das heißt quasi, dass er meint, das gesellschaftliche Leben drücke den Willen im Allgemeinen aus, sozusagen … als Sex, Intrigen, Macht, Geltungsdrang … was halt die Menschen als Individuen und auch in ihrer Ganzheit bewegt … und dem gegenüber Askese etwas Höheres bedeutet?"

„Ja, das denke ich durchaus, unbedingt. Es ist natürlich nicht klar, wie er vom Willen zum Gedanken der Askese gelangt war. Umso mehr, weil man in der Askese mit dem eigenen Willen konfrontiert wird … nun, gegen den Willen aufzutreten ist meiner Meinung nur durch einen noch stärkeren Willen möglich … aber egal." Ich blickte sie an. Ich wollte mich nicht auf einen längeren Monolog einlassen, der sie eventuell langweilen würde.

„Und dieser noch stärkere Wille ist dann die Askese, wenn ich richtig verstehe?"

„Ganz genau. Ich vermute, die dem Willen zugeschriebene negative Interpretation hat ihren Ursprung in der tausendjährigen christlichen Tradition, die Leiblichkeit, Begierde, Sex und alles, was damit zusammenhängt, sogar die Frau in die Rolle der Verführerin nicht nur für zweitrangig, sondern auch für das Synonym des Satans gehalten hatte.

„Du aber bist nicht dieser Ansicht, Paul, oder?", fragte Dorothee mit einem übermütigen Lächeln.

Als Antwort küsste ich ihr die Hand.

„Schopenhauer dachte, da gäbe es nur einen Ausweg: Man müsse sich der Begierde entledigen."

„Und warum wäre das gut für uns?"

„Es gibt keine Begründung dafür, Herrin", sagte ich, musste lachen und setzte fort:

„Schopenhauers Ansicht nach ist der Mensch fähig, in der Askese das sogenannte Mitleid zu erleben oder eher zu finden, die von jeder Begierde entblößte, allgemeine Liebe für die Menschheit, für das ganze lebende Universum. Voraussetzung für das Mitleid ist die vollkommene Interessens- und Leidenschaftslosigkeit und kann daher nur in der Askese erreicht werden."

„Und wie denkst du darüber, Paul?"

Ich versuchte auf meine Art die Gedanken von Schopenhauer detaillierter auszuführen – oder wenigstens, wie ich diese interpretiert hatte.

„Ich glaube, Schopenhauer hat an diesem Punkt die christliche Dogmatik übernommen, die er auf jeden Fall hätte vermeiden wollen. Das entscheidende Moment dabei war die Person seiner Mutter, deren Lebensfreude er im Wesentlichen verkannt hatte; er hielt diese für das Zeichen der Oberflächlichkeit, und setzte vermutlich voraus, dass es in der Gesellschaft auch sogenannte „Freunde" seiner Mutter gäbe …, das wäre jedoch, auch schon auf der Ebene der Beschuldigung, eine Todsünde gewesen, ganz im Einklang mit der christlichen Moral … nach alldem hat er die Frauen sein ganzes Leben lang verachtet, denk nur an sein Werk „*Über die Weiber*", welches vielmehr ein Pamphlet ist als Philosophie … Schopenhauer wurde wahrscheinlich durch seine verzerrten Ansichten über Frauen zum Gedanken verleitet, dass die Sehnsucht als primäre Vergegenwärtigung des Willens, als Prototyp der sexuellen Begierde, den Menschen durch diese stärkste Urkraft im Kreislauf der Hoffnungslosigkeit festhält. Deshalb versuchte er „den Ausweg" zu finden, welcher einzig und allein in der Sehnsuchtslosigkeit aufzuspüren ist; und da Sehnsucht mit Interesse gleichzusetzen ist, bedeuten die richtigen Werte, die nur von dem aufgeklärten Geist begriffen werden können: Mitleid ohne Sehnsucht, Liebe ohne Leiblichkeit, welche für den Menschen die höchsten Werte darstellen und sogleich die wirkliche Freiheit und die einzige Möglichkeit repräsentieren, sich von den Fesseln der Sehnsucht befreien zu können."

Dorothee hörte mir aufmerksam zu, und ich spürte genau, dass sie all das schon weiß, und vielleicht auch das, was ich noch vorhatte, zu sagen. Trotzdem setzte ich fort: „Ich denke – ich bin sogar überzeugt – dass es die allgemeine Liebe ohne Leib in keiner Form gibt und auch nicht geben kann – diese ist nichts anderes, als das tausendjährige christliche Dogma über die Zweispaltung von Leib und Seele, das dann von Descartes in die moderne Form versetzt wurde. Geliebt werden können in der Wirklichkeit nur konkrete Wesen, mit ihrem Leib zusammen. Es können auch mehrere sein, dagegen habe ich keine Einwände, sogar eine ganze Nation, oder wenn man so will, die ganze Menschheit."

„Setz fort, Paul!"

„Das höchste aller menschlichen Gefühle ist die Liebe. Jene, die ich zu dir fühle."

Dorothee sah mich mit einem durchdringenden Blick an, dann lehnte sie den Kopf auf meine Schulter. Sie ruhte sich ein wenig aus, vielleicht schlief sie auch ein.

Es war Frühherbst; die Sonnenstrahlen guckten hinter den hohen Bäumen durch, die alles umarmende Wärme drang in meine Glieder ein.

Bald ist sie aufgewacht. „Gehen wir hinein!", sagte sie. „Ich fühle mich müde."

Danach sprach sie mich Tage lang nicht mehr an; manchmal sann sie stundenlang nach, als beschäftige sie ein Gedanke besonders. Ich wollte sie nicht mit Fragen belästigen.

Einmal rief sie mich spät am Abend zu sich, sie machte es sich in ihrem Bett bequem, blätterte in einem Modemagazin.

„Ich habe kalte Füße, Paul", sagte sie vor Kälte schlotternd. „Erwärme und massiere sie ein bisschen."

Sie streckte ihr rechtes Bein unter der Decke hervor.

Ich setzte mich auf den kleinen Hocker vor ihren Füßen und nahm es in die Hände; mit zärtlichen Bewegungen begann ich ihre Sohle zu massieren. Neben Dorothee wurde ich zum Profi in dieser Branche; ich habe alle bedeutenden Fachbücher über Sohlenmassage durchstudiert; ich kannte die Anatomie aller auf der Sohle zerstreuten Nervenenden und ihre Verbindungen mit den inneren Organen genau. Und ich wusste vor allem, wie ich Dorothee Freude bereiten kann. Aus den kleinen Zuckungen, die über ihren Körper liefen, spürte ich, wenn eine meiner Handbewegungen besonders wohltat.

Während ich mich vertieft auf ihre Sohle konzentrierte, spürte ich ihren forschenden Blick und sah auf.

„Paul", sagte sie in ihrem halb nachdenklichen, halb ironischen Stil. „Als wir über Schopenhauer sprachen, sagtest du, er halte das Leben für einen hoffnungslosen Kreislauf – da wir fortwährend in der Gefangenschaft der Sehnsüchte leben und es kein Entrinnen gibt, außer der Langweile oder in der Leidenschaftslosigkeit, was ich nicht verstehe, aber auch nicht verstehen möchte. In mir ist der Gedanke aufgetaucht – es mag aber sein, dass ich mich irre – ob es nicht so ist, dass nicht wirklich die Sehnsüchte uns zu diesem Kreislauf zwingen, sondern vielmehr Schopenhauer die Sehnsüchte zu einem Kreislauf zwingt. Was denkst du darüber?"

In meiner Überraschung hörte ich mit der Sohlenmassage auf, wurde aber von Dorothee gleich darauf hingewiesen, damit fortzufahren, da sie es höchst genieße.

Ich sah sie nur unentwegt an und dachte über ihre Frage nach.

„Es ist schwer, auf deine Frage zu antworten, Herrin. Woran denkst du genau?"

„Schopenhauer entschied aufgrund seiner eigenen Vorurteile, was Sehnsucht und Kreislauf heißen, und vor allem, was all das für uns bedeutet. Woher seine Vorurteile stammen, hast du ausgezeichnet dargestellt. Es ist auch offensichtlich, dass seine Folgerungen auf einen kranken Geist hindeuten. Worüber wir aber noch nicht geredet haben, ist, worin er sich geirrt hat."

Ich fühlte mich wie ein Gymnasiast beim Abitur. Aber ihr aufmerksamer Blick überzeugte mich, dass sie mich keiner Prüfung unterzieht. An ihrem Gesicht, in ihren weit geöffneten Türkisaugen war keine Spur von Spott abzulesen, nur grenzenlose Neugier.

„Das könnte ich nur demonstrieren, wenn wir uns einen bedeutenden Philosophen ansehen würden, der eine ganz andere Denkweise hatte", antwortete ich ein wenig verwirrt.

„An wen denkst du?"

„Am ehesten vielleicht an Emmanuel Levinas, der 1995 gestorben ist, also fast der Gegenwart angehört."

„Erzähl mir über ihn!", antwortete sie mit neugierigen, heiteren Augen. „Dabei kannst du mir auch den anderen Fuß massieren", und streckte auch das linke Bein hervor.

„Bei Levinas bedeutet Begierde etwas ganz anderes als bei Schopenhauer – etwas, was von Grund auf, essentiell anders ist."

„Fahr fort!"

„In der ganzen Philosophie von Levinas bilden Sehnsucht, Zeit, und der Andere ein zusammenhängendes System. Mit vielen Philosophen war er darin einverstanden, dass die in der Vergangenheit erlebte Zeit (aus der auch der alltägliche Zeitbegriff stammt) aus der periodischen Bewegung gewisser räumlicher Gegenstände entspringt (gekennzeichnet z.B. durch die Periodizität der Tageszeiten). Er meint aber, dass die Zeit, die von uns in der Wirklichkeit, das heißt, in der Gegenwart erlebt wird, immer auf die Zukunft bezogen wird."

„Wie meinte er das? Kannst du das ausführlicher erklären?"

„Wenn wir hier sitzen, denken wir immer an etwas, was in der Zukunft eintreffen wird."

Plötzlich musste ich anhalten, wurde traurig und senkte den Kopf. Ich wagte es nicht, sie anzusehen.

„Setz fort, ich bin neugierig!"

„Die Gegenwart wird dadurch erfüllt, sie bekommt dadurch einen Sinn und einen realen Inhalt, dass wir an die Zukunft, an zukünftige Ereignisse denken; besser gesagt, dieser ständige Bezug auf die Zukunft „bedeutet" die erlebte Zeitspanne, so könnte er auch deren Definition sein. Es könnte keine Zeitspanne existieren, wenn wir die Zukunft nicht vor uns hätten, die immer das Ungewisse, die Hoffnung in sich trägt. Levinas gab der Zukunft eine vollkommen neue Interpretation. Bei ihm ist die Zukunft nicht die symmetrische Umkehrung der Vergangenheit, wie in der Physik, aber auch keine Erwartung der bekannten periodischen Ereignisse."

Ich setzte fort, Dorothee hörte mir wortlos zu.

„Levinas nach sind die Motive der Zukunftsorientierung die Sehnsucht, das Warten, die Erwartung und die Hoffnung. Das kann sich nicht auf etwas richten, was sich periodisch wiederholt, weil wir an diese keine Erwartungen stellen können."

„Ist also die Zukunftsorientiertheit selbst die Sehnsucht?"

„Man kann es auch so sagen, Herrin."

Ich stockte wieder beim Reden.

„Sei nicht kindisch, Paul", sagte sie sanft. „Setz das über Levinas fort, es interessiert mich sehr!"

„Das Interessante an der Zukunft ist, dass es sich um etwas ganz Unerwartetes, ganz Neues handelt. Aber am meisten unerwartet ist der Mensch, der Andere. Das verhält sich so, weil wir in der Konfrontation mit dem Anderen uns auch selbst verändern, und diese Veränderung etwas völlig Neues zu Stande bringt."

„Ist es diese Konfrontation, worauf sich die Sehnsucht bezieht?"

Ich war über die Genauigkeit der Frage verwundert.

„Ja, Herrin. Genau das ist es, wonach wir uns in der Wirklichkeit sehnen."

„Aber ... viele sehnen sich nach etwas anderem ... zum Beispiel nach mehr Geld, ein besseres Auto und derlei mehr ...", sagte Dorothee lachend.

„Das stimmt vollkommen. Nur sind das Sehnsüchte anderer Art. Von diesen ist nicht zu erhoffen, was gänzlich unerwartet und völlig neu ist;

wirklich Neues ist nur vom Anderen zu erwarten und die Sehnsucht, das Warten auf das Neue ist genau das, was die Gegenwart als Zeitdauer ausfüllt."

„Und das, was zwischen zwei Menschen vor sich geht …, zum Beispiel die Liebe?"

„Levinas schreibt wunderbar darüber – ganz genau darüber. In seinem Buch *Le temps et l'autre* (Die Zeit und der Andere) gibt es einen Satz, den ich fast genau aus dem Kopf zitieren kann:

„Die Liebkosung ist die Erwartung der reinen Zukunft, der Zukunft ohne Inhalt. Sie ist gebildet aus der Steigerung des Hungers, aus immer reicheren Verheißungen, die neuen Perspektiven auf das Unbegreifbare eröffnen. Sie nährt sich von unzählbaren Hungern."

In der Liebe ist der Andere grundsätzlich unerkennbar und bedeutet deshalb den unermesslich reichen Ursprung der Hoffnung und des ewig Neuen."

Inzwischen betrachtete ich Dorothee, die meinen Worten mit geschlossenen Augen, aufmerksam zuhörte. Ich sagte nichts mehr über Levinas, weil sie mich nicht mehr fragte.

Seitdem ich ihr Sklave geworden war, durfte ich kein anderes Körperteil mehr von ihr anrühren als die Füße – auch diese nur, wenn sie mich ausdrücklich dazu aufforderte. Das war auch jetzt so und wird auch immer so bleiben. Und trotzdem war ich noch nie so glücklich wie jetzt; ich schaute mir ihre geschlossenen Augen an, ihren träumerischen, verwunderten, fast kindlichen Gesichtsausdruck; so betrachtete ich die schönste Frau, die ich je gesehen hatte, die Königin meiner Träume, von der mir diese Stunde und noch so viel anderes geschenkt wurde und die mich bald verlassen wird. Ich fühlte, dass das unser letztes Gespräch war. Unsere Geschichte begann mit stürmischem Sex und endete mit Philosophie; ich wusste: Würde sie auch noch so lange leben, Sex könnte es nie mehr zwischen uns geben. Ich sah hinter ihren zum Schlaf übergehenden Lidern die Glut der unauslöschlichen, hartnäckigen Neugier, die sie vielleicht bis in den Tod begleiten wird. Levinas hat recht, dachte ich überzeugt, als hätte er meine aus dem Innersten sprießenden Gedanken ausgedrückt; der Andere ist das tiefste Geheimnis, die ewige Hoffnung und die ewige Verheißung.

Dorothee ist scheinbar eingeschlafen, sie atmete schwer. Auf einmal überkam mich eine uferlose, durchdringende Schwermut. Sie wird sterben – jetzt, da meine Sehnsüchte in Erfüllung gegangen waren. Wenn es Gott gibt, muss er von Grund auf böse sein – ich unterhielt mich ja mit ihm, dort in der kleinen Kapelle – und da vertröstete er mich immer mit der Verheißung der Heilung. Und jetzt wurde ich bis zur tiefsten Essenz meiner Seele ein Teil von Dorothee, ich habe kein eigenes Dasein mehr, hänge bis zum letzten Atemzug von ihr ab und daran ändert auch ihr Tod nichts.

Wenn sie stirbt, werde ich zu einem für immer verlassenen Haus, zu einer Wiese, die jahrelang nicht gemäht wurde. Es wird um jeden Bissen schade sein, den ich mir aufzwinge; ich werde nur sehnsüchtig die Friedhöfe durchstreifen. Ich bin auch dazu zu feige, mich umzubringen, auch wenn das ziemlich einfach wäre.

Plötzlich fühlte ich den unaufhaltsamen Drang, aus dem Zimmer zu gehen.

Ich setzte mich auf ihre Lieblingsbank in der Allee, es war spät in der Nacht, ich blickte auf den Sternenhimmel. Da erblickte ich jenes Sternbild, nach dem Johnny von ihr gefragt wurde, und das er nicht erraten konnte, da er sie nicht verstanden hatte. Ich wusste schon damals Bescheid, und sie war sich damit völlig im Klaren.

Es quälte mich eine erstickende Erschöpfung, die meine Glieder durchdrang, doch auf einmal schien sich die Welt um mich herum zu verwandeln; ich sah ein blendendes Licht, wie wenn ich in einer riesigen Felsenhöhle gewesen wäre, die bis zur Decke von exotischen Pflanzen bewachsen war; ich lag auf einer gewaltigen Granitplatte, es beugte sich eine nackte Frauenfigur über mich.

Es war ein wunderschönes Mädchen mit langen Haaren. „Dorothee!", schrie ich erstaunt auf, aber besonderer Weise waren ihre Haare goldblond und fielen in üppiger Pracht auf ihre vollen, gewölbten Schultern.

„Ja, ich bin es, Dorothee", sagte sie mit verspieltem Lächeln. „Besser gesagt Venus", und so wirst du mich auch nennen."

„Dann bist du Venus, die Göttin der Schönheit!", rief ich in tiefster Entzückung – und doch mit dem Gefühl, als wäre all das das Selbstverständlichste.

„Ja, so werde ich von den Menschen genannt, aber es ist nur wenigen vergönnt, mich zu sehen – weil sie keine Augen dafür haben."

„Sag mir, meine Göttin, was müssen sie tun, damit ihnen diese Gunst gegönnt wird?"

„Sie müssen mich in der Gestalt eines irdischen Mädchens erkennen", sagte Venus mit einem besonderen Ton.

250

„Und sag, Göttin, warum ist das menschliche Schicksal so grotesk und so tragisch? Müssen die, die wir begehren, sterben, wenn die Liebe in Erfüllung geht?"

„Erstens: Das Schicksal ist weder grotesk noch tragisch, nur der Mensch macht aus ihm eine Komödie und Tragödie, meistens gleichzeitig. Zweitens: Wer von dir geliebt wird, stirbt nicht, sondern lebt in dir weiter."

„Aber die, die ich geliebt habe, ist gestorben, was soll ich ohne sie anfangen?"

„Was heißt ohne sie?", fragte sie lachend. „Ich bin ja da, jene, die du geliebt hast und liebst."

Ich sah sie an mit wildem Verlangen und tiefer Demut zugleich.

Venus setzte fort: „Die menschlichen Gesellschaften können sich von ihren blöden Vorurteilen nicht loslösen. Der Sex macht dich nicht zum Sklaven, sondern frei; er würdigt dich nicht herab, sondern erhebt dich. Ein bedeutender Teil der menschlichen Religionen und vor allem der um das Weib gewobene Aberglaube sind gleich mit lächerlicher Absurdität, Falschheit in sich, die Urquelle eures Unglücks. Ihr bastelt dumme Theorien um die Idee des Guten und Schönen, in denen eure Vorurteile von vornherein verpflanzt sind, statt euch auf jene Gefühle zu verlassen, die euch vom Schöpfer eingehaucht wurden, aber nicht mit dem Ziel, diese zu verstehen, sondern um sie zu gebrauchen. Die Schönheit wurde der Religion nach zum Inbegriff des Satans und der Sünde, anstatt dass ihr euch vor ihr niedergekniet hättet. Sogar die größten Maler waren Irrglauben verfallen; Schönheit ist nicht etwas, was man verstehen oder erlangen kann. Schönheit kann nur verehrt werden, in sich und ihretwegen. Darum ist auch kein Kampf um sie notwendig! Im Augenblick, in dem du sie erworben hast, ist sie bereits verschwunden. Nicht du besitzt die Schönheit, sondern *du* bist ihr Eigentum und du kannst sie nur erblicken, wenn du das verstanden hast."

„Aber auch die von dir erwähnte Dummheit ist uns doch vom Schöpfer eingepflanzt worden …"

„Der Schöpfer gewährte euch Freiheit, aber Freiheit ermöglicht auch Missbrauch. In der ganzen menschlichen Geschichte geht es ja um Blut, Zerstörung und Leiden."

„Sag, Göttin, kann es nicht sein, dass unser ganzes Geschlecht eine Missgeburt, eine Unmöglichkeit an sich ist, der Irrtum des Schöpfers oder ein böser Streich von ihm?"

Venus lächelte.

Der Schöpfer irrt sich nicht und spielt auch keine Streiche. Es gibt vielerlei Menschen, weil die Freiheit vieles zulässt. Auch, dass du ein Leben führst, an dem der Schöpfer Gefallen findet."

„Ich verstehe nicht; woher kann ich das wissen?

„Du brauchst es nicht zu wissen", sagte Venus, noch immer lächelnd. „Es gibt eine Stimme in dir, auf die du achten musst und diese Stimme sagt dir alles; du musst dich nicht auf den Zwang verlassen, sondern auf deine Gefühle."

„Und das Schöne ... wie kann ich es erkennen?"

„Du hast es erkannt, weil du fähig warst, sie zu lieben und dadurch auch mich. Du warst fähig, zu ihrem Sklaven zu werden. Mehr erwarten solltest du nicht; du hast ja alles bekommen, was ein Sterblicher erhalten kann. Du kannst bei mir sein, bis zum Ende aller Zeiten."

Ich wollte ihr die Hand küssen, aber die Erscheinung war verschwunden.

***

Wie aus dem Märchen der Tausendeinen Nacht geweckt, schreckte ich plötzlich auf, Schweißperlen bedeckten meine heiße Stirn, die Bank war an der Stelle, wo mein Kopf lag, völlig nass; ich muss eine ganze Menge Blödsinn geträumt haben, manche Figuren waren in meiner Erinnerung noch immer furchtbar lebendig, dann schwanden sie allmählich dahin. Die karg beleuchtete öde Betonhalle hat mich in eine Wirklichkeit zurückgeworfen, die ich vergessen wollte, und ich schien im Traum mehr gelebt zu haben als in meinen dürftigen dreißig Jahren.

Wie aus der urzeitlichen Vergangenheit schimmerten meine Erinnerungen auf; Dorothee, unsere stürmische Liebesnacht, meine heiß ersehnte Begegnung mit ihr. Das alles schien mir jetzt als wäre es in einem anderen Leben gewesen.

Es muss noch immer Nacht sein, dachte ich. Ich ging zur Tür; sie war offen. Der Sack hing noch immer am Nagel an der Wand, wo ich ihn aufgehängt habe. Ich ging für eine Sekunde hinaus; es dämmerte.

Ich nahm mein Handy aus dem Sack heraus und rief ihre Nummer an; sie war stocktaub; ich versuchte es zweimal, dreimal, zehnmal, vergeblich. Inzwischen strömte das Tageslicht durch die Türspalte in den fensterlosen Raum.

Zögernd kleidete ich mich um; ich nahm alle meine Sachen aus dem Sack heraus und steckte den Overall zurück. Dann schaute ich mich um, ob ich nichts vergessen habe, ich ging zur Tür und verließ das Gebäude. Draußen war der Morgen schon lange angebrochen; es war ein reger Verkehr, alle Geschäfte waren offen, die Leute eilten gleichgültig ihren Tagesgeschäften nach.

Ich ging die bekannten Straßen entlang, mein Gehirn funktionierte, ich nahm dennoch nichts wahr. Wo wohne ich überhaupt, hm, ich musste nachdenken. Oh ja, ich habe keine Wohnung mehr. Ich habe auch kein Bankkonto mehr. Ich habe allerdings etwas Bargeld bei mir.

Ich kramte geistesabwesend in meiner Tasche und fand ein Stück zer-knittertes Papier. Die Telefonnummer, mit ihrer Handschrift – schöne runde, gut lesbare Ziffern. Ich hielt mir den Zettel eine Zeitlang vor die Augen, ich wollte ihre Gestalt heraufbeschwören; ich sah aber nur verschwommene Schattengebilde. Ich zerriss das Papier und warf es in eine Mülltonne.

Bald spürte ich unerträglichen Hunger; ja, da gibt es eine bekannte Frühstücksbar, gleich an der Ecke – ich war meinem guten Glück dank-bar. Ich ging hinein, schlürfte langsam eine große Portion heißen Kaffee und nahm Toast mit Käse und Schinken dazu.

Felix Martin Gutermuth

Extase in Neukölln

Ich setzte mich auf eine kleine Mauer vor meiner Haustür, die einen
Baum und etwas Grün umrang, in der Karl-Marx-Straße, und trank einen
japanischen Whiskey, gab eine lausige Pantomime-Vorstellung, rauchte
und trank aus der Flasche, mitten auf der Straße. So sterben Dichter,
dachte ich mir.
Völlig aus dem Nichts heraus setzte sie sich neben mich. Eine junge
Ische Mitte 20. Eine Amazone aus dem südlichen Raum. Eine Nym-
phomanin mit schwarzem Haar, fickrigen Augen, genug Arsch, Titten
und naiver Blödheit, um jeden Mann um den Verstand zu bringen. Mich
eingeschlossen.
„Was machst du hier?", fragte sie.
„Ich übe mich als Clown, trinke mir einen an, rauche und tue Körper
und Geist nichts Gutes, aber was soll´s. Bist du allein?"
„Ja, habe gerade nichts zu tun und du hast mir irgendwie gefallen."
Ohne zu zögern, gab ich ihr einen Kuss mit Zunge. Sogar den Anstand
hatte sie mir geraubt. Es war ein langer, intensiver Kuss. Gefühlte fünf
Minuten später trennten sich unsere Münder.
„Du bist ein ganz guter Küsser, darf ich n Schluck?"
„Klar", ich reichte ihr die Flasche, sie war noch halbvoll und sie nahm
einen ordentlichen Schluck und kam gleich zur Sache.
„Wohnst du hier in der Nähe?"
„Ja, gleich hier", ich zeigte auf meine Haustür.
„Können wir bitte kurz hoch, ich muss aufs Klo." Ein Vorwand dachte
ich mir, und selbst wenn sie aufs Klo musste, es war mir egal, selbst wenn
sie mich beklauen wollte oder sonst was vorhatte; dieser Fick würde es
Wert sein. Dieser Fick war meiner und den konnte mir keiner mehr neh-
men. Tripper hin oder her.
Ich nahm sie an der Hand und wir liefen zur Haustür, sie stand offen.
„In welchem Stock wohnst du?"
„Dritter."
Oben angekommen, öffnete ich die Tür und nahm sie mit aufs Zimmer.
Das Klo schien vergessen. Sie setzte sich auf einen Holzsessel in der
Ecke des Raumes und legte ihre Beine jeweils über die Lehnen. Sie war
noch angezogen. Als ob sie mir sagen wollte, so gespreizt wie sie da saß;

das ich sie durch die Hose ficken musste. Sie lächelte verschmitzt und sagte nichts. Ich machte Musik an, ich hatte mir was aus der Bibliothek ausgeliehen und legte irgendwas davon auf und ging unmittelbar danach zu ihr, gab ihr einen zweiten Kuss und fasste mit meiner Hand zwischen ihre Schenkel, die Hose noch an, und drückte sanft auf ihre Möse. Sie fing leise an zu stöhnen und schien es zu genießen. Ich bat sie um einen Moment und zog erst einmal mich aus, um danach sie zu entkleiden. Ich hatte einen ordentlichen Ständer. Ehe ich mich versah, war auch sie nackt und lag auf dem Bett.

Ich wollte es ihr erst von unten geben, also bat ich sie, sich auf meinen Pint zu setzen, wie bei einem Ritt, nur das ich die Stöße gab. Sie war extrem feucht, es floss ihr an den Beinen entlang, und er war ziemlich schnell drin. Sie stöhnte schon wie eine Wahnsinnige. Ich bearbeitete sie von unten und gab ihr Stöße in verschiedenem Tempo. Langsam, schnell, langsam, schnell, langsam, schnell, schnell, schnell, schnell, langsam, ganz langsam und dann wieder schnell. Ich war in meinem Element, jetzt konnte mich keiner mehr halten. Durch die ganze Wohnung würde ich sie ficken, über die Straße und auf den Dächern, durch die ganze Stadt, diese kleine Schlampe, die mich unschuldig, wie ich da saß und trank, eroberte. Es ging alles so schnell, aber ich war in Fahrt. Ich legte sie vorsichtig auf den Rücken, und begann sie von vorne zu nehmen. Wieder langsame und schnelle Stöße. Ich behandelte sie grob, aber versuchte zärtlich zu sein, so zärtlich wie es eben möglich war.

Sie stöhnte und stöhnte und ich pustete mir einen ab. Schließlich zog ich ihn raus und packte sie an Kniekehlen und Schulterblatt und trug sie in die Badewanne und machte das Wasser an.

„Mach es mir weiter", sagte sie, gerade aus dem Stöhnen herausgekommen und ich wollte mit ihr eine Stellung ausprobieren, die ich noch nie versucht hatte. Ich nannte sie den *Flutsch* und sie stellte sich als ziemlich schwierig und langweilig heraus. Sie lag in der Badewanne und spreizte die Beine, wie zuvor auf dem Sessel, und ich spreizte meine Beine ebenfalls, unter ihren Beinen hindurch und schob ihn ihr rein. Wir verweilten so, der Schwanz einfach drin, ohne Bewegung, und das war der Nachteil dieser Stellung. Man konnte nur so ein bisschen stoßen und rumkreisen. Es war eine stille Extase, die man zwischendurch genießen konnte…

Ich zog ihn wieder raus und sie fing an ihn zu blasen und runterzuholen, sie konnte beides nicht. Es wirkte irgendwie komisch. Ich stand auf und nahm sie von hinten, schob ihn ihr wieder rein und legte los wie ein Bekloppter. Sie stöhnte wirklich das ganze Haus zusammen, aber das die Nachbarn es mitbekamen, brachte mich noch mehr zum Glühen. Sollten sie alle herkommen. Gangbang in der Badewanne. Ich würde es mit allen Frauen aus dem Haus aufnehmen. Aus dem Haus? Aus ganz Neukölln, der ganzen Welt: so wild war ich zugange…schließlich entleerte ich mich in ihrer Möse, immer noch von hinten nehmend, und ließ ihn noch ein bisschen drin. Als ich ihn wieder rauszog, gab ich ihr Duschgel, um sich sauber zu machen. Wir duschten gemeinsam. Ich machte sie sauber, und sie mich. Sie hatte Tattoos auf dem Arm, irgendwelche Symbole, sonst reine Haut und eine attraktive Figur, im Gegensatz zu mir, mit meiner Plauze. Es schien ihr nichts auszumachen. Vor dem Fick war die Nacktheit egal, nachdem Fick zog man sich gerne wieder an, also mir zumindest ging es so.

Ich trocknete mich ab, ging in mein Zimmer, streifte Unterhose und Jeans über, knöpfte mein Hemd zu und machte mich bereit für die Verabschiedung. Sollte ich lügen und ihr eine Romanze vorgaukeln? Sie war eine Schlampe, eine gute Schlampe, ich mochte sie dafür, so sehr, das ich ihr eine Leinwand von mir; gemalt mit Acryl; auf der ein Pinguin, ein Fluss, eine Brücke, ein Fisch, und andere Kleinigkeiten abgebildet waren, schenken wollte. Mit Unterschrift. Sie kam nackt und durchgefickt aus der Dusche, und es hatte Stil.

„Und geht's gut?", fragte sie.

„Hervorragend, eigentlich wollte ich heute betrunken werden und jetzt bin ich wieder so gut wie nüchtern. Ich fühle mich lebendiger denn je."

„Du, ich muss auch schon wieder gehen… gib mir einfach deine Nummer."

Es war perfekt. Ich musste sie nicht einmal rausschmeißen…

„Ich habe gerade kein Handy, aber ich kann dir meine Festnetznummer aufschreiben, warte einen Moment."

Ich holte Zettel und Stift und schrieb ihr die richtige Nummer und einen falschen Namen auf. Valentin. So nannte ich mich immer, wenn ich nicht wollte, dass jemand meinen Namen weiß.

Ich gab ihr den Zettel und die Leinwand, sie schien sich zu freuen über die Leinwand.

„Danke, das ist aber lieb, ist die von dir?"

„Nicht die beste, aber von mir. Behalte sie als Erinnerung. Sie heißt *Avenue* oder *Pinguin*. Such dir was aus."

„Danke Valentin."

„Soll ich dich noch zum Bus oder zur Bahn begleiten?"

Sie war inzwischen wieder angezogen.

„Muss nicht sein, das bekomme ich schon alleine hin."

Was für eine bezaubernde Ische, dachte ich mir, so eine trifft man nicht alle Tage. Ich gab ihr einen Kuss, diesmal ohne Zunge. So wie man sich halt, frisch gevögelt, verabschiedet.

„Meld dich, wenn du mich treffen möchtest, gerne auch auf einen Kaffee oder so", eine Lüge meinerseits.

„Bin nicht mehr lange in Berlin, komme nicht von hier. Trotzdem alles Gute dir. Tschüss."

Ich ersparte mir die Frage, wo sie herkam.

„Tschüß, komm gut nachhause und pass auf die Leinwand auf."

„Mach ich."

Sie ging die Treppen runter und ich machte die Tür zu und schaute erst einmal nach, ob was geklaut war. Es stand alles an seinem Platz, sogar die vereinzelt rumliegenden Münzen. Ich war der fröhlichste Mensch der Welt.

Felix Martin Gutermuth

Exas

Ich schlenderte mit Nora durch die Altstadt in Mainz und wir hielten an einem Hutladen, um mir eine Schiebermütze zu kaufen. Ausnahmsweise hatte ich mal Geld dabei. Ich setzte sie gleich auf und wir liefen weiter über den Domplatz an einem Cafe vorbei, doch mir war es eher nach einem Bier. Und so zog es uns zum Bahnhof, an dem noch mehrere Läden offen hatten. Ich entschied mich für eine Kneipe, in der mehr Spielautomaten als normal standen. Ich bestellte mir ein Bier, und sie sich einen Sekt. Ich rauchte zur Zeit billige Zigarillos, und steckte mir eine an. Im Taumel nach dem dritten Biere fingen wir an uns zu streiten... sie wollte ins Bett und ich wollte bleiben. Es war Weihnachten und wir waren zu Besuch bei meiner Familie. Ich fragte mich manchmal, ob die Familie nur zum Beschenken da war, um dann wieder nach Berlin zu fahren? Man sollte mit der Zeit seine Familie aufgeben und dann doch zu ihr halten. Ich wusste nie wirklich, wie ich da handeln sollte, doch Weihnachten war Weihnachten. Wie dem auch sei, wir landeten im Bett. Mutter, Bruder, Tante, und Oma schliefen schon. Ich und Nora teilten uns ein Doppelbett im Zimmer hinten am Flur. Wir deckten uns zu, und ich fummelte ihr im Dunkeln die Hotpants von den Beinen und bearbeitete sie im Löffelchen bis wir müde wurden und einschliefen. Am nächsten Morgen schlenderten wir mit der Familie durch den Volkspark, welcher auch einen kleinen Zoo hatte und ein Aquarium. Wir blieben eine halbe Stunde. Einen Tag später fuhren wir wieder zurück nach Berlin. Es war die Hölle. Alles was göttlich war, war das weihnachtliche Ritual.
Jahre später, als das mit Nora im Sande verlaufen war, und ich nie wirklich wusste warum, lebte ich eine Zeit lang im Vivantes-Klinikum-Neukölln auf der Station 83, eine psychiatrische Abteilung. Ich schrieb Linda einen Brief, in dem ich ihr versprach, dass ich sie ficken würde, bis ihr Haare an der Möse wachsen, und ich schätzte, sie war rasiert.
Ich lernte Linda auf einer Geburtstagsfeier kennen. Ich hatte ein Bier in der Hand, und sie kam aus der Toilette und sagte: „Erstmal ein Bier, ja?"
„Ja." Auf dem Sofa eine Treppe höher tranken wir einen Wodka. Aus einem wurden zwei und so weiter. Ich wurde redsam und sie wollte wissen, was bei mir so geht. Ich erzählte ihr, dass ich gerade ein Buch von

Camus in meinem Zimmer aufgeschlagen hatte. Sie schwärmte von einer Stelle, in einem anderen Buch von Camus, in dem es um die algerische Abendsonne ging. Eine Frau, die neben ihr saß, fragte sie nach ihrem Sexleben.

Im Brief von ihr, teilte sie mir später dann mit, dass sie nicht intim mit mir werden will. Vielleicht war sie prüde, oder hatte lange keinen guten Dockenden mehr gehabt.

In der Pannierstraße war ein Puff. Der Fick kosteste 30 €. Ich war mal mal wieder da, und entschied mich für eine Schwarze. Ich schob ihn ihr von hinten rein, und arbeitete wie ein Tiger. Nach einer Weile zog ich ihn raus, und als wäre sie süchtig nach ihm, nahm sie meinen Pint in den Mund, rastete förmlich aus. Sie blies mir einen, benutzte die Hand und ließ ihn zuppeln. Sie setzte sich wieder auf ihn und gen Ende der Zeit lief mein Sperma ins Kondom.

Nicht der Reim macht den Dichter, und die meisten Dichter waren schlecht. Und ist dies ein Gedicht, so ein gutes.

In EXAS-Panoktum besagte der Fluss, dass es hin zum tanzenden Marakon geht. Er war ein Electron, und sein Tanz erschütterte die Erde.

In Dijon verbrachte ich fünf Tage ohne Obdach. Am ersten fand ich ein Handy auf dem Fensterbrett, welches ich einsteckte. Ich schlief am Bahnhof. Einer aus der Schweiz setzte sich mit einem Liter Bier neben mich. Er hatte Pepp dabei und wir suchten uns einen Platz zum ziehen. Unsere Wege trennten sich nach ein paar Lines. Am Tag danach sah man sich wieder, und er lud mich auf einen Kaffe ein. Er legte einen Schlagring auf den Tisch, und bestellte zwei Kaffee.

Da er mir freundlich gesonnen war, machte ich mir keine Sorgen. Es waren die Spiele der letzten Straße.

Im Park in Dijon verbrachte ich einen Tag mit einigen Desperados, auch ohne ein Ische zu einem Fick zu finden. Ich war wieder allein.

Valerie schickte ich ein Magazin mit Gedichten nach Dublin. Ich hatte keine Hoffnung sie wiederzusehen, doch vielleicht konnte sie ja etwas damit anfangen.

Um nochmal auf Nora zurück zu kommen; wir waren ein Paar wie Lada, es war alles so fröhlich und hässlich. Im Taumel der Sterne waren doch beide individualistisch, und geprägt vom Sexus. Ich habe das Gedicht „Göttin Extasia" geschrieben, in dem ich das beschrieben habe. EXAS.

Ralf Becker

Seitensprung (Ehe-Stabilisierung)

Lange hat er noch gehofft,
was er begehrt, gibt's nicht mehr so oft.
Nun steht er da mit 48 Jahren,
bleibt oft nachts unruhig munter,
Phantasie gaukelt, wie es war, als jung sie waren,
er braucht es einfach wieder bunter.

Ja, er hat sie wirklich lieb,
weshalb er so lang doch da blieb.
Aber in den Straßen und im Supermarkt
sein Auge gierig an fremden
Busen und Kurven parkt.
Eigene Wege geht der Trieb.

Fängt heimlich zu flirten an.
Wenn eine ihm gefällt,
wird ein Stelldichein bestellt
im Bekanntenkreis,
weil man sich so gut leiden kann,
und es passiert sodann,
wovon niemand je was weiß.

Ihr Mann ist nicht interessiert,
die Arbeit hat ihn ganz im Griff,
statt Zuwendung teurer Schmuck mit Schliff,
doch ihr Verlangen existiert,
so wird der Seitensprung inszeniert.

Haben gefunden, was ihnen fehlte
zur Ausgeglichenheit.
Nehmen sich für das, was als Mangel quälte,
nun regelmäßig Zeit.
Und ihre Ehen sind stabilisiert,
weil das Sex-Leben wieder harmoniert.

Ralf Becker

Leiden(s)schaften

Wenn sie jung zum ersten Mal probiert,
unsicher noch sich ziert.
Glaubt den Liebsten gefunden zu haben,
indes – er wollte sich frivol nur laben.

Die Enttäuschung ist bitter, hält an.
Manch Mädel treibt sie in den Wahn.
Andere sagen sich: war nicht schlecht,
das Erleben war allemal echt.

Die eine sucht den einen, wird nicht klug.
Die andere bekommt vom Erleben
nun nicht mehr genug.
Erfahrung sammeln nennt sie das,
die erste legt sich nicht ins Gras.

Beim Zweiten nun will sie es besser anfangen.
Hat nicht sogleich sich ihm
um den Hals gehangen.
Will seiner ganz erst sicher sein.
Da geht der zur Nachbarin – das Schwein.

Die andere hat unverdrossen
derweil manch Mannsbild ungeniert genossen.
Einem brach sie unbemerkt das Herz,
der, in seinem Schmerz,
hat sie dann erschossen.

Ralf Becker

Letzte Nacht

Letzte Nacht konnte ich nicht schlafen.
Da hab ich an dich gedacht,
und an manch andere Sachen,
das hat mir einen Traum gebracht:

Du warst bei mir,
warst mir nah.
Und was da sonst noch so geschah,
das kannst du sicher raten,
was ich in deinen Augen sah,
wir lustvoll dann auch taten.

Der Wachtraum hielt mich gefangen,
jedoch bin ich aufgeschreckt,
denn du bist ja so weit weg.
Wie können wir erlangen,
was an Sehnsucht in uns steckt?

Ralf Becker

Problem

Frei fliegen die Gedanken
über Liebe ohne Schranken.
Was man sich noch nie getraut,
wird als Phantasie gebaut.
Hat man dann die Dame der Wahl,
wird die Vorstellung zur Qual:
Wie bringt man der Holden bei,
was zwar innovativ, doch auch anstrengend sei?

Ralf Becker

Gestern, heute, morgen

Lerne vom Gestern,
wie du mit ihren Schwestern
auch gelegen hast.
Lebe das Heute
mit dieser hungrigen Meute,
rasende Lust und Rast,
vertraue auf Morgen,
und ehe
Ungemach dich fasst,
gehe
dir was borgen.
Denn die drei-einigen Schwestern
wollen zufrieden gestellt sein,
sonst lassen sie dich
bald bei sich
nicht mehr ein,
und würden nur über dich lästern.

Ralf Becker

Seligkeit

Ja, leg Scheit auf Scheit ein,
wohlig soll es uns beiden sein.
Rot die Glut,
rot mein Haar, das dich umhüllt,
wir fühlen uns gut,
Sehnsucht endlich gestillt.

Die Nacht senkt sich hernieder,
Amsel-Ruf und Nachtigall,
hören wir unsere Liebeslieder,
müde zum Schlaf werden die Glieder,
Seligkeit nur überall.

Ralf Becker

Zufallstreffen

Die Kabine schien schon frei,
ich trete ein, was ich sehe, ist mir nicht einerlei.
Die Frau, die ich lang schon verehrte,
und sinnlich lustvoll begehrte,
rafft noch zum Gehen ihre Sachen.
Was soll man in solcher Situation nur machen?

Ein wenig Koketterie,
möge sie doch bleiben,
und die Kabine wieder schließen.
Was folgte, ahnt ich nie.
Sie richtet sich auf, wird rot,
jedoch zu Gehen hat sie keine Not.

Ich schau sie fest an,
sie steht und senkt den Blick.
Da fass ich ihre Hüfte und leg den Riegel zurück,
zieh sie zu mir sanft heran,
küsse sie sodann,
spüre, es ist recht getan.

Sie umarmt mich nun kräftig,
und streift meinen nackten Rücken.
Mein Lendenschurz fällt,
was ist das für ein Entzücken,
ihre Hände gleiten durch meine Sinnes-Welt,
nun atmen wir schon heftig.

Kraftvoll drückt sie mich von sich,
und schaut mit großen Augen an,
was der so liebkoste Mann
nun nicht verbergen kann,
sanft erröte nun ich.

Sie gibt ihre Hüllen wieder preis,
dass auch ich ganz sie schauen kann.
Und nachdem ich mich sattgesehen,
zieht nun sie mich zu sich heran.
So ist es zart geschehen,
dass wir selig waren ganz leis.

Ralf Becker

Meerjungfrau

Und da sah ich die Frau
unverhofft wieder,
ohne Mieder,
und ich fand,
wie sie da so stand,
selbstvergessen am Strand,
dass sie schön ist wie eine Meerjungfrau.

Ihr Haar umspielte
ein Gischt-feuchtes Lüftchen lau.
Meinen Blick ich nicht abwand't,
und ich fühlte,
wie das Lüftchen mich auch kühlte,
während ich weiter unverwandt
vor Himmel- und Meeres-Blau
und im gleißenden Sonnenlicht
sie fasziniert anschau'.
Einen solchen Anblick vergisst du nicht.

Ralf Becker

Beschleunigung

Oh bitte, lass uns was versuchen,
ich komme dich besuchen,
dann lernen wir uns kennen
bei Kaffee und mit Kuchen.
Wir werden nicht gleich miteinander pennen,
aber Gemeinsamkeiten suchen.

Nur ein baldiges Treffen gibt Klarheit,
kann man erste Stärken und Schwächen sehen,
im Gegenübertreten liegt Wahrheit,
in der Hoffnung Entstehen oder Vergehen.

Durch das angeregte Plaudern
kamen wir uns näher
und hörten auf zu zaudern,
sanftes Streicheln, zärtlicher Blick,
das machte zartes Schaudern,
deine Lebenslust kehrte zurück.

Plötzlich willst du eiligst hier fort,
also zahle ich schnell,
deine flackernden Augen werden Brand-hell,
schmiegst dich an wie ein Kätzchen,
führst mich an einen nahen Ort
und willst mehr nun als ein Schwätzchen.

Hast du den Gang der Dinge geahnt,
oder gar vorher geplant,
wusstest vornherein, was du willst,
nur Absicht nicht erkennen lassen,
erst bei Gelegenheit fest zufassen,
dass du deine Lust gleich stillst?

Egal, wie dem auch wäre,
ich will es mit dir wagen,
du kommst so recht mir liebevoll in die Quere.
Wollen wir das Schicksal gemeinsam nun tragen?

Ralf Becker

Alltagserotik

Ich weiß nicht, bin ich krank?
Wenn durch den Tag ich stürze,
seh ich dort in der Küche
immer ihre fallende Schürze,
und wohlig war uns, all die Gerüche,
und sage dem Himmel tausend Dank.

Seh uns Gardinen aufhängen,
schauen uns nur an,
und da ist wieder dieses Drängen,
dass nun nicht mehr warten kann.

Den Staubsauger in der Hand
geh ich durch die Zimmer,
legt sich um meinen Hals galant,
das möcht ich missen nimmer.

Wischend den Boden kniend,
ihre Bewegung grazil,
so erotisch anziehend,
beginnt das unterbrechende Spiel.

Schreitet durch den Rosenbogen
kommend vom Kräuterbeet,
leuchtende Augen gewogen,
folge ich, wohin sie geht.

Spontane Unterbrechungen machen den Alltag schön,
Zweisamkeit trinken,
ineinander sinken,
Hausarbeiten besser von der Hand dann gehen.

Ralf Becker

Das Männer-Einmaleins (der Frauen)

Nette Männer sind hässlich.
Hübsche Männer sind nicht nett.
Ist das nicht grässlich,
wo man so gern doch
'nen hübschen UND netten hätt'.

Hübsche und nette Männer sind meistens schwul,
man, ist das schade.
So reduziert sich schon der Pool
und das Verlangen bleibt fade.

Hübsch, nett und hetero,
die sind meist schon unter der Haube.
Und wenn doch was geht, dann nur so,
leere Versprechen und Glaube.

Hast du 'nen hübschen, netten Hetero gefunden,
so hat er kaum genug Geld.
Schämt sich und ist gleich verschwunden
eh du ihn hältst, deinen Held.

Und hat er Geld und ist nett,
aber nicht so attraktiv,
dass Frauen sein Geld nur wollen, denkt er dann.
Da liegt er zwar gehörig schief,
doch kommt keine an ihn ran.

Wiederum wenn er
ohne Geld, hübsch, nett und hetero,
denkt Frau ,Vorsicht Gigolo!'.
Der macht dich zwar für Momente froh,
doch hinterher
ist die Börse leer.

Und scheint alles vorhanden,
einigermaßen nett, Geld, hetero, gutes Aussehen,
ganz schnell deine Hoffnungen schwanden,
sind sie schüchtern und sprechen nicht.
Da musst du dir denn eingestehen,
du wartetest bis zum jüngsten Gericht.

Was, was soll man da denn machen?
Das ist nicht mehr zum Lachen,
nein, gar nicht lustig ist das
und macht auch keinen Spaß,
so zu suchen einen Mann,
der zu einem passt
und mit dem man's aushalten kann.

Ralf Becker

Verlangen

Na gut, Ruth,
lass uns tun, was gut
uns tut.
Wollen schweben,
wollen leben,
einander alles geben,
und das Irdische hinter uns lassen,
indem wir nur mehr
nach Aphrodite und Amor fassen.
Mich verlangt's nach dir gar sehr!

Ralf Becker

Ungleiches Paar

Sie war 17 und wollte es wissen,
nicht mehr nur streicheln und küssen.
Er hat es getan,
denkend, keine Beziehung würde daraus.
Doch geht sie nur bei ihm ein und aus,
keinen anderen sieht sie an.

Drei Jahre geht das schon so,
aber er ist dabei nicht nur froh.
Sie steht zu ihm, doch weiß er genau,
bald wird sie vom neugierigen Mädchen zur Frau.
Ihre Sinne werden schärfer,
dann wird er ihr (vielleicht) zu grau.

Es ist nur auf Zeit, sie wird erwachen.
Zuerst vielleicht heimlich Seitensprünge machen.
Streit wird sie suchen, zerbrochene Tassen.
Womöglich fängt sie an, ihn zu hassen.
Schließlich wird sie ihn verlassen.

Denn er hat sich ja unverhohlen
ein Stück von ihrer Jugend gestohlen.
Er war fasziniert von ihrer Lebenslust und Naivität,
so man schnell in Versuchung gerät,
selbst nicht sicher, ob das denn geht.

Er interessierte sie, indem er buchte.
Sie bekam die Abwechslung, die sie suchte.
Mit Reisen und Ringen konnte er sie binden.
Vielleicht wird sie es später als hinterhältig empfinden,
und ihm für immer entschwinden.

Doch sie hatten schöne Zeit, die er so wollte,
auch wenn sie Zeit Lebens ihm womöglich grollte.
Keine Stunde wird er vergessen, kein Tag täte ihm leid.
Ein Stück weit blieb stehen seine Lebenszeit.
Und müsste er dafür büßen, er wäre bereit.

Ralf Becker

Suggestion (Erweckung)

Dein Blick verrät,
eine Bresche ist geschlagen,
nun solltest mehr du wagen,
klar werden, wonach wirklich du strebst,
wofür du lebst,
dann wird auch klar,
was du kannst und musst,
bisher nicht getraut,
doch unbewusst
schon herausschaut,
mach es wahr.

Trau dich, geh zu ihm hin,
tue, wonach dir steht der Sinn,
und frag nicht danach,
was kommen könnte,
das bringt nur Ungemach,
das dir den Augenblick nicht gönnte.

Ralf Becker

Kein Widerstehen

Verzeihen Sie, gnädige Frau,
gestern Abend konnt' ich nicht schlafen,
ich dachte daran, dass wir uns heute begegnen.
Doch meine Stimmung war grau,
ich weiß noch immer nicht,
wollen Sie sich kasteien und mich strafen
oder lassen Sie Glücksmomente regnen.

Nicht länger kann ich der Regung widerstehen,
ich möchte Ihre weiche Haut berühren,
lassen Sie uns den Weg sanfter Sehnsucht gehen
und einander zärtlich verführen,
einander Erfüllung schenken,
nicht an Zweifel und Skrupel denken.

Leben diesen Augenblick
in unvergesslichem Schweben,
und kehren wir dann zurück
in unser alltägliches Leben,
so wollen wir hin und wieder doch
uns wieder solche Augenblicke geben.

(Doch wollten Sie sich neu orientieren,
ein neues Leben zu zweit,
wollten Sie Neues probieren,
stünde ich hier für Sie bereit,
so lassen Sie uns fest liieren.)

Ralf Becker

Überraschung

Ihr Haar schwarz wie Ebenholz,
unnahbar schien sie und stolz.
Irgendwas musste sie quälen,
fing an, aus dem Leben zu erzählen.

Wenn man aufmerksam zuhört,
manches man erfährt,
da entsteht nach und nach
so ein sanftes Zutrauen,
die Fremde der zwei Fremden brach,
ganz sacht erwuchs Vertrauen.

Sie redet, als wäre sie gehetzt,
frage vorsichtig und wohlgesetzt,
erkennt, wie sehr sie sich verrannt,
sie wird langsam entspannter,
ich lausche wie gebannt,
fühl mich wie ein langer guter Bekannter.

Das hatte ich nicht erwartet,
was eigentlich sie quält,
wir gingen spazieren im Garten,
da konnte sie nicht mehr warten,
hat durchgestartet
und aus dem Manne das Männchen geschält.

Ralf Becker

Noch nicht siebzehn

Schon vor Monaten küsste ich sie.
Doch mehr wagte ich bisher nie.
Nicht etwa weil ich schüchtern wär'.
Sie wird erst siebzehn,
da wird das leicht Erringbare irgendwie schwer.

Ich kann es deutlich spüren,
der Gedanke wird mich wohl verführen.
Manch durchwachte Nächte mit Gewissensbissen.
Sie wird erst siebzehn,
und will es doch auch schon wissen.

Ach, was sollen die Gewissensbisse.
Ich denke nun fast nur noch an ihre Küsse.
Zwar ist sie viel jünger und unberührt.
Sie wird erst siebzehn,
und zum ersten Mal in den Garten der Lüste geführt.

Ich werde besonders viel Mühe mir geben.
Denn ihr ist es eine Erinnerung fürs ganze Leben.
Ich fühle mich geehrt, das kann ich nicht leugnen.
Sie wird erst siebzehn,
und ich werde mich ihrem Verlangen beugen.

Ralf Becker

Casanova 1

Anika heißt mein neues Mädchen.
Ich lernte sie kennen in meinem Heimatstädtchen.
Nun ist sie Mittelpunkt meiner Gedanken.
Doch meine Prinzipien bringt sie nicht ins Wanken.

Sie gibt sich Mühe, mir zu gefallen,
auch ist sie mir zurzeit die Liebste unter allen.
Obwohl nicht einfach, sie will mich verstehen.
Was gäb ich drum, sie jetzt zu sehen.

Ihre Weiblichkeit reizt mich gar sehr,
doch meine Freiheit gebe ich nicht her.
Schon um sie zu gewinnen, geheuchelt und gelogen,
seit wir zusammen sind sechsmal betrogen.

Für mich ist sie nur ein kurzes Glück,
dann gehe ich zur Nächsten oder einer Verflossenen zurück.
Sie bleibt ein Stück Erinnerung wie andere,
weil ich nun mal gern von Mädchen zu Mädchen wandere.

Gerne manch Stunde mit ihr verbringen,
mich zu halten wird ihr nicht gelingen.
Hätte sie geahnt, welch falsches Spiel das ist,
nie und nimmer hätte sie mich geküsst.

Aber hab ich sie erst richtig in Abhängigkeit gebracht,
wird das schöne Spiel nach Bedarf gemacht,
sie schmachtet nach jeder Zärtlichkeit,
wie für manch andere bin ich wohlfeil bereit.

Dann hält sie ihren Tempel für mich offen,
weil sie nie aufhört auf meine Liebe zu hoffen.
Und ist in den Reigen aufgenommen,
und ich – kann, was ich suche, allzeit bekommen.

Ralf Becker

Casanova 2

Liege ich abends im Bett allein,
denke ich an mein neues Schätzelein.
Erst am Wochenende kann ich zu ihr hin,
wo ich alsdann ihr Märchen-Prinz bin.

Es ist nicht Liebe, was mich zu ihr treibt.
Ich weiß, dass außer Erinnerung nichts bleibt.
Vorerst jedoch will ich sie nicht verlieren,
denn sie hört gerade auf sich zu zieren.

Jetzt erst kann das Spiel richtig beginnen,
dass sie schmachtet wie von Sinnen.
Manches werden wir dabei noch lernen,
vielleicht nach Jahren noch von ihr schwärmen.

Will mit ihr noch manches probieren,
lustvoll das Liebesleben studieren.
Will sehen, wie ihr die Sinne schwinden,
wie sie bald höchsten Genuss wird finden.

So kann ich denn wiederkehren
keinen Wunsch wird sie verwehren.
Was ich begehre, sie denn auch
trefflich macht davon Gebrauch.

Hat sie inzwischen einen Mann,
ficht mich das ganz und gar nicht an.
Er wird's nicht wissen, das ist klar,
dass sie in meinen Armen glücklich war.

Ralf Becker

So bin ich

Hast du schon jemals dich gefragt:
Wie und warum bin ich geworden, wie ich bin?
Ich schaute heut zu meinem inneren Spiegel hin,
da hat er es mir gesagt:

Zunächst einmal – bitte sehr,
fällt mir im Leben nichts allzu schwer.
Zwar wünschte ich oft, dass ich besser sei,
im Grunde jedoch ist es mir einerlei.
Denn zu höheren Aufgaben bin ich nicht geboren.
Habe dazu früher schon zu viel Zeit verloren.
Hartes Arbeiten ist mir eine Qual.
Na und – so bin ich nun mal!

Auch mit Partnern verhält es sich ganz ähnlich.
Zwar bin ich nicht schön, doch auch nicht dämlich.
Gehe mit ihnen ins Bett in kürzester Frist,
weil langes Warten mir zuwider ist.
Nur einmal hat es nicht geklappt,
hat mich gleich für immer geschnappt,
weiß nichts von der schlechten Wahl.
Na und – so bin ich nun mal!

Treu zu sein, hab ich nie fertig gebracht.
Die Lust zieht mich hinweg mit Macht.
Neu, dass ich nun mit Mutwillen betrüge,
weshalb mein Leben eine einzige Lüge.
Ich baue sie auf mit viel Bedacht,
bis sie eines Tages zusammenkracht.
So winde ich mich durchs Leben wie ein Aal.
Na und – so bin ich nun mal.

Ralf Becker

Verhängnisvoll Leidenschaft

Und wieder hatte er einen neuen Schwarm,
hielt sie eine Nacht lang in seinem Arm.
Es schien, als könnten sie sich lieben,
doch er ist nicht da geblieben.

Am Morgen war die Episode erledigt,
hoffentlich habe er sich nicht ‚verewigt‘.
Sie mag sich vielleicht mehr erhofft haben,
er wollte sich nur am schönen Körper laben,
suchte Befriedigung seiner Lust,
die er ja auch fand an ihrer Brust.

Seine Frau, wenn die das wüsste,
niemals wieder sie ihn küsste.
Sicher wollte sie ihn nicht mehr sehen,
würde mit Recht für immer gehen.

Das sind die Extreme, denen er verfällt:
er liebt die Frauen, die Schönen der Welt.
Und hat dabei einen Schatz so hold,
lieblich und zart und treu wie Gold.

Eines Tages wird alles zerspringen
wenn er nicht damit aufhört,
vergeblich um Glückseligkeit ringen,
die er sich selbst doch zerstört.

Ralf Becker

Gewollt, doch nicht geliebt

Als ich sie sah das erste Mal,
dachte ich, mit ihr wär's bestimmt nett.
In den Hüften so wunderbar schmal.
Wie bekomme ich sie nur ins Bett?

Ich begann meinen Charme auszuspielen,
doch so einfach ließ sie sich nicht erweichen.
Anfangs konnte ich gar nichts bei ihr erreichen,
nur Kälte ließ sie mich fühlen.

Aber bald traf ich mich mit ihr,
denn sie lud mich zu sich ein.
In ihrem Zimmer waren wir allein,
doch zeigte sie nur ihr Flötenspiel mir.

Ich wusste genau, was ich will,
und hab's dann einmal versucht,
da hat sie gekratzt und geflucht,
niemals hielte sie bei mir still.

Ich zog mein Interesse zurück,
wollte sehen, was passiert.
Das war geradezu ein Meisterstück,
denn langsam hab ich sie dressiert.

Sie veränderte ihr Verhalten bald sehr,
sah mich nun wohlwollend an.
Ich spürte es wohl, sie begehrte mich mehr und mehr.
Vielleicht kam erst jetzt das Interesse an einem Mann.

So kam's, wie ich es gewollt,
eine ganze Nacht haben wir getollt.
Am Morgen dann sagte sie,
lieben werde sie mich dennoch nie.

Man kann für Stunden zueinander finden,
ohne sich gleich fest wollen zu binden.
So haben wir uns darauf geeinigt,
dass keiner den anderen je mit dem Vorgefallenen peinigt.

Sollt' ein Begehren sich neuerlich regen,
weiß ein jeder wo er Abwechslung find't.
Kann aber Hoffnung nur hegen,
wenn beide sich einig sind.

Ralf Becker

Alter und Begehren

Ja, ruf mich wieder an,
auch wenn ich per Telefon
dich nicht „anfühlen" kann.
Vielleicht gibt es doch
eine Wiederholung noch,
jetzt oder später,
ohne Gezeter,
weil man weiß, was man will,
nur Ablenkung zart und still.
Vergessen den Alltag,
eine kleine Weile schweben,
einen Moment der Seligkeit eben,
kann man doch geben?!

Oder vergiss es, bleib ungerührt,
dein Zauber sich alsbald verliert
in der Weite der Erinnerung
die das Altern schreibt.
Man ist nicht mehr so jung,
auch wenn man möchte, dass alles bleibt.

Ralf Becker

Flirt auf eine Annonce

(Attraktive Frauenconnection, 23 / 35 J., wünscht sich noch ein paar Männer für erot. Stunden zu zweit. Nur Mut!)

Wer die Wahl hat, hat die Qual.
Zwei schon ist eine schwierige Zahl.
Viel geht ja nicht aus so einem Kurzinserat hervor,
doch nach dieser Ankündigung ich die Hemmung verlor:

Für welche soll ich mich entscheiden?
Womöglich will ich es mit beiden.
,Der nimmt den Mund aber voll?'
Ich fühle mich dabei gar nicht toll!
Ich weiß nur nicht, welche ich nehmen soll.

23 Jahre, mir passte es gut,
habe dazu den nötigen Mut.
Doch vielleicht bin ich dir zu alt:
Drehe die Zahl um, füge zehn hinzu,
dann hast meinen Erdenwandel du.
Zeigst mir vielleicht die Schulter kalt.

Gegen 35 ist gar nichts einzuwenden,
alles an dir hielt ich gern in meinen Händen.
Womöglich uns die Sinne schwänden,
Wo sollte das dann wohl noch enden?

So gäbe es mit der ,attraktiven Frauenconnection'
für euch vielleicht mehr noch als die erhoffte Action.
Könnte ich euch dafür eventuell auch interessieren?
Freundinnen teilen manches, hört man hier und da.
Geteilte Freuden verdoppeln sich – ist das wahr?
So könnten wir einen herrlichen Dreier inszenieren.

Mal im Ernst, jede kann sich entscheiden.
Ich würde halt jede nehmen von beiden.
Vielleicht ist nach einem Treffen alles dahin,
denn ich hab kein Bild, nur Phantasie im Sinn.

Nun zu mir, es wird wohl Zeit.
Wie Ihr seht, bin ich zu manchem bereit.
Eigentlich bin ich ein stink-normaler Typ.
Hab eben Frauen grundsätzlich lieb.

In der Freizeit Kultur und vor allem Sport,
reise ich auch gerne von Ort zu Ort.
Arbeit und Alltag wie bei jedermann,
suche ich Abwechslung, wo ich kann.

125 / 90 / 105 meine Umfänge,
80 kg Gewicht bei 183 cm Länge.
Doch Körper allein reicht nicht, Geist muss sich noch paaren.
Nachdem Ihr dies gelesen, seid Ihr wohl im Klaren!

Ralf Becker

Das Problem

Hast du ein Verlangen,
das dir keine Ruhe lässt,
dass du dir nicht einzugestehen getraust?
Und dieser unreife Wicht
traut sich nicht
es in deinen Augen zu lesen
und zu sehen,
wie Zerfahrenheit in deiner Seele haust?
So lass ihn einstweilen liegen
und komme zu mir.
Lass uns aneinander schmiegen,
zart und lieblich nahe ich mich dir.
Jungfrau bist du dann gewesen.

Ralf Becker

„Sexualentwicklung"

Mit zwölf hatte ich mein erstes Mädchen.
Zwar schon 16 Jahr, doch ein naives Käthchen.
Wenn beide wenig wissen, wird es nicht gut.
Ich wusste nur, dass ich es will,
sie hielt erwartungsvoll still.
Bloßes Probieren, noch ohne lustvolle Glut.

Die Zweite war mit 14 der Kindheit kaum entgangen.
Ich war 15 und sie von mir gefangen.
Ferienlager, Disco und dann die Nacht,
fest umklammert hielt sie mich,
als sie empfing ihren ersten Stich.
Ich hab keine Beziehung draus gemacht.

Junge Frau verheiratet, hübsch und wohl-gebaut.
Hätt' sie mich nicht mitgenommen, ich hätt' mich nicht getraut.
Kleiner Leberfleck zwischen den Brüsten genau in der Mitte.
Wie hab ich mich wohl gefühlt darin,
ganz sanft führte sie mich zu höchstem Genusse hin.
Sie war meine Lehrerin und war doch schon die Dritte.

Sie hatte es noch nie versucht, blond, 17 und ziemlich groß.
Ich mit meinen 15 Jahren drang ein in ihren Schoß.
Sie wollt, ich blieb bei ihr.
Die Liebe hatte sie gepackt.
Schnell hab ich meine Sachen geschnappt,
für mich war sie nur Nummer Vier.

Nummer Fünf so kann ich erzählen,
war die erste, die begann mich zu quälen.
Pralle, steile Brüste als ich sie küsste.
Sie verlangte mir das Letzte ab.
Die erste, bei der ich alles gegeben hab.
Der Verlobte bei der Armee, dürstet zu Hause die Wüste.

Nummer Sechs war da von anderem Holz,
auf ihre Jungfräulichkeit mit 22 auch noch stolz.
Bei mir hat sie erfahren,
was sie versäumte in all den Jahren.
Später hab ich sie wiedergesehen,
keinem Manne mehr konnte sie aus dem Wege gehen.

Nicht sehr gelehrig, obwohl nicht zum ersten Mal,
verklemmt und traute sich nicht so recht,
selbst die Umarmungen waren nicht echt.
Zum ersten Mal bereute ich meine Wahl.
So ist auch von Enttäuschung zu berichten.
Auf Nummer Sieben konnte man getrost verzichten.

Mit 18 dann einmal in der Nachtbar
Eine Frau um die vierzig, ganz achtbar.
Ich ging wohl mit, weil ich betrunken war.
Schnell jedoch wurde ich munter bei Nummer Acht,
sie hat mich so verwöhnt, hat alles alleine gemacht.

Dann lernte ich kennen Nummer Neun,
die wollte ich mir halten,
um genussvoll manche Übung noch auszugestalten.
Doch das Vorhaben sollte ich bereu'n.
Denn nach Wochen wurde klar,
dass es nun kein Spiel mehr war.

Ralf Becker

Gedanken eines voyeuristischen Neiders

Man, was ist das Mädel schön.
Was hat sie nur mit dem Alten zu geh'n?
Sind so vertraut, fast intim.
Was nur findet sie an ihm?

Wie kommt dieser Mann zu so einer Frau?
Dieser alte Knacker, diese Sau.
Was hat er ihr gegeben, wie viel bezahlt,
dass sie sich mit ihm im Bette aalt?

Bei dem ausgelassenen Spiel
ihr Oberteil herunterfiel.
Wie der die beiden Gottesgeschenke angesehen hat.
Oh, waren die schön, so prall, so groß, so zart, so glatt.

Wie er sie gierig berührt,
wenn er ihren Körper mit Sonnenöl einschmiert.
Genussvolle Berührung muss wohl göttlich sein.
Wie er sie auskostet, dieses Schwein.

Vielleicht ist sie gar nicht erwachsen, sondern verführt?
Ein Missbräuchler, nimmt Kinder ungeniert.
Doch dass sie ihm so vertraut gewährt?
Was mir buchstäblich in alle Glieder fährt!

Wie ein leichtes Mädchen schaut sie eigentlich nicht drein.
Auch ein verführtes Kind muss sie wohl nicht sein.
Vielleicht seine Tochter, die er lang nicht gesehen.
Manche Vaterschaften merkwürdige Wege gehen.

Vielleicht sind sie auch – selten zwar –
tatsächlich ein echtes Liebespaar?
Wie hat er sie nur dazu gebracht?
Oder hat er ihr gar ein Kind gemacht?

All das wäre doch heut kein Grund,
wie nur kommt dieses Mädel auf so einen Hund?
Er hat sie eingewickelt mit Auto, Schmuck und Haus,
aus dem goldenen Käfig will sie nun sicher nicht mehr raus.

Sei es wie es sei, ich muss einräumen,
gern würde ich sie mir aufzäumen.
Ihr Verhältnis würde ich gern erhellen
und fange an, ihnen nachzustellen.

Kann einfach nicht glauben, dass sie ihm gehört.
Junge, Junge, bin von ihr schon ganz betört.
Sie stellt sich abends in meinen Gedanken ein,
so bin ich wohl eher
ein neidisches, voyeuristisches Schwein.

Ralf Becker

Paradiesäpfel

Äpfel zur Ernte am Baum
man erreicht sie kaum.
Mit ein wenig Geschick nur
sind sie zu entringen der Natur.

Doch ehe zu ernten, sprossen Knospen zart,
nach und nach wurden sie größer und hart.
Sie richten sich auf,
die Natur nimmt ihren Lauf.
Die Äpfel so schwer,
sie schwellen immer mehr
in deiner Hand. Du spürst ihr Verlangen,
dich mit ihrer Süße einzufangen.

Pflegen und gießen
und dann genießen.
Vor der Ernte noch prüfe
ihre Reife und Süße.

Sanft-samtig fasst man sie an,
ob man sie wohl noch praller werden lassen kann.
Der rechte Zeitpunkt muss es sein,
dann bleiben sie lange glatt und fein.

Nimmst dafür Gefahr in Kauf,
steigst hoch und höher hinauf.
Pflückst die Äpfel, die prallen,
bevor sie fallen.

Die Schale gefüllt bis an den Rand,
nimmst zwei schönste in die Hand.
Die Äpfelchen zart und rund,
genüsslich geführt an den Mund.

Und wer die Allegorie nicht versteht,
dem jede Sinnlichkeit abgeht.
Der soll sich doch begraben lassen.
Solch schöne Äpfel
werden seine Hände niemals fassen!

Ralf Becker

Dosierte Seligkeit

Eines Tages rief mich eine Freundin an,
ob ich mich mit ihr diesen Abend noch treffen kann.
Sie würde so gerne umarmt und geküsst sein.
Was fuhr denn nur in diese Frau hinein?

Ich ließ mich bitten, hatte nichts zu verlieren,
und doch begann der selbstbewusste Mann
sich ein wenig zu genieren.
Aber dies seltsame Gebaren wollt ich ergründen,
wo nicht – wenigstens Lustbefriedigung finden.

Reden ist erst mal nicht wichtig,
was sie begehrt, tu es gut und richtig.
Genieße deinerseits kurze Seligkeit,
Antworten finden sich mit der Zeit.

Doch offen in die Augen sehen,
kann da kein Missverständnis entstehen,
dass du auf Geheiß gekommen bist
und sie aus purer Begier nur küsst.

Und hast du das richtige Geschicke,
lockt sie dich wieder durch offene Blicke.
Befreit sich so von dem, was sie bedrückte,
weil sie sich mutwillig an dir beglückte!

Ralf Becker

Frauen

Von dieser einen Jungen bin ich endlich geheilt,
jedoch mein Auge weiterhin gern bei solchen verweilt.
Versuch ich doch die eine oder andere zu erhaschen,
will sie so wie von verbotenen Früchten naschen.
Das Herz wird dabei nun nicht mehr schwer,
weil ich denn ja nur das junge Fleisch noch begehr'.

Und will es streicheln und zärtlich straffen,
denn all diese jungen not-geilen Affen
nicht wissen, wie ist zur Sache recht zu gehen.
Daher ist den jungen zarten Weibchen meist
echte Beglückung noch nicht geschehen.

Aber auch die Älteren sind nicht zu verachten.
Sehe ich doch manche Augen
nach Zärtlichkeit schmachten.
Sind sie auch schon hier und da üppig und drall,
diese Dankbaren findest du nahezu überall.
Gab ihnen bereitwillig, wonach sie trachten,
und aus lustvollem Wohlgefallen
sie manches Extra noch machten.

Schön wird jede Frau durch zärtliche Hingabe,
dass man sie verwöhne und sich an ihr labe.
Die reife Frau dankt es warm und still,
weil sie dich hin und wieder – wieder will.
Das junge Ding hast angezündet du.
Sie kommt nun oft, und du nicht zur Ruh'.

Gerne gehst du wechselnd beiden unter den Rock.
Es ist ein Abkommen auf Zeit.
Irgendwann der ernüchternde Schock:
Zur festen Partnerschaft sind sie nicht bereit.
Und du bist am Ende
– ein verlassener, armer geiler Bock.

Ralf Becker

Teuflische Liebschaft

Ich lernte ein Mädchen kennen – wunderbar.
Sehr schnell kamen wir uns nah.
Wir gingen gemeinsam durch die Nacht
und haben beide diesen kleinen Schritt gemacht.
Wir sahen uns wieder, es war immer schön.
Konnte es so denn aber weitergehen?
Beide waren wir schon verpflichtet,
keiner seine Beziehung leichtfertig vernichtet.

Und es kam, wie fast schon erwartet:
Sie hat einen kleinen Trick gestartet,
verabredete sich mit mir schlicht,
doch erschienen ist sie nicht.
Ich hatte auf mehr Aufrichtigkeit vertraut,
da aber wohl sehr auf Sand gebaut.

Sie hat sich sicher entschieden
und glaubt ehrlich, sie wird ihn lieben.
Aber wer in Beziehung nach andern Männern nicht nur schaut,
der sitzt der Teufel unter der Haut!

Ich wollt nicht orakeln,
wünschte von Herzen ihr Glück,
kehre sie nur ins sittsame Leben zurück.
Nur – mir saß der Gedanke ständig im Nacken:
Fürs ganze Leben wird sie es nicht packen.

Ich habe ihr von meinem Missmut geschrieben,
wäre sie doch aufrichtig geblieben.
So mussten wir nicht auseinander gehen.
Eigentlich wollte ich ihre Antwort nur sehen.
Denn sie würde antworten, schätzte ich ein,
und sollte es eine kurze Notiz nur sein.

Wie erwartet kam ein Brief von ihr,
in fünf Tagen sei sie bei mir.
Die Trennung sei den Umständen geschuldet,
jedoch hätte sie einen solchen Abschied geduldet.
Mein Brief, schrieb sie, machte ihr klar,
dass dies so einfach denn doch nicht war.

Auch sie wollt die Beziehung nicht unbedingt beenden.
So hielt ich sie alsbald wieder in meinen Händen.
Ich küsste sie, wir machten noch mancherlei.
Jetzt erst hab ich sie richtig erkannt:
Sie hatte sich am Feuer der Lust verbrannt
und das gab sie nun nicht mehr frei.

Die Geschichte klingt wie der Moral Hohn:
Sie heiratet in Kürze – ich bin es schon!
Und treffen uns, um dem Feuer Nahrung zu geben,
dauerhaft in unserem Doppelleben.

Ralf Becker

An einen Freund

Hallo Freund, sei bereit,
hier will ich mal meine dunkle Seite zeigen,
doch musst du darüber alle Zeit
wie ein Freund eben auch schweigen.

Das schöne Geschlecht,
das Wort schon lässt mich beben,
es ist nicht immer recht,
was man muss erleben.

Immer will ich die Kurven streichen,
doch nicht immer ist eine da,
Phantasien wollen nicht weichen,
bis es endlich wieder geschah.

Ich sehe auf den Plätzen, auf den Straßen
so viele dahin rennen,
muss sie ziehen lassen,
die sich kein Innehalten gönnen.

Und wäre gerne ihr Ruhe-Gestalter,
eine Pause hier und da,
im Auto per Anhalter,
dass öfter was zwischendurch geschah.

Schnell hinter einen Vorhang gehen
oder zwischendrin im Büro,
hinter der bergenden Hecke stehen
oder bei der Ernte im Stroh.

Sie rauben dir den Schlaf
und sich selber auch die Ruhe,
wenn sie der Blitz endlich traf,
hüteten sie es wie eine Schatztruhe.

Ob Single oder in der Ehe,
jede hat ihre Sorgen,
des Alltags ewiges Wehe,
gehen sie sich Glücksmomente eben borgen.

Mögen die Moralisten geifern,
über ein solches Tun,
wir werden uns nicht ereifern,
aber für die Holden auch nicht ruhn.

Ralf Becker

Der genuss-süchtige Hans

Ich bin der genuss-süchtige Hans,
jedes Mädchen will ich beglücken,
erst in die Bar, dann zum Tanz,
lehre später ihnen das Spreizen und das Bücken.

Ich suche die sauberen Mädchen, die stillen,
die, bevor sie bei mir waren,
noch sittlich und gänzlich unerfahren,
denen bin ich ganz zu Willen.

Spiele ihnen vor die Symphonie der Lüste,
führ' sie ein in die Erotik ihrer Brüste,
in die Sensorik ihrer Haut, der zarten,
und in die hohe Kunst zu warten
bis der Strom biologischer Elektrizität
sich mit urwüchsiger Kraft entlädt.

Ob drall oder schlank wie eine Gerte,
jeder mache ich eine Offerte.
Sie kann wählen frei und frank,
doch bediene ich immer nur blank.
Kondome sind mir ein Graus,
den Bonbon wickelt man doch auch aus.

Sind sie so erst eingeführt,
eine jede ihre Scheu verliert,
und gierig nach Wiederholung strebt,
was mir Körper und Geist belebt.

Ralf Becker

Der flotte Hecht von Koserow

Der flotte Hecht von Koserow
ist an der Urlaubsküste sehr beliebt.
Viele Fischfrauen sind sehr froh,
dass es den flotten Hecht dort gibt.

Ob spritzige Meeresforelle, Heringsdame – was auch immer,
jede ist ihm würdig genug.
keine Fischfrau kann ihn vergessen nimmer,
mit der er erst einen Wirbel schlug.

Da ist die Gräfin Kabeljau,
stolz schwebt sie einher.
Der flotte Hecht hat sie gestellt,
jetzt mag sie ihren Kabeljau nicht mehr.

Anschließend stößt der Hecht zur Flunderin,
drückt sie flach und platt.
manch ungeahnte Vibration steckt in ihr drin.
Bei so'nem flachen Mann weiß sie, was am Hecht sie hat.

Die Seeaal-Frau glatt und selbstbewusst,
als sie wurde vom Hecht gebissen,
hat's der alte Aal nicht gewusst.
Nun will sie den Hecht-Wirbel nimmer missen.

Die Seelachsin stolz und prächtig,
unnahbar schien sie zu sein.
Der Hecht umschwärmte sie mächtig,
da sagte sie nicht lange nein.

Selbst bei der Frau Katzenhai
hat's der Hecht gebracht.
Attackierten ihn erst ihrer zwei,
dann hat die Schwester den Dreier gar mitgemacht.

Die Seehecht-Dame ganz in Ruh
schaute dem Treiben lange zu.
Biss ihm dann kräftig in die Flosse.
Jetzt ist er nur noch ihr Lebensgenosse.

Ralf Becker

Blind date

Dein wirklicher Name ist mir nicht bekannt,
Nun sind wir endlich beisammen hier
auf diesem abgelegenen Parkplatz am Rand,
und löse vom Kleid schon das Band,
an meiner Hose fummelt deine Hand,
lässt ihn herausspringen,
für diesen Moment Europa und Zeus als Stier,
sinnlich dein Gurren und Singen.

Wir sind beide sehr zufrieden,
keiner ohne Erfüllung geblieben,
und ich glaube,
so werden wir es öfter machen,
vorerst lassen wir's auf der Motorhaube
nochmals richtig krachen.

Ralf Becker

Brauche Mann

Ich suche einen Mann,
der mich richtig beglücken kann.
Der letzte reichte mir nicht aus,
da holte ich heimlich 'nen zweiten ins Haus,
bis beide dahinter kamen
und ihre Sachen nahmen.

Nun steh ich da und suche erneut,
einen, der mich hinreichend erfreut.
Denn, bekommt er es nicht richtig hin,
unbefriedigt ich unleidlich bin.

Sein bevorzugtes Körperteil
muss ausdauernd sein,
doch nicht allzu groß.
Dann hat er mich wohlfeil,
ich lass ihn jederzeit ein
und so schnell nicht los.

Ich werde ihn streicheln, küssen,
und, ja, das auch,
damit die Muskeln sich spannen müssen
und das Kribbeln hinaufsteigt den Bauch,
dann fällt sein Kopf zurück,
gleich käme ihm höchstes Glück.

Sein Erregen, sein Beben
will ich intensiv erleben.
Hab ich ihm so eingeheizt,
wird seine Stimme hell,
atmet er nun schnell,
aufs Höchste gereizt.

Leider nur mein Traum gegenwärtig,
denn ich habe noch keinen gefunden.
Doch bleibe ich jetzt recht artig,
nur einem will ich mein Verlangen bekunden
und werde lang mit ihm nicht fertig
in all den schönen Stunden.

Ralf Becker

Busbekanntschaft

Jeden Morgen in der Frühe
sieht er sie im vollen Busse sitzen,
und mit viel Mühe
kann er manchmal neben ihr schwitzen.

Denn das lässt nicht kalt,
was da sich ihm auftut,
des Busens schöne Gestalt
ohne Halter, so fest und gut.

Ihr ist es nicht entgangen,
wie sein Blick da an ihr hing,
von ihren Reizen gefangen,
und immer unbefriedigt ging.

Im Gedränge beim Aussteigen
konnte sie es ihm mit der Hand
in scheinbar zufälliger Geste zeigen,
worauf sie mit Seitenblick entschwand.

Beim nächsten Mal stieg sie nicht ein,
winkte ihm durch die Tür.
Sollte das wahr denn sein?
Er stieg aus und folgte ihr.

Nicht weit an der nächsten Ecke
nahm sie ihn beiseite
und schob ihn in die Hecke,
die schützte mit ihrer Breite.

Sie hat sich ihm entgegen gereckt,
das hat ihn sehr gereizt,
unter ihrem Rock versteckt
ohne Slip und leicht gespreizt.

Er ging die Schenkel rauf und runter
gesteigert mit sanften wollüstigen Küssen,
da wurde sie richtig munter
und hat ihm die Hose heruntergerissen.

Keine Spur mehr von Scham,
was sie da in der Hose fand,
beherzt in die Hand nun nahm
und zum Dienst bereit schon stand.

Und spielte damit sanft und hart,
dass ihm die Sinne vergingen,
mit dieser ihr eigenen Art
konnte sie schnell eine Spende erringen.

Sie genoss den feuchten Segen,
doch war sie noch nicht zufriedengestellt,
gleich nochmals sollte er sich regen,
mit geschickter Hand hat sie ihn aufgestellt.

Er betrat den Tempel.
Was vernahm sein Ohr?
Durch seinen kräftigen Stempel
brach ein Erdbeben hervor.

Das Beben fand vorerst kein Enden,
viel Wasser setzte es frei,
viel Energie war aufzuwenden,
dass er sich schwamm wieder frei.

Dann ward das Beben still,
genossen die Ruhe zu zweit,
glaubt kaum, was sie nun will,
schon wieder ist sie bereit.

Und das Spiel beginnt von neuem,
ihm platzt das Werkzeug schier,
muss nun schon fast bereuen,
diese Frau wird ihm zum Tier.

Als auseinander sie gehen,
ist eines für ihn klar,
er muss
nach einem andern Bus
sich umsehen,
auch wenn dies unvergesslich für ihn war.

Ralf Becker

Casanova 3

Im Grunde will ich immer nur Frauen beglücken,
immer neue Kleinode erblicken,
einladend weich und rein,
Kuscheln und Schmusen muss auch sein,
und mit sinnlichem Küssen dabei,
drehen sie dann bald richtig frei.

Ich will sie verwöhnen,
ihre Kurven ergründen,
ihre Hügel besteigen,
daran höchste Entspannung finden,
dass sie tief erfüllt dann stöhnen
und voller Dank sich über den Akteur neigen.

Ihren ganzen Körper will ich genießen,
küssen, streicheln und liebkosen,
dass sie zurückgeben dem Bloßen
alle Wonne, die sie empfangen,
dass weitere Triebe sprießen
und sie vielfachen Genuss erlangen.

Werden sie mir weiter Interesse bekunden
und dem Hauptakteur ihre Ehrerbietung erweisen,
so will ich denn in diesen Mußestunden
immer (wieder) gern ihre Täler und Hügel bereisen.
Doch lass ich mich nicht auf Tieferes ein,
bin halt nur ein unbefriedigtes (sex-besessenes) Schwein.

Ralf Becker

Anstrengende Zeiten

Manchmal nehmen Dinge einen Lauf,
das Tempo wird immer höher,
Gefahren nimmt man waghalsig in Kauf.
Kommt man aber Himmel oder Hölle dabei näher?

Es war kein Wunsch zu Silvester,
doch kam eine Erfüllung am Neujahrs-Morgen,
es war ihre Schwester,
sie fühlte sich wohl nicht geborgen.

Als wir dämmernd lagen,
kam diese leise mit ihrer Hand,
ein Begehr mir anzutragen,
zärtlich und sehr gewandt.

Die Schwester ward etwas erschrocken,
machte aber kein Aufhebens,
wie ich nun bei der Schwester gehocken,
es war ch zu spät und vergebens.

Beide mussten mich nun zwar teilen,
wenn ich zu ihnen kam,
sie ließen mich jeweils weilen,
weil anschließend die andere mich nahm.

Manche Schwestern teilen gern,
das habe ich dadurch erfahren,
Groll lag ihnen fern,
weil beide damit glücklich waren.

Das war eine gute Zeit für Dreie,
ja, es war wirklich nett,
doch des Spieles Geschreie,
hörte man in Nachbars Bett.

Eines Tages, nach der Wonne gehend,
traf ich auf dem Treppenflur
die Nachbarin auf einer Leiter stehend
am Fenster in reizender Positur.

Scheinbar schamvoll stieg sie von der Leiter
ging gesenkten Blickes an mir vorbei,
da ging ich nicht mehr weiter,
gut, heut werden's wohl ihrer drei.

Sie ging in ihre Wohnung,
die Türe schloss sie nicht,
ich hatte zwar noch keine Schonung,
doch darauf war ich nun erpicht.

Kaum war ich hinter der Türe,
fiel sie mich geradezu an,
dass ich mit ihr verführe,
wie zuvor ich mit den Schwestern getan.

Wir haben den Rest des Tags gelegen
in ihrem Schlafgemach,
sie sollt aber keine Hoffnungen hegen,
weshalb ich ihr nichts versprach.

Am nächsten Tag erzählten die Schwestern,
dass sich was ereignet hätt',
die Nachbarin wäre gestern
den ganzen Tag mit jemandem im Bett.

„Ei, wenn ihr das habt gehört,
dann geht das auch anders herum,
dann haben wir sie aufgestört
und hat sich auch einen geholt drum."

So ging's eine Weile weiter,
doch Lust wurde auch zur Last,
Mann wird oft erst gescheiter,
wenn der rechte Moment schon verpasst.

Drei feurige Stuten reiten,
ständig in Bewegung halten,
das muss einen alleine entgleiten,
die Reitstunden waren neu zu gestalten.

Ich musst' das Szenario sprengen,
arrangierte ein Treffen,
doch größer wurde das Bedrängen,
zu dritt vereint sie ihre Kleider nun reffen.

Dann bin ich einfach nicht mehr hingegangen,
das war auch kein guter Entschluss,
sie haben mich eingefangen,
dass ich meinen Dienst weiter tun muss.

Sie geben sich sehr viel Mühe
und verwöhnen mich auch sehr,
doch jedes Morgens Frühe
waren alle Glieder mir schwer.

Die Leistung wurde schwach,
trotz vielfachen aufmunterndem Spiel,
kam der Aufforderung nicht mehr nach,
es war nun schlicht zu viel.

Jetzt haben sie, scheint's, verstanden,
wir brauchen einen Plan,
sonst komme ich ihnen abhanden
und keine hat mich mehr zum Galan.

Ralf Becker

Abgelegt

Ich habe heute Abend ein wichtiges Date,
das vermutlich auch dich angeht.
Ich werde mich verändern sehr wahrscheinlich,
denn unsere Treffen werden mir zunehmend peinlich.

Kaum war ich da und erzähl dir was,
willst dies und das nicht wissen,
und darüber müssen wir uns nicht unterhalten.
Meine Worte, wie ‚Perlen vor die Säue‘ geschmissen,
kann ich also für mich behalten,
das macht auf Dauer keinen Spaß.

Ohnehin trafen wir uns meist wegen einer Sache,
dass du es mir, ich es dir richtig mache.
Doch wenn da sonst der Frust aufsteigt,
und nicht viel mehr als Bettspiel bleibt,
ist es doch dünn auf die Dauer,
mein Erleben wurde flauer.

Da fand ich eine alte Bekannte wartend bereit
mit Offenherzigkeit und Zielstrebigkeit.
in ihrem Gebaren konnte ich deutlich lesen,
bei ihr war sehr lange keine Einkehr gewesen.
So haben wir es gleich mehrfach getan,
ob der langen Pause sprang ins Hirn gigantischer Wahn.

Solche Höhen hatte ich mit dir schon lange nicht mehr
erklommen
und will sie nun auch nicht mehr
von dir bekommen.
Es ist aus.
du bleibst zu Haus
allein.
Ich jedenfalls kehre nicht mehr bei dir ein.

Ralf Becker

Alternative Therapie

Juliane ist neu im Therapeuten-Beruf,
mit viel Schulden sie eine kleine Praxis schuf.
Wie kann man nur Patienten genug erlangen?
Sonst ist sie im Konkurs bald gefangen.

Sie hat zu Haus auch einen Mann,
an dem sie sich therapeutisch beweisen kann.
In der Praxis macht Juliane die Patienten munter,
ihr Therapieangebot ist etwas bunter.

Sie ist in der Therapie mit den Patienten alleine,
auf ihrer Therapiecouch zeigt sie Beine,
und der Patient alsbald versteht,
welchen Weg erfolgreiche Genesung geht.

Hat der Patient den Einstieg verstanden,
sie denn bald den richtigen Therapieplan fanden.
Sanfter Einstieg, nicht zu schwer,
später Konditionierung immer mehr.

Mancher muss Klangschalen kräftig schwingen,
damit Töne herrlich anklingen,
bei andern tut sich Innerstes erst kund,
wenn sie viel Lob spendet mit ihrem Mund.

Der Patient muss oft sehr aktiv werden,
damit sich lindern seine Beschwerden.
Juliane gibt strenge Anweisungen für sein Tun,
verlangt therapeutisch alles ab, dann Ausruh'n.

Wenn sie ihr Innerstes nach Außen kehren,
indem sie sich seelisch bei der Juliane leeren,
werden sie beschwingt und leicht,
was zu mehr Lebensfreude gereicht.

So bekommt der Patient, was er braucht,
auch wenn nicht nur der Kopf im raucht,
hat er doch, was er begehrt,
therapiert zufrieden nach Hause fährt.

Sind die Patienten erst seelisch aufgerichtet,
ein jeder hernach von Therapieerfolg berichtet.
Gute Therapie verbreitet sich wie ein Lauffeuer,
der Andrang wird ganz ungeheuer.

Bald zum Folgetermin sie wandeln,
lassen sich von Juliane gern weiter behandeln.
Und Juliane hat auch keine Not,
steht mit viel Lust und Erfolg in Lohn und Brot.

Ralf Becker

Ende

Gehst da hin und legst dich nieder.
Er öffnet dir dein Mieder.
Du genießt dieses Zusammensein,
empfängst gar wonnig sein Begehren,
lässt tabulos ihn einkehren,
und willst doch meine Liebste sein?

Wer soll das begreifen?
Was hat dich getrieben?
Ist es wahr? Ich muss mich kneifen.
Wer so sich verirren kann,
kann nicht wirklich lieben!
Ich bin nicht mehr dein Mann.

Ralf Becker

Besonderes Vorhaben

Wenn ich hingehe, werde ich bleiben,
ich werde ihn verführen,
denn ich will seine Manneskraft spüren,
intensiv will ich mich an ihm reiben.

Das wird eine Bescherung sein,
er ist so sanft und ahnt es kaum,
lässt er sich auf den gemeinsamen Abend ein,
wird er neue Sphären erfahren,
ich werde mit Zuwendung nicht sparen,
fliegt er mit mir durch Zeit und Raum.

Die mit der Bescherung
bezeugte Verehrung,
die den Abend hat erfüllt,
am Morgen schon fort-schwillt
und mir Ergebenheit bestätigt,
weil er sich wieder wie gewünscht betätigt.

So wird es sein
und so soll es bleiben,
kehre ich fortan regelmäßig ein
zu dem frohsinnigen Treiben.

Ralf Becker

Der kleine Freund

Dein Freund, dein kleiner Freund,
er spricht mit mir
und hört mir zu.
Komm ich ihm nah,
ist's vorbei mit seiner Ruh,
wundersame Wandlung geschah.

Dein Freund, dein kleiner Freund,
will tüchtig wachsen und größer sein.
In diesem Streben lass ich ihn nicht allein.
Und ist er erst mal groß,
hält er es daheim nicht aus
und kommt zu mir ins Haus,
gerne lasse ich ihn ein.

Nicht ungenutzt bleibt seine Kraft
mit der er dann wahre Wunder schafft.
Seine Freude will ich sprühen sehen,
dass im Vergehen wir wieder-erstehen
und er mir nicht erschlafft,
denn den Weg soll er noch öfter gehen.

Schau ihn dir an, den Freund, den kessen,
wie er sich nach mir so reckt.
So lang ich ihn liebkose, bleibt er hier,
hat mir liebevoll was zugesteckt.
Doch sollte ich ihn vergessen,
wird er nicht länger bleiben bei mir,
denn er hat schon in vielen Häusern gesessen,
sucht sich womöglich ein neues Pläsier.

Ralf Becker

Drei oder Dreißig

‚Drei oder dreißig,
das ist keine Frage,
dreißig nur zählt,
da neigt sich die Waage.
Gibst du mir dreißig,
höre, was ich dir sage,
und sei mir nur recht fleißig,
so bist du erwählt.

Drei Minuten reichen doch nicht,
ich bin auf mindestens dreißig erpicht.
Muss sanft noch erst berühren
und lange dann spüren,
was da zu mir strebt,
sich sanft und kraftvoll bewegt,
bis mir von Haarwurzel bis zur Zehe
der ganze Körper bebt und ich höchst erregt
endlich himmelwärts Erlösung sehe.‘

‚Dreißig Minuten und noch mehr,
sollst du haben,
bitte sehr,
nimm all meine Gaben.
Mein Depot ist zwar dann
erst mal leer,
doch ist die Wiedererstellung nicht schwer,
so dass ich dich weiter bedienen kann.‘

Ralf Becker

Eindeutige Absicht

Endlich bringt sie das Buch zurück,
setzt sich an den Tisch,
aufmerksam, doch unruhig ist ihr Blick,
serviere ich gepressten Saft ganz frisch.

Ich sehe ihr Verlangen ohne Häme,
das Bett bleibt ihr oft kalt,
wo sie so gern eingeheizt bekäme,
ihr Mann ist schon etwas alt.

Setze mich neben sie,
erst Hand, dann Taille genommen,
und bin so über das Knie
weiter nach oben gekommen.

Da spricht sie:
‚Ja nimm mich, deshalb bin ich hier,
mich verlangt's gar sehr nach dir,
gib mir alles, was du hast,
dass keine andre nach dir fasst,
du bereust es nie.

Ich komme täglich, stell dich drauf ein,
nur von dir will berührt ich noch sein.
Ich bin so ratlos!
Wäre dies Glück auch heimlich und klein,
mach ich es dir groß,
und jedes Mal furios
wird unser Zusammensein.'

Die Rede war mir nicht geheuer,
ich wollte bremsen, innehalten,
doch das entzündete Feuer,
so ganz ohne Scham,
machte mich gleich willfährig und zahm,
sank nur mehr hin, nichts aufzuhalten.

Ralf Becker

Eine Jungfrau an die andere

Sei jetzt bitte nicht erschreckt:
Hältst du dein Kleinod noch vollkommen bedeckt?
Lässt es versiegelt,
bis der „Traumprinz" es entriegelt?

Ha, Illusion, die du da pflegst,
was dir alles entgeht,
wenn du dich nicht hinlegst,
und niemand sinnlich Kreise auf deiner Haut dreht.

Du musst klar dir werden,
es gibt andere Möglichkeiten,
dass vergehen deine schlaflosen Beschwerden,
jedoch die Jungfräulichkeit nicht endet.
Man kann mit einem Mann schöne Zeiten
haben und deine Reize wären nicht verschwendet.

Gewähre einem Manne deine Gunst,
beruhige dein Gewissen
und lerne die hohe Kunst
Liebesspiele zu genießen,
gar nichts musst du missen.
Immer neue Freuden werden dir sprießen.

Und wenn dein Held
wie meiner sich geschickt anstellt,
dann sollst auch du ihn zufrieden stellen.
Ich erzähle dir keine Kamellen:

Es gibt da ein feines Spiel,
das haben sie alle gern,
es wird beiden nie zu viel,
damit schälst du aus jedem Mann den Kern.

Seine Wonne zeigt sich sodann,
fasst du ihn nur zart
und richtig an.
Seine Glieder spannen hart,
massiere dann fein,
so wird auch er bald zufrieden sein.

Ralf Becker

Leichtigkeit

Er gefällt mir halt,
ist noch nicht zu alt,
will ja nicht mit ihm leben,
nur mal was probieren,
ließe mich verführen,
so zum gemeinsamen Spaß eben.

Verspielt aktiv
oder genießend passiv,
alles ist mir recht,
genommen von ihm will ich sein,
mal forsch, mal sinnlich fein,
Hauptsache ich spüre tief und echt.

Einige Zeit
bin ich dafür bereit,
er wird es wissen,
irgendwann muss er es missen,
werden getrennt unsere Zukunft bauen,
gern aber werden wir zurück schauen.

Ralf Becker

Teanager-Dialog

„Komm meine Schöne,
lass uns jetzt einmal über die Stränge schlagen."

„Was soll denn mein Freund dazu sagen?"

„Gar nichts, er wird es nicht erfahren,
dass wir so hübsch zusammen waren."

„Du Lüstling hast das Eine nur im Sinn!"

„Nicht nur das Eine, das Andere auch,
dass es dir noch lang kribbelt im Bauch."

„Ach, du Verwegener, lass mich doch gehen,
man könnte womöglich uns noch sehen."

„Nein, nein, hier kommt niemand her,
mein Herz, ich begehre dich so sehr."

„So lass doch sein, nimm deine Hände fort,
– nicht, nein – doch!, oh doch – lass sie am Ort."

„Ja, Liebchen, ist es nicht schön,
wie sich beginnen die Sternlein zu drehn?"

„Oh ja, – nein, ach, warte, – nicht so heftig,
was sich da vordrängt so kräftig."

„Keine Angst, mein Lieb, mein Schatz,
ganz sanft – sieh – alles findet seinen Platz."

„Oh, wie wird mir, ich tanz' auf Wolken so fein,
ich muss im siebenten Himmel wohl sein."

„Ja, Liebchen, das kannst du nun öfter erreichen,
musst dich nur wieder zu mir schleichen."

„Nun ist es gut, lass uns nach Hause gehen,
aber gleich morgen – nach der Schule – will ich dich wiedersehen."

Ralf Becker

Zartes Beisammensein

Lass dich verwöhnen, halt nur schön still,
weil ich dich so ganz und gar will.
Hüpf nicht davon, flieg nicht fort,
lass nicht allein mich zurück an tristem Ort.
Bleib ein wenig schüchtern, doch mit Koketterie.
Dies Beisammensein vergessen wir nie.

Will deine Freiheit nicht beschneiden,
deinem Flattern nicht wehren.
Lass mich nur an deiner Seite bleiben,
beider Glück wird es mehren.
Lass uns tanzen, lass uns springen.
Vöglein uns viele Lieder singen.

Freude spenden, Beschwingtheit leben,
Lass mich dir höchste Freuden geben.
Alles vergänglich, nichts kommt zurück,
lass uns leben den Augenblick,
der von Wonne so angefüllt
uns warm und zärtlich ganz umhüllt.

Ralf Becker

Klares Angebot

Und – wie macht es sich so,
in 'ner Fernbeziehung
mit der Libido?
Wie kommst du zurecht abends allein?
Du kannst unmöglich glücklich sein.

Immer dieses Warten und Aufsparen,
das Aufstauen in den Jahren,
nimm doch Rat endlich an,
schaffe Erleichterung dir dann.

Deiner Handlung Hektik,
dein fahriger Blick,
verrät so viel,
nur selten kommst du ins Ziel.

Mir geht es ähnlich, doch frei gewählt,
weil Sehnsucht nach dir mich so quält,
und lasse keinen andern ran,
will nur dich als Mann.

Befürchte nicht, dass ich dich zwänge,
deiner Beziehung sinnliche Enge,
musst selber du beenden,
willst du dein Leben wenden.

Aber ich möchte so gerne mit dir was riskieren,
deine Fahrigkeit und Hektik würden sich verlieren,
weil du endlich Ausgeglichenheit fändest.
Ich bin in der Nähe,
deinen Wünschen gern zur Verfügung stehe,
auch wenn du nicht gleich deine Beziehung beendest.

Ralf Becker

Verengung

Es dreht sich alles doch nur um das Eine,
ihr wisst schon, was ich meine:

Eine Partnerschaft
zwar zuerst Freude schafft,
kurz oder lang – egal,
Hauptsache nicht allein,
so ist es nun mal,
dann soll es auch so sein.

Höhenflüge anfangs scheinbar ohne Zahl,
ernsthaft versucht, wird doch wieder schal,
immer neu mit Zärtlichkeiten animiert,
ist sie doch nicht mehr so häufig interessiert.
Such was Neues, meide die Qual
der Inkonsequenz in jedem Fall,
neue Möglichkeiten gibt es überall.

Denn lange kann es nicht mehr gut gehen,
das musst du erkennen,
wenn da unerfüllte Phantasien im Wege stehen,
hilft kein Flehen,
kannst zwar heimlich mit 'ner andern pennen,
richtig aber ist klar zu sehen und – zu gehen.

Allemal besser als bloße Phantasie
ist ein neuer Versuch
ohne feste Absicht und ohne Ruch.
Es gibt dennoch keine Garantie,
wenn eine wartet in Melancholie
und Sehnsucht auf deinen Besuch.

Die Hoffnungen schwinden,
eine mit Gleichklang zu finden.
Und wenn ein Ende wieder sein muss,
mit oder ohne Kuss,
dann trauere dem nicht nach
sondern suche das nächste einsame Schlafgemach.

Ralf Becker

Wenn Mutti früh zur Arbeit geht ...

Wenn Mutti früh zur Arbeit geht,
dann bleibe ich zu Haus.
Ich mach mich frisch, zieh mich sexy an,
denn es kommt mein Schulfreund Klaus.

Wir haben die Hausaufgabe klar im Blick,
immer Mittwochs früh.
Ich lehn mich auf der Couch zurück
und der Klaus geht in die Knie.

Eine Gerade und ein Kreis
müssen zusammen getan werden,
weil der Klaus so viel weiß,
hilft er zunächst mit Gebärden.

Dann ist die Aufgabe nicht mehr so schwer,
ich bin ja auch sehr gelehrig,
der Klaus bebt dann vor Erregung sehr
beim Suchen nach rhythmischer Numerik.

Er löst zielstrebig seine Aufgabe,
dann reicht er wieder hilfsbereit die Hand,
dass ich auch was von seinem Wissen habe
so sind wir konzentriert beieinand'.

Klaus ist immer hilfsbereit,
so schaffe ich es mit ihm auch gleich,
beide sind wir dann so weit,
hingebungsvolle Hilfe macht eben beide reich.

Ralf Becker

Ratschlag Seitensprung

Da ist diese Frau
hast sie still begehrt unverwandt,
bis sie sich tatsächlich dir zugewandt,
sie wusste, was sie will genau,
so sie auch ihre Gelegenheit fand.

Konntest ihr nicht widerstehen,
ihre Reize freigelegt,
ließ sie dich alles sehen,
warst unwiderstehlich erregt.
Plötzlich hast du dich geniert,
zu weit hatte sie dich schon verführt.

Denn ihr lüsterner Blick
dir in die Augen stach,
brachte dich zurück,
die Erotik fiel, die Spannung ließ nach.

Du dachtest nunmehr an Ungemach,
das sich hinterher einstellen würde,
denn immerzu käme sie wieder an,
diese Frau als künftige Bürde.
was deine Ehe gefährden kann.

Ist zu ermessen,
was diese Frau dann tut,
eh nicht dein Pollen auf ihrer Blüte ruht?
Sie kann dich erpressen:

Sie denkt nur an sich
und wird es tun,
zu weit schon hatte sie dich
und will regelmäßig dich nun.

Du hast zwar inne gehalten,
doch gefallen warst du längst,
du kannst sie nicht mehr fernhalten,
das Vertrauen ist gebrochen,
sinnlos, dass du dein Hirn noch anstrengst,
sonst kommt das Gewissen gekrochen.

Es war genug
auch ohne Vollzug,
und solltest du dich noch so schämen,
doch schon schändlicher Ehebetrug,
kannst ihn zurück nicht mehr nehmen.

Also frisch genommen und nicht wanken,
mutwillig genießen und nicht zanken.
Das ist die einzige Chance, dass Rache sie nicht hegt,
und Nacht sich auf das untreue Geheimnis legt,
vielleicht wird sie später die gute Bedienung danken.

Künftig aber eher bedenken,
wohin der Trieb ist zu lenken.
Besser ist eine Ehefrau,
der ihre Ehe ist zu grau,
die sich aber nicht lösen will,
nur auf Befriedigung aus heimlich und still.

Ralf Becker

Natureinrichtung

Wenn dein Geschlecht spricht,
verweigere dich nicht,
lass dich im Hochgefühl treiben,
auch wenn es nicht wird bleiben,
die Natur hat's doch so eingericht'.

Sei aber still und bescheiden,
du sollst nicht leiden,
in Heimlichkeit ein Meeting abhalten,
eine Zeremonie der Sinne gestalten,
so kannst du den Mangel vielleicht meiden.

Denn nichts ist schlimmer,
als wenn dir immer
das „Gewissen" Zurückhaltung auferlegt
und du nur durch feuchte Träume erregt
Hilfe erwartest vom Fitness-Trimmer.

Du brauchst tiefe Befriedigung
zur körperlichen und geistigen Entspannung,
mit dem andere Geschlecht an deiner Seite,
das dir, wie du ihm, seine Freude bereite,
bekommt so jeder seiner Triebe Bannung.

Der Nachbar kommt zur Ehefrau hin,
deren Mann ging zur Arbeitskollegin,
na und, so trösten sie sich durch die Welt,
was ihnen ihre Beziehungen erhält,
sonst wäre da keine Spannung mehr drin.

Harry Krumpach

Du kamst zu mir

Du kamst zu mir, hast mich verführt,
hast mein Intimstes tief gespürt;
herrliche Knospen, gerade gesprossen,
hab mit Verzückung ich genossen.

Saugende Küsse auf sinnlicher Haut,
entlockten man erotischen Laut;
nun halt ich dich so weich und warm,
so aufgelöst in meinem Arm.

Haben uns ganz der Verzückung ergeben,
sind auch bereit zum wieder erleben;
wollen nur kurz die Kräfte aufsparen,
um wieder in den Himmel zu fahren.

Ein Reifen platzt laut vor dem Haus,
ich wache auf; der Traum ist aus.

Harry Krumpach

Vertrauter Mond

Herr Mond,
du warst an jenem Tage,
so prachtvoll,
wie mir schien noch nie;
Herr Mond ich ging,
von deinem Lichte
begleitet;
und da sah ich sie.

Sie stand am See,
bereit zum Bade,
im Kleid;
das ihr der Schöpfer gab;
Herr Mond, du weißt,
das ich im Leben,
noch Schöneres nicht
gesehen hab.

Ich ging ganz leis,
mich trug die Sorge,
dass sie mein Anblick so
erschreckt;
ums Schauspiel vollends
zu genießen,
hab hinterm Fels
ich mich versteckt.

Herr Mond, ich sah sie
nur vom weitem;
doch wars,
als hätt sie mich berührt;
so hab ich trotz
der kalten Nachtluft,
das Hemd im Schweiße
wohl gespürt.

Entsetzlich;
sie springt in die Wogen,
ich ahnt es schon,
bevors geschah;
wie glücklich war ich,
als ich sie dann;
unweit von mir,
auftauchen sah.

Sie schwimmt;
die Anmut der Bewegung,
allein versetzt mich
in Erstaunen;
gebannt, erstarrt
der Szene folgend;
vernehm ich
leises Wellenraunen.

Sie läßt sich treiben,
kommt mir näher;
wohl kaum, dass uns
der Fels noch trenne;
da ist sie fort,
ich voller Unruh,
jetzt ungestüm
zum Ufer renne.

Ich springe hastig
in die Fluten;
verbring im Wasser
qualvoll Stunden;
allein;
die Suche ist erfolglos,
sie ist und bleibt;
für mich verschwunden.

Herr Mond,
die Jahre sind vergangen;
noch heute, weiß ich nicht,
was war;
hielt mich ein Trugbild,
nur zum Besten;
oder war's Mädchen
wirklich da.

Allein;
auch das ist nebensächlich,
ob Trugbild, Wahrheit
es wird vergehen;
doch machen
solche edlen Träume;
erst unser Leben,
wirklich schön.

Joanna Masseli

Besessenheit

deine Zunge
bewegt in mir die Dunkelheit
mein Blut fließt anders
ich spüre deine Kraft
wenn ich dich lieben lasse
so wie du willst
du und ich

kein zurück

will schneller und lauter
will spüren dein Leib
will tiefer und höher
die Seele verkauft

ich liebe und hasse
bin da und bin dort

der Himmel in der Hölle
das Biest ist der Gott

meine Zunge
bewegt in dir die Dunkelheit
dein Blut fließt anders
du spürst meine Kraft

Joanna Masseli

Das Geheimnis

ich stehe vor dir
ich habe ein Kleid an
aus Worten

du fasst mich an
um dein
DA ZU SEIN
zu deuten

du suchst nach einem Geheimnis
aus dem du einmal rausgekommen bist

du kommst
zurück
weil du liebst

Joanna Masseli

Moralgrenze

ich bin wie du willst
weil ich dich nicht spüre

genieße das Leben
denn wirklich ist eben

tödliche Droge so kostbar dein Geschmack
ich tausche meine Freiheit gegen Abhängigkeit

die Gerade wird zur Schiefe
wenn der Gipfel in der Tiefe
der Fehler wird nicht mehr Irre
wenn ich mich in dir verliere

durch Armut werde ich reich
du reißt mir die Seele aus dem Leib
der Augenblick wird zur Ewigkeit
die Moralgrenze verstaubt
mit der Zeit

ich sterbe
in deinem Arm

Heidi Axel

Die Ballade vom geilen Mann im Internet

Es war ein Tag im Internet
der Tag war gut und echt komplett.
Sie wollte nach der Post nur schaun
und auch mal übern Gartenzaun.
Ob Max und Moritz vielleicht da
und auch der alte Herr Papa
der Mann von Welt, mit sehr viel Geld.
Der Jüngling, der ne Rede hält.
Sie alle passten ihr nicht recht
Sie warn nicht das, was sie gern möcht.
Sie wollten alle eines nur
befriedigen hier die Natur
des Mannes, das versteht sich wohl.
Sie waren nicht nur Gottes Sohn.
Jedoch der eine schrieb recht kess
man merkte er versteht den Stress
zu schreiben hier mit vielen Fraun
die sich auch was zu sagen traun.
Er war dabei nicht immer artig
er machte manche Dame madig
in dem er schrieb: „Du kannst mich mal
da unten reiben, wie nen Aal.
Schön langsam und mit viel Gefühl.
Das kriegen wir schon beide hin."
Jedoch das war nicht recht ihr Ding
sie nur noch lose im Gespräch drin hing
und ging dann ihrer Wege flott.
Er reichte nicht mal als Kompott.
Sie klickte sich mal bissl durch
durch sein Profil und siehe, horch
er hatte jemanden gefunden
für diese geilen, heißen Stunden.
Ne Dame, heiß und sehr erotisch,
nicht ängstlich, dominat sie bot sich.
Man merkte schon so am Profil
Hier ist der Stiefel mit im Spiel.

Hier gibt's den Sex per Tastatur
kein Mann zeigt sich hier dafür stur
so dass die Lust ihn bald ereile.
Da hat er keine lange Weile.
So geht es Männern, wenn sie geil
und wenn sie denken: „Ich bin allein!"
Allein im Internet? Das ist man nie!
Hier ist man nur ein Federvieh
Hier wird gefragt: „Wer tritt wen heute?"
Und zu Haus sinds alles feine Leute!

Adam Luust

Blöder Hahn

Es sprach die Henne zu dem Hahn:
„Woll`n wir uns heut mal lieben?"
Der Hahn, der sah die Henne an.
Er wollte gerne lieben!
„Ist diese jetzt mit Sex mal dran oder war`s heut Nummer sieben?"
Es schickt sich nicht die Liebelei!
So ständig hin und her.
Das tut doch nur dem Hahn recht gut
Die Hennen ärgert´s sehr.

Adam Luust

Zu faul für die Liebe

Er war ein kleiner, dicker Mann
ne Glatze und rings rum paar Haare auch noch dran.
Er war bequem
und unbeweglich.
Lag gern nur rum
war unerträglich.
Er wollte lieben, lachen, scherzen!
Er wollt sie küssen recht von Herzen.
Jedoch beim Wollen ist`s geblieben.
Er konnt sich nicht herüber schieben.
Ich mein vom Bett ins Auto rein.
Er stellte nie das Navi ein,
nur um zu ihr zu eilen.
Er konnte nur verweilen
auf seinem eignen Lager! Ach, was war sein Leben mager.
Er muss nun bleiben ganz allein,
denn sie ging fort!
War das gemein?
Jedoch was will Frau einen Mann,
der nichts mit Liebe anfang kann?
Darum mein Schmidtchen sag ich dir:
„Nichts wird's mit Lieb`bis früh um vier!"

Felix Martin Gutermuth

Sextus Infernal

Es war eine Zeit, in der
keine Möse zu viel war.

Ich schleppte Juny auf der
Karl-Marx-Straße ab,
und stieg bei ihr von
hinten auf
in der Badewanne
und bearbeitete
sie eine gute halbe Stunde
und nahm sie
mit in mein Zimmer
und verpasste
ihr den Rest.
Sie fing an mich zu reiten
langsam, schnell,
langsam schnell

Es war eine Zeit, in der
keine Möse zu viel war.

Als der Fick
ein Ende fand
schenkte ich ihr ein
Aquarell
von mir und gab
ihr Geld für den Bus.

Juny und die Karl-Marx-Straße,
mein japanischer Whiskey
und mein Ständer.

Still kommen,
still gehen…

alles war perfekt

Felix Martin Gutermuth

Göttin Extasia

Ich saß auf dem Stuhl
und Nora setzte
sich auf meinen
persönlichen Ständer
und schob ihn sich rein
und ging auf und ab
wie eine Göttin Extasia
der Loberung

ich stellte
sie an die Herdplatte
und bearbeitete
von hinten
während sie
sich an der Platte
abstützte

und nun
war dieser Fick
ein Fick,
welchen ich
immer
in Erinnerung
behalten
werde

Felix Martin Gutermuth

Prachtexemplar

gebaut wie
ein Ochse,
neulich in
Paris.

Ich wollte
schmelzen
vor Liebe.

Sie nennen
mich einen
Polen,
eine Kröte,
hockend
am Bordstein,

ominöse Verlage
pushen
mein Zeug.

Ich wollte
schmelzen
vor Liebe.

Gebaut wie
ein Ochse,
puste ihr
den Rauch
in die Möse.

Gedichte
schreiben,
liebe es
oder lass es
bleiben.

Ich wollte
schmelzen vor
Liebe

Felix Martin Gutermuth

Käthe fatal

Ich saß mit Kathi am Tisch.
Die Wohnung war aufgeräumt,
und wir redeten und wir tranken
und mein Fuss der noch
Socken anhatte schwenkte
unter dem Tisch
entlang gen ihre Möse.

Ich schlenderte
mit Kathi ins Bett
und nachdem
die Wäsche
auf dem Boden
landete,
spuckte ich
auf ihren Anus
und schob
ihn ihr rein
und bearbeitete
sie die ganze
Nacht

ein *Oooh*
welches ich
nicht Orgasmus
nennen möchte
fuhr durch ihren
Körper,
Exta durch LIM

ich kam
dreimal
in der Nacht

und der
Morgen
danach
versprach uns
eine
vollkommene
unvollkommene
Stille

Felix Martin Gutermuth

Flora und Fauna

Seit meinem 17ten Lebensjahr
hieß es ficken und gefickt werden
und in Afrika herrschte die Kultur,
ich wurde Zuhälter genannt,
Landstreicher und Gangster
als wäre meine Bande ein Pack,
klemmte den Sack zu
damit auch mein sechs-Zoll Pint
aushöhlen konnte und man
länger brauchte
doch Mösen waren auch
nur warmes Fleisch
welches für extasische Zwecke
und die Tage, Liebe, Nächte
der weiteren Versager
im Ozean einer Koralle
eines Meeres,
und das Meer war nicht schön,
für mich nur ein ewiger Fluss
des diebischen Sextus.

Flora und Fauna

Ursula Hellmann

Eins und eins sind eins

Vollmond streift mit lichtem Finger über unser seidnes Lager,
ziert mit schönen Ornamenten deinen pfirsichhellen Rücken.
Und mit zärtlichem Begehren zeichnet meine Hand die Linien
eins ums andre bis hinunter in der Schenkel sanfte Beuge.
Leises Rufen, zartes Ziehen an der fein gewund'nen Muschel
zwischen deinem dunklen, lock'ren, flaumgewellten Haargebilde.
Und aus Lidern, halb geöffnet, schmeichelt mir dein lieber Blick.
Wie ein spielerisches Kätzchen fühl' ich deine weichen Hände,
und sie suchen nach dem Starken in dem lockigen Bewuchs.
Dein Ich ist meins, und du gibst täglich mir's aufs Neue voller Glück -
schau, ich gebe dir das meine stets mit Freuden gern zurück.
 Zwei Wesen und ein Atem, zwei Körper sind ein Kreis,
 zwei Leben sind ein Weg,
 zwei Fragen werden zum Beweis.

Arno Reis

Die Lust des François Villon

Ich bin so verrückt
auf deinen Erdbeermund
er ist so voll
er ist so rund
auf meinen süchtgen Lippen

Beglückt bin ich
von deinen Titten
wenn sie so hängen
wenn sie so wippen
auf meinem lustvollen Ich

Auch süchtig bin ich
auf dein Kätzchen
wenn es knurrt
wenn es schnurrt
an meinem Lätzchen

Ach ich bin so verrückt
wenn du dich bückst
mit allem was du hast
was du mir schenkst
womit du mich entzückst

Arno Reis

... oh mein Erdbeermund

... und zum Nachtisch
- nach Tisch? -
streut sie Kümmel
auf (s)einen Pümmel.

Ach jeh! Er treibt so
reinsein, ach so peinsein
Autsch!

ruft sie in Erregung
Watt ist datt für ne Kümmelstange!
... und so lange ...

Als die Sehnung sich gedehnt
und die Lust gekommen
- ihr Ruf vernehmbar ist vernommen -
sagt Nachbarin Hilde, die wilde,
Otto, wir auch mal wieder so ersehnt
- bin schon lange entwöhnt.

Arno Reis

Über Tag, da lebt
das Leben sein Leben -
eben.
In der Nacht, da kommen
die Süchte, die Lüste -
eben.
Gegen Mitternacht da klingelt
das Verlangen auf dem Schirme -
eben.
Da kommen die Phantasien mit Macht -
was man oh mann dann so - tut

Arno Reis

Im Gras da riecht der kleine Hüpfer
an ihrem Schlüpfer
Der Schlüpfer – er liegt so lose
an des Hüpfers Hose.
Im Gras dem feuchten
da schlüpfert und zwickelt
das kleine obstige Leuchten
ganz und gar entwickelt.
Und das Gras wird nass
und nässer.

Arno Reis

Köstlich ist die Zeit
die du mir
geköchelt hast zur Vollendung der
Würze deiner Aromen.
Jetzt kredenzt du
in feinen Tassen die Essenz
deiner Liebe.

Arno Reis

rauchweißes kleid

klack, klack, klack
eine frau ging vorbei
trug keinen schlüpfer nur
ein rauchweißes kleid

klack, klack, klack
die frau lief und lief
in den horizont hinein und
zog aus ihr rauchweißes kleid

klack, klack, klack
die wolken umschlangen sie
fingerten in ihren falten und spalten und
sie trug nur die rauchweißen wolken

klack, klack, klack
der wolkenregen
ummantelte sie
tanzte mit ihr tango
leerte sie aus während
ich tropfen für tropfen sog und mich
in den rauchweißen wolken
vereinigte

tock, tock, tock

Ingrid Baumgart-Fütterer

„Ohne dich kann ich nicht sein"

Meine Erinnerung an dich
mich tief in meinem Herzen trifft,
denn ohne dich fühle ich mich
wie eine Viper ohne Gift
wie ein Vogel ohne Schnabel
wie ein Besteck ohne Gabel
wie ein Raubtier ohne Krallen
wie ein Jäger ohne Fallen
wie eine Henne ohne Ei
wie ein Rentier ohne Geweih
wie ein Auto ohne Motor
wie ein Ofen ohne Backrohr
wie ein Himmel ohne Sterne
wie Brombeeren ohne Kerne
wie ein Gewehr ohne Kugel
wie ein Fest ganz ohne Trubel.
Meine Erinnerung an dich
mich tief in meinem Herzen trifft,
denn ohne dich fühle ich mich
wie Wolkenkratzer ohne Lift ...

Ingrid Baumgart-Fütterer

Altbewährtes

Max, der auf reife Frauen steht,
begehrt die Bäckersfrau Elsbeth,
sie wirkt mollig und sehr gereift,
auf sie er sich total versteift.

Ingrid Baumgart-Fütterer

Im siebten Himmel

Er holt für
sie den Himmel
auf die Erde
und legt ihr die Sterne
zu Füßen –
sie tauchen ein
ins Sternenmeer
und geben sich
ihrer Liebe hin –
der Himmel tut sich
in ihnen auf.

Ingrid Baumgart-Fütterer

Getrübtes Liebesglück

– infolge Arthrose im gesetzten Alter –

Die in ihm aufkeimende Lust
führt zum Ereignis voller Frust,
Hüft-Kniegelenke knacken, krachen
beim Beugen und beim „Liebe machen"
Schmerzen ziehen bis in den Schritt,
das Ereignis nimmt ihn stark mit.

Immer lauter wird sein Stöhnen,
als wollt es den Mann verhöhnen –
ist dies doch dem Schmerz geschuldet,
der Aufflammen der Lust nicht duldet,
schmerzgeplagt zieht er sich zurück
und träumt fortan vom Liebesglück.

Ingrid Baumgart-Fütterer

Arbeitsloser Hahn

Stolzer Hahn fühlt sich verloren,
Hühner haben sich verschworen
gegen ihn seit geraumer Zeit –
kein Huhn ist für Liebe bereit.
Voller Gram er sich hinterfragt
– hat er in der Liebe versagt? –
Antwort bleibt aus, das ist nicht nett –
ohne Liebe wird der Hahn fett.
Da bewahrheitet sich (mal wieder) der altbekannte Spruch:
„Ein guter Hahn wird selten fett"

Ingrid Baumgart-Fütterer

Aus die Maus!

Er hatte es zu weit getrieben
mit Frauen, Jung und Alt ohne Zahl,
konnte nicht aufhören zu lieben,
sein Verlangen ließ ihm keine Wahl.

Was er machte, sich nicht gebührte,
die Verlobte warf ihn aus dem Haus
zwangsläufig er sein Bündel schnürte,
ihre Liebe war endgültig aus.

Er hat Schande über sie gebracht,
doch er zog keine Lehren daraus,
leztlich hat's ihm nicht viel ausgemacht
– sein Motto: es ist wie's ist „Aus die Maus!" –

Ingrid Baumgart-Fütterer

Das Freudenhaus

Im Häuserblock Nummer Sieben
hatte Cora es getrieben
voller Wollust mit Hans und Franz,
die Nachbarn übten Toleranz.

Sie verhütete so gut es ging,
Jahr für Jahr „unfallfrei" verging,
doch dann passierte ein Malheur,
es schwängerte sie ein Chauffeur.

Er war auf sie voll abgefahren,
liebte sie mit Haut und Haaren
erkannte die Vaterschaft an
und wurde Coras Ehemann.

Der Chauffeur war durchtrieben, schlau,
billigte die Affären der Frau,
im Häuserblock Nummer Sieben
sind beide wohnen geblieben.

Er brachte sie erst recht auf Trab
und kassierte die Freier ab
blieb bei dem Betätigungsfeld,
füllte sich die Taschen mit Geld.

Im Häuserblock Nummer Sieben
hatten es viele getrieben,
Cora, Mia, Jutta, Sarah,
Susi, Uschi, Moni, Lara ...

Ingrid Baumgart-Fütterer

Das Wunder der Liebe

Sein „Strom der Liebe" sich reichlich ergießt,
im gesegneten Leibe wohl bald sprießt
der Keim des Lebens, der sich entfaltet,
daraus ein Menschenkind sich gestaltet,
das, vom schützenden Fruchtwasser umspült,
im Leib der Mutter sich geborgen fühlt.

Wenn Samen – und Eizelle verschmelzen,
wird dies das ganze Leben umwälzen
 in nur neun Monaten ein Kind entsteht –
eine Saat der Liebe, von Gott gesät,
geht auf wie eine Rose im Herzen,
schnell vergessen sind Geburtsschmerzen.

Selig ruht der Säugling an Mutters Brust,
hungrig sucht er mit Vorfreude und Lust
ihre Mamillen auf mit seinem Mund,
saugt, bis Milch rinnt durch seinen Schlund,
das Stillen schweißt Mutter, Kind zusammen,
die Stillhormone beide entspannen.

Ingrid Baumgart-Fütterer

Heftige Abwehr

Sein Flirt stößt nicht auf Gegenliebe
statt Küsse erteilt sie ihm Hiebe,
einen kräftigen Tritt in den Schritt,
schreit: „Mit dir gibt's keinen Liebesritt!"

Ingrid Baumgart-Fütterer

Der „Höhlenforscher"

Die Lustgrotte will er kennenlernen,
ohne das „Heiligtum" zu versehren –
drängenden Forschergeist er verspürt,
als er das Spekulum pfleglich einführt.

Er kann sich nicht sattsehen am Geschlecht,
erwartungsvoll regt sich sein Gemächt –
geduldig lässt die Frau ihn gewähren,
schließlich forscht er allein ihr zu Ehren.

Ingrid Baumgart-Fütterer

Ein Leben für die Liebe

Verführerisch waren die Frauen
und wunderschön anzuschauen,
hoch hielten sie die Liebe zum Mann,
bezirzten mit Tanz und Gesang.

Freier tauchten ein ins Liebesglück,
glitten sanft tiefer Stück für Stück,
trunken von der Liebe süßen Saft
riss sie hinfort die Leidenschaft.

Der Himmel tat sich in ihnen auf,
die Erregung nahm ihren Lauf –
für eine Weile der Welt entrückt,
schwelgten Freier im Liebesglück.

Ingrid Baumgart-Fütterer

Funkensprühende Erotik

Einander leidenschaftlich zugeneigt
sind beide für den Geschlechtsakt bereit,
vor allem ihr Herz nach Liebe dürstet,
erwartungsfroh sie ihre Locken bürstet.

Sie trägt Make-up auf und parfümiert sich,
zaubert aufs Bett einen Blütenteppich,
trägt rote Dessous aus feinster Seide
unter ihrem figurbetonten Kleide.

Romantische Musik erklingt im Raum,
er kommt – es erfüllt sich ihr Liebestraum –
sie gibt sich ihm hin voller Leidenschaft,
die Liebe entfaltet unendliche Kraft.

Es brodelt ein Vulkan in ihrem Schoß,
„Feuerfunken" sprühen bei jedem Stoß,
ihre Liebe für ihn lichterloh brennt –
eine Heißblütigkeit, die er so nicht kennt.

Zwischen den beiden es gewaltig funkt,
gekonnt stimuliert er ihren G-Punkt,
dabei unermüdlich ins Schwarze trifft,
nach dem Akt er mehrere Joints mit ihr kifft.

Ingrid Baumgart-Fütterer

Ein Fremder geht ihm zur Hand

Er brüllt, klagt, flucht, prügelt ein auf sein Kissen,
es plagen ihn Scham und schlechtes Gewissen
lange tat er sich hervor als Frauenheld,
für Liebschaften gingen drauf Ehre und Geld.

Er, bekannt als Hansdampf in allen Gassen –
jetzt auch von der Angetrauten verlassen
fühlt sich einsam, unerfüllt wie nie zuvor,
mit Fremdgehen schoss er sich ein Eigentor.

Käufliche Liebe gibt es nicht ohne Geld,
nun ist er völlig auf sich allein gestellt
in der Notlage legt er selbst Hand an sich,
unverhofft eilt ihm zu Hilfe Karl-Heinrich.

Ingrid Baumgart-Fütterer

Alle Hände voll zu tun

Er spürt eine Liebesenergie,
hervorgerufen wie durch Magie,
bald weiß er nicht, wohin mit der Kraft,
die ihn aufwühlt, in ihm Chaos schafft.

Seine Libido lässt ihn nicht ruhn,
er hat alle Hände voll zu tun,
in seiner „Not" kommt ihm Marie recht
ihre Verführungskunst ist nicht schlecht.

Ingrid Baumgart-Fütterer

„Lecker Mädchen"

Liebesleben geschmackvoll in Szene gesetzt

Amanda ist ein süßes Früchtchen,
unter Frauen ein Sahneschnittchen
Männer den „Leckerbissen" lieben,
sich näher an sie heranschieben.

Männer finden sie zum Anbeißen,
lassen sich von dem Charme hinreißen
von ihr sie schwärmen – auf sie fliegen,
können nicht genug von ihr kriegen.

Männer im siebten Himmel schweben,
wenn sie mit ihr Liebe erleben –
das Zusammensein sie auskosten
und kommen voll auf ihre Kosten.

Amanda wird's nicht überraschen,
dass Männer sie wollen „vernaschen",
alle liegen ihr gern zu Füßen
– sie wird ihren Alltag versüßen –

Ingrid Baumgart-Fütterer

Spätes Liebesglück

Schwer verliebt macht Kater Felix
vor Katze Bea einen Knicks,
gesteht ihr seine Liebe ein,
will nicht länger alleine sein
möchte gern noch Vater werden,
Kinder zeugen hier auf Erden.

Der Jüngste ist er fürwahr nicht,
bald ist verlöscht sein Lebenslicht –
bevor er sein Leben aushaucht,
er die Liebeserfahrung braucht,
inständig fleht er die Katze an,
„nimmst du, Herzliebste, mich zum Mann?"

Bea nimmt sich des Katers an,
der alte Felix wird ihr Mann –
sie sind auf ihrer Lebensbahn
sich nun in Liebe zugetan,
schon bald wird Beas Bäuchlein rund,
tut ihm ihre Schwangerschaft kund.

Ingrid Baumgart-Fütterer

„Stets zu Diensten"

Vor Begehren schmilzt sie dahin,
hat außer Liebe nichts im Sinn ...
um den Haushalt er sich kümmert,
beim Abwasch Geschirr zertrümmert,
das Essen brennt beim Kochen an,
der Braten verschmort dann und wann,
die Wäsche läuft beim Waschen ein,
ist alles andere als rein,
er bügelt Brandflecken hinein,
reinigt Böden aus Holz und Stein,
doch die werden nie besenrein
abends kredenzt er ihr Rotwein
massiert sie mit nem Edelstein,
er liebt sie einzig und allein,
widmet ihr sein ganzes Dasein.

Vor Begehren schmilzt sie dahin,
hat außer Liebe nichts im Sinn ...

Ingrid Baumgart-Fütterer

Viagra, der Helfer in der Not

Wer die Vorzüge der Frauen kennt,
für die Liebe zu ihnen entbrennt,
die Sexschwäche erfolgreich besiegt,
garantiert immer einen hochkriegt,
wenn er pünktlich Viagra einnimmt –
das Lendenfeuer dann mehr als glimmt.

Ingrid Baumgart-Fütterer

Des Guten zu viel

Katze Mo gibt sich hin dem Liebesspiel,
doch dieses Treiben wird ihr bald zu viel,
entnervt holt sie mit ihrer Pfote aus –
die Ohrfeige schmerzt Kater Ladislaus.

Verwundert reißt er seine Augen auf,
registriert perplex sprunghaften Ablauf,
versteht die Welt nicht mehr und nimmt Reißaus,
da springt aus dem Busch Kater Tom heraus.

Der Kater übers ganze Gesicht lacht,
in puncto Liebe Tom sich Hoffnung macht,
umkreist mit sanftem Schnurren Katze Mo –
entsetzt flüchtet er sich ins Nirgendwo.

Ingrid Baumgart-Fütterer

Katze Edelgunde und ihr Katertrio

Im Dorf verbreitet sich schnell die frohe Kunde,
das Liebeskarussell dreht 'ne „Extrarunde"
Kater Tomba ist jetzt der Dritte im Bunde,
der innig buhlt um die Gunst der Edelgunde.

Zu viert genießen sie nun Stunde um Stunde,
das Quartett der Liebe ist in aller Munde,
im Dorf verbreitet sich schnell die frohe Kunde
„das Liebeskarussell dreht so manche Runde".

Ingrid Baumgart-Fütterer

Wundertätige Göttin der Liebe

Männer stehen bei ihr in Reih und Glied,
nicht nur einer demütig vor ihr kniet
sie fühlen sich eindringlich in sie ein,
genießen intimes Beisammensein
mit dieser Frau, der Göttin der Liebe,
sie weckt fest eingeschlafene Triebe.

Männer laufen bei ihr zur Höchstform auf,
nehmen Überanstrengung gern in Kauf -
wenn sie das wilde Tier in sich spüren,
das ihnen öffnet der Liebe Türen,
fühlen sie sich wie im sieben Himmel
und sind mächtig stolz auf ihren „Piepmatz".*

** Anmerkung: dem geneigten Leser steht es frei, hier ein für ihn
passenderes Reimwort einzusetzen*

Männer, die verzückt in sie eindringen,
in punkto Liebe Wunder vollbringen,
geben sie nach ihrem Liebesdrängen
übertreffen sie sich selbst um Längen -
doch kehren sie zurück ins Ehebett,
wird's „beste Stück" nie so hart wie ein Brett.

Ingrid Baumgart-Fütterer

Hört her, auf Wolke sieben
haben sie es getrieben
diese himmlischen Engel,
ein Mädchen und zwei Bengel.

Angesichts solcher Wonne,
errötete die Sonne,
hinter einer Wolkenbank
sie vor lauter Scham versank.

Ingrid Baumgart-Fütterer

Abgekühlte Beziehung

Das Knirschen
des Pulverschnees
unter meinen Füßen
gemahnt mich an
das Knirschen
in unserer Beziehung.
Die Eisdecke
unter dem Schnee
symbolisiert unsere
erkaltete Liebe.
Eingefrorene Gefühle
errichten Trennwände,
hinter denen die Hoffnung
auf ein Glück zu zweit
auf der Strecke bleibt.

Ingrid Baumgart-Fütterer

Total verliebt

Ihre Seele blüht auf,
Rosen entfalten
ihre Pracht,
ihr Herz fühlt sich
wie befreit,
der Himmel rückt näher,
ihr Gesicht hellt sich auf,
ihre Augen strahlen
wie Sterne -
in ihrer Verliebtheit
könnte sie die ganze Welt
umarmen.

Ingrid Baumgart-Fütterer

Liebespause

Sie ist innerlich gespalten,
wird zu sehr in Atem gehalten
durch ihre Liebesaffären,
inzwischen Ängste in ihr gären
vor Syphilis, Herpes, Tripper,
entschlossen zieht sie hoch den „Zipper"
ihre Hose bleibt vorerst zu,
jetzt steht an die wohlverdiente Ruh.

Ingrid Baumgart-Fütterer

Charakterfestem Kater winkt das Liebesglück

Von wohligen Schauern wird Max erfasst,
Katze Mo ihn küsst, sich mit ihm befasst.
Das hätte er sich nicht träumen lassen,
das Glück der Liebe kann er kaum fassen.

Nach Katze Mo hatte sich Max verzehrt,
hatte die Schöne seit jeher verehrt,
doch Chancen rechnete er sich nicht aus,
neben ihr wirkt er wie ne graue Maus.

Mo legt auf integren Charakter Wert,
liegt daher bei Kater Max nicht verkehrt,
sein großes Herz bietet der Liebe Platz,
drum ist Max für Mo der richtige Schatz.

Ingrid Baumgart-Fütterer

Katze Mo sieht Mutterfreuden entgegen

Im zarten Alter von zwei Jahren
hatte Mo die Liebe erfahren,
ihr Galan war Kater Silvester,
er baute kuschelige Nester
für Nachwuchs, der sich bald einstellte,
das Leben von beiden erhellte.

Inzwischen sind Jahre vergangen,
noch immer brennt heiß ihr Verlangen
sich zu lieben, wie es einst geschah –
in Kürze wird Mo erneut Mama,
mit Freude baut Kater Silvester
für ihren Nachwuchs Kuschelnester.

Ingrid Baumgart-Fütterer

Liebesstreifzüge

Ein Schatten seiner selbst ist Kater Phu,
seit einiger Zeit kommt er nicht zur Ruh,
der Ruf der Natur immer lauter wird,
er Katzen verfolgt, sie lustvoll anstiert,
will die Liebe mit ihnen auskosten,
wer da als Kater rastet, der rostet.

Liebestrunken macht er ihnen den Hof,
kommt er in Fahrt, legt er so richtig los,
legt sich mit manch einem Rivalen an
und markiert beim Kämpfen den großen Mann,
um allen Katzen zu imponieren,
deren Liebe er nicht will verlieren.

Phu bemerkt nicht, dass er sich übernimmt,
letztlich sind er und die Katzen verstimmt,
was über das Normalmaß hinausgeht,
über kurz oder lang Unfrieden sät,
völlig erschöpft der Kater heimwärts geht,
ihm der Sinn nur noch nach Ausruhen steht.

Ingrid Baumgart-Fütterer

Sternstunden der Liebe

Als Kater Floh und Katze Lulu
in einer Vollmondnacht durch Zufall aufeinander trafen,
wurden sie von Amors Pfeil mitten ins Herz getroffen.

In einer sternenklaren Nacht
hat Liebe sie zum Paar gemacht,
die Körpersprache deutlich zeigt,
einander sind sie zugeneigt.

Glitzersterne am Firmament
und der Vollmond, wie man ihn kennt,
lächelten herab auf das Paar,
das sich liebte mit Haut und Haar.

Seit jener denkwürdigen Nacht
das Liebesglück den beiden lacht,
Nachwuchs kündigt sich bereits an,
das Paar ihn kaum erwarten kann.

Ingrid Baumgart-Fütterer

Die Ungetreue

Gotteslästerlich Kater Malz fluchte,
als Li nach einer Ausrede suchte
die Katze hatte sich bös versündigt –
dem Kater Malz die Freundschaft gekündigt,
und zeigte nicht den Anflug von Reue
nach Jahren seiner Liebe und Treue.

Frech führte Li ihr Liebesleben fort
mit Floh, dem Kater aus dem Nachbarort.

Ingrid Baumgart-Fütterer

Liebe ist für Tomba das A und O

Kater Tomba ist in Katze Mo total verschossen – für sie vernachlässigt
er sogar Aktionen, die ihm einst einen Mordsspaß machten ...

Tombas Augen beginnen zu leuchten,
Tränen der Rührung sie befeuchten
sobald sein Blick sich in ihren versenkt
und er an die Liebe mit Mo denkt.

Tomba kann sich an Mo nicht sattsehen,
vor Liebe könnte er vergehen
vergisst darüber sogar das Mausen,
immer länger werden Jagdpausen.

Ingrid Baumgart-Fütterer

„Aller guten Dinge sind drei"
ließ stolz verlauten die Marei,
schlief fortan mit Kurt, Pep und Hein,
schaute dabei zufrieden drein,
kam in der Liebe nie zu kurz,
was Leute dachten, war ihr schnurz.

Ingrid Baumgart-Fütterer

Betörende Schönheitstänzerin

Die Bar erstrahlt im roten Licht,
Männer sitzen dicht an dicht,
Augen auf die Frau gerichtet,
über die jetzt wird gedichtet.

Ihre prallen Brüste wippen
beim Tanzen und beim Strippen -
üppige Hüften, die kreisen,
auf Gelenkigkeit hinweisen.

Die Oberschenkel, stramm und fest,
sind ansehnlich wie der Rest
und ihr wohlgerundeter Po
ist ein Augenschmaus ebenso.

Lasziver Blick, sinnlicher Mund,
tun Kunst der Verführung kund,
Haare, schulterlang, platinblond,
schüttelt sie hin und her gekonnt.

Ihre Performance ist herrlich,
aber nicht ungefährlich,
sie sich katzenartig bewegt,
trotz der Stilettos, die sie trägt.

Heißen Rhythmen sie sich hingibt,
bei wilden Tänzen nie umknickt,
so wie sie es nur eine gibt,
dafür wird sie innig geliebt.

Lässt sie letzte Hüllen fallen,
Sektkorken erst recht knallen
und Goldmünzen fliegen ihr zu,
die Geldbörsen sind leer im Nu.

Doch Männer, die sie verehren,
sich nach dieser Frau verzehren,
lassen sich nicht davon abbringen,
sie lassen gern etwas springen.

Ingrid Baumgart-Fütterer

Wer war noch gleich ...?

Er hat ein Gedächtnis wie ein Sieb,
weiß heute nicht, was er gestern trieb,
er häufig in Bedrängnis gerät,
wenn er neue Freundinnen einlädt,
ihre Namen laufend verwechselt
und vor Nervosität stark sächselt.

Den Terminkalender er vermisst,
drum Rendezvous mit Frauen vergisst,
da hilft auch kein Liebesgesäusel,
auf Frauenstirn zeigt sich Gekräusel,
keine will 'ne „Eintagsfliege" sein,
seine Untreue ist hundsgemein.

Hat er Beziehungen beendet,
er sich an „Verflossene" wendet,
als wär alles im grünen Bereich –
sein Gedächtnis spielt ihm einen Streich,
weißt nicht, wann er wem den Laufpass gab,
oder wann welche Liebe erstarb.

Am Ende weiß er nicht so genau,
ob er Mann ist oder eine Frau.

Ingrid Baumgart-Fütterer

Sehnsucht nach Liebe und Geborgenheit

Sie schreibt spätabends im Kerzenlicht
ein melancholisches Gedicht
über den Kummer in der Liebe
und seine Sexualtriebe.

Es bleibt ihr nichts, als sich zu grämen,
für sein Verhalten sich zu schämen
Sehnsucht im Herzen bleibt außen vor,
dafür hat er kein offenes Ohr.

Sie verspürt Druck in ihrer Kehle,
schreibt sich den Frust von der Seele
so oft hat er sie angelogen,
sie hintergangen, betrogen.

Er schwor ihr Treue für alle Zeit,
schon kurz darauf trieb er es zu weit -
pflegte dreist mehrere Affären,
zu lange ließ sie ihn gewähren.

Sie war an den Falschen geraten,
dieser Mann ist ein Satansbraten,
schnell gereizt, prügelt er auf sie ein,
braucht sie Hilfe, lässt er sie allein.

Ihr Hunger nach Zuneigung ist groß,
tränenreich beklagt sie ihr Los,
immer weiter geht's mit ihr abwärts,
ihr Herz verfinstert sich vor Schmerz.

Sie schreibt spätabends im Kerzenlicht
über die Liebe ein Gedicht,
eine Liebe, wie sie sich erträumt,
die ihre Innenwelt aufräumt ...

Ingrid Baumgart-Fütterer

Nahrungsquelle als Quelle der Lust

– Erotische Laktation –

Ein ungewohntes, aufreizendes Bild,
junge Mutter ihren Ehemann stillt,
wie ein Säugling saugt er an ihrer Brust
mit jedem Schluck steigert sich seine Lust,
vor Begehr kann er nicht an sich halten,
will sich als Mann in der Frau entfalten –
sie ist ihm willig, lässt ihn gewähren,
denn sie will noch mehr Kinder gebären,
dann ist für Nachschub von Nahrung gesorgt,
Muttermilch das Kind und den Mann versorgt,
zu kurz kommt dabei keiner von beiden,
so kann sie den Futterneid vermeiden.

Ingrid Baumgart-Fütterer

Frühlingsgefühle –

Truthähne kollern,
spreizen ihr Gefieder,
machen Truthennen den Hof.
Balzverhalten!

Ingrid Baumgart-Fütterer

Das Lächeln deines Herzens

Spürst du
das sanfte Lächeln
deines Herzens,
das dich mit
Glückseligkeit
erfüllt
und dich
wissen lässt,
dass du
die reine Liebe
in dir birgst.
Lasse zu,
dass diese Liebe
deine Seele
durchdringt,
andere Seelen
sachte berührt
und somit
zum „Gleichklang"
der Herzen
beiträgt.

Ingrid Baumgart-Fütterer

Des Mannes Herrlichkeit

In der Pracht und Herrlichkeit
seiner frühen Jugend
und im besten Mannesalter
stand er in Saft und Kraft,
verdrehte Mädchen, Frauen
reihenweise den Kopf,
konnte nicht genug kriegen
von Liebesabenteuern
und war äußerst begehrt
als Kavalier der Frauen,
die er feurig umwarb.

Im Greisenalter

Von den Erinnerungen
an „glorreiche" Zeiten
zehrt der Hochbetagte –
seit er bettlägrig ist
pflegen ihn Krankenschwestern
beinahe rund um die Uhr,
doch in seinen Träumen
lebt die Erinnerung auf
an seine besten Jahre
– dort bleibt er ein Frauenheld –
bis zum letzten Atemzug.

Ingrid Baumgart-Fütterer

Die rettende Idee

Sein „kleiner Lümmel" ist geknickt,
die Liebeslust ist eingenickt
er vegetiert nur vor sich hin,
wie weggefegt ist froher Sinn.

Einst standhaft, stramm, vital und tough,
fühlt er sich nunmehr müde, schlaff,
mit ihm ist kein Staat zu machen,
dem „Lümmel" vergeht das Lachen.

Es ist immer der gleiche Mist,
er fühlt sich kleiner als er ist,
ferner schrumpft sein Selbstwertgefühl,
die Liebe zu sich selbst bleibt kühl.

Stets beklagt er sein Ach und Weh,
doch dann hat er eine Idee
und wählt aufmunternde Worte,
denkt dabei an Freundin Dorthe.

„Werde ich Viagra schlucken,
wird es lustvoll in mir zucken,
komme ich so richtig in Fahrt
werde ich stark und eisenhart.

Verlasse ich mein Schneckenhaus,
wachse ich über mich hinaus,
beglücke meine „Schatzi-Maus"

- endlich vorbei das Liebes-Aus!"

Gesagt, getan...

Schneller als erwartet, wird ihm auf die Sprünge geholfen.
Er fühlt sich wie neugeboren und ist nicht zu bremsen ...

Ingrid Baumgart-Fütterer

Frühling im Winter des Lebens

Der Methusalem – Kater Willibald
war gewillt, das Zeitliche zu segnen,
er fühlte sich gebrechlich und steinalt,
Gevatter Tod erwartete ihn bald.

Mit allem hatte er abgeschlossen
in tiefem Frieden mit sich und der Welt,
da kam Amors Pfeil herangeschossen,
traf sein Herz - seine Ansicht war „verstellt".

Keines Blickes würdigte er den Tod,
hatte nur Augen für Katze Bea
sie brachte sein Denken, Fühlen ins Lot,
Willibald sein Liebesglück in ihr sah.

Wie sich im weiteren Verlauf zeigte,
stand Bea ihm gern und treu zur Seite,
bevor sein Leben sich dem Ende neigte,
ein Jahr der Liebe sich ans andre reihte.

Ingrid Baumgart-Fütterer

Vom Jüngling zum Mann

Sein Leben steckt
in einer Umbruchphase,
aus dem Jüngling
wird ein Mann.
Den Kinderschuhen entwachsen,
entwickelt er sich hinein
in die Rolle eines Mannes.
Turbulente Hormonschübe
verleihen dem Jungen
die nötige Schubkraft.
Sein Selbstwertgefühl
hat die Stabilität
eines Wackelpuddings.
Hin- und hergerissen
zwischen den Gefühlen
eines Pubertierenden
und denen eines Erwachsenen
verliert er gelegentlich
den inneren Halt.
Allmählich verfestigt sich
seine sexuelle Identität
und sein Bedürfnis,
Sexualität auszuleben,
nimmt augenscheinlich
konkrete Formen an.
Darüber freuen sich
Nicole, Susanne und Nina
und einige andere Mädchen,
die ihm mehr denn je
von Herzen zugetan sind.

Dieter Geißler

Brennende Glut

Wie Adam und Eva im Paradies,
gebettet im weichen Gras,
der Mond funkelt in deinen Augen
der Sternenhimmel deckt uns zu.

An deinen Lippen innig hängend,
streichele ich deine weiche Haut,
erklimme zärtlich Berg und Tal,
verweile sachte am wolligen Schoß.

Mein Herz steht still, der Mann erwacht,
wir sehnen uns nach der heißen Glut,
umschlungen, nicht voneinander lassend,
genießen wir brennend den Liebesakt.

Dieter Geißler

Letzter Akt

Dunkelheit umgibt das Lager /
Schönes Honig-Mägdlein / wie mein Geist entzückt /
Abgelegt Rock und Mieder / Wams und Büx /
Lass uns aller Lust schmecken /
Leib und Seele erquicken /
Berühren zarte Brüste / steif die Knospen /
Kitzeln des Bauches Nabel /
Wollust streicht in feuchtes Moss /
Öffne weit der Blume-Kelch /
Lasset ein das pralle Schwert /
Süßer Schmerz / im Gleichgang wiegen /
Daß sich die Perl ergieße /
So das die Sinne schwinden /
Zahle das mit tausend Küssen /
Daß wir ganz vor Liebe brennen.

Dieter Geißler

Versagte Liebe

Da kommt sie her, die dralle Maid
Liebreiz schwenkt sie ihre Hüften
Süß und prall die Busen schwanken
Komm mit mir, lass mich nicht fasten.

Gleich wie eine Blume in der Sonne
Erweckt in mir die heiße Flamme
Lass mich deinen schmalen Hals küssen
Und die reifen Äpfel kosten.

Was kann uns mehr das Leben versüßen?
Das uns ganz die Liebe brenne
Den Lendenschmerz muss ich ertragen
Des Herren Weib, darf ich nicht begehren.

Ursula Gressmann

im rosengarten

perlengleich liegt nässe
auf zarter haut verborgen
perlengleich

samtene blütenblätter öffnen sich
geben ihre knospe preis

begierig trinkt sie deinen atem
schließt sich dann von lust gesättigt

Ursula Gressmann

fremdes land

zwischen meinen brüsten
deinen schenkeln lebt sehnsucht

zaghafte erkundung des fremden leibes
extatischer feuerritt schweißnasser körper

atemloses vom nachtwind gekühltes glück

Jo Po

Genuss hoch 3

Bilder im Kopf
von nackten Körpern, dreien.
Liebkosten Brüsten, kneten, küssen, streicheln.
Erhitzt die Haut, lau der Wind. Erigiert.
Vorsichtig gefühlt in heiße Feuchtigkeit,
gleiten Finger auf und ab. Fühlen vor.
Saugen Münder aneinander, aufeinander,
zwischen Lippen, an der Eichel.
Erste Tropfen kleben, mischen sich mit Schweiß.
Glitschen über Körper, lustvoll windend in den ersten Stößen.
Streichen, Klatschen.
Po und Hüften in gleichgeschalteter Vereinigung bewegt, geliebt, benetzt.
Im Wechsel der Stellungen die Leidenschaft bespitzt,
so rollt der Donnerschrei aus dreier Kehlen wie die Feuchte an die Luft.

Aaah. Lass heiße Haut ganz eng zusammen liegen,
Wind die Nässe kühlen. Sachte Küsse den Genuss vollenden.

Angela Schützler

Mephitis putorius (Sekret des Stinktiers)

Jeden Donnerstag erhielt ich eine SMS: „Komme heute später. Muss noch zur Besprechung." Ich spürte schon seit geraumer Zeit, wie mich diese Zeilen aufwühlten. Wie oft las ich im letzten Vierteljahr diese Worte auf meinem Handy. Meine weibliche Intuition verriet mir; `Rivalinnen im Revierbereich`. Das Handy war eine drahtlose und lieblose Verbindung zwischen uns geworden und das nach fünf Jahren Ehe. Traurig und wütend zugleich lief ich von meinem Kiezmarkt nach Hause, kochte mir einen Beruhigungstee und setzte mich verspannt auf meinen Lesesessel. Minutenlang starrte ich aus dem Fenster und beobachtete, wie zwei Enten schnäbelten, sich neckten, planschten und zufrieden im Wasser schwammen. Meine Gedanken kreisten um die Donnerstagsworte. Ich beschloss Badewasser einzulassen, um meine verkrampften Muskeln aufzulockern und meine Haut, vom kalten Schweiß benetzt, einzuweichen. Ich gab eine Kappe der Schachtelhalm-Lotion ins Wasser. Dieser Duft des Ackerunkrauts war zwar nicht wirklich blumig oder reizvoll, aber die enthaltende Kieselsäure tat mir gut. Nach etwa zwanzig Minuten beendete ich mein wohltuendes Wellnessprogramm und legte mich ins Bett. Auf meinem Nachttisch lag meine neue Lektüre mit dem Titel „Du mich auch …" ein Racheroman von Ellen Berg. Nur meine Lesebrille fand ich nicht, wieder einmal hatte ich sie verlegt. Ich stand auf und tippelte auf Zehenspitzen mit meinem schwarz-weißen Dessous durch die Wohnung. In allen Ecken suchte ich vergebens und blickte unter die Papierstapel sowie in diverse Taschen. In der Küche strahlte mir meine Mister Spex Brille vom Kühlschrank aus entgegen. Schnell setzte ich sie auf und ging zurück in mein Bett. Alle zehn Minuten sah ich auf meinen Wecker, aber wer nicht kam, war Etienne. Um halb zwölf in der Nacht fielen mir die Augen zu und ich schaltete das Licht aus. Ich versuchte zu schlafen und redete innerlich mit mir selbst, `Steffi Zöller, du brauchst den Schlaf, Ärger bringt Falten`. Schlaflose Nächte waren mir nicht unbekannt. Häufig wurde ich von Albträumen wach und stierte in die Dunkelheit. Jedes Geräusch ertönte dann übermäßig laut. Gegen drei Uhr in der Früh hörte ich bekannte Schritte. Das Türschloss knackte und der schwerarbeitende Ehemann betrat die Wohnung. In meinem Unterleib zogen sich alle Muskeln zusammen und kontrahierten. Unter der Haut bildeten sich kleinere Auswüchse, die sich wie eine Hügelkette erhoben. Die Hautoberfläche fühlte sich stramm und lederig an. Ich spürte wohlwollende Wärme. Vor Wut und Erregung ignorierte ich diese spontanen, körperlichen Veränderungen. Es bereitete mir keinerlei Schmerzen, sondern war wohltuend. Er ging ins Bad, wo er für mehrere Minuten unter der Dusche verschwand. Auf Zehenspitzen schlich ich mich zur Garderobe und wühlte in seiner Tasche herum, fand aber nichts Wichtiges. Allerdings sandte sein Jackett einen kräftigen Jasminduft aus. Es war ein mir fremder und unausstehlicher Geruch. Am Ärmel seiner schwarzen Jacke zupfte ich lange, blonde Haare ab, vor zwei Wochen waren es lockige rote. Schnell schlich ich zurück ins Schlafzimmer und stampfte dreimal vor Wut auf das knarrende Parkett. Die ständigen Auswärtsspiele meines notorischen Fremdgängers konnte ich nicht länger hinnehmen. Ich zog mir die Bettdecke bis zur Nase und tat so, als ob ich fest und tief schlief. Etienne betrat leise das Zimmer, ging ins Bett und legte sich auf den Rücken. Er holte tief Luft und drehte sich nach wenigen Sekunden auf die andere Seite um und zeigte mir seine kalte Schulter. „Was für ein Stinktier – Etienne Zöller". In diesem Augenblick spürte ich wie vom Bauchnabel abwärts schwarz- weiße Fellfetzen aus den Hautporen sprossen und meine Oberschenkel und Waden bedeckten. Aus den beiden Gesäßhälften erwuchsen knochige Wirbelketten, die sich umschlungen vereinten und einen Schwanz bildeten. Meine rechte Hand tastete Wirbel für Wirbel ab. Ich zählte sie und kam auf eine beachtliche Summe. Sie müssen aneinandergereiht ungefähr 40 Zentimeter erreicht haben. Zwischen den Wirbeln traten schwarz-weiße und borstige Haare hervor, so dass sich ein buschiges Hinterteil aufstellte. Die Bettdecke erhob sich ein wenig und ich drehte mich zur Seite, um nicht aus dem Bett zu fallen. Unter meinem Hinterteil begannen sich zwei gefüllte Bläschen bemerkbar zu machen. Dieses Szenario machte mir keine Angst, im Gegenteil, ich verspürte Entladung. Ich musste meine Position ändern, da ich eine Anspannung in der Beckenmuskulatur bemerkte. Ich legte mich mit leicht angezogenen Beinen auf den Rücken und hob beim Einatmen das Gesäß an und hielt die Luft für zwei bis drei Sekunden an. Beim Ausatmen sonderte ich das übelste Parfüm aller Zeiten ab; ein Mix aus Knoblauch, Schwefel, angebranntem Gummi und faulen Eiern. Ich selbst empfand diesen Duft als angenehm, aber Etienne schnellte hoch. Er hustete und hielt sich seine Nase zu. Ich flüsterte: „Schatz, geht es dir gut, hast du schlecht geträumt?" Er war kaum ansprechbar und versuchte das Bett zu verlassen, um das Fenster zu öffnen. Ich wiederholte meine Beckenübung. Etienne nahm einen langen Atemzug, als er vor dem geöffneten Fenster stand. Plötzlich rannte er raus und ich hörte, wie er sich übergab. Abermals hob ich mein Becken. Diesmal jedoch presste ich alles aus meinen Bläschen heraus. Der beizende Geruch erreichte meinen Ehemann bis zum Badezimmer. Er begann zu schreien und klagte lauthals über Kopfschmerzen, würgte und spuckte mehrere Male. Ich lag zufrieden in meinem Bett und spürte meine gelösten Unterleibsmuskeln. Die borstigen Fellfetzen wurden nach innen gesaugt, die ballonartigen Auswüchse verschwanden und die zuvor gefüllten Bläschen ähnelten einer Weintraube ohne Fruchtfleisch. Die zuvor veränderte Wirbelkette bildete sich zurück und ich betastete, wie sie ihre gewohnte Form annahm. Etienne kam zurück ins Schlafzimmer und bat mich ihm Wasser zu reichen. Mit meinem Dessous lief ich leichtfüßig auf und ab und servierte kaltes Wasser im Glas. Zum ersten Mal nach unzähligen Wochen schaute mir Etienne in die Augen. Sein verklärter Blick nahm punktuell meinen Körper wahr. Ich war nah an meinem Ziel, aber meine Besorgnis hielt sich in Grenzen. Es war bereits vier Uhr und ich war müde. Ich fragte nach seinem Befinden und er äußerte sich wortkarg, dass es ihm besser ginge. Mein verlogener Ehemann duschte an diesem frühen Morgen intervallmäßig mindestens sechsmal. Kurze Zeit später legte er sich wieder aufgefrischt und parfümiert neben mich. Etienne band sich ein Tuch mit seinem Rasierwasser um den Hals, damit er einschlafen konnte. In der Nacht äußerte er wirre Gedanken, war schweißgebadet und roch dadurch unangenehm. Ab und an fielen die Namen Lola, Siri und Bernd. Bernd war sein Vater und für mich nicht so sehr von Bedeutung, aber Lola und Siri schon. Diese unvergessliche Nacht endete für uns mit dem Klingeln des Weckers. Etienne bat um Ruhe, da der Kopfschmerz noch anhielt. Um zehn Uhr wollte ich mich mit meiner Freundin Lola in der Stadt treffen, um unseren gemeinsamen Urlaub zu planen. Also ging ich duschen und wusch mir die Haare. In nur weniger als sechs Stunden war es mir gelungen, seine Aufmerksamkeit auf mich zu lenken. Ich wollte ihn zurückerobern und musste das lang anhaltende Geruchserlebnis zu meinen Gunsten nutzen. Die Kaffeemaschine blubberte, der Toaster war im Einsatz und Etienne war nicht zu sehen und zu hören. Ein klägliches Rufen unterbrach meine alltäglichen Rituale. Er bat um sein Handy, um sein Fehlen im Büro mitzuteilen. Nachdem er aufgelegt hatte, starrte er intensiv auf meinen Körper. Etienne fragte mich, ob wir am Abend in unserem Lieblingslokal speisen wollen. Ich nickte zustimmend. Ich beeilte mich beim Anziehen, stylte mein Haar, verteilte Parfüm auf meiner Haut und verließ beschwingt die Wohnung.

Ingrid Baumgart-Fütterer

Hält er, was er verspricht,
oder wird er sie eines Tages hängenlassen?

Er verfügt über alle Qualitäten, um Frauen glücklich und zufrieden zu stimmen: Er ist anschmiegsam – anpassungsfähig – pflegeleicht – praktikabel – formstabil und zugleich wandelbar –

Er hebt die Vorzüge der weiblichen Figur hervor – verleiht ein erhebendes Gefühl von Sinnlichkeit – verleiht Halt und Standfestigkeit. Er garantiert eine hautnahe und tragfähige Beziehung – ist dem Herzen immer nah - vermittelt ein Gefühl, wie von Händen getragen zu sein. – Er verfügt über ein starkes Durchhaltevermögen, hält sogar außergewöhnlichen Belastungen über längere Zeit stand. Auch wenn er es schwer hat, bietet er treu seine Unterstützung an – auf ihn ist stets Verlass.

Er nimmt es nicht krumm, wenn er „abgehängt" wird. Er steht, egal was passiert, jederzeit zur Verfügung – seine Unterstützung erfolgt im Handumdrehen und ist unverzichtbar. Wann immer er gebraucht wird, rückt er alles an Ort und Stelle bestmöglich zurecht.

Er lässt so gut wie alles mit sich machen, wann immer nötig, lässt er sich unverzüglich austauschen oder auch „zusammenfalten", ohne aufzubegehren oder zu murren.

Er ist von edlem Aussehen und hat Format. Man sollte ihn pfleglich behandeln, denn wenn er bezüglich Kraft und Flexibilität Einbußen erleidet, kommt es zur Schieflage, die unübersehbar ist und unter Umständen ganz schön zu schaffen macht. Gäbe es ihn nicht, müsste er erfunden werden. Er war, ist und bleibt eine unverzichtbare Stütze für die meisten Frauen. Ist hier die Rede vom Traummann? Keineswegs, es geht um den Büstenhalter!

Giovanna Leinung

Die Reflektion meiner Seele bist nur du

Die sinnliche Erscheinung seiner selbst, benebelte ihre sonst so starken Sinne mehr als sie es für möglich erachtet hatte. Seine langen braunen Haare, die ihm wild verwuschelt bis zu den Schultern reichten fühlten sich weich und unwiderstehlich für sie an, obgleich sie kaum Vergleichbares niemals gefühlt hatte. Ihre zarten, außergewöhnlich blassen Finger glitten hindurch und verwirbelten, wie sie es schon so oft getan hatten, einzelne Strähnchen ihres Mannes, als wollte sie kleine Locken hinein drehen. Strahlend blaue Augen trafen auf ein Braun, welches im richtigen Licht einen gefährlich wirkenden rötlichen Violettschimmer reflektierte. Ihre Worte 'Deine Augen sind wie Spiegel zu meiner Seele' drangen unausgesprochen zu ihm hindurch und hallten wie in einer festen Trance noch lange durch seine Gedanken, als suchten sie dort nach seiner Bestätigung, die sie schließlich in dem exzentrischen Violett, der Mischung ihrer beiden Augenfarben, resultierend aus den Grundtönen Rotbraun und intensives Blau, wiederfanden.

'Wenn ich dich sehe, sehe ich mich. Wir sind eins.' Wieder stumm, wieder ungesagt verstand sie dennoch, was er mental zu ihr erwiderte, als könnte sie seine Gedanken für einen kurzen Augenblick lesen.

'- Und wir werden immer eins bleiben, denn wir sind mehr als wir sehen können, mehr als wir fühlen können. Wir sind etwas Neues ... etwas Besonderes.' - Ihre schlichte und dennoch ehrlichste geistige Antwort, die sie je gegeben hatte.

'Ich will meinen Weg nur mit dir gehen, meine Königin.'

'Und ich meinen Weg mit dir, mein Liebster'

'Für dich würde ich alles tun. Nur für dich würde ich mein Leben geben.'

'Nur für dich würde ich Universen erschaffen.'

' - in denen wir nur für uns alleine sein können.'

'Nur wir zwei.'

'Denn wir sind eins!' In dem Moment, indem ihre Lippen sich trafen, war es, als hielte der Himmel den Atem an und alles mental gesagte wandelte sich in Empfindungen, die sie für diese eine winzige Sekunde der Ewigkeit, in der sie sich in die Augen blickten, in die gesamte Welt hinaustrugen.

Inhalt

382

Autorinnen und Autoren stellen vor:

Ralf Becker: Sexundsechzig Leidenschaften. Gedichte, 111 Seiten, Projekte-Verlag Cornelius GmbH, Halle, 2013
Ralf Becker: Sexundsechzig Frauen. Gedichte, 114 Seiten, Projekte-Verlag Cornelius GmbH, Halle, 2013

Marko Ferst: Liebesgedichte und erotische Gedichte, 40 Seiten, limitierte Privatedition, geheftet, 6,50 € inkl. deutschem Versand (bestellen: marko@ferst.de)
Marko Ferst: Einzug in die Stille. Erzählung, 112 Seiten, Edition Zeitsprung, 2021
Marko Ferst: Jahre im September. Gedichte und Erzählungen, 212 Seiten, Edition Zeitsprung, 2017, 11,90 €
Marko Ferst: Republik der Falschspieler. Gedichte, 172 Seiten, Edition Zeitsprung, 2021 (2. Auflage), 9,95 €
Marko Ferst: Umstellt. Sich umstellen. Politische, ökologische und spirituelle Gedichte, 160 Seiten, Engelsdorfer Verlag, Berlin 2005, 11,20 €
Marko Ferst, Rainer Funk, Burkhard Bierhoff u. a.: Erich Fromm als Vordenker. „Haben oder Sein" im Zeitalter der ökologischen Krise, 224 Seiten, Edition Zeitsprung, Berlin 2002, 15,90 €
Leseproben und Bestellung: www.umweltdebatte.de

Felix Martin Gutermuth: Chips, Nippel und Abenteuer. Gedichte, 104 Seiten, Dorante Edition, 2020, 7,90 €

Horst Krebs: Der Sütterling. Lyrik, 108 Seiten, BoD, 2021, 15 €
Horst Krebs: Kripper Schriften, 176 Seiten, BoD, 2021, 10 €
Horst Krebs: Die Fähren von Kripp. Querung des Rheins von 1400 bis 2006, 172 Seiten, BoD, 2020, 19 €
Homepage: www.geschichte-kripp.de

Fritz Leverenz, Sabine Naumann, Peter Lechler u.v.a.: Brücken ins Land. Erzählungen, 376 Seiten, Edition Zeitsprung, Berlin 2021, 14,90 €, Leseproben: www.literaturpodium.de

Helga Loddeke: Pandemische Verse, 148 Seiten, epubli, 2020, 7,99 €

Helga Loddeke: AHA-LOST. Pandemische Verse II, 276 Seiten, epubli, 2021, 12 €

Erika Maassen: Herbstzeichen der Liebe. Freundschaften, Beziehungen und andere Wegbegleiter, 180 Seiten, Dorante Edition, 2016, 9,50 € Leseprobe: www.literaturpodium.de
Erika Maassen u.v.a.: Bunte Flusslandschaften. Haiku und andere Kurzgedichte, Aphorismen, 200 Seiten, Dorante Edition, 2016, 12,90 €
Erika Maassen u.v.a.: Schwalben am Teichufer. Haiku und andere Kurzgedichte, Aphorismen, 228 Seiten, Dorante Edition, 2019, 13,20 €

Angela Schützler: Wie kann man nur nach China gehen? Reisetagebuch, 135 Seiten, GOURMEDIEN Verlag, 2019, 14,95 €
Angela Schützler u.a: Touché und andere Generationsgeschichten. Kurzprosa, darin: „Haus auf dem Ozean", 203 Seiten, Baltrum Verlag, 2021, 12, 95 €
Angela Schützler u.a: Auf Pfaden im Regenwald. Grüne Erzählungen und Gedichte, 406 Seiten, Dorante Edition, 2022, 17,90 €,
Angela Schützler u.a: Brandenburger Landschaften. Gedichte, 340 Seiten, Dorante Edition, 2022, 16,90 €

Ulrich Straeter: Steinfinger sticht in Coelinblau. Reisegedichte, 120 Seiten, ARKA, 2007,16,80 €
Ulrich Straeter: Vom Ruhrgebiet nach Helgoland - Eine Fahrradreise durch die Fünfzigerjahre (Gesamtgestaltung Ilse Straeter straeter-kunst essen), 2021, bestellbar über: http://www.straeter-kunst.de/

Sommernächte bei dir

Erzählungen und Gedichte über die Liebe

Kerstin Werner, Mesut Bayraktar, Sylvia Amstadt, Thomas Barmé u.v.a.

436 Seiten, 2018

Mit Erzählungen und Gedichten über die Liebe unterhält dieser Band. Eine Karte ohne Absender gibt Rätsel auf. Ein Taxifahrer in New York fährt ungewöhnliche Routen ab mit einer Frau. Eine Gerichtsakte ist zu bearbeiten, erfordert einen juristischen Kommentar. Das alles wird zur Fußnote in den Armen der sich Liebenden. Ein Aufenthalt in Schweden führt zu den Sámi. Nach diskreter psychologischer Behandlung sucht ein Kanzler, doch welche Folgen hat das? Leben vergeht, und neue Begegnungen entfalten sich fast gleichzeitig in einer Erzählung. Eine junge Heilerin aus einem Stamm pflegt einen fremden Mann, der verunglückt ist. Sie kommen sich näher, doch gibt es eine Chance für ein Zusammenleben? Die mysteriösen Begebenheiten in einem Gothic-Hotel rufen die Staatsanwaltschaft auf den Plan. In den Gedichten entfaltet und versteckt sich die Liebe, rote Linien ziehen ihren Weg. Die Geheimnisse der Mittsommernacht werden aufgerufen. Mirabellenbäume laden zum Träumen ein. Spaziergänger verweilen am Meeresufer. Krimiabende stören das Liebesleben.

Leseproben: www.literaturpodium.de

Seltenes spüren

Gedichte

Ulrich Grasnick, Elisabeth Hackel, Günter Kunert,
Marko Ferst, Dorothee Arndt, Charlotte Grasnick u.v.a.

Seltenes spüren

Gedichte

Ulrich Grasnick, Elisabeth Hackel, Günter Kunert, Marko Ferst, Dorothee Arndt, Charlotte Grasnick u.v.a.

268 Seiten, 2014

Erleben Sie den Inkafrühling in Peru. Versunkenen ägyptischen Schätzen wird nachgespürt. Monets Garten lädt ein und dem Duft einer französischen Bäckerei folgt ein Gedicht. Der Berliner Dom spiegelt sich nicht mehr im Palast. Zahlreiche surreale Gedichte enthält der Band, vereinzelt auch gereimte. Ein Besuch bei Heine steht an, versteckt liegt sein Denkmal. Den Szenarien der Krieger geht ein Lyriker auf den Grund, von weidwundem Land berichtet ein Gedicht für die Erde. Letzte Bienenwagen kommen in den Blick, Ausflüge führen ins Känguruland. Die Sonnenpost läßt uns Entfernungen vergessen. Der vorliegende Band ist eine Gedichtsammlung des Köpenicker Lyrikseminars und der Lesebühne der Kulturen Adlershof. Gäste wurden eingeladen. Grafiken von Dorothee Arndt illustrieren den Band. Das Lyrikseminar existiert seit 1975 und publizierte bereits mehrere Anthologien.

Leseproben: www.umweltdebatte.de
Bestellung: marko@ferst.de (dt. Porto frei)

Die Ostroute

Erzählungen

Andreas Erdmann, Marko Ferst, Monika Jarju u.v.a.

256 Seiten, 2014

Der Band beginnt und endet mit einer Erzählung über Wölfe. In der einen werden sie gnadenlos verfolgt, in der anderen sorgt ein Rudel weißer Tundrawölfe für arktische Jagdszenen. Andernorts kommt eine Ostroute ins Spiel. Wir erfahren mehr über das Schicksal eines jungen Rauschgiftkuriers im Iran, wie über seinen Lebensweg der Stoff der Stoffe richtet. Ein Ostseesturm sorgt für eine risikoreiche Segeltour. Von allerlei sonderbaren Abwegen weiß die Erzählung „Genervtes Anstehen für Liebe" aus Bulgarien zu berichten. Zur Sprache kommen die Erfahrungen von Heimkindern in der frühen Bundesrepublik. Grenzübertritte zwischen Ost und West und deren Folgen sind im Blick zweier anderer Beiträge. Wie man ganz legal schwarzfährt, erläutert Johannes Bettisch. Was passiert, wenn man ganz unerwartet von seinem chinesischen Firmenpartner zum Tanz aufgefordert wird?

Der Band enthält Erzählungen von Ali Amini, Johannes Bettisch, Andreas Erdmann, Marko.Ferst, Elisabeth Hackel, Karin Heinrich, Monika Jarju, Tengis Khachapuridse, Norbert Klatt, Christine Koch, Carmen Mayer, Heide Rabe, Hans Sonntag, Dimil Stoilov, Lore Tomalla, Günter Wirtz, Gisela Witte und Angelika Zöllner.

Brandts Schuld

Erzählung

Rainer Daus

116 Seiten, 2020

Der Lokführer Maximilian Brandt, 57 Jahre alt, beginnt seinen freien Tag mit dem Besuch des städtischen Friedhofs, auf dem sein Vater begraben liegt. Er hatte ihn gehasst. Um seine Mutter, die an Demenz erkrankt ist, kümmert sich Brandt regelmäßig. Jedoch erkennt sie ihren Sohn nicht mehr. Ein guter Freund, der Künstler geworden ist, zeigt ihm, ein sinnvolles und anderes Leben ist möglich, auch wenn man im Beruf ausgemustert wurde. Immer wieder wird Brandt mit seiner eigenen Vergangenheit konfrontiert. Die vielen Verfehlungen im eigenen Leben steigen aus der Erinnerung auf, angestoßen durch äußere Anlässe. An einem Abend plant Brandt eine Prostituierte in Köln aufzusuchen, doch es kommt alles ganz anders. Im Zentrum dieser Erzählung stehen die Versuche, wie persönliche Schuld von sich gewiesen wird. Wie viel ist Schicksal und was eigene Verantwortung?

Leseprobe, Inhalt: www.literaturpodidum.de
Kontakt und bestellen: daus.r@t-online.de

Jahre im September

Gedichte und Erzählungen

Marko Ferst

Jahre im September

Gedichte und Erzählungen

Marko Ferst

212 Seiten, Edition Zeitsprung, 2017

Über Ostseeinseln wie Öland und Usedom streifen die Gedichte. Sie führen in die schwedische Schärenstadt sowie nach Buchara, Samarkand oder in den Ural. Magische Ausflüge in die Natur und Tierwelt tauchen auf. Gedichte zu Musik, Literatur und Malerei reichern diesen Lyrikband an. Unter die Lupe genommen wird der Drang der Regierenden, uns mehr und mehr auszuspionieren. Kritik zieht das gescheiterte Afghanistan-Abenteuer auf sich, das syrische Totenfeld wird umrissen. In Bangladesch zeichnen sich weitere Landnahmen des Meeres ab, Wasserstände, die mit unserem verschwenderischen Lebensstil im Norden verbunden sind. Sondiert wird, warum unsere Zivilisation ökologisch zu scheitern droht, sich längst im Spätstadium befindet. In der Arktis zeigt sich, wie weit das Vorspiel zum Klimaumsturz schon gediehen ist. Spitzbergen archiviert unsere letzten genetischen Hoffnungen. Den Spuren und Abgründen einer mysteriösen Krankheit wird nachgegangen. Der Band enthält zwei Erzählungen - eine arktische Begegnung zwischen weißen Raubtieren und einen Blick in das sowjetische Speziallager Sachsenhausen.

Leseproben: www.umweltdebatte.de Bestellung: marko@ferst.de

Aktuelle Bücher

Elisabeth Gehring, Bruno Rauch, Carsten Rathgeber u.v.a.
Auf der Halbinsel. Rote Erzählungen und Gedichte (420 Seiten)
Hannelore Furch, Peter Lechler, Thomas Schricker u.v.a.
Eine Hochzeit in der mongolischen Steppe. Reisen und Landschaften
(412 Seiten)
Rainer Daus
Die Jungfrau aus dem Norden. Gedichte (124 Seiten)
Anna B. Lippmann, Francesco Mancino, Renate Maria Riehemann u.v.a.
Von raffinierten Kochkünsten. Erzählungen und Gedichte über erlesene Speisen (320 Seiten)
Sabine Naumann, Elisabeth Gehring, Fritz Leverenz, Peter Lechler u.v.a.
Brücken ins Land. Erzählungen (376 Seiten)
Hanna Fleiss, Peter Frank, Regina Jarisch u.v.a.
In der Maskenzeit. Gedichte (356 Seiten)
Kerstin Werner, Ulrich Straeter, Gabriele Schuster, Eline Menke u.v.a.
Auf Pfaden im Regenwald. Grüne Erzählungen und Gedichte (424 Seiten)
Heike Wiezorek
Frisch aus der Feder: Kurzgeschichten querbeet, gewürzt mit Humor
(140 Seiten)
Mio Mandel, Christine Zeides, Magnus Tautz, Manfred Burba u.v.a.
Sommerfrühstück. Erzählungen und Gedichte (436 Seiten)
Heike Streithoff, Volker Teodorczyk, Carsten Rathgeber u.v.a.
Pinselstriche, Klavier und Kunst. Gedichte (404 Seiten)
Marko Ferst
Republik der Falschspieler. Gedichte (172 Seiten, Edition Zeitsprung)
Lena Kelm
Manchmal dauert ein Weg ein Leben lang. Vom Gulag nach Berlin
(248 Seiten)
Peter Frank, Edda Gutsche, Joachim Gräber u.v.a.
Brandenburger Landschaften. Gedichte (340 Seiten)
Hanne Strack
mutmachrot. Gedichte (128 Seiten)
Karin Posth, Benjamin Frech, Klaus Kayser, Peter Frank u.v.a.
Meere, Flüsse, Seen. Erzählungen und Gedichte (415 Seiten)
Heidi Axel, Petra M. Dobrovolny-Mühlenbach, Werner Hetzschold u.v.a.
Tanz im Zwielicht. Erzählungen (420 Seiten)
Heike Gewi, Ingrid Baumgart-Fütterer, Karsten Beuchert u.v.a.
Der Palast im Orient. Märchen, Fantasie- und Kindergeschichten (364 Seiten)

Leseproben: www.literaturpodium.de Bestellung: wettbewerb@literaturpodium.de

Appetit, Küsse und Sex

Erotische Erzählungen und Gedichte

Andrea Pierus, Ingrid Baumgart-Fütterer, Eberhard Schulze u.v.a.

372 Seiten, 2017

„In ein paar Minuten befreie ich dich wieder! Aber bis dahin bist du mir ausgeliefert!"

Amina zog im Vorbeigehen an den Zipfeln der Plastikschürze, die mit leisem Rascheln zu Boden fiel.

„Damit dir nicht zu warm wird! Oder magst du es heiß?" Dabei sah sie Denis mit einem Blick an, der ihm die Röte ins Gesicht zauberte. Darauf war er nicht gefasst! Was war das für ein Spiel? Was wollte sie von ihm?

„Wir könnten uns ein bisschen amüsieren. Ein kleines, spontanes Abenteuer, so vergeht dir die Zeit des Wartens in Lichtgeschwindigkeit! Deine Arme liegen in Gips, verlass dich einfach auf meine Hände!"

Denis atmete heftig. Hey, was geht da ab? Das ist ja wie Kino!

„Mein Körper gehört der Kunst!"

„Das ist die richtige Einstellung! Du wirst mich inspirieren!"

Aufgewühlt drückte sie Denis in die Knie und legte sich vor ihm auf den mit Gips bespritzten Boden. Das furiose Fingerspiel erregte Denis unglaublich. Sein Oberkörper, seine Arme in Gips, er konnte sich nicht bewegen, alles geschah mit ihm und es war gut so, wie es geschah. Amina wusste, wie sie ihn kirre machen konnte. ...

Ferngelenkt von zarter Hand

Frauen, Männer, Sensationen

Dieter Nell

128 Seiten, 2021, Illustrationen: Giedrë Avard

In der Erzählung richtet es sich der Protagonist, Ingo Feldmann, in seiner kleinen Welt behaglich ein. Charmant und unbekümmert sorgt er bei seinen Mitmenschen regelmäßig für Verwunderung. Mal verharrt er regungslos in einer kraftraubenden, erotischen Triade, mal versucht er mit Geschick und Weitsicht, einer heiratswilligen Verehrerin zu entwischen. In seinem hessischen Dialekt rauscht er zuweilen durch das Hamsterrad des Alltags. Wacker trotzt er der Häme des Zampanos, seines Chefs, fabuliert über die Marter des technischen Fortschritts und die Fallstricke beruflicher Zwangsehen. Einsatzfreudig steuert unser Held jeden bereitstehenden Fettnapf an. Aber wir verfolgen ihn auch bei seinen zaudernden, ungelenken Schritten, wenn er sich in seinen eigenen Ausreden verfängt, und uns durch all sein widersprüchliches Tun in eine einzigartige Erlebniswelt führt. Wir werden Zeuge seiner Flucht in die Welt des Einzelhandels und die reumütige Rückkehr in die Arme der vertrauten Behörde. Auf einer Dienstreise ins Schwäbische verrät er uns schließlich seine tiefste, ja entrückende Erkenntnis: Er enthüllt das Dorado erotischer Versuchung. Die Erzählung fasziniert mit ihrem subtilen, bisweilen deftigen Humor und schafft so ein Kleinod hessischer Mundart.

bestellen: dieter.nell@gmx.net